브라질에 핀 무궁화꽃

브라질에 핀 무궁화꽃

한민족 디아스포라 현대사

초 판 1쇄 2024년 04월 04일

지은이 김홍기
펴낸이 류종렬

펴낸곳 미다스북스
본부장 임종익
편집장 이다경
책임진행 김가영, 윤가희, 이예나, 안채원, 김요섭, 임인영, 권유정

등록 2001년 3월 21일 제2001-000040호
주소 서울시 마포구 양화로 133 서교타워 711호
전화 02) 322-7802~3
팩스 02) 6007-1845
블로그 http://blog.naver.com/midasbooks
전자주소 midasbooks@hanmail.net
페이스북 https://www.facebook.com/midasbooks425
인스타그램 https://www.instagram/midasbooks

ISBN 979-11-6910-571-2 03810

값 30,000원

브라질에 핀 무궁화꽃

한민족 디아스포라 현대사

김홍기

미다스북스

책을 내면서

저물어가는 인생의 노을 진 언덕에서 길다면 길고 짧다면 짧은 한평생 걸어온 발자취를 뒤돌아본다.

고국을 떠나면 모두가 애국자가 된다는 말을 실감하면서 해외에서 보낸 반세기의 세월을 회상해 보건대 때론 허무했고, 때론 의미 있던 시간들이었다.

아직도 통일의 전환점을 찾지 못한 채 서로 원망과 시비만 하는 분단된 나의 조국. 아까운 시간들이 허공을 맴돌며 덧없이 지나가는 것이 아쉬워 울부짖어도 본다.

우리의 젊은 후대(後代)에게 가치 있는 인생은 무엇이며 조국이 얼마나 귀중한지 마지막 인생길에 감히 한마디 남기고 싶었다.

국가의 불행이 민족의 불행이 될 수밖에 없다는 초보적인 상식마저 잃어버린 채 참다운 애국심은 점점 흐려져 가는 게 우리 모두의 자화상(自畫像)이 아닐지? 새삼 분단의 아픔이 마음을 쓰라리게 한다.

나의 이 넋두리가 쓰잘 것 없이 지내 온 내 인생에 의미를 부여하고자 함은 아니다. 반세기 이상을 지구촌을 방황하며 살아온 내 삶이, 시행착오투성이였던 내 나그네 인생이, 내일을 이끌 젊은이들에게 반면교사(反面教師)의 작은 거울이라도 되었으면 하는 바람이다.

이 책을 읽는 이들에게 주님의 사랑을 빌며

청송(靑松) 김홍기

목차

제1장
해방과 북한 탈출, 피난민 생활과 서울 정착

제2장
브라질 이민 막전막후

제3장
브라질 땅에서 겪은 고난사

제4장
한민족 디아스포라 새 역사를 쓰다

제5장
미국 교포로 세계무대를 뛰다

제6장
남북한 평화통일의 염원으로

제7장
정치의 길, 아쉬움과 회한

제8장
마음으로 전하는 소중한 이야기들

제9장
영원하라, 나의 무궁화꽃이여!

들어가는 글

파란만장한 내 삶의 궤적(軌跡)

80여 년의 인생 역정(歷程)을 되돌아보니 '참 기구했구나.' 하는 생각이 든다.

1945년 해방과 더불어 일제 강점기 당시 거부(巨富)였던 건설 사업가 아버지가 악질 친일파로 몰려 소련군 사령부에 의한 검거와 즉결 사형처분 직전에 기적적으로 탈출하셔서, 나는 부모님을 따라 구사일생으로 월남(越南)했다가 어머니의 권유로 북한에 숨겨둔 재산을 찾아오기 위해 월북(越北)을 감행했었다. 그러나 다시 남(南)으로 내려오려던 때 마침 전쟁 준비가 한창인 북한에 의해 38선이 막혀버리고 말았다. 결국 6 · 25 전쟁이 발발하고 나서야 다시 월남할 수 있었다.

전쟁 기간 부산 피난민수용소에서 3년 세월을 보냈고, 전쟁이 끝나 서울로 올라와 약 10년을 생활하는 동안 이승만 자유당 정권, 4 · 19 학생 민주혁명, 5 · 16 군사혁명을 목도했다.

그즈음 주변 선배들이 권한 브라질 이민을 떠나 거기서 31년을 살다가 미국으로 재이민(再移民)해서 또 근 30년을 살고 있다. 해외에서 사는 세월이 반세기가 넘은 셈이다. 남한에서 타향살이 10여 년, 그리고 타국살이 60년을 살고 있는 내 인생은 마치 '지구촌 김삿갓' 같은 인생 역전으로 점철된 매우 격동적인 삶이라 하지 않을 수 없다.

따지고 보면 브라질은 '제2의 고향'이라 하지 않을 수 없다. 브라질로 이민 갈 때 3살과 1살이었던 두 딸은 현재 브라질에서 치과의사와 치의학 교수를 하고 있으며, 브라질에서 태어난 두 아들 중 큰아들은 의류사업을 하고 있다.

현재 나는 미국 로스앤젤레스에서 막내아들에 이어 손주까지 3대에 걸친 변호사 가정을 꾸리고 있다.

오늘날 나의 후대(後代)들은 비교적 안정된 삶을 살고 있지만 그렇게 되기까지는 그들도 평탄한 생활만 한 것은 아니다. 왜냐하면 그들의 아버지요 할아버지인 내가 반세기에 걸쳐서 참으로 격동적인 삶을 살아왔기 때문이다.

미국 건국의 아버지이자 정치사상가였던 벤자민 프랭클린이 남긴 역사적 명언(名言)이 생각난다. 미국 건국헌법 초안에 대한 평가를 역사와 후대에 맡기자며 그는 이렇게 말했다. "내 인생 83년을 살아오는 동안 많은 일을 저질러왔는데 지금 와서 돌아보니 거의 다 시행착오투성이였음을 알았다." 오늘날의 내 심정이 바로 그렇다.

요즘 말로 서울에서 잘 나가던 나는 어쩌다가 이민선(移民船)을 타고 두 달에 걸쳐 태평양, 인도양, 대서양 삼대양을 항해한 끝에 브라질 리오항에 발을 디뎠다. 그러나 그 땅은 '꿈의 땅'이 아닌 '사기극의 땅'이었다. 농업 이민의 조건으로 구입했던 농지는 국제사기꾼들의 농간에 놀아난 '없는 농지'였다. 나는 이국만리 첫발부터 국제고아가 되고 말았다.

마구간을 첫 거처로 시작한 타국 인생의 고행 역정 중 브라질 한인회장을 역임했고, 장창국 브라질 대사와 김형욱 중앙정보부장의 공작에 걸려 그 악명 높았던 5국 남산 지하 벙커 신세를 지는 2개월 동안 죽음의 덫에서 살아 나오기도 했다. 박정희 정권 수하들의 모함에 빨갱이로 몰려 브라질 정치범이 되어 세 번의 수감생활을 했으며, 브라질 군정(軍政) 혁검(革檢)에 걸려 브라질 정치범으로 참소를 당하기도 했다. 연방 재판과 군사 재판에서 두 번의 최고 형사재판을 거치며 사형 선고 직전까지 갔으며 아마존의 악어 밥이 될 뻔하기도 했다. 3년의 고행 끝에 무죄 판결을 받은 것은 천운(天運)이었다.

그 후 변호사 개업도 했고, 정치도 해봤고, 법대 교수를 거쳐 브라질 국회의원 자격으로 북한에서 열린 IPU(국제의원연맹) 총회 때 평양에 가서 김일성 주석을 만나기도 했다. 북한과 브라질 국교 정상화에 초석을 깔아주기도 했고 또 유엔을 무대로 남북한 평화통일을 위한 노력도 해봤다. 2017년 한국 대통령 선거에서는 반기문 후보를 도와서 개혁 민주정치와 경제민주화를 위해 내 나름대로의 일조(一助)를 하는 등 한마디로 참으로 곡절 많은 인생을 살았다.

나의 인생의 출발점이었던 '평양 기림리' 집을 기점(起點)으로 나의 파란만장한 인생 이야기를 펼쳐볼까 한다.

제1장

해방과 북한 탈출, 피난민 생활과 서울 정착

유소년 시대 고향 이야기

나는 1933년 평양 기림리(현재 평양시 모란봉구역 개선동 기림동)에서 아버지 김규훈 씨와 어머니 오선희 씨 사이에서 태어났다.

어머니는 평안남도 안주시의 만석꾼이라는 오정도 씨의 8남매의 막내딸로, 아버지는 평남 평원군의 오천석꾼 김대철 씨의 외아들로 당시 꽤나 부유한 지주 양가의 떠들썩한 혼인 잔치로 백년가약을 맺었다.

2대 독자인 아버지는 당연히 가문을 이어 가산을 지켜야 했었다. 그럼에도 모험성과 기업가 정신을 가졌던 아버지는 일찍이 할아버지에게 유산의 일부 토지를 달라고 하여 이를 팔아서 일제 강점기 초기 건설업 붐이 한창이었던 함경도로 단신 외유의 길을 떠나 건설업에 투신하였다. 함경북도 흥남시에 '환금조'라는 건설회사를 운영하며 크게 성공한 아버지는 내가 7살 되던 해에 비로소 어머니와 나를 데려갔다.

사업으로 함경도 전역을 누비시던 아버지는 제철공장 중심의 공업도시 청진과 교육문화 도시 라남 사이의 '송평'이라는 도시에 대형 저택을 지어 주 거처로 삼고, 어머니와 10여 명의 하인을 거느리고 사시며, 나와 우리 누이는 라남시에 방이 5~6칸이 있는 큰 왜식 가옥을 한 채 사서 살게 했다. 누이(훗날 동경여자의대로 유학)는 조선인들의 학교인 라남여고를, 나는 라남본정공립초등학교를 다니게 하였다. 그런데 일본말도 제대로 배우며 일본문화 교육도 일찍이 터득해야 한다며 나를 일본인 유치원에 먼저 입학시켰다.

또 한편 3대 독자인 나를 금지옥엽(金枝玉葉)시 하며 20대 청년 2명을 채용하여 나와 동거 투숙시켜 24시간 밀착 보호를 하게 하였다.

어느 하루는 내 앞에 앉아 있던 일본 유치원생이 "조-센징(조선놈)……."어쩌고저쩌고하며 운동장에 쌓여 있는 벽돌 한 장을 들고 와 그 아이의 머리를 후려갈겨 거의 죽음에 이르게 한 사건이 있었다.

나는 즉시 퇴학 처분되었다. 여학교 반장을 하던 누이도 가서 빌고, 본래 거금을 기부했던 아버지까지 찾아가 빌어도 소용없었다.

그 후 아버지는 내 버릇이 나빠진다고 나의 두 몸종을 해고했다.

나는 주말에만 송평의 본가로 가서 어머니를 만나곤 했고, 거기서 해방을 맞았다. 광복 때 누이는 도쿄에 유학 중이었다.

1954년 서울 수복 후 덕수궁에서 아버지 김규훈 씨, 어머니 오선희 씨와 여동생 김홍순(김홍기 박사 자신이 찍은 사진)

산전수전 끝에 밟은 자유의 땅 38 이남

해방을 맞은 38선 이북 땅에는 가장 포악한 소련군이 점령하였다.

그도 그럴 것이 제2차 대전 말기에 스탈린은 살인 죄수들을 비롯한 최고 흉악범인 감옥 수감자들을 풀어 만든 부대를 조선 북방전선으로 보냈던 것이었다.

그들은 손목시계 하나를 뺏기 위해 백주에 강도행각을 벌려 강탈한 시계를 팔목 윗

부분까지 줄줄이 차고 다니는가 하면, 여자라면 소녀에서부터 좀 젊어 보이는 할머니까지 닥치는 대로 신작로 복판에서 강간을 일삼는 폭도들이었다.

이런 무법천지의 생지옥 속에서 아버지와 동행하던 인물 고운 어머니도 두 번씩이나 그 봉변을 당할 뻔하였는데 아버지의 '평양 박치기' 덕분으로 구제됐었다고 한다.

아버지의 박치기는 '시라소니'(소련 군인을 때려죽이고 이남으로 피난했다는 유명한 협객) 선생급이라고 어머니께서 가끔 자랑하시곤 했다.

아버지는 그 많은 땅과 재산을 버리고서라도 하루빨리 이남으로 가야겠다는 결심으로 금괴와 현찰을 모으고 있었다.

한편 아버지는 일제 강점기에 '라진 축항공사'와 '강원선 철도 공사'(일부) 등을 통해 축재를 한 대표적 친일 부르주아로 몰려 소련 군정에 의한 공판 및 즉결 총살처분 대상인 블랙리스트에 올라 있었다.

남하 준비에 몰두하고 있던 1945년 12월 겨울의 어느 날 밤 약 20여 명의 소련 병정이 우리집 대문 앞에 들이닥쳤다. 그때 아버지와 어머니 그리고 나, 3명이 큰 집에 살고 있었는데, 새벽 3시쯤 깊은 잠이 들어있던 나를 어머니가 "홍기야, 홍기야 어서 일어나." 하며 깨워, 창문을 열고 "밖을 좀 봐." 하셨다.

창문 밖으로 머리를 살짝 내밀며 보았더니 그중 몇 명은 대문을 두들기고, 몇 명은 집밖을 돌고 있고, 또 몇 명은 뒷문을 발길로 차며 아버지의 이름을 부르며 "문 열어!" 라고 고함을 지르며 찾고 있었다.

정신 나간 듯한 어머니께서는 "아버지는 벌써 몸을 피했으니 빨리 뒤따라가자." 하시며 무엇을 챙길 새도 없이 나의 팔목을 잡고 뛰는 것이었다.

당시 우리집 지하에는 B-29 등 미군 비행기 폭격을 피하기 위해 파놓은 방공호가 있었는데 그 출구가 후문으로부터 약 100m 떨어진 곳에 있었다. 소련 병사들은 그것을 알 리가 없었다.

그 출구를 빠져나오자마자 어머니와 나는 아버지가 벗어놓은 흰색 파자마를 보고 가슴이 철컥 주저앉았었다. "아! 잡혀가셨구나." 했었다.

아버지와 미리 약속된 산속 절간을 향해 어머니의 손잡고 몇 시간인지 뛰어가니 사찰 문전에 소승 한 사람이 마중 나와 있었다. 그 사찰은 평소 아버지가 보낸 기부금으로 유지해오고 있었다.

지하실에 숨어 산 지 약 두 달 동안 스님들은 옷과 노자를 구해주었고 일정 구간만이라도 안내할 사람을 주선해주었다. 다시 만나지 못한 고마운 스님들이었다.

그 사찰 지하실에 있을 때 아버지는 소련군이 불시에 들이닥친 것과 관련해 의아해하셨는데, 나는 거느리고 있던 하인 중 한 명의 소행으로 의심되는 행동을 직접 봤었다.

해방되자 퇴직금까지 두둑이 차려주며 다 내보냈던 하인 십여 명 중 한 사람이 빨간 완장을 팔에 끼고 부하인듯한 두 명을 대동하고 갑자기 나타나, "어른 나리." 하던 머슴이 "영감!" 하며 "세상이 바뀌었소이다. 그걸 알리려 왔소이다." 했다.

이에 바뀐 현실에 적응하지 못한 아버지가 "이놈의 새끼, 뭐가 어드래서." 하며 현관 옆에 걸려있던 빗자루를 들어 때리려고 하니 그들은 줄행랑을 쳤다. 아마도 그때 달아났던 하인의 짓일 거라고 결론지었다.

두 달여간 사찰에 숨어 있다 떠나게 됐을 때 스님들과의 작별 인사는 눈물바다였다.

낮에는 깊은 산림과 수풀 속에 숨어 가며 밤길에 산등을 타고 또 넘고, 강을 건널 때는 숨을 죽여 가며 약 2개월에 걸친 야행 도주 끝에 드디어 개성 외곽의 자유의 땅 이남에 도달하였다.

그 과정에 목도한 사실인데, 우리들보다 앞서 도착한 그룹이 도강 때 38선 로스케(소련인) 경비망을 피하느라고 배 안에서 숨을 죽이다가 2살짜리 영아를 질식사시켜 오열하고 있는 엄마의 모습을 보기도 했다.

여하튼 환희 속 피로에 지친 우리를 환영하는 DDT(살충제) 세례를 듬뿍 맞은 채 고맙게도 군정 미군이 제공해준 트럭을 타고 서울에 있는 한 피난민수용소를 향해 갔다.

우리 세 식구는 거기서 머물지 않고 어머니의 6촌 언니 집을 찾아 난생처음 본 전차를 타고 간 기억이 난다.

서울 중구 필동에 안착, 고향의 보물 찾아 북으로

그 후 우리 세 식구는 어머니 6촌 언니 집에서 그해(46년) 말까지 신세를 지게 되었다.

그동안 아버지는 고향 친구들을 만나 필동에 살 집도 한 채 마련하고, 한 친구와 소규모의 토건업도 동업으로 시작하게 되었다.

나는 중학교에 입학 전 필수조건으로 한국어학원과 영수학원에 다니게 됐다. 왜냐하면 나처럼 얼마 전까지 '조선학생 소학교'를 다녔더라도 한국어를 정식으로 배운 바가 아닌 터라 해방 초기에 유행한 한국어학원과 영어 · 수학원에 입학시킨 것이었다. 나의 영어 실력은 아마도 거기서부터 발굴되어 소질과 취미의 융합으로 정진한 것 같다. 길거리에서 만나는 미군들과 쉽게 대화를 하곤 했다.

한편 집에 파묻어놓고 도망 온 금괴 및 보석 그리고 비단 등을 항상 아쉬워해 왔었는데, 어머니는 어느 날 갑자기 못 견디겠다며 가지러 보내달라고 아버지께 떼를 쓰셨다. 그 당시는 '38선 보따리상인'들이 아직 어려움을 무릅쓰고 남 · 북을 넘나드는 때였었기에 아버지는 전문 38선 장사꾼 한 명을 수소문해 가이드로 사게 되었다. 그리고 나더러 어머니를 호송 동행하라는 것이었다.

드디어 1948년 2월 초쯤이었던가 추울 때 38선 경비가 좀 느슨하다고 가이드가 말한 대로 떠나 북녘 송평까지 무사히 도착하였다. 한 이틀 근처 어머니 친구 집에서 여독을 풀은 후 새벽 2시쯤 우리집 후문 끝 방공호로 들어가 식당실 한 구석의 비밀통로로 나왔다. 뒤 정원으로 살살 나가면서 집안을 얼핏 돌아보니 친구 집에서 들은 말대로 우리 집을 그 지역 소련군사령부가 점령해 쓰고 있었다. 소련군 불침번 경비원들이 설치는 바람에 여러 곳 가운데 처음에 파본 한 구덩이서 찾은 금목걸이와 금팔찌 몇 개만 건지고, 특히 가장 큰 보물고인 금괴 구덩이는 파보지도 못한 채 잡힐 뻔까지 하면서 아슬아슬하게 도망쳐 나왔다.

그길로 '라남'집으로 곧장 줄행랑쳤다. 거기에는 평소에 아버지와 좀 알고 지내던 사람이 보위부 간부가 되어 가족과 함께 살고 있었다. 월남했던 사실을 숨기고 "아버지는 곧 오실 것입니다."라고 하며 "이 집이 아직 비어 있는 줄 알고 아들 교육 때문에 여기

왔는데 선생님 댁이 사시니 돌아가겠습니다."라고 했다.

보위부원인 그는 사실을 모를 리 없었지만 모르는 척 시치미를 떼면서 "기왕 오셨으니 며칠 쉬시다 가도 좋습니다." 했다.

어머니와 나는 하룻밤을 지새운 채, 그 이튿날 새벽에 평양 '기림리'집으로 갔다.

평양 생활 1년, 황해도 피난길에 오르다

평양 기림리의 집에는 먼 친척 되는 노부부가 살고 있었다. 거기에 짐을 일단 풀고 안착하고 나니 비로소 긴 한숨을 내쉴 수 있었다.

하룻밤의 숙면을 한 후 어머니와 나는 곧바로 나의 외사촌 형을 찾아갔다. 일본 명치대학(明治大學) 경제학부를 나온 외사촌 형이 노동당 중앙위원회의 고위간부로 있다는 소식을 들었던 것이었다. 8남매의 막내인 어머니와는 몇 살 차이가 되지 않아 남매처럼 매우 친하게 지내는 사이였다.

그래서 이남에서 올라온 사실과 함경북도에서부터 도망 온 사실을 다 실토하고 남하할 길을 찾아온 사실도 말하였다.

그런데 자기도 이남으로 도주할 생각으로 적기를 노리고 있는 중이라고 귓속말로 알려주었다. 그리고는 어머니에게 생활비 조로 한 다발의 돈뭉치를 내주면서 "홍기는 인민군에 강제 입대를 피하기 위해서라도 일단 중학교에 입학을 시켜야겠다."라고 했다.

며칠 후 나는 외사촌 형이 힘을 써 '평2중학교'에 2학년생으로 편입했다. 곧 이남으로 회귀한다는 마음으로 무성의한 등교로나마 평양 생활을 약 1년 넘게 하였다.

그러던 어느 날 밤 그 형님이 급히 찾아와 자기도 곧 숙청될 것 같고, 나도 인민군에 곧 끌려갈 것을 더이상 막을 힘이 없다며 황해도 해주 외곽에 있는 자기 처갓집에 먼저 가 있으라고 했다. 우리는 또다시 피난길에 올라 황해도로 떠났다.

황해도에서 맞은 6·25, 美 종군기자단과 부산으로 남하

형님의 처갓집에 도착하니 해주 외곽의 한 촌락이었다. 그때가 1949년 가을이었으므로 '남침전쟁준비'로 38선은 철통같이 막혀 있었다. 그 사실을 알았을 때는 이미 늦었었으며, 그나마 우리는 형님 처가댁의 보살핌 덕에 뒤채에 살게 되었고, 나는 그 뒤의 곡창에 숨곤 하면서 15세까지 끌어가는 '인민군 증병 후보' 색출을 용하게 피해 6 · 25 사변을 지나 1 · 4후퇴 때까지 머물렀다.

어느 날 하루 나는 해주시에 나가 후퇴하고 있는 미 군병들을 보며 우리도 남하할 수 있는 방편을 찾던 중 후퇴군들 가운데 다른 지름길을 찾고 있는 '미 종군기자단'을 우연히 만나게 되었다. 서울 영수학원에서 배운 영어 덕분이었다. 그들에게 지름길을 찾아주기로 하고, 나와 어머니도 같이 남하하게 됐다.

종군기자단장이 타고 있던 지프차에 네 사람과 그 뒤를 따르는 중형트럭에 4명의 기자단원과 카메라 등 장비를 싣고 가던 중 나를 태워 우리 마을로 돌아갔다. 어머니와 자그마한 피난 보따리까지 실어주고 지도를 보며 길가에서 더러 만나는 농군들에게 길 물어가며 험준한 시골길을 한참을 가다 보니 후퇴하고 있는 한 미군 부대를 만났다.

그들과 합류한 우리 일행도 숨어있는 인민군 패잔병들과 빨치산들을 피해 가면서 약 일주일 만에 폐허가 된 인천에 도달했다. 우리 일행은 외곽에 있는 미공군 기지로 갔다. 그동안 신세 진 미군의 '래션(ration) 깡통 식사'도 감지덕지였는데 그날 저녁 장교 식당에서 얻어먹은 난생처음의 '스테이크 밀'의 맛은 지금도 잊을 수 없다.

미군기지에서 하룻밤 신세를 진 우리도 그 기자단과 함께 처음 타보는 비행기인 수송기를 타고 대구까지 가게 되었다.

부산이 우리 종착 피난지라는 것을 아는 그들과는 대구 미군 본부에서 눈물의 작별 인사와 포옹을 마친 후 종군기자단장 Brown 씨가 마련해준 부산행의 지프차에 운전병과 장교 한 명의 뒷좌석을 타고 부산까지 단숨에 갔다. 그들은 고맙게도 우리를 목적지인 부산 범일동까지 데려다주었다. 그것도 물론 Brown 씨의 덕이었을 것이다. 운명적으로 만났던 잊지 못하게 고마운 분이었다.

부산 범일동에 산다는 아버지의 친구 이름을 기억했던 어머니의 기억력 덕에 범일동 동회사무소를 찾아 그분의 주소를 알게 되었다. 그분과 가족들이 모두 우리를 반갑게 맞이하며 방 한 칸을 기꺼이 내어줘 짐을 풀게 되었다.

약 한 달쯤 지나서야 기차로 피난 온 아버지가 찾아와 우리와 합류하게 되었다. 버거운 친구 신세를 한 반년 지고 나서 아버지는 피난민수용소에서 쌀과 밀가루를 배급하며 구제품도 준다고 해 우리 가족을 데리고 부산 영도 피난민수용소로 이사했다.

영도 피난민수용소에서 '제2의 고향' 부산 생활

영도 피난민수용소에선 아버지하고 함께 기차로 피난 내려와 부산역에서 수용소로 직접 와있던 우리집 식모 봉자와 46년 서울 태생인 나의 누이동생 홍순이와 3년여 만에 재회하게 되었다.

우리 다섯 식구는 마침내 부산 영도 남항동 옛 일본군 병참창고였던 피난민수용소에 보금자리를 마련하게 됐다. 각 가정마다 그 창고 안에 판잣집을 짓고 살게 되었던 것이다.

부산 영도에 몰려든 피난민들

부산 영도 피난민수용소

우리 피난민들은 그 당시 정부에서 주는 쌀과 밀가루 배급으로 겨우 연명을 하며 살아갔다. 그러던 와중에도 영도다리를 건너 다리 옆으로 돌아 내려서자마자 보이는 부둣가로부터 시작된 것으로 기억되는 소위 자갈치시장에서 파는 '꿀꿀이죽'(미군식당에서 나오는 먹다 남은 찌꺼기)을 드럼통에서 한 그릇씩 퍼내어 주면 100원(지금 돈 1,000원 정도)인가 주고 한 끼는 든든하게 먹던 생각이 난다.

이북 피난민들을 거의 무일푼으로 내려온 사람들과 조그마한 밑천이라도 가지고 온 사람들로 양분해보면 전자는 '자갈치시장', 후자는 '국제시장'을 만든 사람들이었다고 할 수 있다.

자갈치시장에서는 길거리에서 만들어 파는 지지미(빈대떡)와 국밥 그리고 파란 판잣집으로 시작한 함흥냉면집이 인상 깊게 남아있다. 국제시장은 주산업이라 일컬을 수 있는 한국 의류산업의 원조 격인 흑색이나 청색으로 염색한 미군장교 쯔봉(바지)과 잠바 등이 생생하게 떠오른다.

그 옷들은 모두 미군부대에서 훔쳐가지고 나온 장물이거나 미군들이 직접 가져다 판 분법매물이었기에, 시장 근처에 있던 미군 헌병대에서 매주 한두 번씩 나와 집행하는 Blitz로, 염색한 것이든 안 한 것이든 마구잡이로 압수, 몰수해 가곤 했다. 그때마다 땅을 치며 통곡하는 또순이들을 여러 번 목도했다. 그런 피난민들이 피눈물을 흘려가며 이룬 것이 오늘날의 '국제시장'인 것이다.

한편 나는 미 종군기자들과 대구에서 헤어지며 "기회가 닿으면 꼭 미국유학을 갈 것"이라고 약속한 후부터 몰두하고 있던 미국유학의 꿈을 이루기 위해 부산 영수학원에 다시 다니기 시작했다. 영어공부를 열심히 하던 중 부산 미군본부에서 통역관(당시 호칭) 시험을 보게 되었다. 운 좋게 수석합격을 하고 나니, "어떤 부서로 가고 싶으냐?" 하며 몇 곳을 추천해 주는 가운데 권력사정기관인 한 미군수사기관을 택했다. 그리하여 '제3 CID'의 통역관으로 배치되었다.

봉급이 좋아 우리 가족의 호구지책으로 충분하였고, 그때부터 '청소년 가장' 노릇을 하게 되었다. 그와 동시에 '3대 독자'라는 구실보다도 미군사령부 수사기관에 속해있는 조건으로 인해 전쟁 피크였던 1952년에 강제징집을 피할 수 있는 혜택을 받았다.

그 와중에도 미국유학의 꿈을 놓지 않고 미국대학 애플리케이션(application)에 필요한 학적증명서를 얻기 위해 평남도민 사무처를 찾아갔다. 당시 정부에서 공식 인정하는 도민회는 아니더라도 사회적으로 널리 공인됐던 도민사무처가 있었다. 거기서 우연히 만난 사람이 '고 조영식 박사'였다. 같은 평양사람이라고 반가워하며 미국유학에 추천서도 해주겠다며 '신흥대학교'(경희대 전신) 입학을 강력히 추천하는 것이었다. 그분 도움으로 평남도민처 발행의 '평양중 · 고등학교 졸업증'을 발부받게 되어 신흥대학교 영문과에 입학하게 되었다.

1961년 경희대학교 졸업앨범 사진

그 후 USIS(미 공보처)가 주최하는 미국 대학 장학생 영어시험에 응하게 됐고, 우수한 성적으로 합격해 한 미국대학의 Full Scholarship(학비 및 숙식비)을 받게 되었다. 그리하여 일리노이주에 있는 Carbondale University의 전액 장학생으로 입학하게 되었던 것이다.

하지만 가족회의 결과 유일한 '밥벌이 가장'이 나였고, 그때 마침 아버지는 병석에 누워있어서 도저히 떠날 수 없는 처지로 결론 내리고 말았다. 그 꿈을 접은 채 53년 7월 휴전을 맞이했다. 우리 가족은 그 이듬해인 54년 봄에 수복된 수도 서울 집으로 돌아가게 되었다.

서울 수복으로 귀경, 4·19와 5·16으로 인생 대전환

1954년 봄 우리 가족 5명 모두 마침내 서울 필동 본가로 돌아왔다.

나는 부산 미군사령부 제3CID로부터 서울 미8군본부 제2CID 수사관(Investigator)으로 승진전근 발령을 받아 즉각 출근하게 되었고 아버지는 옛 친구들과 함께 토건회사 '이화상공주식회사'를 건립해 수복재건시장과 정부를 통한 정부청사 복원청부업에 본격 투입하게 되었다.

아버지 사업도 꽤나 잘 되는 편이었고, 나 또한 잘 나가는 편이었다. 나에게는 수사관이라는 직책이 주는 시간의 신축성과 지프차 한 대가 배차돼 있어 학업도 계속할 수 있었다.

이 덕분에 경희대학교 정경대학 정외과 3학년으로 편입해 결국 경희대학을 졸업하게 됐다. 이것이 앞으로 있을 '모교 창립자' 고 조영식 박사와의 깊은 인연의 출발이었다.

그러던 와중에 1960년 4 · 19혁명이 일어나 이승만 자유당 정권이 붕괴한 1959년부터는 오랜 수난인생에 지쳐있던 아버지의 건강 상태가 악화돼 회사의 정상운영과 사장 직책 수행이 어렵게 되었다. 하는 수 없이 내가 사장대리 직분으로 회사운영을 맡게 되어 나의 직장에 사표를 내고 회사운영을 8군 건설 청부업으로 돌려 본격 투신하게 되었다.

8군 군납업과 건설 청부업을 총괄하는 기관인 KPA(미군 한국조달청)에 등록을 마치고 입찰권도 땄다. 또 한편 대규모 프로젝트를 설계 · 기안할 경우 입찰내용 심사단을 관장하는 미8군 공병단 단장인 대령급 장교가 있었는데, 그와 친분을 다지게 되어 설계내용 정보 입수로부터 입찰 및 계약이행에 이르기까지 많은 혜택을 받게 되었다. 그것도 역시 나의 특수한 영어실력 덕이었다. 그 대령과 좀더 가까워지자 그의 연설문 리뷰를 맡아 수정판을 여러 번 써주기도 했다.

건설업을 하면서 꽤나 큰돈도 벌었는데, 비교적 후한 낙찰총액에서 '아다마 도리'라는 당시 업계에서 쓰던 왜정 유행어처럼 머리에서 20~30%로 원청자인 내가 떼고 난 70~80%를 총액으로 하청업자들에게 배급 주듯 떼어주곤 했다. 하여 우리 회사에는 그 배급을 얻으려는 많은 하청업자들로 들끓었다.
그 '노다지 타령'도 5 · 16 군사혁명이 일어나면서 단명으로 막을 내렸다.
군정의 핵심으로 중앙정보부가 생겼다. 중앙정보부를 배경으로 하여 '실업인 협회'라는 것이 나타났다.
"1달러라도 더 벌어들여야지 우리끼리 입찰경쟁하면 애국이 아니다." 하여 모든 8군 군납업 및 건설업을 통솔 관리해 담합을 시키는 기관이었다. 물론 '회비'라는 세금도 바쳤다. 누구든 반항하면 몽둥이 찜질 세례를 받았다.
한편 책깨나 좀 봤다던 20~30대 젊은이들에겐 4 · 19에 흘린 젊은피 덕으로 반만년 만에 처음으로 얻게 된 참 민주주의의 순을 잘라버린 군벌 쿠데타가 도저히 용납되지 않았다. 자유주의에 빠져있던 나도 당시에는 그 무리에 속한 단순, 단견, 단파의 한사람이었다.

집안 내력으로 술을 즐기던 나는 술좌석에서 '반(反) 군정타령'으로 떠들다가 치안국 정보과에 한두 번 잡혀가는 신세가 된 적도 있었다. 선배들의 백(back)으로 빰을 한두 차례 맞는 훈방으로 풀려났으나 요시찰인물의 블랙리스트에 올라 버렸다. 또 한 번 잡혀 오면 검찰청 송치가 아니고 중앙정보부에 넘기겠다는 경고도 받았다.
그때 나를 몹시도 아끼던 과거 CID 동료요 형님뻘이 되던 서울법대 출신의 성낙순이라는 분이 나의 천재적 영어실력이 아깝다면서 혁명주체 실세였던 해병대사령관 김동하 장군에게 소개해 외교관을 만들려고 하였다. 그래서 그분과 둘이서 만나기 힘들다며 김 장군 댁을 새벽에 습격 방문했으나 더 일찍 출타해 만나지 못하고 돌아선 일이 있었다.
그 후 김 장군 만나는 일은 등한시하게 됐다. 이유는 미국유학의 꿈을 버리지 못한 채 있었고 또 하나는 최고회의 부의장 이주일 장군을 비롯해 김동하 장군등 이북출신, 특히 함경도 출신들이 1963년 반혁명사건에 연루된 것을 알게됐기 때문이다.
당시 나의 짧은 소견으로 나라 안을 들여다보았을 때 정치적으로는 암흑시대이며, 경제적으로는 북한이 100불을 육박하는데 한국은 68불의 개인 GNP로 그야말로 "가망이 천리로구나." 한탄하고 있을 때였다. 동대문, 남대문, 평화시장의 '38 따라지 또순이들'을 인정과세의 특별 Blitz(급습단속) 대상으로 차별압박을 하는 양상이 비쳐져, 이북 출신인 나로서는 여러 복합적 사정 때문에라도 한국을 떠나야겠다고 생각했다. 하여 평2중 선배였던 보건사회부 한국진 차관을 통해 그 행정부 산하에 있던 한국이민협회를 찾아 협회장인 박정희 대통령 육사동기인 박기병 장군을 만나 브라질 이민단에 가입하게 되어 인생 개벽의 새로운 운명의 길—한민족 해외 750만 디아스포라 형성 현대사의 초대 한민족 해외 대이동을 인솔한 역사의 길—에 오르게 되었던 것이다.

'진로 가문'의 사위, 조국을 떠나게 되다

1963년대 브라질과 파라과이, 볼리비아가 이민 대상국으로 먼저 시작되었는데, 남미 대륙국가인 브라질이 단연 우선 대상으로 후보경쟁이 매우 심했다. 그래서 브라질 이민은 돈이 많거나 정치백이 세거나 해야 갈 수 있다는 말이 돌았다.

당시 김종필 초대 중앙정보부장이 그 3개국의 이민 케이스를 5 · 16 주체세력이었던 육사 5기생과 8기생 출신으로 제대한 장교들의 후생사업형 이권사업으로 배급하면서 가장 가깝던 동지들에게 브라질 케이스를 배정했다는 소문이 나오기도 했다.

여하튼 '브라질 이민'으로 일단 결정하고 나니 처갓집의 완강한 반대에 부닥치게 되었다. 처갓집에선 "군사정권이 들어서서 데모도 없어졌고 치안도 좋아졌는데 사업자금이 모자라면 우리도 뒤에 있고 한데 무엇이 문제가 돼 브라질인지 우라질(당시 시기, 질투로 퍼졌던 폄언)인지 갈려고 하느냐"며 막아선 것이다. 그도 그럴 것이 나의 처갓집이 다름 아닌 진로가문이었다. 1924년 왜정 때 진남포에 세워진 평안도 최고의 소주 대가 진로가문이 1 · 4후퇴 때 사돈의 8촌까지 86세대의 대가족으로 남하해 서울 영등포에서 재건에 대성한 '진로소주'였다.

그 2대 총수 장학엽 사장을 비롯한 5남매의 공동소유의 '진로'였는데, 둘째 오라버니인 장학섭 다음의 외동딸 김학은 씨가 나의 장모님으로 김영주 교장과의 사이에서 낳은 장녀 김문자가 나의 아내가 되었던 것이다.

나의 장인이었던 김영주 씨도 한 진로 계열사의 사장이었는데 평양 사범학교를 졸업하고 32살에 평양 소학교 교장을 역임하면서 김일성 정권 찬양을 소홀히한 죄상으로 잡혔다가 나오자마자 일찍이 먼저 단신 남하한 뒤 6 · 25사변 때 백의북진하여 자기 처가인 진로일가를 인솔해 남하시킨 대공로 주역'이기도 했다.

그런 집안에서 이화여중, 이화여고, 이화대학까지 졸업시켜 금지옥엽으로 길러낸 큰딸을 머나먼 땅 브라질로 보내 영이별 한다는 것이 용납되지 않았던 것이다.

사실 진로가문의 사위가 된 과정은 순조롭지만은 않았다. 나는 그때 한 여성과 한참 열애에 빠져있었다. 하지만 상대 여성은 일본 아버지를 둔 혼혈아여서 왕족인 전주 김씨 가문의 며느리로는 받아들일 수 없다는 아버지의 반대가 완고하셨다.

그러면서도 3대 독자의 후손을 하루속히 봐야 한다며 병석에 누운 아버지와 어머니의 닦달로 건성 선보기가 한 5, 6차례 지났을까 했을 때, 아버지의 주치의였던 Dr. 오 선생이 나의 장인이 될 김영주 교장과 평양사범학교 동기로 중매에 나서서 나의 단골 중매 아주머니와 더블 중매를 서게 되었다.

나는 또 한 번의 형식만 갖추어 드리리라 생각하고 그 규수가 있다는 저택에 동행하였다. 대형거실에 들어가니 규수는 안 보이고 장인, 장모가 될 두 분 외에 처삼촌이 될 장학엽 진로 사장님과 그의 동생 장학섭 부사장님이 앞자리에 진을 치고 앉아서 나를 인터뷰하는 것이었다. 내 쪽에는 두 중매인 두 분이 합석해 주로 Dr. 오께서 대담 상대를 해주었다.

인터뷰가 대충 끝나자 나를 신붓감이 있는 방으로 안내했다. 첫선 방에서 만난 우리는 '안녕하세요'의 인사와 현재 이화대학교 사학과 3학년에 재학 중이라는 사실 이외에는 피차 별말이 없었다. 나는 오래 참았던 '꿀 담배' 한 대만 피우고 나왔던 것이다.

일상으로 돌아간 채 묵묵부답으로 한 달쯤 지나고 나니 중매 아주머니 성화가 대단하였다. "선을 보았으면 몇 번은 계속해 만나보아야 결정할 것 아니냐." 하면서 우리집을 거의 매일 찾아왔다. Dr. 오 선생도 몇 차례 전화로 "예의로라도 한두 번은 더 만나줘야 하지 않겠느냐"는 꾸중이었다.

할 수 없이 수락을 하고, 하루는 날과 시간을 정하여 거대한 '태백다방'(현재 퇴계로 입구 신세계 백화점 건너편 코너)에서 만나기로 약속했었다. 약속 시간은 6시였는데 그날도 나의 애인과 시간을 보내다가 '깜빡'하여 한 시간 반이나 지나버린 7시 반에 약속한 기억이 났던 것이었다.

내 자가용을 불러 타고 태백다방 앞에 도착하니 2시간이 지난 8시였다. 가고 없겠지 하면서도 '늦게라도 왔었다'라는 구실을 만들어야 다소나마 예의가 되리라 생각하고, 문에 들어서 안을 두리번거리며 보니 이게 웬일인가, 한 구석 자리에 중매 아주머니와 함께 아직도 나를 기다리고 있었다.

미안한 것은 두말할 것도 없고, 쓰라린 감동이 가슴을 치고 들지 않는가. 미쳐 어쩔 줄 모르면서 무어라 핑계를 댔는지 기억도 안 나지만 그 순간 나의 처보다는 우리 부모님의 며느리감으로는 더 이상 없으리라 생각하고 결혼을 결심했다.

김홍기 박사의 아내 김문자 씨의 이화여대 졸업식(1959년)에서.

김홍기 박사와 김문자 씨 결혼식(1959년, 주례 : 3.1운동 민족대표 33인 이갑성 옹)

약혼식을 하고 나니 우리 부모님들은 혼례를 당장 올리자고 야단법석이었다.

그 당시의 이화대학에서는 기혼녀를 허락지 않았기에 기왕지사 일 년여만 더하면 졸업인데 조금만 참자고 우겨서 급기야 59년 졸업식에 내가 꽃다발을 안기게 되었다. 그 후 한 달이 채 안 지나 결혼식을 올렸다. 아내는 60년과 62년에 연달아 딸 둘을 낳아주었다. 각각 세 살과 한 살 때 브라질로 이민 가서 현재 첫째는 상파울루에서 치과의사를 하며, 둘째는 치의학 박사가 되어 대학교수를 하며 치과병원을 경영하고 있다.

그런 딸을 이만 못 보내겠다며 완강히 반대를 하는 장인, 장모님을 술까지 마시고 찾아가 지금 후회가 막심한 주정 어조로 말하기를, "내일에 가망이 없는 이 나라에 더는 못 살겠으며 진실과 정직이 통하고 능력과 노력이 응보 받는 곳으로 가겠노라"며 이혼까지 운운하였다.

아마도 지금 세월 같았더라면 딸이 둘이나 달렸더라도 이혼 쪽을 택하였을지 모르겠으나 그 당시는 어려운 주문이었을 것이다. 여하튼 본인이 떠나가겠노라고 주장하는 데는 아무도 어쩔 수 없었다.

김홍기 박사와 아내 김문자 씨 신혼여행

1961년 김홍기 박사의 장녀 김옥경의 백일잔치(엄마 김문자 여사 품에 안겨) 때 친구 하객들과 함께.

김홍기 박사와 김문자 여사 부부가 첫딸 옥경과 함께 덕수궁에서

김홍기 박사와 김문자 여사 부부가 첫딸 옥경과 함께 시내 나들이 모습

제2장

브라질 이민 막전막후

브라질 이민선을 탄 '38 따라지'

때는 1964년 8월 15일. 장소는 부산 제3 부두, 내가 단장으로 인솔하는 '제2차 브라질 집단 영농(營農) 이민단'이 군용부두에 정박해있던 네덜란드 선적(船籍)의 7,000톤 급 화물선 찌짜랭카호를 타기 위해 모였다. 이곳에는 500여 명의 단원 외에도 배웅 나온 친인척 1,000여 명이 뒤엉켜 승선 수속과 이민 짐을 옮기는 와중에도 생이별이 아쉬워 눈물을 흘리며 서로 부둥켜안는 풍경이 연출됐다.

드디어 출발을 알리는 뱃고동 소리와 함께 이민선에 몸을 실었지만 이민선을 타기까지 장장 만 4년간의 수속기간에는 우여곡절이 많았다.

당시 우리나라의 GNP는 68달러로 북한 100달러에 비하면 절반이 조금 넘었고 보릿고개에 일반 여행은 물론 해외 이민은 엄두조차 낼 수 없을 때였다. 그래서 해외 이민을 간다니 주변에서는 부러움 내지는 질투, 심지어는 미움의 감정까지 드러내기도 했다. 게다가 사회 전반에 북한 출신자에 대한 반감(反感)이 광범위하게 퍼져 있던 때 이민을 떠나는 이들 대부분이 북한 출신자들이니 결국 매를 맞고 떠나는 격이었다.

이민단 대부분은 동대문시장, 남대문시장 그리고 평화시장에서 의류 상인을 하던 북한 출신자들이었다. 요즘은 '실향민'이라는 점잖은 말로 표현하지만 당시는 '38 따라지'로 불리던 이들이었다.

왜 이들이 이민단의 대부분을 채우게 되었는지는 설명이 필요하다.

이민이란 보내는 나라인 송민국(送民國)과 받는 나라인 수민국(受民國)으로 나뉜다. 당시 수민국 격이었던 브라질에서는 일부 지원이 있다지만 농노(農奴)들을 데려다가 땅을 파고 개발하면 된다는 식의 19세기형 이민 정책을 펴면서 농지를 구입해서 직접 농사를 지을 수 있는 농민에 한해서 '지주이민 비자'를 발부한다고 했다. 반면 송민국 입장에 서고 싶은 한국에서는 연간 3%의 인구 증가가 밥숟가락만 늘린다는 시름에 빠져있는 빈국(貧國)이었고 농민들의 해외 대이동은 전혀 불가능한 일이었다.

그러니 그때로부터 꼭 60년 전 구(舊)한국 시대에 고종황제의 칙명으로 이뤄진 하와이 농노 이민이 있었다. '슈가케인 커터'라고 사탕수수를 자르는 거의 준노예로 한 사람이 한 시간에 68전을 받고 102명이 하와이로 떠났다. 그 역사적 한민족 대이동은 기독교 단체에서 주관한 것으로 1902년의 일이었다.

그때 일을 떠올리면서 이번의 '한민족 해외 대진출 기회'는 그 당시 국정 예산이 바닥이 날 지경이었던 박정희 군사정권으로서는 놓치기 아까운 기회였을 것이다.

이런 판국에 이 기회를 살리는 묘안(妙案)이 당시 김종필 국무총리로부터 나왔다고 한다. 그 묘안에는 숨은 동기가 있었다. 소위 혁명세력이라고 불리는 육사 5기생과 8기생 중에는 일찍 제대한 예비역 중령, 대령들이 있었다. 정권에서 한 자리를 요구하는 그들의 이권(利權) 후생사업으로 브라질 이민 정책을 떠올렸고, 그 이민사업에 필요한 자금과 이민희망자를 모집하는 두 가지 문제도 한꺼번에 해결할 수 있는 방안이 마련됐다.

북한 출신으로 남한 땅에 뿌리가 깊지 않았기 때문에 쉽게 한국을 떠날 수 있었고 또 자비 부담이 가능했던 이들이 바로 동대문시장, 남대문시장, 평화시장의 소위 '38 따라지'였던 것이다.

표적 중과세(重課稅)가 이민의 계기로

여기서 38 따라지들의 세금에 얽힌 얘기를 풀어보자. 너무 많은 세금 부과가 그들이 이민선을 타게 된 하나의 계기가 되었으니 말이다. 그 당시에는 현재로 보면 말도 안 되는 '인정과세법'이란 것이 있었다. 세무공무원이 예를 들자면 어느 가게에 "1평당 한 달에 무조건 100만원 씩 내시오."라며 눈으로 보고 과세액을 정하는 과세법이다, 세금 몽둥이를 세무공무원들 마음대로 흔들어대는 것이다.

세무공무원들 마음대로 세금 몽둥이를 흔들어댔다 하더라도 38 따라지들이라고 탈세를 전혀 하지 않고 산 것은 아니다. 한국의 탈세 풍조는 정치 사회 경제 전반에 걸쳐 질서가 어지럽던 정부 수립 초기부터 6 · 25전쟁을 거쳐 5 · 16혁명 이후까지도 끈질기게 이어져 왔다. 이 탈세 풍조는 국민들의 일상적인 의식으로 자리 잡고 있어 심하게 말하면 탈세 안 하는 사람이 거의 없던 때였다.

그러니까 정부에서도 정상적 과세법으로는 국가 예산을 충당할 세금 징수가 불가능했다. 월급쟁이들의 원천과세는 월급 지급하기 전에 세금을 먼저 떼니까 그 사람들이 가장 양심적으로 세금을 내는 사람들이었고 일반 사업자나 상인들은 거의 탈세를 했으므로 그들의 탈세를 미리 감안한 비합리적 과세(課稅)를 할 수밖에 없었던 정부 세무당국의 고충도 있었다. 그리하여 세무공무원들에게 인정과세권을 부여한 것으로 해석할 수도 있다.

그러나 이런 공권 남용은 독재정권만이 할 수 있는 것인데 이것이 세무공무원과 상인들의 흥정 협상으로까지 이어져 되레 탈세 비리의 온상이 되고 말았다.

그러면 특별세금법이 왜 하필 이 시장 바닥의 소상인(小商人)을 표적으로 삼았는가? 그 배경에는 웃지 못할 동기가 숨어있었다.

당시 군사정권을 장기화하려던 측근들은 박정희 장군을 소위 민주식 직접선거에 도전시켜 민선(民選) 대통령으로 만들고자 했다. 그러자면 정당을 만들어 대권 후보로 나서야 했고 이를 위해선 큰돈이 필요했다. 이에 증권시장에 손을 댔고 당시 윤모라고 하는 모사꾼을 앞세워 주가(株價) 조작을 하다가 탄로가 났다. 그리하여 5천 명이 넘는 일반투자자들은 엄청난 재산 손실을 봤고 민심이 곤두박질쳤다. 이를 만회하기 위해 나온 것이 애꿎은 동대문시장 남대문시장 평화시장의 38 따라지를 대상으로 하는 특수표적과세였던 것이다. 세무공무원들로 하여금 탈세로 돈벌이를 하고 있는 '38 따라지' 시장 장사꾼에게 엄벌 과세를 하라는 것이다.

엄벌 과세 대상이 된 그들은 6 · 25전쟁 때 흥남 부두에서 군용선을 간신히 얻어 타고 경남 거제 그리고 부산으로 월남 피난하여 부산 국제시장, 자갈치시장을 일구었고 거기서 작은 재산을 모아 서울로 올라와서 동대문 남대문 평화시장에 거점을 선점하여 10여 년 동안 '자유 시장경제' 체제에서 돈맛을 본 이북출신의 소상인(小商人)이었다. 이들은 원래 납세라는 개념조차 알지 못하였고 사실 국제시장 때부터 탈세가 몸에 익었던 것이 사실이다. 인정과세 체제 아래에서 세무공무원과 협상을 통해 나라로 들어갈 세금을 에누리하는 것이 다반사였다. 말하자면 세무공무원들과 탈세 공모자인 셈이었다.

그렇게 돈벌이를 하는 재미로 살던 차에 갑자기 표적과세의 대상이 되어 전처럼 세금 홍정도 할 수 없고 버는 돈을 훨씬 넘는 중과세를 부과하니 그들로서는 더이상은 못 버티겠다는 비명이 나오기 시작했다. 이럴 즈음 브라질 영농 이민 소식이 전해졌고 그들은 이에 솔깃했던 것이다.

브라질 이민을 결심한 이유

그때는 4 · 19 학생혁명 이후 발발한 5 · 16 군사혁명으로 군사정권이 막 시작된 60년대 초기였다. 이승만 독재정권 10여 년을 거쳐 불붙어 오르던 민주주의의 희망이 1년여 만에 다시 서슬 퍼런 군사정권 통치로 물거품이 되고 만 때여서 많은 30대 전후 청년들은 기회만 주어진다면 너나 할 것 없이 해외로 이주할 마음을 품고 있었다.

그도 그럴 것이 북한의 GNP는 100달러에 육박하는데 한국은 기껏해야 60달러 안팎밖에 되지 않던 경제적 상황에다가 정치적으로도 암흑시대 상황이 열리던 터여서 한국은 이제 가망이 없다는 생각이 퍼져 있었던 것이다.

나는 당시 3년 전 돌아가신 부친의 사업을 이어받아 조그마한 건설업체를 경영하고 있었는데 학생들의 핏값으로 얻은 민주주의의 싹이 트기도 전에 총칼을 든 군인에게 찬탈당하고 말았다는 생각을 떨칠 수가 없었다.

그리하여 평양 출신 특유의 근성으로 술좌석에서 이런 생각을 마구 떠들어대다가 반(反)군사정권분자로 몰려 사정(司正)당국에 자주 불려 다니게 되었다.

결국 신변상의 우려까지 낳게 되어 한국을 일단 떠나자고 출구를 모색하고 있던 터에 접하게 된 것이 브라질 이민의 기회였고 주저 없이 그걸 수용하게 되었던 것이다.

브라질 이민사업 업무는 당시 보건사회부가 맡았다. 지금 같으면 외교부가 관장했겠으나 이를 사회사업으로 취급해 보건사회부가 맡았고, 산하에 모든 이민 사업을 관장하는 이민협회가 설치되었다. 나는 이 협회를 통해 이민단에 합류했고 소식을 기다리던 중 이민협회로부터 통보가 왔다. “중소기업은행 광화문지점에 당시 돈 6만 2,500원(지금 가치로 따지면 62만 5,000원 정도다.)을 이민협회 입회비로 입금하라”는 것이었다. 우리 가족은 환호성을 질렀다. 그 돈만 입금하면 우리 가족 모두가 한두 달 안으로 배 타고 이민을 가게 될 것으로 생각했던 것이다. 나뿐만 아니라 당시 그 '그물'에 걸렸던 38 따라지 모두가 같은 생각이었을 것이다.

이 과정에서 우리들은 모든 경제생활과 사회활동을 중단하고 출국 준비에만 몰두했다. 나 역시 아버지 사업을 물려받아 건설업체인 '이화상공 주식회사'를 경영하고 있었는데 바로 폐업계를 내고 사원들의 퇴직금까지 다 지급했다. 또 살고 있던 집과 부동산을 다 처분했고 당시 고등학생이었던 여동생을 중퇴시키는 등 한국에서의 인생 청산 작업에 정신없이 뛰어들었다. 그러고 나서는 이민협회로부터의 연락을 이제나저제나 하고 기다렸으나 한 달이 지나고 두 달이 지나도 감감무소식이었다. 두 달 반 만에야 이민협회로부터 전화가 왔다. '제2차 집단영농 이민단 세대주 총회'가 열린다는 통보였다.

실망만 안긴 이민단 세대주 총회

이민단 세대주 총회가 시내 삼미정(三味亭)이라는 식당에서 열린다는 통보에 나는 곧 이민선을 타게 된다는 희망에 단숨에 달려갔다. 그러나 그 모임은 별 내용도 없이 실망만 안겨주는 회동으로 끝났다.

삼미정 회의실에는 이민단 회장이라고 자기를 소개한 예비역 대령 출신 김대헌이라는 사람과 그 옆에 그를 보필하는 것으로 보이는 신사복 차림의 4~5명이 자리하고 있었다. 건너편 구석에는 시장 상인으로 보이는 20~30명이 조심스러운 자세로 웅크리고 앉아 있었다. 회장 김대헌 씨는 과거 3년간의 우리 이민 케이스 수속 진행과정을 설명했다. 설명이라지만 중언부언(重言復言) 넋두리 같은 이야기가 한 시간 동안 계속됐다. 그는 옆에 있던 한 사람을 가리키면서 "이분이 박종식 대령인데 브라질에 가서 1년여를 헤맨 끝에 싼값에 좋은 조건으로 농지 매입을 체결하는 계약을 밟고 와 보건사회부 이민국에 이민 신청서를 제출했다"며 "그러나 복잡한 수속 절차 탓에 서류가 세 번이나 반려됐고 이번 네 번째 제출에서야 완벽한 서류로 접수가 됐다"고 내용 없는 자화자찬의 얘기만 늘어놓았다.

1964년 김포비행장에 도착한 브라질 식민공사 CAUSA 대표들을 환영하고 있는 제2차 브라질 정책 영농 이민단장 김홍기 박사(맨 오른쪽)와 본래 군정으로부터 이 프로젝트를 사업으로 맡았던 주관자 박종식 대령(왼쪽에서 세 번째)

굿이나 보고 떡이나 먹자는 소극적인 자세로 구석에 웅크리고 앉아 있던, 우리 이민단의 실질적 물주(物主)들인 38 따라지들도 모두 나처럼 기가 막히고 황당한 심정이었을 것이다. 참다못한 나는 벌떡 일어나 "그런데 도대체 이민선은 언제 타게 되는 것이냐?"고 항변성 질문을 던졌다. 회장이라는 김 대령은 "이 젊은이가 뭘 몰라도 한참을 모르는구만."이라며 핀잔을 주면서 "이건 보사부를 통과하는 것만이 문제가 아니라 보사부를 시작으로 경제기획원 그리고 내무부 치안국, 중앙정보부 등 10여 개 부서를 통과하자면 적어도 1년 이상 시간이 걸리는 것인데 우리 대표자들이 정부에 인맥이 있어 수속기간이 단축될 것"이라며 궁색한 답변을 늘어놓았다. 그 속 빈 허풍 장담만 들은 채 첫 모임은 이민 후보자 몇 사람의 상견례로 끝이 났다.

이민단 회장에 당선, 출국정지령 해결

그런데 내가 1차 세대주 총회에서 한마디 항변을 한 것이 내 운명을 획기적으로 바꿀 줄은 꿈에도 몰랐다. 나의 항변이 그 자리에 있던 이민 후보자들의 딱한 심정을 대변한 것처럼 소문이 퍼졌고 결국 그 이후에 있던 제2차 세대주 총회에서 내가 우리 이민단의 새로운 회장으로 피선(被選)되었던 것이다. 그렇게 되고 나니 갈 길이 천만리인 이민 수속길에 내가 선봉장이 돼야 나와 내 가족이 하루라도 속히 이민선을 탈 수 있지 않겠느냐는 이기심과 민주적 투표 절차로 선출된 공식대표라는 자부심도 들었다.

내가 회장직을 맡은 지 불과 3개월 만에 이민 수속이 보사부, 외무부, 경제기획원을 거쳐서 치안국, 중앙정보부에 이르기까지 정확히 10개 부서를 통과했다. 이민단 전원에 그 어렵다는 여권이 발급되었고 세대당 300달러씩 환전을 하도록 했다. 또 당시 한국에는 브라질 대사관이나 영사관이 설치되기 전이어서 일본 요코하마(横浜)에 있는 브라질 영사를 서울로 초빙해서 당시 최고급이었던 워커힐호텔에 모셔놓고 모두의 비자 수속까지 마치고 나니 마침내 1964년 3월 중순 경 모든 수속이 완결됐다, 절차상 최후 단계이던 법무부 출입국관리국으로부터 출국 허가도 났다.

그런데 이게 웬일인가. 이민단이 출국을 준비하는 중에 출국정지령이라는 청천벽력의 조치가 내려졌다. 법무부를 항의차 방문했더니 외무부 요청에 의한 조치라면서 오리발을 내밀었다. 이에 외무부에 항의하러 갔더니 해명하기를 현지 공관장인 박동진 대사로부터 출국금지 요청 전문(電文)이 접수되어 부득이하게 내린 조치였다는 것이다. 그 전문의 내용은 '이전 63년도에 브라질로 갔던 제1차 브라질 영농 이민단원 모두가 농지를 벗어나 도시로 도주하였던 바 이번 농업 이민자들도 정해진 곳을 벗어나 도시로 빠져나갈 것이 확실하므로 출국을 정지함과 동시에 이민 허가를 취소해 줄 것을 요청한다'는 것이었다.

나중에 알게 된 사실이지만 김종필 주도의 중앙정보부가 생기고 나서 남미 이민 케이스가 발표되자 중앙정보부를 배경으로 남미 브라질 이민 케이스를 분하받았다고 하는 예비역 대령 박종식은 동대문과 평화시장 소상인들의 돈을 걷어 브라질의 이민 농지를 구한다고 갔다.

그런데 1년 내내 농지를 보러 다니기는커녕 세계 제일의 미항(美港)인 리우데자네이루에 정착하여 세계 3대 상업도시인 상파울루를 오가며 최상급 관광객 인생을 즐겼다. 게다가 대사관을 한 번도 방문한 적이 없었다.

당시 외국에 가서 어떤 이권 사업을 하려면 현지 대사를 거쳐야 하고 또 현지 대사에게 소위 '금일봉의 촌지(寸志)'를 건네야 하는데 그것도 없이 현지 공관의 확인도 없는 농지 계약서 하나를 달랑 가지고 돌아와서 한국 정부를 상대로 이민 사업을 쭉쭉 밀고 나가려니까 대사관에서는 괘씸하게 보고 사업 방해를 놓는 것이라고 우리는 유추할 수 있었다.

나는 법무부 출입국관리국, 외무부 영사국 교민국을 한 달 도리로 번갈아 방문하여 "어떻게 국정이 현지 대사 박동진 한 사람의 어처구니없는 독단적 소견에 좌우되는 것이냐?" 하고 강하게 따졌다. 그러나 외무부에서 대책이라고 내놓는 것은 현실성이 전혀 없는 이야기뿐이었다. 즉 내가 브라질 대사관에 직접 가서 박 대사를 만나 전문 내용을 취소하는 공식 통첩을 구하는 길밖에 없다는 것이었다. 앞이 캄캄하고 하늘이 노래졌다.

명색이 대표인 나는 눈물 어린 호소와 함께 절규의 항변 투쟁을 벌이는 길밖에 다른 도리가 없었다. 이민단 몇 사람과 함께 법무부 총무국장실, 외무부 영사국장실, 보사부 이민국장실을 번갈아 다니면서 때로는 책상을 치며 눈물로 호소하기를 거듭했다. "입장을 바꿔 생각해 보라. 만 4년에 걸친 고생 끝에 겨우 얻어낸 이민허가이다. 그동안 일군 재산을 헐값에 처분하고 자식들의 학업까지 중단시켰다. 이민 수속과정에 모든 재산을 쏟아부어 길거리에 나앉을 지경의 세대도 여럿이다. 그 오갈 데 없는 수백 명의 이재민 아닌 이재민의 운명을 국가가 책임질 것인가? 아니면 박동진 대사 한 사람에게 책임을 전가시킬 것인가?"

공동 기자회견과 노상 데모까지 계획하는 등 4개월간의 사투(死鬪)를 벌인 끝에 결국 조건부 해법을 얻어냈다. 그것은 '정착농지에 꼭 들어가서 농사지을 것을 서약한다."한 명이라도 정착농지 이탈자가 생기면 재산 처리 등이 늦어 뒤늦게 합류할 이민 가족들의 출국을 금지시킨다'는 서약 각서를 쓰라는 것이었다. 내가 대표로 세 통씩의 각서에 서명하고 난 후에야 출국금지 조치가 해제됐다. 그리하여 드디어 1964년 8월 15일 그

대망의 이민선을 타게 된 것이다.

달러 환율 급등에 재산 반토막 시련

그럴 즈음 또 사건이 있었다. 가뜩이나 쪼그라진 우리 이민단원들의 재산이 절반이나 날아가는 엄청난 사건이 터진 것이다. 1964년 5월 10일을 기해 1,300원대 1달러 하던 환율이 하룻밤 사이에 2,250원대 1달러로 한화(韓貨) 가치가 거의 절반으로 급격히 절하된 것이다.

우리 이민 후보자들은 정부에서 달러를 환전해주는 공식 절차를 거쳐야만 이민을 갈 수가 있었는데 당시는 군정 초기였기에 정부의 외화(外貨) 보유 부족으로 그렇게 속히 한화를 달러로 교환해주는 허가가 떨어지지 않았다.

1년 이상을 기다려야만 달러 환전 허가가 떨어지는 때였고 게다가 한 세대당 기껏 바꾸어준다는 게 300달러에 불과했고 그마저도 'travelers check'라는 여행자 수표로밖에 허가가 나지 않았다.

그래서 우리 형편은 사실 달러 암(暗)시장 거래를 피할 수 없는 상황이었다. 그러나 외환거래법 상 35,000달러 이상을 반출하다 검거되면 최고회의 법령으로 정한 사형까지 가능한 때였고 달러 암거래상(商) 중에는 당국의 밀정(密偵)마저 끼어있었다. 여간 친밀한 인간관계를 맺지 않고서는 암거래가 매우 어려웠기에 재산을 처분한 이민 세대들도 한화를 달러로 미처 바꾸지 못한 경우가 많았다. 그렇기 때문에 브라질 박동진 대사의 출국금지 요청 전문은 우리들의 재산을 하룻밤 사이에 절반으로 쪼개 없애는 청천벽력이었던 것이다.

대한민국 이민 정책 수립 막후 비사

5 · 16 군사혁명 초기에 워싱턴의 인정을 못 받아 바닥이 난 재정 형편에 일본의 이민 정책처럼 JAMIG(일본 이민기구) 국비 지출로 이민 정책 시행이 어려운 때에 생긴 브라질 집단 이민, 즉 현대 사상 최초의 한민족 해외 대거 이동을 획책할 수 있는 기회였다.

그 어려운 형편에 당시 정부의 유일한 브레인이면서 실세였던 김종필 씨의 기발한 발상이 실천 가능한 이민 정책을 도출해 냈던 것이다. 나는 그 정책을 가리켜 '군상야합'의 정책이라 이름하였다.

우선 수민국인 브라질이 요구하는 '지주 영농이민집단'을 형성할 후보군이 당시 한국에는 거의 없었다. 거의 모두가 영세 소농민이었는데 해외 이민의 개념은커녕 해외여행조차 한번 못해본 사람들이었고 거기에 소요되는 자금의 본인 부담은 전혀 불가능한 일이었다.

이런 현실 속에 자비 부담으로 해외에 농지를 사서 이민할 사람은 남한 땅에 뿌리가 깊지 않은 북한 출신의 동대문, 남대문, 평화시장의 상인들뿐이라고 생각했다. 한편 그 소상인들은 마침 '표적중과세'에 지쳐 있던 때였다.

그때가 또 한편 박정희 최고 회의 의장을 민선 대통령으로 만들기 위해 공화당을 조직하는 하나의 모금노선으로 윤모 씨라는 재주꾼을 내세워 증권 조작을 하여 무수한 '개미군'의 희생자를 배출하여 군사혁명 정권의 인기가 급추락한 뒤였다. 정부는 미봉책으로 부산 국제시장으로부터 남대문 · 동대문 · 평화시장에 이르기까지 탈세를 일삼고 있던 '38 따라지' 이북 출신 소상인들을 상대로 '인정과세'의 폭탄을 부어내렸다.

그래서 그들은 김일성 정권의 극좌나 박정희 정권의 극우나 자유 탄압은 마찬가지라 하더라도 남한에서는 그나마 돈 버는 맛에 살았는데 그것도 다 틀렸다며 "어디로 가서 살아야 한다는 말이냐"고 불만을 토로했다.

그러던 와중에 다른 한편에서는 성공한 혁명에는 갑작스런 혁명동지가 쇄도한다는 말이 있듯이 자유당 말기로부터 제대했던 중견 장교들, 특히 5기생과 8기생(혁명 주최 육사 출신)들이 "한자리 달라", "돈 좀 달라"고 손 벌리는 사람들이 많았다. 이에 김종필 씨는 그들에게 이권 사업으로 '남미 이민사업(브라질, 파라과이, 볼리비아)'을 배분했다고 전해졌다.

그들이 그 프로젝트의 진행을 위하여 남미 답사, 여행 등의 경비 요구를 하였던 바 정부에서 경비를 부담할 수 없으니 동대문, 남대문, 평화시장의 3.8 따라지 소상인들을 대상으로 삼으면 그들의 자비 부담으로 충당될 것이라고 했다고 알려졌다.

우리 까우사 케이스(Cuausa Case, 농업식민회사)도 육사 5기생인 박종식 예비역 대령을 비롯해 그렇게 탄생했다. 그래서 내가 '한국 민족 해외 대이동 역사'는 이름하여 '군상야합'에서 비롯됐다는 사실을 팩트 그대로 후대에 알리는 것이다.

이는 다른 뜻에서가 아니라 '시작은 잘못(미미)하였으나 그 나중은 창대했다'고, 그것도 주님의 은혜가 항상 있었음에 사실 기만 당한 우리 자신들의 피나는 노력 끝에 일궈낸 결과이며 우리의 잘못으로 된 실패가 아니고 성공한 이민이기에 바로 기록하는 것이다.

눈물의 부산 부두 환송식

참으로 기가 막힌 이 같은 우여곡절 끝에 드디어 네덜란드 선적의 7,000톤급 화물선 찌짜랭카호를 탄 그날. 그때는 해외 이민사업이 국가의 큰 행사의 하나였기에 환송식을 성대히 치러주던 때였다.

군악대 연주에 이어 부산시장이 환송사를 해줬고 '제2차 브라질 이민단장'이며 별명이 '한민족 해외 대웅비(大雄飛) 100년 대계(大計) 선발대장'인 나의 답사가 이어졌다. 만감이 교차하며 눈물이 앞을 가려 마이크 앞에서 말을 제대로 이어가지 못하고 있는데 내 앞에 있는 친인척들도 이제는 영이별이 아니냐는 생각에 눈물을 흘리고 있었다.

한국하고 미국 사이에 노스웨스턴 항공기 하나밖에 없었고 그것도 일주일에 한 대밖에 뜨지 않던 당시에 배를 타고 삼대양을 두 달 동안에 걸쳐 항해를 한다는 것은 이제 조국으로 다시 돌아오지 못할 마지막 이별이라고 생각하지 않을 수 없었던 것이다.

제2차 브라질 정책 영농집단 이민단(약 500명)이 네덜란드 화물선 찌찌랭카호를 타고 있는 출국항의 장면

1964년 8월 15일 부산 제3 부두에 제2차 브라질 이민단을 실은 화란 화물선 찌찌랭카호를 전송하고 있는 가족 및 친지들.

보내는 사람, 가는 사람 할 것 없이 그런 분위기 속에서 눈물바다를 이루고 있는데 가슴 아픈 광경도 펼쳐졌다. 이민단 가운데 장기 수속기간에 재산을 모두 날린 탓에 여비를 마련 못해 같이 못 떠나는 이가 우리가 이민선을 타는 것을 보면서 가슴을 치며 부두 앞 바다에 빠져 죽겠다고 발버둥을 치고 울부짖는 것이었다.

드디어 우리를 실은 이민선의 출항 고동소리가 울려 퍼지면서 갑판부터 부두 앞까지 이어진 오색 축하 커튼이 조금씩 끊어지기 시작했다. 승선한 이민단원 모두는 갑판 사이드 레일에 기대어 아래쪽 부두에서 울면서 손을 흔드는 가족들, 친인척들을 이제 마지막 본다고 생각하며 함께 울었다.

해 질 때까지 멀어져 가는 조국 땅에 눈을 못 떼는 가운데 이민선은 현해탄을 건너 일본 오키나와로 향하고 있었다.

브라질 이민선 찌짜랭카호에서 가족과 함께. 둘째 딸 수영을 안고 있는 김홍기 박사, 부인 김문자 씨, 큰딸 옥경, 어머니 오선희 씨

I, the undersigned Minister of Foreign Affairs of the Republic of Korea, request all whom it may concern to allow

Mrs. Moon Ja KIM.

a national of the Republic of Korea, proceeding to the United States of Brazil

x x

to pass freely without let or hindrance, and to afford the aforementioned person such assistance and protection as may be necessary.

May 26, 1964.

— 4 —

소지인의 사진
Photograph of bearer

The validity of the passport expires:

May 26, 1966.
Seoul, Korea

— 5 —

김홍기 박사의 아내 김문자 씨와 두 딸 옥경, 수영의 여권

홍콩에서 홀대받은 이민단, 부러운 일본

우리 이민선은 현해탄을 건너 오키나와에 들려 15명의 브라질행 일본 이민자들을 태워 떠나 홍콩 외항에 밤 11시 30분경에 도착했다.

내항에 기항하기 전 위생 당국의 검사가 끝나야 다음날 오전에나 내항으로 들어갈 것이라고 3등 항해사의 통첩이 왔다. 나는 곧 세대주들을 3등 객실 갑판에 집합시켜 이 사실을 통보했다.

그런데 이때에 공교롭게도 한 쾌속 보트가 우리 이민선을 배회하면서 신사복 차림의 두세 명이 손을 흔들며 우리를 향해 소리를 치며 누군가를 찾는 듯했다. 두 바퀴, 세 바퀴 돌며 소리치는 말에 귀를 기울여 들어보니 일본 말투였다. "거기 일본사람들 계십니까?" 하는 것이었다. 세 바퀴째를 돌며 소리칠 때 우리 옆 근처 난간에 기대서 있던 몇 명이 일본말로 "네, 우리 여기에 있습니다." 하고 손을 흔들며 화답하는 것이었다.

그러자 보트의 신사들은 두 손 들고 만세 자세로 인사하며 "반갑습니다. 홍콩에 오신

것을 환영합니다.", "다들 건강하시지요. 우리는 총영사관에서 나온 사람들입니다. 내일 내항에서 다시 뵙겠습니다." 하며 몇 번씩 고개 숙여 일본식 인사를 거듭하며 떠나갔다.

이것을 본 우리는 자연스레 우리 총영사관 사람들도 곧 쾌속선을 타고 나타나겠지 하는 기대감에서 한 시간을 넘게 기다렸다. 그 뒤로 나타나는 작은 배는 한 척도 없었다. 모두 허탈감에서 "X새끼들." 하며 욕을 해댔다.

그 뒤에 알게 된 사실이지만 15명 밖에 안되는 사람들을 마중 나왔던 사람들은 일본 총영사 일행들이었다. 우리는 500명이나 넘는 이민 숫자로 팔순의 할머니, 할아버지부터 한 살짜리 영아까지 다시는 못 볼지도 모르는 조국과 영이별로 먼 나라를 향해 떠나가는 마지막 길목이었다.

그때 조국으로부터 기만당한, 아니 영영 버림받은 비참함과 배신감이 다시 가슴을 뚫고 터져 나오는 참담함을 느꼈다. 기뻐하고 있는 일본사람들의 모습에 모두가 같은 침울함을 느끼고 있었다. 그 일본사람들이 부럽기까지 했다.

책임자인 단장으로서는 절대 용납할 수 없는 사태에 직면한 것이었다. 그래서 나는 화란인 선장을 찾아 이민단의 문제로 한국 총영사관을 급히 방문해야 하니 쾌속선 한 척을 내어줄 것과 수행자 한 명을 대동해 일시 상륙하고 돌아올 허가를 얻어냈다.

현해탄 항해 선상에서 조직했던 청년부 홍무장 부장을 대동하고 우리 이민선 찌짜랭카호 선원이 운전하는 쾌속선을 타고 홍콩 내항에 상륙했다. 택시를 잡아타고 홍콩의 번화가인 퀸가에 도착하니 이미 저녁노을이 물들고 있었을 때였다. 공중전화실의 전화번호부에서 한국 총영사관저를 찾아 전화를 걸어 총영사를 찾았으나 현지인 2~3명을 거친 후 총영사 대신 서기관급의 영사 한 명이 받는 것이었다.

"나는 방금 홍콩 외항에 도착한 브라질행 한국 제2차 정책 집단 영농이민 단장 김홍기라는 사람이요. 출국 전에 외무부에서 받은 통지와는 달리 총영사관에서는 한 명도 마중 나오지 않았으니 본국 훈령을 못 받으신 것입니까?" 하고 물었다. 이어 "3대가 결집된 이민단이어서 칠 · 팔순 노인들도 많은데 더욱이 일본 총영사관에서는 총영사를 비롯한 시니 명이 마중 나와 15명밖에 인 되는 일본인들에게 환영 인사를 하고 들이기는 광경을 보고는 섭섭하다 못해 매우 분노를 하고 있습니다." 하며 단숨에 항변적 질문을 퍼부었다.

이에 그는 "아, 오늘 본국에서 국회의원 방문단이 오셔서 총영사관 모두가 바빠서 다른 일에 여념이 없었습니다." 하며 답변했다. 이에 나는 다시 "아니 부영사나 직원 한 명이 없다는 말씀이오? 내가 돌아가 그렇게 보고할까요? 3일간 정박할 예정이라 내일 아침 500여 명 모두를 인솔하고 나와 세대주들 전원이 달러를 배분받으러 총영사관을 방문할 텐데 분노한 그들을 어떻게 맞이할 것입니까?"라고 반박했다.

그때는 한 세대당 알량한 이민 이주 자금으로 300달러를 환전해주는 것도 현찰 미화로 주면 당시 흥행하던 달러 암시장으로 흘러 들어갈 염려가 있어 국가 시책 상 Travelers-check(여행자수표)로 받아 단장인 나에게 주어 국내에서는 절대로 단원들에게는 배분 안 한다는 약속을 받고 홍콩 총영사관에 가서 다시 현찰 화폐로 환전해 각 세대주에게 나눠 주도록 돼 있었다.

그러자 그 영사는 생각이 달라진듯 "지금 어디 계십니까? 만나서 얘기합시다."라고 했다. 내가 서 있던 전화부스 주소를 알려주었더니 약 30분 후에 그가 다른 한 사람을 대동하고 와서 만남을 갖게 됐다. 때가 때니만큼 근처 식당으로 이동해 대면 회동을 한 저녁식사를 통해 그들의 바빴던 사정과 홍콩이라는 본국 고관대작들의 해외여행의 첫 관문을 담당한 딱한 처지의 호소를 듣고, 우리 이민단의 내용 및 배경 설명을 하는 등 교담을 하고 돌아왔다.

여하튼 홍콩에서는 총영사관의 주선으로 T/C를 현찰로 교환하고, 총영사관의 배려로 우리 이민자 모두는 홍콩 시내 관광을 했으며 화물 선적을 하는 3일간의 정박을 마치고 이민선은 싱가포르로 향했다. 싱가포르에서는 우리들의 원성에 당황했던 홍콩 총영사관의 탓인지 서로 연락이 되어 상무관 한 분이 나와 우리를 반가이 맞아주었다. 이민 초기였으니 만큼 본국 정부의 배려와 지원을 얻어 우리 이민선의 기항지마다 관광을 주선해주었다.

이민선 안에서 첫째 딸 옥경을 안고 있는 김홍기 박사

말레이시아에서 인생 '최악의 인연'을 만나다

다음 정착지는 아시아 대륙에서는 마지막 기항지인 말레이시아의 '페낭'이란 항구였다. 그다음은 일주일 항해 끝에 닿을 아프리카 대륙이었다. 페낭항구에서 실을 화물이 3박 4일은 걸린다는 정보를 3등실 사무장 Mr. Tom이라는 칠십객 노 중국인에게 통지를 받고 갑판에 또 한 번 세대주 총회를 소집해 모두에게 통보했다. 4일 후 아시아 대륙을 떠나면 다음은 오지와 같은 흑의 대륙 아프리카로 간다는 것은 마치 인공위성을 타고 지구를 떠나 외계로 아주 떠나버리는 공감대가 무언중에 섰던 것이었다.

"단장님 나흘만 지나면 우리 고향 땅 한국이 있는 아시아 대륙과는 영이별을 하는 것이지요?"하고 어떤 노인 한 사람이 울먹이는 목수리로 물었다. "거기는 우리 대사관이나 영사관도 없고 한국 사람도 없지요?" 하며 또 한 노파가 한숨을 쉬며 물었다.

정든 내 고향, 내 이웃과 영 이별하여 머나먼 미지의 땅으로 막연한 희망을 안고 간다는 마음속에 착잡한 느낌을 가지고 이민선에 몸 싣고 부산항을 출발할 때 가졌던 느낌이 여기서 새삼 싸늘하게 다시 느껴지는 공통된 감정이었던 것이다.

"자, 여러분 우리는 브라질이라는 천연 과일이 수천 가지가 나고, 지하 자원이 무진장이며, 인심 좋고, 살기 좋다는 기름진 땅을 찾아가는 새 희망이 있지 않습니까? 힘들 냅시다." 하며 격려와 위로의 말을 던졌다. 그리고 "아마 좀 있으면 싱가포르에서 연락받은 쿠알라룸푸르의 한국 대사관에서 우리를 마중나올 겁니다."라고 했다. 그런데 2시간 넘어 기다렸으나 아무도 오지 않는 것이었다. 나는 마음속으로 생각했다. 전국을 상대하는 대사관이니 업무가 많아서 누구를 내보내기가 어려웠겠지 하며 일단 체념을 했었다. 이에 "하다못해 대사관 말단 직원 한 사람도 없단 말인가, 한국 사람을 만나보는 것이 여기가 마지막 기항지인데…." 하며 한 노인이 원망 조로 뱉어버리는 말을 했다. 그러자 몇 사람이 공명하는 것이었다.

나는 또 생각해봤다. 4년의 긴 세월에 걸친 고난의 수속 기간과 그동안의 마음 조이며 좌시했던 소비자산의 위축과 박동진 재브라질 한국대사의 무책임한 전보 한 장 때문에 절반 동강이 난 재산의 쓰라린 경험 등에 의한 반정부 감정의 응어리가 많이 뭉쳤었구나…. 나는 몹시 염려스러웠다. 한민족 해외 대이동의 첫 '디아스포라'를 형성할 사람들의 이 반정부적 감정이 혐한증(한국을 싫어하는 감정)으로 발전하면 어떻게 하나….

그래서 그들의 착잡하고도 허탈하며 원망에 찬 마음을 페낭 관광을 통해 다소나마 위로를 주며 풀어야겠다고 마음을 먹고, 당시 보사부 이민국 대표로 동행한 명 과장(그 후에 캐나다로 이민)을 불러 페낭 시내 관광 사전 답사를 제안하고 부두에 나섰다. 기찻길이 우리 선박이 기항한 끝 지점까지 깔려 있는 것을 보고 페낭 철도역 사무실을 찾아 역장을 만났다.

그는 "삼사일 간이면 패낭보다 차라리 말레이시아 수도 쿠알라룸푸르 관광이 어떠냐."라고 종용하며 기차 대절까지 허락해주었다.

나는 철도 사무실 전화를 빌려 쿠알라룸푸르에 있는 한국 대사관에 인사차 전화를 하게 되었다. 대사관 측 수신자가 "누구십니까?" 하기에 "나는 오늘 막 패낭에 도착한 제2차 브라질 정책 집단 영농 이민단장 김홍기라는 사람입니다. 안녕들 하십니까?" 하고 인사하며 "누구시지요?" 하고 물으니 "나 정보영 영사요." 하며 퉁명스러운 관료적 대답으로 무뚝뚝하게 말하는 것이었다.

이에 나는 "수고들 많으십니다." 하고 가벼운 인사를 한 다음 "우리 이민단은 팔순 노인으로부터 한 살짜리 유아까지 약 550명으로 구성돼 있는데 여기를 떠나면 한국 사람을 만날 수도 없고 다시 없는 미지의 세계로 영주 이민을 떠나는 마지막 기지인데, 대사관에서 한 사람도 마중 나오지 않았다고 특히 죽으로 가다시피하는 노인들의 원성이 높습니다."라고 호소하는 목소리로 말을 건넸다.

이에 정 영사라는 사람은 다짜고짜 "이민 갔으면 갔지 이민이 무슨 특권 계급이요?" 하며 화를 버럭 내는 것이었다. 나는 그 순간 너무 황당하고 어이가 없어 "당신 그것을 말이라고 하는가? 특권 계급이라니, 평생 쌓아 올린 인생을 다 엎어버리고 정든 고향, 사랑하는 벗, 스승, 친지 모두를 등지고 영원히 떠나가는 우리를 보고 특권 계급이요, 귀족 계급이요 하며 질투심이나 위화감을 조성해 '벗겨 먹어라.', '씌워 먹어라.' 하는 사회 풍조를 겪고 지친 우리를 향해 외지에서 만난 외교관 자격으로 그런 막말 이외에는 할 말이 없는가?" 하며 반박을 했다.

그러자 "당신 이민 단장이면 단장이지 어디서 건방지게 외교관 자격 운운하느냐?"라고 소리를 지르면서 전화를 끊어버리는 것이었다. 당시 새파랗게 젊었던 나는 순간적으로 머리로 솟는 분노를 참을 수가 없었다. 하여 그 즉시 택시를 잡아타고 매우 흥분한 상태로 "명 과장, 대사관으로 갑시다." 하며 그에게 손짓을 하니 그도 어리둥절하여 택시에 오르며 묻는 것이었다. "왜 그리 화가 났어요 김 단장?"

지금 와서 돌이켜보면 후회막급한 일이지만, 그 당시는 나의 젊은 가슴 속 분통을 가라앉히지 못한 채 "명 과장, 당신도 공무원이지. 이 외교관이라는 작자들이 아직도 정신을 못 차리고 주권재민의 민주 국민 위에 군림하는 관리의 때를 벗지 못하고 민주 공복이 아닌 감찰 관리 노릇들을 하고 앉아 있는 자들, 버릇 좀 고쳐주고 가야 되겠어."하고 싸잡아 욕을 해버렸다.

사십 전후한 명과장은 "참으시오, 김 단장, 공무원도 별놈 다 있소, 지금 말을 들으니 아예 상종 못 할 놈 같소, 잊어버리시오."라며 위로의 말을 주었다.

쿠알라룸푸르 수도까지 약 2시간의 드라이브를 해 가는 동안 스쳐가는 즐비한 아름

드리 팜나무 가로수를 줄곧 감상하며 갔다. 대한민국 대사관에 도착할 때쯤에는 흥분했던 마음이 다 가라앉아 있었다. 하여 내 마음속으로 이제 그자를 만나면 악수하고 화해하리라 생각하며 궁전 대문 같은 말레이시아 한국 대사관 정문을 열고 현관으로 들어섰다.

앗! 그런데 첫눈에 띈 광경은 무엇이었던가? 현관 바로 안에 처음 두 사람은 장기를 두고 있고 옆에 서 있는 한 사람은 훈수를 두고 있는가 하면, 그 넓은 거실형 방 중간쯤에서는 바둑을 두고 있고, 서너 명은 둘러앉아 열심히 구경하고 있었으며, 그 방 끝자락엔 두세 명이 소파에 앉아 잡담을 하고 있는게 아닌가.

내가 말했다. "안녕들 하십니까?" 했는데 장기와 바둑에 몰두해 전혀 무반응이어서 "안녕들 하십니까?" 하고 큰소리로 다시 한번 인사말을 했더니 그제서야 "누구십니까?" 하며 바둑 두던 인사 중 한 명이 앉아 있던 채로 머리만 돌리며 물어온 것이었다.

"오늘 페낭항에 기항한 브라질 이민 단장 김홍기올시다." 하는 나의 답변이 떨어지기가 무섭게 거실 후면 소파에 앉아 있던 사람 중 머리가 벗겨진 내 또래의 젊은 사람이 벌떡 일어나서 팔짱을 양 옆구리에 끼고, "아 당신이 좀 전에 건방을 떨던 그 사람이군." 하며 나를 째려보는 것이었다.

이에 나는 겨우 가라앉았던 분노가 머리끝까지 다시 치미는 분통을 안은 채 "아, 너 잘 만났다. 나에게 막말을 하던 놈이 바로 너였구나." 하며 그자가 있는 쪽으로 뛰어 들어가자, 바둑을 두다가 "누구십니까?" 하고 묻던 중년 외교관(후에 최 참사관으로 알게 됨)이 나를 가로막으며 "아, 평안도 분이로구만, 평안도 사람은 성질이 급해서 야단이야." 하고 "나하고 얘기합시다." 하며 나의 팔을 잡고 옆에 있는 자기 사무실로 밀며 안내했다.

얼굴이 하얗게 질린 명 과장도 묵묵히 내 뒤를 따라 들어왔다. 이 하찮은 사건을 드라마보다 더 드라마틱하게 상설하는 이유는 후에 발생하는 지독한 악연 관계 때문이다.

"무엇 때문에 그리 화가 났소이까? 말이나 들어봅시다." 하며 숙련된 외교관의 어투로 나를 달래준 이는 최 참사관이었다.

"우리들의 조국 한국 땅이 속해있는 아시아 대륙의 끝자락인 페낭항을 마지막 기항지로 영이별하는 신세가 되어 아주 떠나가는 이민들, 특히 칠팔십 대 노인들에게 작별 인사를 해주는 한국 사람들의 모습을 공관원들이라도 마중 나와 보여줄 것으로 기대하다가 실망과 허탈감이 컸습니다. 그래서 단장으로서 공관에 그 사실을 알려 3박 4일의 정박 기간 중 편리한 시간에 누가 한 분이라도 페낭항에 오셔서 '오시느라 고생이 많았습니다.' '안녕히 가십시오.'라고 수인사라도 한마디 해주면 한국에서부터 품고 온 반정부 감정들이 누그러지지 않겠는가 하는 기대감에서 '왜 한 사람도 마중 나오지 않으셨습니까?'라고 했더니, 다짜고짜 '이민 가는 사람들이 무슨 특권 계급이야.' 하며 흥분한 목소리로 시비를 걸어오지 않겠습니까."

"그렇지 않아도 근 4년에 걸친 수속을 하는 동안, '귀족 이민'이니 '특권 이민'이니 하는 질투의 사회 풍조로 인해 얼마나 많은 피해를 입고 떠나온 우리 아닙니까." 하면서 "외지의 외교관까지 그런 비꼬는 말을 할 수 있는가." 하며 반론 제기를 하자마자 "건방진 XX끼들." 해 가며 통화를 일방적으로 끊어버리지 않겠습니까?"

이 대목에서 이미 따라 들어와 서 있던 정보영 씨(후에 부영사로 판명)가 흥분한 상태로 뭐라고 변명의 시도로 버벅대자 최 참사관이 "넌 홀에 나가서 조용히 있어." 하며 질책을 했고, 정보영 부영사는 그 방을 나가버렸다.

그러자 최 참사관은 "말씀을 듣고 보니 저자가 큰 잘못을 했군요. 나이도 젊고 아직 경험도 일천하니 단장님이 널리 이해해 주십시오." 하며 나를 달래주는 것이었다. 그리고는 "사실 오늘 좀 바빠서 아무도 못 내보내서 미안합니다." 하는 것이었다. "저 역시 순간의 감정을 못 참아 죄송합니다. 실은 저도 대화로 풀고 화해하려고 대사관을 방문한 것이었습니다. 그런데 그만 이 사단을 일으켜 미안합니다."하며 대응을 하니 화기애애한 분위기로 돌아갔다.

여기서 나는 그에게 오늘날까지 갚지 못한 신세를 졌다. 15년 만에 모국 방문을 했던 1983년에 그를 찾아보았으나 이미 은퇴한 뒤였다.

최 참사관은 상무관을 불러들여 대사관 예산에 여유가 없음을 확인하고는 그에게 "좋아, 내 월급에서 충당해." 하며 승용차 한 대와 관광버스 5대를 준비시켜주었다. 그 이튿날 아침 일찍 주방장에게 도시락을 준비시켜 쿠알라룸푸르 관광을 원하는 약 200명을 미리 계약했던 대절 기차에 태우고 그 수도 역에 도착하니 안내자와 같이 내가 탈 승용차 한 대와 버스 5대가 대기하고 있었다. 그런데 이것이 웬일인가? 관광 안내자 이외에 또 한 사람의 동행자가 부인인듯한 젊은 여인과 나란히 서 있는데 다름 아닌 정보영 부영사 부부가 아닌가. 후에 알게 된 사실이지만 최 참사관의 지시로 안내 봉사원으로 나오게 되었던 것이다.

나는 그를 만나자마자 두 손으로 악수를 하며 그 어색하고 미안한 순간을 모면하려고 애썼다. 그런데 우리 부부도 인사를 교환하고 두 부인들이 얼굴을 대면하자 깜짝 놀라며 "이게 누구야? 참 오래간만이야." 하며 서로 반가워하는 게 아닌가. 이화여자대학교 사학과 동창을 만난 것이었다. 나는 미안하고 송구스러울 뿐 아니라, '만약 주먹질까지 했더라면 큰일 날 뻔하지 않았던가.' 생각하며 안도의 한숨을 쉬었다.

나는 고구려사람의 외향적 기질로 "싸움 뒤에 한층 친해진다는 중국의 속언이 있습니다, 정영사." 하며 그의 손을 다시 꽉 잡고 "이 얼마나 기막힌 인연입니까?" 하며 한바탕 웃어댔다. 그러나 내성적인 그는 마음속으로 "너 어디 두고 보자." 했던 것 같다.

그 둔갑된 지독한 악연에 대해서는 후에 서술될 것이지만 아무리 장창국 브라질 대사의 명이라 해도 '김홍기 박멸 계략' 최전선 행동책이었던 브라질 대사관 영사로 부임한 그는 나를 빨갱이, 테러리스트 괴수로 모는 언론 플레이로부터 시작해 연방경찰, 제2군단 첩보대 그리고 SNI(미 CIA와 동등) 및 Operacao Bandeirantes(후에 DOI-CODI로 개명한 KCIA 남산 5국과 동격)를 동원해 나의 소재 탐색 및 추적과 체포에 앞잡이 노릇을 넘어 미국으로부터 고용한 청부살인자를 브라질로 입국, 나의 살인 청부까지 획책했던 최악연의 인물로 등장했다.

3년의 고행 끝에 군사 재판부와 연방 재판소의 무죄 판결이 선고된 후 정보영을 걸어 무고죄와 명예훼손죄로 소송을 제기하고 송장 전달을 시도했을 때는 그가 이미 한국으로 도피한 뒤였다. 나는 그 후 박동진 대사, 장창국 대사, 정보영 영사로부터 그들의 앞잡이 교포 서너 명 그리고 청부살인자까지 모두를 주님의 이름으로 다 용서하였다.

1964년 항해 중 이민선 선상에서 김홍기 이민 단장의 둘째 딸(2살) 수영이를 안고 있는 선박 의사 Mr, Man(홍콩 중국인). 50년 후 수영 양은 치과병원 의사 겸 치과 대학 교수가 됐다.

김홍기 박사의 둘째 딸 수영 씨(왼쪽). 브라질 명문 USP(상파울루주립대학)을 졸업하고 치과병원을 운영하면서 동 대학원에서 치의과 박사학위를 받고 현재 치과대학 교수를 겸하고 있다.

부부 별실 만들어 이민선 혼란 분위기 진정시켜

아시아 대륙을 떠나 아프리카 대륙 직전에 모리셔스(공화국으로 독립 전)를 거쳐 남아프리카 엘리자베스항을 경유해 이스트런던항에 각각 하루씩 기항하고는 모잠비크 수도 로렌스 마루케스(현재명 마푸토, 당시 독립 전 포루투갈 영)에 화물 선적차 2박 3일간 정박했다.

여행사 안내의 단체 관광이 없는 아프리카 대륙 항해의 약 일주일간의 한가한 시공간 속에 공허하며 불안, 초조한 탓인지 사소한 일로 아이들 싸움으로부터 어른들 다툼까지 잦았다. 심지어 침대 시트로 가족별 칸막이를 한 처지여서 옆집 총각이 과년한 딸의 자는 모습을 밤새도록 보고 있다고 아버지끼리 멱살잡이 싸움을 하는가 하면, 매 15일 마다 선내 사무장에게 배급받는 휴지말이를 옆집 아줌마가 슬쩍 했다는 등 이웃 아줌마 간의 머리끄덩이 잡는 시비도 심심치 않게 벌어졌다.

그래서 내가 우선 착안했던 것이 부녀회를 조직해 일본인 주방장과 협의, '김치깍두기반'과 '누룽지과자반'을 만들어 교감을 발전시키는 공동생활 등으로 시간을 채우도록 해봤다. 그러나 남자들의 예민해진 '신경 진정제'는 아직 없었었다. 이에 마침 한 신혼부부가 나를 찾아와 내 사무실 방을 한 시간만 빌려달라는 것이었다.

홍콩항에 닿았을 때 우리 이민선 찌짜랭카호의 화란인 선장이 내가 이민 단장이라고 우리 가족 6명(모친, 아내, 두 딸과 여동생)에게 배려해준 3등실 방 하나와 2개월간의 장기 항해 동안 이민단 관리 사무 처리를 위한 또 하나의 3등실이 있었다.

그 젊은 부부의 청을 승낙한 후 나의 비서 격인 홍무장(연세대 정외과 학생회장 출신, 후에 캐나다로 재이주한 후 목사가 됨)에게 그 방 열쇠를 맡겨 신혼에 가까운 부부들을 중심으로 신청을 받아 시간별 순서 배분으로 방 열쇠를 주도록 하였다. 칠순 노인 부부들까지 그 혜택을 보게 된 해법이 '조용한 분위기 조성'에 큰 효과를 보게 되었던 일로 기억에 남는 여행 중 한 에피소드였다.

이민 항해 중 선 안에서 베푼 아이들 잔치

남아공에 정착할 뻔한 크나큰 유혹을 뿌리친 사건

모잠비크를 떠나 아프리카 대륙의 최남단 남아프리카공화국의 더반항을 거쳐 마지막 기항지인 케이프타운에 정박했다. 더반시에서도 보았지만 그 악명 높은 '아파르트헤이트(Apartheid)'(극단적 흑백 인종 차등 분별 주의)에 제재가 문자 그대로 적나라하게 눈앞에 펼쳐지는 환경을 목도하게 되었다. 할리우드 영화에서나 볼법한 극적 현실이 아닌가? 음부만을 가린 벌거숭이 몸뚱이들의 'Chain-Gang(쇠사슬로 발목을 연쇄적으로 묶은 여러 명을 줄줄이 끌고 가는 흑인 종대)' Zulu족 흑인들을 기름때가 진하게 묻은 밧줄 회초리로 감독들(백인 혹은 인도사람)이 소떼를 몰 듯이 노예들의 등을 때려가며 몰고 있지 않은가.

숨이 콱콱 막히고 경악을 금치 못할 광경을 보며 20세기 문명 속에 어찌 이런 일이 있을 수 있는가, 내 눈을 의심할 지경이었다. 어쨌든 영국 사람들과 화란 사람들의 손길로 만들어 놓은 현대 도시 문명인지라 늘씬하게 즐비한 유럽식 건물들과 보라색 꽃이 만발한 끝없는 가로수에 잠시 끌려 무겁던 마음이 다소나마 가벼워졌다.

나는 가족들과 함께 정연히 깔린 모자이크 도로를 걷다가 '흑인 출입금지'라고 벽에

써 있는 한 고급식당 안으로 들어갔다. 검은 윗도리의 나비 넥타이를 한 매니저 격의 한 백인이 다가와 인사를 하길래 “Can you attend us?(우리를 접대할 수 있소?)”하며 항의하는 듯 물었더니 “Of course, we attend Japaneses like whites(물론이지요, 우리는 일본인들을 백인과 같이 접대합니다.)” 하며 우리 6명 가족이 앉을 자리로 안내하는 것이었다.

일본 기업들이 여럿 들어와 있다더니 ‘우리를 일본인으로 보았구나.’ 생각했다. 주문을 하며 나는 그에게 “우리는 일본 사람이 아니고 Korean이요.” 하며 식당 내 손님들이 모두 들으라고 큰 소리로 말했다. 그랬더니 그 헤드 웨이터는 “It's okay.” 하며 미안한 표정으로 뒷걸음질쳐 갔다. 바로 그때 옆자리에 앉아 있던 한 백인이 다가와 인사를 청하는 것이었다.

자기는 스코틀랜드에서 약 3년 전에 이민 온 사람으로 지금은 큰 백화점을 경영하게 된 성공담을 늘어놓으며 우리의 처지를 묻기에 한국으로부터 브라질로 가는 ‘제2차 정책 집단 영농 이민단’의 자초지종을 간략하게 전해주었다.

그는 놀랍게도 이튿날 아침 일찍이 우리 선박까지 나를 찾아와 우리 가족들에게 시내 · 외 관광을 시켜 주겠다고 밖에 세워놓은 마이크로 버스로 간곡히 청하는 것이었다. 그때까지는 그의 진의를 모르고 자기도 이민 와서 초기에 고생해본 사람이니까 동병상련(同病相憐)의 동정을 표하는 ‘참 좋은 사람이로구나.’로만 생각했다. 시내 관광을 비롯해 점심, 저녁까지 후한 대접은 물론 케이프타운의 유명한 밀가루 모래비치의 해수욕까지 안내하는 등 융성한 대접을 받았다.

귀로의 차 안에서 그는 비로소 자기의 본심을 표출하며 나에게 잡(job)을 다음과 같은 말로 오퍼하는 것이었다. “나는 오랫동안 당신과 같은 사람을 만나기를 고대해왔소. 즉, 나를 대신해 내 사업을 감독, 매니지할 총지배인 말이오.”하며 “거주할 주택과 차 한 대를 포함해 월 미화 5천 불의 급여를 제공하겠습니다.” 하는 것이었다. 거절하기 참 어려운 유혹이었다.

아니나 다를까, 그 말을 들은 어머니와 아내는 당장 동의하며 ‘이런 천운의 오퍼를 어디 가서 또 받겠는가?” 하며 배에 돌아가서 찾을 수 있는 짐만 싸서 당장 하선하자는 것이었다. 나도 그 엄청난 오퍼에 흥분하고 있었으나 만감이 교차하는 중에 그럴 수 없는 단 한 가지의 장애물(?)이 유혹에 들뜬 나의 마음을 가로막았다. '나는 500여 명의 새 인생길을 인솔한 책임이 있는 역사적 한민족 대이동 인솔 책임자이다.' 하는 생각이 내 머리를 때리는 것이었다.

"브라질에 가서 무엇을 할 것입니까? 그만한 자격을 가진 사람이 사서 개고생을 할 겁니까?" 하며 그는 연거푸 호소하는 것이었다. "정말 고마운 제안입니다만 단장의 책임을 맡고 본국 정부의 책임 각서까지 쓴 책임을 무시할 수 없다는 걸 양해해주세요." 하며 고사했다.

그는 몹시 아쉬워하며 헤어졌다. 브라질 생활 초기 3년간은 나도 아쉬운 생각을 가끔씩 하곤 했었다.

케이프타운을 떠나 정확히 대서양 풍랑 항해 열흘 만에 최종 목적지인 리오항에 도착했다.

브라질 이민선이 대서양 항해 중 적도를 지날 때 '적도제'를 하며, 한국 · 일본 · 중국 이민들의 노래자랑 경연 무대를 관람하고 있는 아이들. 앞자리의 할머니는 김홍기 단장의 모친 오선희 여사, 품에 안겨 자고 있는 둘째 딸 수영이, 그리고 오른쪽 첫째 딸 복경이는 '3민속 노래자랑' 경연대회 무대에서 1등을 한 아빠의 '맨발의 청춘' 열창하는 모습을 보고 있는 장면.

박동진 브라질 대사에 혹독한 체벌 가할 뻔

8.15날 부산항을 떠난 만 2개월인 1964년 10월 15일에 리오항에 도착하니 그날이 일요일이었다. 도착 전날인 토요일 밤 우리 단원 중 전창주 대령(5 · 16혁명 실세인 해병대 출신으로 남산 5국장을 역임한 해병 사령관 김동하 장군의 직속 부관)이 나를 찾아 "김 단장, 목적지인 미나스주로 가기 전 리오에서 하루 이틀은 머물 거지요?" 하며 묻기에 "그럴 것"이라고 했더니 "그럼 됐소." 하며 긴급총회소집을 요구하는 것이었다.

왜냐고 물으니 "박동진 대사를 잡아 포대 자루에 넣어 코파카바나 항만 바다에 던져 버리고 갑시다." 하는 것이었다. 나는 처음에 농담인가 했는데 얼굴색을 보니 진심이었다. 그러자 주변의 몇 사람들이 재청을 하는 것이었다.

나는 말했다. "나도 그 사람 때문에 재산 절반이 날아가는 피해를 입은 사람으로 그를 죽이고 싶은 마음이 굴뚝 같소이다. 그러나 목적지인 농장까지 갈 길이 멀고 출발 전에 준비할 것도 많으니 일단 가서 짐도 풀고 자리도 잡은 후에 돌아와 처리합시다."

이 해프닝을 이 대목에서 기록하는 이유는 우리가 다음날 리오항에서 졸지에 오갈 데 없는 국제고아가 됐을 때 만난 박 대사의 황당한(오리발) 태도가 기막힌 결과를 낳았기 때문이다.

제3장

브라질 땅에서 겪은 고난사

고행 끝에 도착한 브라질, 국제고아가 되다

두 달간 고난의 항해 끝에 드디어 브라질 리오항(港)에 도착했다. 지친 몸으로 각자의 무거운 짐을 내려 세관을 통과한 뒤 한 살짜리부터 구순(九旬)에 가까운 노인까지 500명이 넘는 우리 일행은 산더미 같은 짐을 쌓아놓은 부두에서 서성대며 우리를 마중나와 안내를 하기로 한 사람을 기다렸다.

그런데 한 시간이 지나고 두 시간이 지나도 아무도 안 나오는 것이었다. 당초 한국에도 잠시 나왔었던 지주(地主)회사 사장의 사위가 나오기로 돼 있었는데 코빼기도 비치지 않는 것이었다. 해가 떨어지는 저녁 무렵이 되어가자 '아 이거 사기당했구나, 국제사기로구나.' 하는 생각이 들었다. 일행들은 초조한 마음에 내 얼굴만 쳐다보며 "우리는 어디로 가는 겁니까?", "왜 아무도 안 나옵니까?" 하는 질문을 쏟아냈다.

그즈음 한국 대사관의 영사라는 사람이 나타났다. 나는 그 영사에게 "우리가 지금 까딱 잘못하면 길거리 노숙(露宿)을 할 판인데 대사관에서 대책을 세워야 하지 않겠느냐?"고 따져 물었다. 그러나 그 영사는 내 말을 막으면서 자기는 아무것도 모른다고 오리발을 내밀었다. 나는 이 사람하고 이야기하긴 틀렸다고 생각해서 "책임 있는 높은 사람을 불러 달라."고 재차 요구했다.

그 영사는 "그런 사람은 이미 퇴근해서 없다."며 "박동진 대사도 프랑스 드골 대통령의 브라질 국빈(國賓) 방문에 나가셔서 지금 연락이 안 된다."고 발뺌했다.

나는 "우리가 길거리 국제고아가 될 판인데 나 몰라라 하고 앉아 있을 예정이냐?"고 거칠게 따졌다. 그러나 그는 속된 표현까지 동원해가며 자기는 아주 무관한 사람이라고 다시 발뺌을 하는 것이었다. 나는 이민단 책임자로서 신경이 날카로울 때까지 날카로워져 "가서 당장 불러 오라."고 큰소리로 고함을 쳤다. 그는 뒷구멍으로 도망치듯 슬그머니 사라져버렸다.

하늘에 별이 총총히 뜨면서 낯익은 북두칠성은 안 보이고 남십자성이라는 색다른 별들이 보였다. 동서남북도 분간하지 못한 채로 '오라는 데도 없고 어디 호소할 데도 없고 이거 큰일 났구나.' 하며 두 시간여 속수무책으로 서성대고 있는데 키가 훤칠하게 크고

대머리에 안경을 낀 신사가 나타났다. 나는 그가 박동진 대사라고 직감했다.

사라진 영사가 대사가 못 오면 공사(公使)나 참사관이라도 데리고 올 것이란 기대로 두 시간여를 기다린 보람이 있었다.

박동진 대사의 어이없는 궤변

반가운 마음으로 뛰쳐나가니 그 신사가 부두에 쌓인 짐들을 쓰윽 한번 쳐다 보면서 "내가 박동진 대사요."라고 인사를 했다. 나도 "이민단 단장인 김홍기입니다."라고 같이 인사를 하면서 "먼저 왔던 영사인지 하는 사람에게 보고를 이미 받았겠지만 우리는 지금 갈 데가 없다. 일이 어떻게 된 건지는 나중에 따지더라도 우선은 잠시 쉴 곳을 좀 마련해줘야겠다."라고 정중하게 말을 건넸다.

박동진 대사는 이에 "본국에서 훈령 받은 것이 없는 만큼 아무런 대책이 없다."며 "여러분들은 사장(社長) 이민으로 원래 상파울루로 가게 돼 있지 않느냐?"고 얼토당토않은 얘기를 하는 것이 아닌가.

박동진 전 브라질 대사

나는 참다못해 "우리는 분명 한국 정부 승인 아래 브라질 정부의 이민 비자를 받아 "미나스제라스주(州)의 한 농장에서 농사를 지으러 온 사람들로 상파울루하고는 전혀 관계가 없다."고 따지며 "지금 여기서 논쟁을 할 때가 아니니 하룻밤 잘 수 있는 여관, 아니면 피난민수용소라도 구해 달라."고 사정을 했다. 박 대사는 "그런 걸 내게 요구하면 어쩌란 말이냐. 여러분들은 말이 정책 집단이민이지 사실은 자유이민 아니냐?"고 강변을 늘어놓았다.

우리가 이민을 준비하면서 가장 듣기 싫었던 말이 '사장이민' '귀족이민'이라는 것이었는데 박 대사 입에서 그런 말이 나오니 어처구니가 없었지만 당장 어떻게든 하룻밤을 보낼 곳을 찾는 것이 다급했기에 통사정을 하지 않을 수 없는 입장이었다.

그러나 박 대사는 예산 타령까지 해가며 대책이 없다고 계속 발뺌을 했다. 이에 마지막으로 "대사관에 정원이 있지 않느냐. 거기서라도 하룻밤을 지내야겠다"고까지 사정을 했으나 그는 "정원 같은 곳이 없다"고 잘라말했다.

나는 박 대사와 대화를 나누는 것은 이제 아무 소용이 없다고 생각해 "대사님은 훗날 역사적 책임을 지게 될 것이다."라는 마지막 말을 던지고 자리를 떠났다. 이것이 나와 박 대사의 악연(惡緣)의 시작일 줄이야.

이국 땅에서 만난 동포는 친척

박 대사와 헤어진 후 나는 부둣가에 세대주를 다 모이라고 해놓고 "여러분, 이제 제2차 브라질 영농이민단 단장 김홍기의 임무는 이것으로 끝났다"고 선언했다.

기대를 갖고 내 입만 쳐다보던 일행들은 깜짝 놀라 웅성웅성거렸다. 나는 이어서 "우리는 국제사기를 당했다. 우리가 적지 않은 돈을 주고 브라질 농지를 샀는데 그 지주가 코빼기도 비치지 않는 것을 보니 이건 틀림없는 국제사기다. 이 문제는 나중에 우리가 지주(地主)를 수소문해 찾아 법적인 추궁을 해야 할 것이다. 그러나 지금은 당장 오도 갈 데가 없는 고아(孤兒) 처지라 우리를 '책임진다'고 한 대한민국 대사관의 협조를 구하고자 했다. 여러분도 보셨다시피 박동진 대사와 한 30분여 옥신각신 했으나 그는 자기는 아무 상관이 없다는 태도로 일관했다"고 말했다.

그러자 일행들은 한숨을 크게 내뱉는 등 더욱 격앙되었다. 나는 우리 일행이 대부분 38 따라지들이라 영락교회 장로, 권사, 집사 출신이 많은 것을 알고 "이건 어떻게 보면 우리 주님이 축복을 주는 것이라 생각한다. 이 이국땅에서 우리가 누구를 의지하겠느냐. 그러니까 우리 자신의 힘으로 개척을 하라는 주님의 뜻이니 각자가 가지고 있는 능력과 노력으로 우리 새 인생을 개척해 나가자"며 일행을 진정시키고자 했다.

그러나 나를 브라질에 안착할 때까지 책임져줘야 하는 사람으로 여기고 있는 그들은 쉽게 소란을 그치지 않았다. 그러면서 "아, 단장이 없으면 우리는 누구를 믿고 나아가느냐. 단장은 갈 데가 다 있는 것 아니냐"고 따지는 것이었다.

나하고 내 가족의 빠른 이민을 위해 단장직을 맡았고 그동안 보수를 받은 일도 없이 그들과 똑같은 입장인 나는 "내가 어디 갈 데가 있느냐. 나도 이 브라질이라는 나라에 아는 사람도, 같은 성을 가진 사람도 없다. 더구나 동서남북도 분간 못 한다"고 그들을 달랬다.

그렇게 모두들 같이 한숨을 쉬며 대책 없이 앉아만 있을 때 브라질에 먼저 이민온 세대주들이 모여들기 시작했다. 이번 이민단에는 1차 이민 때 재산 처분을 다 못해 남았던 부인, 그리고 군대 제대가 늦었거나 학업을 다 마치지 못해 미처 1차에 합류하지 못한 자녀 등 40~50명이 같이 왔는데 그들을 데리러 온 것이다. 상파울루에서 리오까지 450km를 버스를 타고 밤을 새워 달려온 그들은 한 10여 명 쯤 됐는데 가족들을 만나자 반갑게 서로 껴안고 펑펑 눈물을 쏟는 등 야단이었다.

나는 어쨌든 브라질 지리를 아는 그들을 만난 것이 반가워서 그들에게 현재 거처를 물었다. 그들은 상파울루에 있는 여관에서 방을 얻어 살거나 혹은 교민회 뒷방, 창고에서 지낸다고 했다.

나는 "외국에서 만난 동포는 모두 친척이다"라는 옛날 6 · 25전쟁 때 부산 피난 가서 써먹던 이야기를 하면서 그들에게 이번 2차 이민단 세대들을 맡아 달라고 사정했다. "방이 없으면 부엌이나 뒷간이라도 있을 것 아니냐"고 한 사람 앞에 한 세대를, 또 방이 한두 개 더 남을 것 같거나 창고에서 산다는 사람에게는 두 세대를 맡아달라고 거의 강제로 떠맡겼다.

그러던 차에 자기네들끼리 서로 얼굴을 쳐다보면서 "당신 저 평화시장 567동 원단가게에 있던 사람 아니냐. 나는 그 옆 562동에 있던 사람이오"라는 식으로 반갑게 통성명을 하는 것이었다.

그렇게 해서 2차 이민단 절반 이상의 거처가 해결됐고 또 많은 세대들이 영어 몇 마디라도 가능한 자녀들을 믿고 근처 여관방이라도 찾아보겠다고 떠났다.

그렇게 하고 나니까 우리 가족을 포함해 열 세대가 남았다. 그들은 죽으나 사나 내가 가는 데로 따르겠다고 했다.

그런데 마침 이번에 온 잔여가족을 만나러 온 사람들 중에는 뭐 장사할 것이 없을까 하여 나온 이들도 몇 명 있었다. 먼저 왔지만 직업을 못 구하고 여행자 같은 신세로 살면서 그래도 브라질 지리는 조금 아니까 장사로 생계를 꾸리던 이들이었다. 우리 일행 중에는 미역이며, 김이며, 가전제품이며, 바리바리 가져온 이들이 많았고 그들은 그걸 인수해 팔 계획을 갖고 있었다. 그들 중 한 사람이 "정 갈 데가 없으면 상파울루 근처 '준디아이'라는 동네에 가보지 않겠느냐"고 권하는 것이었다.

그곳에는 한국사람 10여 세대가 바나나 농사를 지어볼까 하여 조그마한 땅을 가지고 있는데 거기에 빈 마구간이 4개나 있으니 거기라도 가지 않겠느냐는 얘기였다. 그 아리랑 농장 얘기는 서울에서 들은 적이 있기에 어찌나 반가운지 당장 가자고 서둘렀다. 문제는 열 세대 40여 명이 이동할 차편이었다.

나는 근처에 있던 시외버스 터미널에 가서 같이 배를 탔던 브라질 일본인 2세 의사로부터 선상(船上)에서 두 달 동안 배운 브라질 말에 손짓 발짓 섞어 겨우 버스 한 대를 대절할 수 있었다.

아리랑 농장 마구간에서의 생활

목적지까지는 500km로, 10시간이 넘게 걸렸다. 군데군데 휴게소에 정차는 했지만 모두들 지칠대로 지쳐 광활하게 펼쳐진 브라질 풍경을 즐길 여유가 없었다. 다만 세계적으로 유명한 브라질 커피를 처음으로 맛본 것은 기억이 난다. 작은 사기잔에 새까만 한약 같은 커피와 설탕이 반반씩 들어 있었는데 우리를 안내한 그 사람은 "처음엔 쓰지만 마시다 보면 인이 배길 정도로 맛이 있다"고 권해 우리 일행은 무슨 맛인지도 모른 채 한 잔씩 다 먹어보았다.

또 하나 레몬이나 오렌지 등 듣도 보도 못한 과일을 천연 그대로 쭉쭉 짠 주스를 아주 싼값에 팔고 있는 것이어서 마음의 위로를 받기도 했다.

드디어 목적지에 도착하니 한국 동포들이 마중나와 있었다. 얼마나 반갑게 맞이하는지 역시 '동포는 친척!'이라는 말을 실감할 수 있었다. 그들은 흰쌀밥과 고깃국에 김치까지 차린 밥상을 내왔고 자기들 집 거실을 내주어 하룻밤을 지내게 했다. 두 달여 동안 배에서 주는 밥만 먹다가 분에 넘치는 식사를 하고 게다가 편한 잠자리까지 제공받으니 그간의 고행과 쌓인 피로가 눈 녹듯 사라지는 것 같았다.

다음 날 우리들의 집인 마구간을 찾아갔다. 소똥 말똥도 여기저기 널려 있는 마구간에 칸막이가 있을리 만무했다. 식구가 적은 세대는 서너 세대를 한 마구간에 넣고, 식구가 많으면 한두 세대를 한 마구간에 넣는 식으로 배분을 해서 마구간 네 개를 우리가 차지했다. 그리곤 이삿짐으로 가져간 이불보를 뜯어 칸막이를 만들었지만 천장이 없어 드러누우면 기왓장 사이로 별이 총총한 하늘이 다 쳐다보였다.

그런 마구간에서 밥을 지어 먹는데 좀 과장 표현이긴 하지만 매미만한 파리와 잠자리만한 모기들이 달라붙어 암만 쫓아내도 도망가지 않는 것이다. 밥을 먹는 건지, 파리를 먹는 건지, 매미를 먹는 건지 모를 지경이었다.

그런 생활이 열흘 가까이 지났는데 이번엔 난데없이 방울뱀이 나타나기 시작했다. 누가 물리지는 않았지만 '여기서 더 있다간 브라질 원숭이가 되고 말겠다, 평양 말로는 다 잰내비가 되고 말겠다'는 걱정스런 이야기가 나왔고 이에 더해 "우리 상파울루에 가보자. 그곳에 우리 동포는 물론 일본사람들도 많이 산다고 하니 한번 구경이라도 가보자"는 얘기가 돌았다. 그리하여 나는 마음을 정하고 상파울루를 들러보러 떠날 채비를 하게 됐다.

실패가 예견됐던 브라질 영농 이민

앞서 쓴 것처럼 1차 영농이민단 대부분이 농사를 안 짓고 상파울루로 이탈한 것은 사실이다. 물론 애초부터 계획적으로 상파울루에 갈 생각으로 이민단에 합류한 이들도 있었지만 대부분은 영농이민 정책의 실패 탓으로 상파울루로 가게 된 것이다.

왜 실패했는가? 우선 브라질에 대한 사전 예비지식이 없었기 때문이다. 브라질의 농사 방식은 기업형으로 자가용 비행기를 타고 하늘에서 콩, 밀 등의 씨앗을 뿌리고 그것을 한국 낫의 두 세배나 되는 서서 베는 낫으로 수확하는 방식으로 한국형 소농(小農)으로는 도저히 따라갈 수 없는 것이었다. 내가 영농이민을 간다고 처갓집에서 선물로 준 고급 한국 낫 50개도 전혀 쓸 데가 없었다. 게다가 1차 이민단이 산 땅은 어른 팔뚝만한 뱀이 우글우글 나오고 파리만한 모기들이 극성을 부려 도저히 농사를 지을 만한 환경이 안되었다. 그들은 그 땅을 내버리다시피하지 않을 수 없었다.

2차 이민단의 경우는 더했다. 존재하지도 않는 땅을 산 국제사기를 당한 것이다. 그저 컬러풀한 지도 한 장을 지권(地券)이라고 산 것인데 그 농지가 있다는 마리나라고 하는 도시는 지구상에 아예 없는 도시였던 것이다.

다시 말하자면 1차 영농이민단은 농사가 전혀 불가능한 땅을 산 탓에 부득이 하게 상파울루로 간 것이고, 2차 영농이민단은 처음부터 없는 땅을 산 까닭에 갈 데가 없어서 상파울루로 향했던 것이다.

교육도시 '모지'가 눈에 꽂히다

마구간에서 같이 생활하는 세대주 네 사람과 함께 상파울루에 가기 위해 교통편을 찾던 그때 마침 그리지오리스 꽃을 큰 규모로 재배해 장사를 하는 일본 사람을 만났다. 이 일본 사람은 봉고차를 몰고 상파울루 꽃 도매시장으로 막 출발하려던 참이었다. 우리는 운 좋게 그 차를 얻어 타게 되었다.

한 세 시간여를 달렸을까, '모지'라는 도시에 도착했는데 그 일본 사람이 그곳에도 배달할 꽃이 있다며 우리들에게 잠시 따로 시간을 보내라고 하는 것이었다. 그와 다시 만날 시간과 장소를 정하고 우리는 도시 구경에 나섰다. 그 도시에는 일본 사람들이 많이 눈에 띄었는데 내가 일본말을 할 수 있으니까 여간 반가운 것이 아니었다.

그렇게 여기저기 기웃거리며 구경을 하던 중 조그만 차고에 차린 한 구멍가게가 눈에 띄었다. 한국에서 보던 구멍가게와 똑같은 모양으로 감자, 배추, 토마토에 콩과 쌀도 파는 가게였는데 주인이 아니나 다를까 한국 사람이었다. 그는 1차 영농이민단으로 빅토리아(에스피리또 산토주)라고 하는 아열대 지방으로 갔다가 팔뚝만한 뱀들의 출몰에 질겁하고 그곳에서 뛰쳐나온 지 6개월밖에 안 되었다고 했지만, 우리가 보기엔 완전히 자리를 잡은 사람처럼 보였다. 작은 구멍가게이지만 완전히 호구지책(糊口之策)이 마련된 셈 아닌가.

우리는 그로부터 많은 일본 사람이 주변에서 야채농사를 짓고 있으며 이곳에 있는 중남미에서 제일 큰 양계부화장 세 곳의 주인도 일본인 2세라는 얘기도 들었다.

우리는 이심전심(以心傳心)으로 '우리도 잘하면 이곳에서 먹고 살 수 있겠구나' 하는 생각이 들어 그에게 "우리도 이런 걸 할 수 있겠냐"고 물었다. 그는 누구도 할 수 있을 것이라며 다만 여기 터줏대감으로 있는 성공회 교회의 일본인 신부로부터 후견(後見)을 받아야 한다고 했다. 그의 안내를 받아 신부를 만났는데 그는 영국 에피스코팔 교회의 신부로 통통한 체구에 인품이 훌륭한듯 보이는 영감이었다. 나는 정중히 일본말로 인사를 드린 뒤 땅을 사기당한 딱한 사정을 설명하고 여기서 살게 도와달라고 단도직입적으로 부탁했다. 그는 흔쾌히 힘닿는 데까지 도와주겠다고 했는데 속으로는 우리를 그 교회 교인으로 끌어들일 생각도 하고 있었던 것이다.

짐작컨대 그 교회는 주일에 모이는 신도가 한 30명 정도밖에 되지 않는 것 같았다. 어쨌든 그로서는 신도가 될 가능성이 있는 우리가 반갑고, 우리는 우리대로 도와주겠다는 그가 고마웠다. 그 신부 덕에 우리는 브라질 땅에서 집 같은 집을 처음으로 얻을 수 있게 되었고 주일엔 꼭 교회를 나가겠다고 약속했다. 우리는 새 희망을 갖게 되었던 것이다.

모지를 거쳐 상파울루까지 갔다가 돌아온 우리 네 사람은 나머지 일행에게 모지에서 있었던 일과 상파울루를 둘러본 소감을 상세히 전했다. 이런저런 얘기가 오간 끝에 마구간에서 생활하던 열 세대 중 나를 포함한 일곱 세대는 모지에 정착키로 했고 세 세대는 상파울루로 떠나게 되었다.

모지 정착 후 양장점 첫 사업의 실패

모지로 간 우리 일곱 세대는 생활대책을 찾는 게 급선무였다. 우리 일행 중에는 일제 강점기부터 트럭 운전수를 한 평안북도 신의주 출신이 한 분 계셨다. 예전 운전수들은 차의 사소한 고장은 자기가 고치는 것이 예사여서 자기는 자동차 기술자라는 자랑을 내게 하곤 했는데 그런 연유로 나는 우선 그 분을 그곳 시보리 자동차회사에 취직시켰다. 그 과정에서 시보리 자동차 딜러를 하고 있는 일본인 2세를 만났다.

그는 한국인에 대한 차별의식이 전혀 없었고 게다가 내가 일본말을 하니까 아주 반가워할 뿐아니라 자기 동포로까지 인식을 하는 것이었다. 그 덕에 생활 기반을 잡게 되었고 그 인맥으로 나중에 한국사람 취업에도 많은 도움을 받았다.

그런데 우리 일행 중에는 취업도 좋지만 장사를 해서 돈을 벌어보는 게 어떻겠냐는 생각을 가진 이가 있었다. 나는 한국에서 아버지 밑에서 12년 동안 무역 토건 광산사업 등을 하긴 했지만 물건을 사서 파는 도소매에는 전혀 경험이 없었기 때문에 처음에는 망설였다. 그렇지만 장사를 해보자고 제안한 이는 "내가 장사에는 도가 텄으니 우선 자본보다 기술이 먼저인 양장점을 한 번 해보자"고 했고 나도 결국 동의했다.

당시 나는 사회 기반을 닦으면서 그곳의 하이소사이어티를 상대하고 있었기에 내가 손님을 끌고 기술은 제안한 이의 부인과 또 한 세대, 그리고 내 아내가 협력하면 되겠다는 생각이었다.

내 아내는 한국에서 평소 한가한 시간을 메우기 위해 꽃꽂이를 배우고 의상기술을 배웠는데 그걸 여기 와서 써먹을 줄을 어찌 알았겠나. 명동 중심가를 연상케 하는 시내

한 복판 목이 좋은 곳에 문을 연 양장점은 그러나 6개월도 못 가서 문을 닫게 되었다.

가장 큰 이유는 취미생활로 배운 것을 기술로 쓴다는 것이 무리였기 때문이다. 우스운 얘기 같지만 라틴아메리카 여성의 하체 골격은 한국 사람들과 달리 엉덩이가 축구공 하나를 달고 있는 것처럼 빵빵했다.

내 아내 이야기로는 그렇기 때문에 양장 커팅 기본패턴이 다르다는 것이었다. 이곳 귀부인들이 선호하는 유럽 실크 고급원단을 고객 지참으로 옷을 만들었는데 옷이 몸에 맞지 않는다는 불평들이 쏟아졌고 그 배상을 하느라 없는 돈이 아주 다 나가게 생기고 말았다. 결국 첫 사업으로 시도했던 양장점은 6개월 만에 종지부를 찍었다.

모지에서 영어 선생을 시작하다

모지에서 생활하는 동안 일본 사람 외에도 브라질 본토 사람도 많이 만났다. 그들은 성격이 온유하고 정이 많고 사랑과 배려심이 풍부하였다.

그러나 예스, 노가 분명치 않은 단점이 있었다, 내가 우연치 않게 한국 사람들의 민간 변호를 하면서 그곳 공무원이나 관청을 상대하면서 절실히 느낀 점이다.

내가 민간 변호를 시작하게 된 계기는 이렇다. 명색이 2차 영농이민단 단장인 내가 모지에 정착해 살고 있다는 소문을 듣고는 영농이민단으로 같이 브라질에 온 사람들이 취직을 시켜달라며 찾아오기도 했고, 브라질에서 사는 중에 생긴 여러 문제를 몽땅 끌어안고 상담하러 오는가 하면, 또 아이들 학교 보내달라, 엔지니어 면허를 내달라, 의사 면허를 내달라고 나를 찾았다.

그런 그들을 돕기 위해 공무원과 관청을 접촉하면서 일종의 민간 변호를 하게 되었던 것이나 그 예스와 노가 불분명한 흐리멍텅한 공무원을 상대하면서 많은 애로를 겪었다.

그러던 중 앞서 얘기한 이곳 양계부화장 주인인 일본인 2세가 내게 영어를 가르쳐달라는 것이었다. 마침 양장점 사업도 접은 터에 개인 영어교습을 시작하게 되었고 한 날은 학교 근처의 학사주점에 가게 되었다.

통기타를 들고 나와 노래를 부르며 시도 읊는 서울 명동의 학사주점 같은 곳이 학교 주변에 아주 많이 있었는데 그곳은 젊은 생기가 넘쳐나는 일종의 파티장이었다.

파티의 한 막이 끝나고 나는 "여기 혹시 영어를 할 수 있는 사람이 있느냐"고 물었다. 어떤 아가씨가 자기가 영어를 좀 한다며 나섰기에 나는 한국에서 이민 온 사람이라고 자기소개를 하고 대화를 시작했다.

이 사람 저 사람이 나를 중심으로 모이면서 대화의 꽃이 피었는데 어느 남학생이 "여기 모지 고등학교의 영어 선생을 하던 분이 떠나버리는 바람에 교장이 영어 선생을 구하러 상파울루에 갔다"며 "선생님 같은 분이라면 당장 영어 선생으로 환영할 것 같은데 어떠시냐"고 물었다.

나는 바로 모지 고등학교로 향했다. 교장 면담을 신청하니 상파울루에 출장을 갔는데 거의 돌아올 시간이 됐다는 것이다. 한 40분을 기다려 만난 교장은 체구가 크고 폴란드 사람처럼 생긴 모리셔스라는 이름의 유대인이었다.

인사를 하고 자기 소개를 하니 교장은 당장 내주부터 강의를 시작할 수 있느냐는 것이다. 나는 "당장 내일부터라도 시작할 수 있지만 내가 영어밖에 못하니 영어로 영어를 가르칠 수밖에 없다"고 했고 교장은 흔쾌히 더 좋다고 했다.

영어 선생을 하는 동안 나는 포르투갈 말을 배워 익혔다. 포르투갈 말을 배우는 것은 한국 사람들을 돕는 데도 아주 유용했다.

그러던 중 핀란드의 농기구 제작 공장이며 에릭슨 등 유럽의 가전제품 공장의 이사급 중역들이 개인적으로 영어 개인교사를 해달라는 청탁이 줄을 이었고 학교 수업이 끝나면 공장으로 회사로 영어를 가르치기 위해 뛰어다니는 생활이 계속되었다.

1965년 모지고등학교 영어 특별반 고등학생들에게 수료증을 주고있는 김홍기 영어 선생.

1965년 상파울루주 모지시 중고등학교 부속 야지지영어학원 특수반 졸업생과 함께하는 김홍기 영어교사(브라질 첫직업) 15명 졸업자 중 절반 이상의 학생이 훗날 영어교사가 됐다.

그것은 바로 모지시 현지의 시장, 경찰청장, 검사, 판사 등 터줏대감들과 친구가 되는 계기가 되었다.

영어 선생 생활 3년이 지나니까 현지 말을 못해서 사회 활동에 지장을 받는 일은 없었다. 그때 브라질리아라는 새로운 수도가 건설돼 서서히 많은 인구가 그곳으로 정착하기 시작했다.

나는 우리 같은 이민자들은 혜택이 많은 새로운 수도에 정착하는 것이 이득이 아닐까 하는 생각이 들었다. 브라질리아는 허허벌판에 만든 계획도시였고 인구를 유치하기 위해 좋은 조건을 내걸었다.

그리하여 그곳 겨울방학인 7월에 브라질리아에 시찰 삼아 다녀오기로 했다.

캐나다로 재이민 갈 뻔했던 사연

이에 앞서 한때 캐나다 재이민을 시도했던 얘기를 먼저 해야겠다. 상파울루로 갔던 2차 이민단원 대부분은 사회적으로나 경제적으로 정착을 못한 채 하루하루를 간신히 버티는 처지였는데 그들이 모지에서 살고 있는 내게 캐나다 이민을 주선해달라고 졸랐다. 나는 1966년 겨울방학인 7월을 이용하여 캐나다로 떠났다. 브라질리아로 가기 바로 1년 전의 일이었다.

캐나다 몬트리올을 행선지로 정하고 처음 찾은 곳은 캐나다 중앙 국영방송국(CBC)이다. 매스컴을 이용해보자는 생각 때문이었다. 문을 두드리고 한국의 브라질 집단영농이민단 단장 김홍기라고 내 신분을 밝혔다.

당시 캐나다는 워낙 인구가 적어 이민 정책을 적극적으로 시행하던 때였다. 이민자에 대해서는 주택도 국가에서 제공했고 의료보험은 물론 사회보장제도가 충분히 마련되어 있을 뿐 아니라 학생들의 경우는 학비 무료에 노트북 구입비용까지 국가에서 대줬다. 그러니 이민단 단장이라는 내 신분에 여간 반가워하는 것이 아니었다.

1966년 캐나다 몬트리올 시 CJAD문화 TV방송국 초청 사회문화프로그램에 사회자와 대담 중인 브라질 제2차 한국정책영농이민단 김홍기 단장. 브라질 사회생활에 적응을 못한 한국 이민자들을 위하여 캐나다 국영TV CBC방송국과 CJAD TV 인터뷰 방송 덕분으로 캐나다 이민성으로부터 100세대 이민 허가장을 얻어 브라질 한인 이민자들의 일부 제이민을 시동, 캐나다 한국집단이민을 개통했다.

그곳에서 원래 프로그램이 준비되어 있었겠지만 즉석으로 15분 동안 대담 방송에 출연했고 또 문화방송이라고 CJAD의 유명 사회 프로그램 여성앵커와 45분 동안의 대담을 진행했다.

그날 방송에서 나는 "우리의 브라질 정책이민은 실패한 것이다. 송민(送民)국가인 한국과 수민(受民)국가인 브라질 모두 비현실적인 이상(理想)을 목표로 정책을 수립했기 때문이다. 우리 이민단은 사실 한국의 상류계급이라 할 수 있는데 국가 정책으로 집단영농이민단으로 브라질에 간 것이다"라고 강조했다.

방송이 끝나자 만나는 사람마다 캐나다로 왔어야지 왜 브라질로 갔느냐고 입을 모아 얘기했다.

방송이 나가고 이틀이 지나자 이민을 담당하는 이민성 부상인 차관급 인사로부터 전화가 왔고 수도인 오타와에서 몬트리올로 날 만나러 찾아왔다.

내가 500명의 이민자를 이끈다니까 대우를 해준 셈인데 그는 "그렇게 수준 높은 사람들을 왜 브라질로 데려갔느냐. 캐나다로 데리고 오면 집부터 학교, 의료보험 등 다

해결해주겠다"고 했다. 내가 "그럼 비자 발급 등 수속은 어떻게 하느냐"고 묻자 그는 약식으로 이민허가서를 100가족 것으로 만들어 와서는 거기에 세대주와 세대원 이름을 기입하고 내가 사인만 해서 보내면 브라질에 있는 캐나다 대사관으로 비자를 바로 발송해주겠다고 하는 것이었다.

이것은 수표장에 금액만 적어 넣으면 바로 돈이 되는 격으로 그야말로 황금알을 낳는 거위를 틀어쥔 셈이었다.

그런데 이민허가서를 가지고 돌아오는 비행기 안에서 영어를 못하는 우리 실향민 시장 장사꾼들은 캐나다에서 해 먹을 것이 없겠다는 생각이 슬금슬금 드는 것이었다. 그래서 캐나다를 다녀온 성과를 보고하는 자리에서 가감없이 모두 얘기했다. "사회보장제도가 잘 되어 있으므로 기술이 있는 사람이나 영어가 통하는 사람은 편안하게 살 수 있을 것이다. 그러나 장사로 돈 벌기에는 우선 그곳의 인구가 부족하고 질서가 꽉 잡힌 사회라 막장사는 통하지 않을 것이다. 뿐만 아니라 인종차별이 미국보다 더 심한 것 같다."라고 솔직히 털어놓았다.

그리하여 나를 포함한 많은 사람들은 그냥 브라질에 주저앉았고 영어가 되거나 기술이 있는 엔지니어 등 20세대 100여 명은 캐나다로 떠나게 되었다. 1966년의 일이었다.

그 중에서 특히 기억이 남는 이는 항해 중 이민단장인 나의 비서격의 일을 해주던 25세의 연세대학교 출신 청년이었는데 그는 결혼한 지 얼마 안됐지만 처갓집 식구들을 모두 데리고 브라질로 이민 온 청년이었다.

처갓집은 평안도 출신으로 영락교회 장로 권사를 하던 독실한 기독교 집안이었다. 그는 브라질이 자기 생리에 맞지 않는다며 처갓집 식구들 모두 함께 캐나다로 떠났는데 거기서 나중에 목사가 됐다는 얘기를 들었다.

캐나다로 떠난 사람들은 거의 그 사회의 메인 스트림에 들어가 정부 관리로 일하는 등 성공한 삶을 살았다고 한다. 나도 그때 캐나다로 갔으면 내 인생이 어떻게 달라졌을까 하는 생각을 가끔 한다. 그러나 프랑스 문화가 압도적인 퀘벡주 몬트리올 시에서 느꼈던 아시아인에 대한 인종차별 풍조가 사실 내 마음을 닫게했던 것이다.

브라질리아에 살 작정으로 시찰(視察) 여행

다시 브라질리아로 시찰 여행을 간 얘기로 돌아간다. 우리 속담에 '말은 제주도로 보내고 사람은 서울로 보낸다'는 말이 있는 것처럼 내게도 사람은 수도에 살아야한다는 생각이 항상 머릿속에 박혀있었다. 그래서 그 새 수도 브라질리아에 살아 볼 목적으로 시찰 여행을 한 것이다.

가서 본 브라질리아의 첫 인상은 '하늘에서 갑자기 뚝 떨어진 도시', '할리우드 공상(空想)영화에 나오는 외계(外界)도시' 같다는 것이었다. 바위산 같은 형태의 국립극장이 있는가 하면 초현대식 가톨릭교회 성당은 탄성이 절로 나는 건축물로 주변을 부채처럼 만들어 반은 지하로 들어가고 반은 지상으로 들어가게 설계돼 있었는데 완벽한 채광을 자랑하고 있었다.

인터체인지처럼 빙글빙글 돌게 돼있는 사거리 도로에는 신호등이 하나도 없었다. 참으로 아름다운 도시, 이상적인 도시를 만들어 놓은 것이다.

흐뭇한 기분으로 한국 사람들을 찾아 나섰다. 그들은 주거단지에서 편의점을 하는 등 짜임새있게 장사를 잘 하고 있었고 브라질리아가 살기에 좋을 뿐더러 인심도 좋다고 이구동성(異口同聲)으로 말했다.

나는 브라질리아에서 먹고 살 방법을 찾으러 여기저기 둘러보았다. 그러던 중 거대한 하얀 건물이 눈에 띄었다. '하얀 코끼리(white elephant, 브라질 말로는 elefante branco)'라고 불리는 중고등학교 건물이었다.

세계 3대 미항인 리오데자네이로에 살고 있는 브라질의 상류층, 예를 들자면 국회의원들이나 고관대작들은 당시 신도시 브라질리아로 거의 이주해오지 않았다. 그들의 부인들의 반대가 심했기 때문이다.

그래서 정부에서는 모든 것이 최상급으로 구비되어 있는 학교를 지어, 그들의 자녀인 학생들이 그 학교로 전학 오고 싶어 하게 하면 자연히 부모들도 따라 올 것이란 생각을 갖고 그런 거대한 학교를 만들었던 것이다.

그런데 그 학교에서 부족한 교사를 모집하고 있었다. 영어 지리 수학 세 과목의 교사

채용시험을 일주일 뒤에 치른다는 것이었다. 이왕 여기까지 왔으니 시험을 치러보자고 원서를 넣었다. 그곳 문교부에서 주최하는 시험에 영어 선생 후보는 36명인가가 왔는데 운 좋게 내가 합격했다. 일단 브라질리아에서 호구지책은 하나 마련한 셈이었다. 국립학교라 국가에서 주는 월급이 꽤 괜찮아 거기서 생활하기에 너끈한 정도였다.

큰딸 옥경과 둘째 딸 수영

50년이 지나 김홍기 박사와 두 딸이 서울에서. 두 딸은 브라질 명문 USP(상파울루주립대학)를 졸업 후 장녀 옥경은 치과병원을 경영하고 있고, 차녀 수영은 병원 경영과 동시에 USP에서 치의학 박사 학위를 받고 치의학 교수를 겸직하고 있다.

공증 번역사 자격 획득, 안정된 삶 꿈꿔

그런데 여기서 내 인생의 갈림길에 서는 사건이 벌어진다. 영어 교사 수속을 하려니까 대학교 졸업 증명서을 가지고 오라는 것이었다. 나는 브라질에 올 때 만일에 대비해서 대학 졸업 증명서를 한국말로 하나, 영어로 된 것 하나를 가지고 왔다. 그래서 영문으로 된 증명서면 되겠느냐고 물었다. 그랬더니 이 나라는 영어가 통하지 않으니 포르투갈어로 번역해서 내라는 것이었고 그것도 일반 사람이 한 번역은 안 되고 공증 번역사가 한 번역이어야 한다는 것이다.

공증 번역사는 자격시험을 치러야 하는 준(準)공무원인 전문직이다. 그래서 공증 번역사가 어디에 있느냐고 묻자 수도인 이곳에서도 자격시험을 한 번도 시행한 적이 없었기 때문에 공증 번역사가 한 사람도 없다는 것이었다. 여기서 한 200km 떨어진 고야냐 주도(州都) 고야스에 두 명인가 있는데 그곳에 가서 공증 번역서를 받아오라는 대답이었다.

한 국가의 수도에 공증 번역사가 한 명도 없다는 데 큰 실망을 느끼고 200km 떨어진 곳에 가서라도 공증 번역을 해와야겠다고 생각하는 와중에 한 꾀가 떠올랐다. 당시 상공부에서 이것을 관할한다고 들었기에 장관을 직접 만나면 무슨 수가 있지 않을까 생각한 것이다. 그래서 상공부를 찾아갔다. 내가 한국의 브라질 영농이민단 단장이란 명함을 제시하니까 장관 비서실장이 흔쾌히 맞아주었고 그 비서실장을 통해 장관을 만날 수 있었다.

거기서 한 가지 놀란 것은 당시 브라질은 군정(軍政)이었는데 장관은 군인 출신이 아니었던 점이다. 그는 교수 출신이었는데 내가 "일국의 수도에 공증 번역사가 한 명도 없는 것은 대국인 브라질의 망신이다"라고 따지니 그가 당황해하며 그렇지 않아도 이곳에서도 곧 자격시험을 치를 예정이라고 했다.

나는 한 발 더 나아가 "많은 외국인들이 이곳에 몰려들고 있는데 그 외국인들이 사회생활을 하려면 가장 필요로 하는 것이 공증된 서류이다. 그런데 공증이 이렇게 어렵다면 어떻게 그 사람들을 받아들일 수 있겠느냐. 나도 그 한 예(例)이다"라고 강변했다.

그랬더니 장관이 나를 도와주려는 마음이 생긴 것 같았다. 그는 그 즉시 비서실장을 불러 "여기 브라질리아에 공증 번역사가 한 명도 없어 이 분이 곤란을 겪고 있다는데 이게 한두 사람의 일이 아닌 것 같다"며 대책이 없겠느냐고 물었다. 비서실장은 내년에 자격시험을 치를 준비를 하고 있다고 대답했다. 나는 내년은 내년의 일이고 당장 급하니 임시 공증 번역사를 임명하는 방법은 없겠느냐고 물었다. 그는 "문교부의 자문위원회를 거치면 가능할 터이나 지금 방학 중이라 자문위원인 교수들을 소집하기가 어렵다. 하지만 절반만 참석하면 되니 한 번 시도해보겠다"고 했고 나는 장관과 비서실장에게 감사의 말을 전하고 호텔로 돌아와 기다렸다.

일주일이 채 안돼 연락이 왔다. 자문위원회가 소집되었으니 자문위원회에 출석하여 지난번에 한 얘기를 그들에게 되풀이하여 설명하라는 것이었다. 나는 3년 동안 배운 브라질 말로 전후사정을 더 자세하고 유창하게 얘기했고 결과는 대성공이었다. 시험 한 번 안 치르고 영어 · 포르투갈어 · 스페인어 · 일본어 · 한국어 등 5개 국어 임시 공증 번역사 자격을 취득한 것이다.

그리하여 나는 영어 교사가 되기 위한 대학 학위증명서를 번역하고 그들의 요구대로 철인(鐵印)을 찍은 셀프 공증 인증서를 제출했다. 브라질리아 고등학교의 영어 교사로 확정되고 나서 나는 득달같이 호텔로 돌아와 집에 전화를 걸었다. 이제 브라질리아에서 먹고 사는 것, 집 걱정 없게 되었으니 당장 이삿짐을 싸라고 한 것이다. 내 어머니, 아내, 딸 둘, 그리고 브라질에서 난 아들, 내가 브라질로 데리고 온 여동생 모두 기쁨에 넘쳐 환호성을 질렀다.

김홍기 박사의 모친과 아내, 두 딸과 브라질에서 태어난 큰아들

김홍기 박사와 아내, 두 딸과 브라질에서 태어난 큰아들

'운명의 장난'에 맞닥뜨리다

브라질리아에서의 장밋빛 인생을 꿈꾸며 버스로 스물여 시간을 달려 집에 가니 예기치 못한 '운명의 장난' 아니 '운명의 개벽'이 나를 기다리고 있었다. 내가 도착해 집에 들어가니 이삿짐을 다 싸놓은 우리 식구들과 함께 정장 차림의 신사 4~5명이 거실에 앉아 나를 기다리고 있는 것이 아닌가.

그들은 이른 새벽부터 집에 찾아 온 상파울루에서 온 교민들이었다. 무슨 일이냐고 묻자 그들은 다짜고짜 나더러 브라질 한인회장에 출마해달라는 것이었다. 나는 "무슨 뚱딴지같은 소리냐. 지금 브라질리아로 이사를 가려고 이렇게 짐을 다 싸놓은 상태인데 말이 되느냐"고 한마디로 거부했지만, 그들도 "김 단장이 말씀 많이 듣고 찾아왔다. 김 단장 같은 분이 한인회장이 돼야 브라질 한인사회에 질서가 잡힐 것 같다"며 버티었다.

나는 새벽부터 와서 기다린 손님이니 그냥 보낼 수는 없고 아침이나 드시고 가시라고 아내에게 반주를 곁들인 아침상을 준비하게 했다. 아침을 함께 먹으면서 그들은 내게 한인회장 출마를 권하게 된 연유를 자세하게 털어놓았다.

"브라질 교민 3천여 명 중 불법체류를 하고 있는 교민이 거의 절반이 된다. 그런데 그들은 대한민국 대사관의 비호를 받는 한인회로부터 착취를 당하고 있다. 먼저 온 사람이 나중에 온 사람을 돕고 사는 것이 아니라 횡포를 부리는 것이다. 영주권이 없다는 이유로 돈을 빌려줘도 일 년이 지나도 받지 못하고 물건 판매를 맡겨도 판매대금을 떼먹기 일쑤다. 장사하기 위해 점포를 구입하려 명의를 빌리면 그 명의로 사기를 친다. 이렇게 등쳐먹는 사람들이 다름 아닌 바로 한인교민회의 간부들과 그들의 비호를 받는 건달들이다"라고 했다.

나는 피가 거꾸로 솟는 듯한 분노를 느꼈다. "그렇게 당하고 가만히 있느냐. 왜 사법당국에 고소를 안 하느냐"고 큰소리로 되물었다. 그들의 대답은 "어떻게 고소를 하느냐. 고소해서 자칫 영주권이 없다는 게 드러나면 추방을 당할 게 뻔한 일인데. 우리는 변호사도 없고 백도 없다"는 것이었다. "아니 그럼 대사관에 그 사람들을 고발하면 되지 않느냐"는 나의 물음에는 "대사관이 앞장서 그들을 비호하고 있는데 어떻게 고발을 하느냐"고 한숨을 내쉬었다. 우리들의 얘기는 저녁까지 이어졌다.

거기서 나는 한인회장에 출마하겠다는 결심을 했다. 브라질리아에서 살 여건을 다 마련했지만 몇 달 늦는다 해서 무슨 문제이겠냐, 우선은 나도 몸담은 우리 민족사회 질서를 잡고, 어처구니없는 피해를 보고 있는 우리 교민들을 돕는 게 우선이라는 생각이 들었었다. 그러면서 내가 나가서 과연 한인회장이 될 수 있겠느냐는 의문도 생겼다. "내가 상파울루에 살던 사람도 아니고, 한국에서 육사 출신도 아니고, 어디 국장 자리 한 번 앉아본 공무원 출신도 아닌 무명인사인데 어떻게 당선이 되겠느냐"고 그들에게 물었다. 그들은 틀림없이 된다고 자신하는 것이었다.

"지금까지는 박동진 대사가 점찍은 사람들을 임명하다시피해왔는데 우리가 이번에는 직선제로 바꿔놓았다"며 "이번에 대사관에서 지명한 소위 '여당 사람' 너댓 명이 나오고 '야당 후보'는 당신밖에 없는 데다 영주권 없는 사람들이 모두 투표에 참가할 것"이란 것이었다. 그 사람들이 어떻게 모두 투표에 참가하리라고 장담을 하느냐는 내 질문에 그들은 "당신이 개인적으로 브라질 법무부에서 영주권을 받게 해준 교민 몇 사람이 있다는 게 교민사회에 소문이 다 났다"며 내가 한인회장이 되면 영주권 문제를 해결해줄 수 있다고 교민들이 모두 믿고 있다는 것이었다.

나는 안방으로 어머니와 아내를 불러 출마 결심을 전했다. 예상한 것처럼 아내는 "당신 지금 제 정신이냐. 시골 모지에서 3년여 동안 영어교사로 박봉생활을 하다가 이제 겨우 수도 브라질리아에서 제대로 무지개 인생을 개척하게 되었는데 오자마자 한인회장에 출마한다니 이게 무슨 날벼락 같은 소리냐"며 반발했다.

나는 열과 성을 다해 내가 한인회장 출마를 결심하게 된 전후사정을 자세히 설명했다. 신앙심이 좋은 아내는 그제서야 이것을 '주님의 계시'로 받아들이며 어렵사리 납득했다. 나는 가족들 모두의 동의를 얻어 '운명의 회행(回行)길'로 들어섰다.

1968년 김홍기 박사 가족 사진. 왼쪽부터 장남 수찬(65년생), 차녀 수영(62년생), 장녀 옥경(60년생), 어머니 오선희 권사, 아내 김문자 여사, 막내 수응(68년생)

김홍기 박사 자녀들의 50년이 지난 모습. 왼쪽부터 막내 수응(Ricardo)은 미국 LA에서 변호사, 차녀 수영은 브라질 상파울루에서 치과병원 운영 및 명문 USP(상파울루주립대학) 치의학 교수, 장남 수찬(Roberto)은 상파울루에서 사업을, 장녀 옥경은 상파울루에서 치과의사로 병원을 운영하고 있다.

브라질 한인회 회장에 당선

드디어 한인회장 선거가 있는 8 · 15 경축일이 돌아왔다. 장소는 재팬타운 내에 있는 이태리회관을 빌렸는데 1천 명 정도 수용할 수 있는 곳이었다. 그곳에 700명에 이르는 교민이 참석했다.

그날 행사는 1부에 한인회장을 뽑고 2부는 8 · 15 광복절 경축으로 예정되었다. 투표가 시작되었는데 1차 투표에서 과반수를 넘지 못하면 결선투표를 하는 민주주의 방식이었다. 나는 1차투표에서 과반을 넘지는 못했지만 1등을 차지했다. 2등은 육군대령 출신의 김대현이라는 사람이었는데 2차 영농이민단으로 나와 같은 배를 타고 브라질에 온 사람이었다. 그 사람은 나에 앞서서 이민단장을 맡았었는데 잡음이 많아 나로 교체된 문제의 인물이다.

그런데 2차 투표에서 내가 압도적으로 당선이 되자 여기서 500km나 떨어진 리오에 있는 대사관에서 문을 닫고 모두 여기 투표장에 왔나 싶을 정도로 단체로 몰려온 직원들이 박동진 대사를 선두로 일렬대오를 이뤄 우르르 복도로 퇴장하는 것이 아닌가. 그들은 대사관의 앞잡이 역할을 하고 있던 한인교민회 회장 선거에 그만큼 관심이 컸던 것이고 예상 밖으로 내가 당선되자 '너희들끼리 잘해봐라. 우리는 인정 안 한다'는 식으로 무언의 시위를 한 것이다.

그 광경을 본 나는 가슴이 덜컹 주저앉았다. 당시 한국 외무부에선 한인교민회 유지비로 한 달에 150달러를 지원해 주었는데 당시 150달러는 큰돈이어서 그것 가지고 한인회 집세 내고 활동을 유지해왔다. 그 무언의 시위는 앞으로 그 돈이 없어진다는 신호여서 선거운동을 해준 몇 사람과의 밤샘 자축파티에서도 나는 걱정으로 밤을 지샜다.

돈 문제도 그렇지만 내가 앞으로 한인회를 이끌어가려면 여러 일들이 닥칠 텐데 대한민국을 대표하는 대사관하고 등을 져서는 어쩌나 하는 걱정에 안 되겠다 싶어 대사가 묵고 있는 호텔에 가서 아침 6시부터 쭈그리고 기다렸다.

아침 7시쯤 체크아웃 수속을 했다는 얘기를 듣고 방으로 올라갔다. 내가 들어서니까 박동진 대사는 나를 힐끔 쳐다보더니 그대로 돌아서서 창문 밖만 내다보고 있었다. 내가 "대사님 뵙고서 몇 말씀 여쭈려고 찾아왔다. 5분만 허락해달라"하고 운을 떼며 통사정을 하니 그제야 돌아서서 자리에 앉았다. 나는 "이렇게 될 줄 알았다면 대사님 미리 만나 뵙고 의논을 드렸어야 하는데 정말 죄송스럽게 됐다"고 거듭 머리를 수그렸다.

박 대사는 "이 사람아, 한인회장에 나가려면 나하고 의논을 해야지. 일언반구도 없이 회장이 되어 나타나면 어쩌라는 얘기냐"고 질책했다. 나는 겸손하게 "제가 회장에 당선되리라고는 생각도 못했는데 어찌어찌하다 이렇게 되었다"고 과정을 설명했다. 박 대사는 "아, 됐고. 회장이 혼자 일하는 것은 아니다. 이사회는 어떻게 만들거냐"고 물었다. 나는 "한두 달에 걸쳐 교민들을 두루 만나보고 그들이 원하는 한인회에 맞는 이사회를 만들 생각을 하고 있다"고 얘기했다. 박 대사는 "이 사람이. 한인회장이 무슨 큰 벼슬인 줄 알고 있나. 구관이 명관이라고 먼저 이사들을 그대로 유임시켜라"며 호텔방을 나서려 했다.

나는 "신임회장인 제가 종전 이사들 그대로 이사회를 구성한다면 이것은 제 의사가 아니고 대사님 강요에 의한 것이라고 사람들이 생각하지 않겠느냐"면서 "제가 명단을 만들어 올라갈 테니 대사님이 점지하여 승인한 인물로만 이사회를 만들겠다"고 박 대사 뒷머리에 대고 소리를 질렀다.

그런데 내가 회장에 당선된 것이 못마땅한 박 대사는 이전 사람들 그대로 또 다른 교민회를 만들었다. 이름이 똑같으면 브라질 법원에 등록이 안 되니까 한인교민문화회라고 문화라는 두 글자를 넣어 또 하나의 교민회를 만든 것이다. 그러니 표면적으로는 교포사회가 둘로 갈라졌다. 옛날 민주당의 신파, 구파 싸움을 연상케 하는 일이었다. 나는 사표를 써서라도 이건 막아야겠다는 생각으로 박동진 대사를 찾아갔으나 그는 미주대륙 대사(大使)회의 참석을 핑계로 뉴욕으로 떠난 뒤였다.

어쨌든 나는 회장에 당선됐으니 하루 회장 노릇을 하더라도 우선 한인회 사무 인수인계를 받아야겠다는 생각으로 한인회를 찾았다. 부회장과 사무총장이 앉아 있기에 인수인계를 해달라고 했더니 회장 혼자서 운영할 거냐며 우선 이사회를 구성해오라는 것이었다.

이사들 전원을 인선하기에는 시간이 걸리니 우선 부회장, 총무, 재정이사, 영업이사, 업무이사 5명만 먼저 구성하는 것으로 타협하고 나는 서둘러 사람들을 찾아 나섰다. 그러나 새벽부터 우리 집에 찾아와서 회장에 출마해달라고 통사정을 하던 사람들부터 당선 축하잔치를 함께 했던 사람들까지 모두 못하겠다고 완강히 거절하는 것이었다. 나중에 안 이야기지만 대사관의 방해공작이 극심했던 까닭이었다.

교민들은 자식들 학교 진학부터 여러 서류생활에 대사관의 도장이 필요했기 때문 대사관과 척지고는 살아갈 수가 없는 형편이었다. 그들도 '김홍기를 따라다니면 앞으로는 대사관과 완전히 절연할 생각을 하라'는 협박성 요구에 떨지 않을 수 없었을 것이다.

1968년 김홍기 한인회 신임회장으로 브라질리아 수도를 공식 방문, 한인의 밤을 열어 브라질리아시에 거주하는 소수 한인들을 위문하고 있는 한 장면. 김홍기 회장(오른쪽)이 초대한 브라질리아 수도 시장은 수백 명의 한인 사회를 처음 접하는 기쁨을 나누며 격려사로 김 회장에 대해 호감적인 인상을 갖게 됐다.

그리하여 이것저것 따지지 않는 사람, 시류에 따른 처세에 관심 없는 사람, 문화혜택을 많이 받지 못한 사람들로 이사회를 구성하고 한인회 사무실을 다시 찾았다. 그랬더니 이번엔 대사한테 사인을 받아오라는 것이다. 대사한테 사인을 받아야 인정을 한다는 것이다. 나는 "아니 세상에 그런 법이 어디 있느냐"고 따졌지만 그들은 대사가 한인회 고문으로 있는 만큼 고문의 사인을 받지 못하면 사무 인수인계를 할 수 없다고 버티는 것이었다.

당시 대사관은 상파울루에서 리오까지 일곱 시간 가까이 밤샘 버스를 타고 가서 거기서 또 택시로 삼사십 분 올라가야 하는 언덕배기에 있었는데 가보니 대사는 아직 뉴욕에서 돌아오지 않았고 참사관이 대사 대리역할을 하고 있었다.

내가 대사관에 온 자초지종을 설명하고 사인을 부탁하니 그는 자기는 대사가 아닌 만큼 책임 못 진다며 완강히 버텼다. 나도 그대로 돌아설 수는 없어 대사관 앞에서 죽치고 앉아 있다가 퇴근하는 그를 보고는 택시를 잡아타고 집까지 쫓아갔다.

참사관은 함경도 출신이었고 부인이 나와 같은 평안 출신이었다. 평안도 사람들은 원래 향토색이 짙은 까닭에 그 부인과는 말이 통했고 날밤을 새우면서 감성적인 호소로 물고늘어졌다. 그리하여 결국 사인을 받아냈다.
나는 날듯이 단숨에 돌아와 한인회에 가서 사인을 보여줬다. 김연이라고 하는 부회장은 감짝 놀라며 "이거 진짜요?"라고 물었다. 내가 못 미더우면 전화로 확인해보라고 하니 그가 내 눈앞에서 바로 전화를 걸고는 "당신 이거 어떻게 책임지려고 이렇게 처리했냐"며 소리를 쳤다.
나 때문에 그 죄 없는 참사관은 욕을 직싸게 먹고 대사가 돌아온 뒤 파면이 됐는지 사표를 냈는지 그만두고 말았다. 나중에 그는 한국에 돌아가서 음악평론가가 되었다. 그 덕분에 우리는 드디어 한인회 업무를 시작하게 되었다.

1,300여 명 불법체류자 문제 해결

한인회의 가장 큰 업무는 교민 가운데 절반에 가까운 불법체류자의 신분 문제 해결, 즉 영주권 발급 문제였다. 불법체류자 신분으로는 하루하루를 추방 공포로 살아야 했고 어찌어찌 장사를 하더라도 그 약점을 악용하는 이들에게 뜯기기 일쑤였다.
내가 이 문제를 해결하려면 지금까지 숨어 사는 불법체류자 교민들을 노출시킬 수밖에 없는데 자칫하다간 추방 대상이 되고 마는 딜레마가 있었다.
그래서 그걸 각오한다는 동의를 구하는 소위 법적지위문제해결자치위원회, 그들이 붙인 이름대로 '7인 위원회'를 만들고 350세대의 동의서를 받아 본격적으로 작업에 나섰다. 그 때 내가 받아놓은 공증번역사 자격이 큰 도움이 되었다.
내가 이 일을 시작하면서 처음에는 국회를 상대로 로비에 들어갔다. 당시 브라질은 과도기 군사혁명 정권이었지만 국회가 문을 닫지 않고 열려 있었기 때문이다. 그러나 그것은 헛발질이었다. 국회는 이름만 있었지 아무런 권한도 없는 미미한 존재였기 때문이다. 그렇게 한 달여를 허송세월하고 나서 어느 정치인의 좋은 충고를 듣게 되었다.
군정 지도자에게 대사면령(大赦免令)을 타깃으로 해서 로비를 하라는 것이었다. 그리하여 장군 출신 대통령의 사법 고문인 칠순의 브라질리아 연방법대 교수를 만나게 되었다. 그는 내 얘기를 듣더니 "이것은 한국인의 문제가 아니다. 그들이 일단 들어와서 사는 만큼 브라질 사회문제인 것이다. 그리고 국회의원은 힘 못쓰니 그들보다 행정부에 있는 사람들을 만나라. 법적 문제인 만큼 법무부, 외국사람 문제니까 외무부를 접촉해라. 결국은 법무부에 일이 떨어질 것이고 대통령에게까지 올라갈 것이다. 그때 되면 내가 도울 수 있을 것이다"라고 아주 희망적인 조언을 했다.

제6대 브라질 한인 교민 회장에 당선된 김홍기 회장이 1,300여 명 350세대(3,000여 명 교포사회의 절반 가까운)의 불법체류자 사면 및 영주권 발급을 위한 민간외교활동과정에서 한인 불법 체류자 현지 답사로 파송된 법무부 루이 마샤도 데 리마 차관 일행을 환영단과 함께 맞이하고 있다.

그래서 나는 바로 법무부며 외무부의 문을 두드리기 시작했다. 관료들과의 접촉에 다리를 놓아주는 등 큰 도움을 준 사람은 루이 마샤도 데 리마라는 법무부 차관이었다. 그의 주선으로 법무부 장관도 만나게 되었는데 그는 내가 후에 상파울루 주립대 법대 석박사 대학원을 다닐 때 내 은사가 되었다.

어쨌든 나는 법무부 장차관을 대상으로 우리 역사며 이민을 오게 된 경위를 자세히 설명했다. 특히 "우리가 이민 수속을 밟다 보니 정규 코스를 제대로 밟은 사람도 있지만 브라질에 오겠다는 욕심에 사기꾼에 걸려 본의 아니게 불법 입국을 한 사람도 적지 않다"고 강조하면서 "한국에서 대학교수를 하던 사람도 시장 바닥에서 일본 사람들 밑에 고용되어 감자 토마토 따위를 파는데 돈도 제대로 못 받고 일본 사람들 눈치만 보고 있는 지경이다. 자식들은 우리 영주권 언제 받느냐고 재촉한다"라면서 그들의 감정선(感情腺)을 자극했다. 이것이 통했는지 그들은 "군 수뇌부에 보고하기 전 현장조사를 해야 한다. 곧 조사단을 꾸려 내려가니 맞이할 준비를 하라"는 것이었다.

나는 서둘러 조사단을 맞이할 준비를 했다. 젊은 비서를 시켜 여러 동네에 한 세대씩 집안에 피아노도 있고 거실에 김홍도 그림 카피라도 붙여놓은 소위 문화수준이 높은 집 10세대를 잡아놓았다. 드디어 조사단이 와서 우연히 지나가다가 들어가는 것처럼 그들을 안내했다.

집안에 색동 치마저고리를 입은 애들이 있고 문 라이트 소나타 등 쇼팽곡을 연주하는 피아노 소리가 들리자 조사단은 진한 인상을 받은 듯했다. 게다가 "전에 한국에서 뭐하던 사람이냐"는 질문에 "이 분은 대학 교수, 저 분은 군 지휘관, 또 고등학교 영어 교사, 사업체 중역"이라고 하자 조사단은 "이런 사람들이 왜 이민을 왔겠냐"며 무척 감명을 받은 것같았다.

조사가 끝난 뒤 법무부 장관은 합동 기자회견에서 "지구 반대편에 있는 한국이라는 나라에서 1천여 명의 고급인력이 브라질에 와서 살고 있는데, 그들이 언제 어디서 어떻게 들어왔든지 브라질을 재건하는 데 같이 협력하고 살 수 있는 권리를 부정하고 거절할 이유가 없다"고 밝혔다.

그리하여 보고서가 대통령에게 올라갔고 앞서 얘기한 대통령 법률고문의 도움으로 대사면령을 얻어냈다.

이 대사면령은 그야말로 획기적인 것이었고 일본 · 대만 · 이스라엘 · 튀르키에 · 아르메니아 대사들도 "왜 한국 사람만 봐주느냐"고 들고 일어나 그들도 우리 덕분에 사면령 혜택을 받았다. 이로서 나는 브라질에서 아주 유명한 인사가 되었다.

1968년 김홍기 한인회장의 민간외교로 취득한 한인불법체류자(1300명=350세대)들의 사면 및 영주권 발급령에 의한 첫 수속의 결과로 제1차 수혜자 27세대에게 영주권을 일일이 전달하는 역사적인 전달식을 거행하는 김홍기 회장.

1968년 불법체류자(1,300여 명=350세대) 현장실사 차 상파울루 시로 파송된 연방 법무부 루이마샤도 데 리마 차관 일행의 한인교민회 방문 모습. 루이 차관(그의 부인과)과 김홍기 회장

대사관의 모략 사건

이제 대사면령은 내려지고 영주권 발급 수속을 시작하려는 과정에서 대사관에서 나를 모략하는 사건이 벌어졌다. 내가 국제사기꾼이라고 소문을 내고 다니는 것이었다.

영주권 발급은 워낙 대단한 이권사업이라 한인회 이사들이나 간부들이 여기에 끼어들려는 낌새가 엿보여 이를 철저히 막았으며 '7인 위원회'를 통해 한 세대 당 문서수속비 50달러, 그리고 세대원 한사람 앞에 30달러씩만 받게 하는 등 통제했는데 나를 국제사기꾼으로 몰다니 어처구니가 없었다.

영주권 발급을 위해선 신체검사, 무(無)범죄증명서 등 서류가 많고 거기에 일하는 사람 식사비 등 여기저기 들어갈 돈이 많았지만 최소한의 경비를 산정한 것이며 대사면령을 받으려 여기저기 다닐 때도 비행기는 물론, 침대차도 한 번 안타고 버스로만 다니는 등 돈 문제와 관련한 잡음이 생기지 않게 조심했는데 이런 모략을 받는 건 참으로 분개할 만한 일이었다.

사실 대사관에선 지원금 150달러만 끊으면 한인회가 제대로 운영되지 않을 줄 알았는데 한인회가 그럼에도 불구하고 잘 굴러가고 게다가 불법체류자 영주권 문제를 해결할 기미를 보이니 나에게 국제사기꾼이라는 누명을 씌운 것이다.

그 소문 탓에 한 일주일 동안은 영주권에 필요한 서류를 들고 한인회를 찾아오는 교민들이 몇 사람밖에 없었다. '7인 위원회'에서 교민들을 찾아다니며 "우리는 사기꾼이 아니다. 다 광고로 알린 일이고 우리는 세대주 50달러, 세대 한 사람 30달러만 받아서 딱 서류 작업만 돕기 때문에 회장한테 돈 떨어지는 것 한 푼도 없다"고 설득을 하여 겨우 27세대가 첫 케이스로 영주권 발급 혜택을 받았다.

그런데 이같이 일이 진행되고 있는 와중에 법무부 차관을 단장으로 하는 시찰단이 왔다갔다고 하는 얘기를 들은 박동진 대사가 내려와 날 좀 보자고 하는 것이었다. 나는 좋은 화해의 기회가 되겠다 싶어 바로 호텔로 찾아갔다. 박 대사는 다짜고짜 "누가 영주권에 손대라고 했느냐. 이 나라에는 연방경찰도 없고 첩보기관도 없는 줄 아느냐. 이렇게 쑤시고 다니면 집단추방 당하는데 어떻게 책임지려고 하느냐"고 막말을 쏟아 부으며 "대사가 한인회장만 못하고 일본 대사나 중국 대사가 당신만 못해서 못한 줄 아느냐. 지금까지 이 사람들이 이렇게라도 살고 있는 건 내가 대사로서 눈 감아달라는 교섭을 했기 때문"이라고 억지를 부렸다.

나는 "내가 대사님보다 잘나서 이 일을 하는 것이 아니다. 대사님은 멀리 떨어져 계셔서 잘 모르겠지만 이 사람들 생활은 이루 말할 수 없이 처절하다. 집단추방만 하더라도 세대주 총회에서 추방을 당하더라도 좋으니 이 인간 이하로 사는 삶을 청산할 수있도록 합의를 본 문제다. 따라서 한인회장으로서의 의무를 다하기 위해 이 일을 하고 있다"고 달래듯 얘기했다.

그러나 박 대사는 완강했다. 그는 옆에 있는 황 영사를 보고 "어이 황 영사, 다음에 무슨 일이 터지게 되면 자네가 증인이 되라. 나는 김 회장에게 영주권 문제를 다루라고 승인한 적이 없다고 말이야."라고 큰 소리를 질러댔다.

나는 여기서 폭발했다. "당신 정말 상대 못할 사람이네. 내가 당신 부하도 아니고 어디다가 승인 운운하고 있냐"고 당신이란 말까지 써가며 맞섰다. 결국 박 대사와 나는 완전히 소통이 단절되고 말았다.

집요한 방해공작 뚫고 교포 영주권 문제 해결

그 며칠 뒤 브라질 법무부장관의 무관 비서로 있는 아데말 중령에게서 전화가 걸려왔다. 내가 영주권 문제로 법무부를 들락거릴 때 아데말 중령과는 친구 사이가 됐는데 그가 전화를 한 것이다.

아데말 중령은 한마디로 요약하자면 "당신 나라 대사가 찾아와 당신네들 영주권 해주지 말라고 못을 박고 갔다"고 했다. 그 얘기를 듣고 얼굴이 새하얗게 된 채 전화통만 붙잡고 있는 나를 보고는 옆에 있던 7인위원회 대표자들이 무슨 일이냐고 캐물었다.

나는 생각 없이 그들에게 박 대사가 법무부를 찾아가 "불법체류자들에게 영주권을 내주겠다고 하는 것은 감사한 일이지만 한국은 앞으로 브라질에 10만~20만 이민을 추진하고 있으니 대국적으로 더 검토해야 할 사안이다. 본국에서 새로운 훈령이 있을 때까지 유보 시켜 달라"고 얘기했다는 것을 전했다.

그들은 나보다도 더 분개해 펄펄 뛰었다. "대한민국 정부에서 우리를 이 나라에서 살지 말라는데 우리가 더 이상 어떻게 살겠냐. 한국으로 다시 돌아가든 파라과이로 가든 볼리비아로 가든 떠나겠다"며 "다만 가기 전에 대사관을 때려부수고 불을 지르겠다"고 당장이라도 저지를 기세로 나오는 것이었다.

나는 아차 싶었다. 내가 괜히 얘기를 전했구나 싶어 "감정만으로 해결될 일이 아니니 일단 마음을 가라앉히고 해결책을 찾아보자"고 그들을 달랬다.

브라질 한인교민회 주최 1968년 3.1절 기념식에 초청된 VIP. 왼쪽부터 상파울루 중소기업협회 로베르또 브라가 회장, 상파울루주 의회 둘쎄 싸레스 꾼냐 브라가 부의장(주홍색 드레스), 맨 오른쪽이 김홍기 한인회장.

나는 그나마 소통이 되는 대사관의 김상인 참사관에게 바로 전화를 걸었다. 그는 5 · 16혁명 주체세력인 중앙정보부에서 파견된 대령 출신이었고 대사관에서는 발언권이 아주 센 사람이었다.

나는 아데말 중령과의 통화 자초지종(自初至終)을 전하면서 "여기 한인회 사람들이 지금 당장 대사관으로 쳐 올라가서 도끼로 때려 부수고 불 지르겠다고 하는데 당신밖에 해결할 사람이 없다"고 했다.

나는 "대사가 대못을 박았다니 그 사람이 결자해지로 뽑아와야지 다른 방법이 없다"고 덧붙이면서 "내 힘으로는 도저히 막을 수 없으니 우선 대사에게 얘기를 전하기 전에 이 사람들을 만나 급한 불부터 끄라"며 재촉했다.

김상인 참사관은 고맙게도 비행기를 타고 1시간도 안 돼 달려왔다. 자기가 올라오는데 한인회 사람들이 몽둥이로 자기를 때리려는 듯해 얼굴이 하얘진 채로 벌벌 기어올라왔다고 했다.

나는 눈을 시퍼렇게 부릅뜬 채 할말 못할말 분통을 터뜨리는 그 사람들한테 "이 사람은 우리를 도와주러 대사관에서 온 김상인 참사관"이라고 소개하면서 달랬다.

김 참사관은 직접 와서 분위기를 느낀 탓에 "내가 어떤 수를 쓰든 대사한테 다시 그 못을 뽑게 하겠다"고 다짐하고 돌아갔다.

김 참사관이 돌아가고 얼마 있다가 아데말 중령에게서 전화가 왔다. 박 대사가 찾아와서는 본부에서 훈령이 왔는데 한인 불법체류자들의 영주권 해결에 감사하다고 인사를 드리러왔다고 했다는 것이었다.

교포사회에 이 얘기가 쫙 퍼지면서 교민들이 문전이 닳도록 찾아오기 시작해 영주권 발급은 일사천리로 진행되기 시작했다. 원래 절차대로 수속을 하자면 6개월 내지 1년이 걸릴 일을 법무부 차관과 교섭해서 '코리안 디파트먼트'를 만들어 원스톱으로 처리해 한두 달에 끝냈고 드디어 350세대 영주권 발급을 매듭지었다.

그런데 이 소문이 옆 나라인 아르헨티나 · 볼리비아 · 파라과이까지 퍼져 거기로 이민가서 살던 이들이 브라질로 넘어와서는 영주권 발급을 도와달라고 하는 것이었다. 그들은 사실 불법체류에 대한 사면 혜택이 공표된 이후에 국경을 넘어 온 밀입국자들이었는데 나는 공증 번역사 자격을 이용해 그들을 위한 번역 서류를 기한 내의 날짜로 만들어 그들도 영주권을 받게 해주었다. 이는 애족심으로 불법을 저지른 셈이었다.

철학자 플라톤이 그랬던가. "목적이 선하면 수단은 가리지 말라"는 말은 이 같은 양심마취에 대한 억지지만 한 구실이었다.

또 하나는 영주권 수속 서류 중 무범죄 증명서가 있는데 그걸 대사관에서 다시 발급하면 않되겠느냐라고 하는 것을 일언지하에 거절한 일이 있었다. 그 서류를 핑계로 '중재착취'를 하자는 것이었는데 그 거절이 나중에 큰 사단을 불러올 줄은 그때는 꿈에도 생각지 못했다. 무범죄 증명서는 이미 한국 출국 때 다 받았던 증서였다.

한민족이 앞장서게 됐던 나의 또 하나의 사명

1967년 한인교민회 회장으로 당선되자 가장 화급했던 현안인 불법체류자 1500명에 달하는 350세대의 법적 지위(영주권) 취득을 위한 단신외교에 올인하는 와중에 이에 버금가는 중요한 또 하나의 핫이슈가 내 앞에 놓여 있었다.

다름아닌 고급 전문직업자들의 자격을 브라질 사회에서 합법 인정을 받게 하는 문제였다. 즉, 우리 이민 초기에 타민족들보다 가장 많았던 의사, 공학사, 건축기사, 토목기사 등이었다.

동격 인정의 결론은 간단했다. 졸업한 한국 대학의 졸업증서와 학업증서를 브라질 대학의 같은 전공과에 제출하여 대질 검토 후 부족한 과목에 대한 시험만 치르면 동격 자격(Revalidacao) 인(印)을 모교의 졸업증명 이면에 찍어 받으면 된다는 것이었다.

하지만 모두가 사전조건(Prerequisite)에 걸렸다. 외국 대학 졸업자들이 반드시 치러야 할 '특별 검정시험'이 있었다. 브라질 국어 · 역사 · 지리 세 과목을 고등학교 수준으로 치러야만 했다.

이것은 포르투갈령(領)의 시대로부터 브라질 제국시대를 거쳐 브라질 공화국시대까지 400년의 역사와 전통으로 시행해온 제도로 자리매김을 해왔기에 단 한번의 예외도 허용치 않았다.

1967~1970년간 브라질 한인교민회 회장 역임 시 한인사회 복지를 위한 고위 당국자 상대의 외교 중 상파울루주 의회 의장 둘세 살레스꾼야 브라가 박사를 접대하는 김홍기 박사.

나는 10여 명의 30대, 40대, 50대, 60대의 한인 의사들이나 엔지니어들이 브라질의 지리와 역사를 모른다고 자기들의 전업행사를 못할 리 없으며, 브라질의 언어문제도 쉬운 일상용어를 생활 속에서 2~3개월만 지나면 다 배울 것이고, 전문용어는 라틴어를 원어로 한 영어 등으로 세계 공통어로 통하는 Medical Science나 Technical Science 아니겠느냐 자문했고, 절대 필수가 아닌 장애물을 절차 선순으로 놓아 노숙한 의사들이나 엔지니어들을 인류사회에 묻어 썩히는 한심한 격식이 아닌가 하는 자답을 떨칠 수가 없었다.

하여 1968년 봄에 브라질 수도 브라질리아로 날아가 문교부 장관을 찾아 위와 같은 얘기를 열변하면서 "130여 국으로부터 들어온 수백, 수천에 이를 수 있는 아까운 브라질 사회 안의 인재들을 썩히고 있다"라고 설파했다.

그는 절실히 공감한 듯 "일주일 이내로 '교육자문위원회'를 소집할테니 그들에게도 같은 주장을 해달라"고 나에게 권했다.

그 결과 위원회의 만장일치 결의로 400년의 전통을 깨고 '외국인 특별고등학급 검정시험' 제도를 철폐함으로써 우리 한인들은 물론, 브라질에 거주하는 모든 전문 직업인들이 그때부터 영위토록 크나큰 혜택을 입게 됐고, 그 선두에 우리 민족이 서게 됐던 것이다.

브라질 대사 교체된 사연, 새 대사와의 충돌

박동진 대사는 브라질 한인사회를 두 쪽으로 갈라놓은 뒤로 잘린 건지 본인이 그만둔 건지 한국으로 돌아가고 연합참모본부장 대장 출신인 장창국 대사가 브라질 신임 대사로 임명됐다.

나중에 알게 된 사실이지만 신임 대사는 나 때문에 보낸 것이다. 박동진 대사가 박정희 대통령에게 "브라질 한인회장으로 있는 김홍기는 평양 출신의 빨갱이다. 아르헨티나에 북한 대사관이 들어섰는데 하루가 멀다 하고 넘어와 돌아다니면서 가가호호 불온문서를 뿌리는데 이게 평양 지령을 받은 김홍기와 연관된 일이다"라고 보고했고 덧붙여 "브라질 군정과 통할 수 있는 장군 출신을 대사로 보내야 한다"고 했다는 것이다.

나는 그것도 모르고 나를 괴롭히던 박 대사가 가고 새로운 대사가 온다기에 반가운 마음으로 학수고대하고 있었다. 그리하여 신임 대사가 온다고 하는 날, 우리가 세운 교회를 통해 환영단을 꾸려 10살짜리 예쁘장한 아이에게 색동저고리 입혀 꽃다발을 들게 하고 환영 플래카드까지 만들어 버스 대절하여 밤새 리오로 올라갔다. 비행기 내리는 트랩까지 들어가서 보니 내가 맡기 직전의 한인회 이사단이 우리보다 먼저 와 있었다.

전권대사인 그가 내리자 전(前) 한인회 이사들이 쫙 경례를 붙이면서 "저는 아무개 사단에 있던 아무개 대령입니다." "저는 아무개 연대장하던 아무개올시다." 하고 자기 소개를 하는 것이 아닌가. 나는 아차 싶었다. 이것은 군복만 안 입었지 완전 군대였다.

나도 "한인 교민회 김홍기 회장입니다."라고 인사를 하며 악수를 하려 손을 내밀었지만 그는 손도 잡지 않았다. "우리 교민교회 장로, 권사들이 대사님을 환영 영접하려 밤새 올라왔다"고 했지만 그는 "난 옛날 전우들하고 오늘 만나게 됐으니까 양해를 해줘요. 하여튼 와줘서 고맙긴 한데"라며 돌아섰다.

"힘들게 찾아왔는데 차라도 한 잔…." 하며 매달리는 내게 그는 "아, 그럴 시간 없어. 나는 전우들하고 이미 시간 약속이 돼 있어."라며 반말조로 대꾸했다. 그와의 첫 대면은 이렇게 끝났다.

우리 일행은 어처구니없는 채로 상파울루로 돌아왔다. 그로부터 한 열흘 쯤 지났을까, 대사관에서 전화가 걸려왔다. 대사가 나를 보자는 것이었다. 나는 학수고대하던 희소식이라 바로 비행기를 타고 올라갔다. 약속장소는 대사관이 아닌 일본식당이었다.

그곳으로 가니 중앙정보부에서 파견나온 젊은 영사가 나를 안내했다. 대사는 조니워커 세 병을 테이블 위에 올려놓고 나를 기다리고 있었다. 대사는 내가 자리에 앉자 "자네 술 잘한다면서. 일단 이거 한 잔 받아."라며 운을 떼었다.

나는 우선 얘기가 급해 "대사님, 나에 대해 말씀을 많이 들었겠지만 내 얘기를 한 번 듣고 그 후에 진단서를 쓰십시오. 환자 자체에 청진기를 대고 진단서를 써야지 주변 간호사 말만 듣고 하지 말라"고 진심을 다해 말했다.

그러나 그는 내 말이 듣기 싫은 듯이 일단 한 잔 마시라는 얘기만 계속했다. 결국 앉은 자리에서 위스키 두 병을 다 마셨다. 나도 젊은 시절이라 술이 셌지만 그도 만만치 않았다. 남은 한 병마저 뚜껑을 딸라고 하는데 그가 안주머니에서 종이 한 장을 꺼내면서 "이거 이대로 하면 나하고 계속 교제가 될 것이고 안하면 우리 인연은 이것으로 끝난다"고 하는 것이었다.

내가 만드는 교민회 회보에 종이에 적힌 내용을 실으라는 것인데 그것은 요약하자면 첫째 영주권 발급은 김홍기가 해준 것이 아니라 대사관에서 해준 것이고, 둘째 박동진 대사가 만든 또 하나의 한인교민문화회를 김홍기가 인정한다는 것이었다.

나는 바로 "첫째 내용은 받아들이겠지만…." 하고 즉답을 했다(왜냐면, 나의 '단신 민간외교'로 영주권을 받게 되었다는 것은 삼척동자도 다 아는 일이기 때문에 가슴이 아닌 머리의 즉답이었다). 그 대신 이것 그대로 쓰면 대사가 나한테 강요한 것으로 알려질 터이니 잘 고쳐 쓰겠고, 둘째 내용은 받아들일 수 없다고 강하게 얘기했다.

영주권 수혜자들을 대표하는 '불법체류자자치위원회 장건섭 회장'이 영주권 해결에 대한 감사로 감사장을 아래와 같은 내용으로 증정했다.

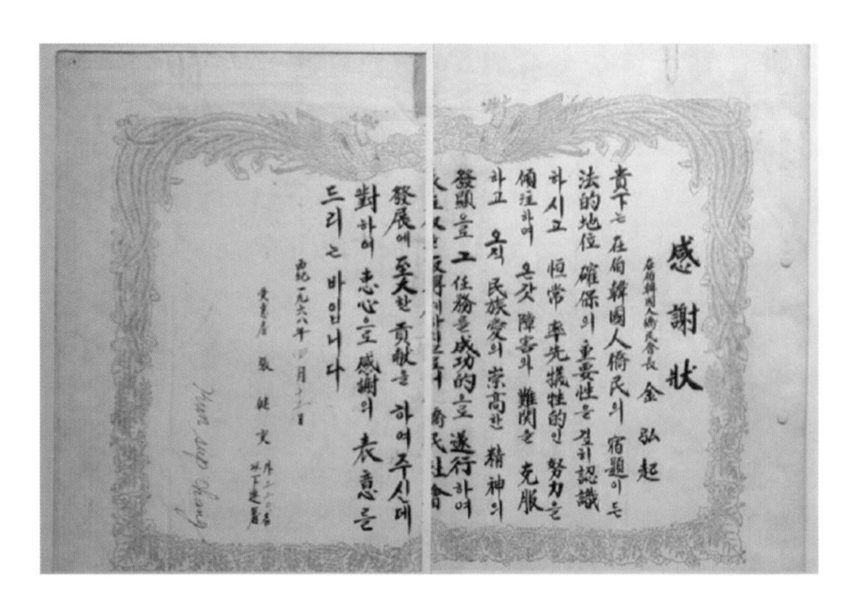

感謝狀

在伯韓國人僑民會長 金弘起

貴下는 在伯韓國人僑民의 宿題이든 法的地位 確保의 重要性을 깊이認識하시고 恒常 率先犧牲的인 努力을 傾注하여 온갖 障害와 難関을 克服하고 오직 民族愛의 崇高한 精神의 發顯으로 그 任務를 成功的으로 遂行하여 永住權을 取得케 함으로써 僑民社會 發展에 至大한 貢献을 하여주신데 對하여 衷心으로 感謝의 表意를 드리는 바입니다

西紀一九六八年四月十三日

受惠者 張健燮 外二百二十名 以下連署

Kun sup Chang

불법체류자들의 영주권을 해결해준 김홍기 한인회 회장에게 불법체류자 자치위원회 장건섭회장이 수혜자들을 대표하여 감사장을 증정했다.

감사장

재브라질한국인교민회회장 김홍기

귀하는 재브라질 한국인 교민의 숙제였던 법적 지위 확보의 중요성을 깊이 인식하여 항상 솔선 희생적인 노력을 경주하여 온갖 장해와 난관을 극복하고 오직 민족애의 숭고한 정신의 발현으로 그 임무를 성공적으로 수행하여 영주권을 취득케 함으로써 교민사회발전에 지대한 공헌을 하여주신 데 대하여 충심으로 감사의 표의를 드리는 바입니다.

서기 1968년 4월 13일 수혜자 장건섭 외 220명 이하 연서

僑民会報

Acompanhou Sua Excelência o Presidente da Coréia em sua Visita oficial aos Estados Unidos

신임 장창국 대사가 박동진 전 대사가 만들어 놓은 또 하나의 한인회를 '김홍기 회장이 인정한다'는 내용을 한인회보에 실을 것을 강요했으나 이는 교포사회의 분열요인으로 판단한 김홍기 회장은 거절하는 대신 그의 마음을 얻기 위한 방편으로 한인회보에 신임 장창국 대사의 사진과 프로필(브라질어)을 게재하였다.

그는 "그럼 얘기 끝"이라고 버티었다. 나는 "내가 돌아가서 이사회에 회부하여 논의해보겠으니 그렇게 단정짓지 말라"고 하였지만 그날 회동은 그것으로 끝이 났다.

그로부터 일주일쯤 뒤 대사로부터 전화가 걸려왔다. 대뜸 "어떻게 됐어?"라고 묻기에 "이사회에서 논의를 해봤지만 모두들 부정적이다."라고 대답했더니 바로 전화를 끊을 기세였다.

나는 서둘러 "지금 아르헨티나에 조선인민공화국 대사관이 들어서서 불온문서가 거의 매일 브라질로 날아든다. 교민회를 둘로 갈라놓으면 그들이 장난질 칠 활동무대를 더 크게 만들어주는 꼴이 된다. 박동진 대사가 그렇게 만들었지만 그 귀결을 장 대사가 짓게 되면 역사에 장 대사 이름으로 올라가게 될 터이니 부디 잘 생각해달라"고 얘기했다. 그러나 소용이 없었다. 그는 전화를 탁 끊어버렸다.

이때 나는 박정희 대통령을 직접 만나 이런 이야기를 자세하게 말씀드려야겠다는 생각을 굳히고 일단 진정서를 붓으로 써서 보냈다. 얼마 후 청와대에서 들어오라는 연락을 받고 한국에 들어가게 되었다.

공포의 남산 취조실, 생사를 넘나들다

한국에 도착해 제일 먼저 찾은 곳은 브라질 대사관이었다. 내가 한국에 나올 때 브라질 외무장관의 소개장을 받아 나온 까닭에 대사로부터 며칠 동안 아주 융숭한 대접을 받았다.

도착하고 일주일 쯤 뒤인가. 대사로부터 자가용을 빌려 청와대를 향해서 올라가는 길이었는데 갑자기 지프차 한 대가 가로막더니 건장한 중년 신사 둘이 나를 끌어내 지프차에 태우는 것이 아닌가. 그들은 "이게 무슨 일이냐. 당신들 누구냐." 등등 큰 소리로 묻는 내게 아무 대답도 없이 침묵으로 일관했다.

지프차는 치안국 쪽으로 가는가 싶더니 빙빙 돌아 산 위로 올라가는데 얼핏 익숙한 남산 꼭대기가 보였다. 철문을 통과해 죽 늘어선 군용 콘세트 중 한 곳에 도착하자 그들은 열쇠로 문을 열더니 "들어가시오."라고 처음으로 말을 뱉었다. 텅텅 빈 방 한복판에는 탁자 하나와 의자 두 개가 놓여있었다.

나는 이제 몽둥이 찜질이나 고춧가루 고문을 당하는 것 아닌가 하며 혼자 상상의 나래를 폈다. 한두 시간이 지났나. 문이 덜커덩하고 열렸다. 정장 양복을 멋지게 차려입은 중년 신사가 들어오더니 내 의자 맞은편 의자에 앉고는 다리를 꼬아 탁자 위에 걸쳤다. 머리는 의자 뒤로 척 제키고 나를 쳐다보지도 않고 담배에 불을 붙였다. 천정을 쳐다보면서 그가 한 첫 마디는 "당신 어디 사람이야? 브라질 사람이야? 한국 사람이야?"였다.

나는 순간 당황하였지만 "나는 한국 사람임에 틀림이 없지만 기술적으로 따지고 들어가면 브라질 사람도 될 수 있다"고 대답했다. 한국 출신으로 이민 가서 브라질에 귀화했으니 맞는 말이었다.

나중에 알게 된 것이지만 내 대답은 그들의 기대에 어긋난 것이었다. "나 브라질 사람이야! 여기 브라질 대사가 내 친구야. 대사 불러줘"라고 했어야 그 다음 취조 시나리오로 넘어가게 되어 있었는데 뚱딴지같은 대답이 나오니 그도 당황했다고 한다.

그는 "그게 무슨 말이냐. 브라질 사람이면 브라질 사람이고 한국 사람이면 한국 사람이지. 그 나라 이중국적 허용 안 된다는 법이 있는 걸 내가 모를 줄 아느냐"고 다그쳤다.

나는 "머리끝부터 발끝까지 한국인인 것은 틀림이 없지만 귀화를 했으니 법적으로 굳이 따지면 브라질 사람도 될 수 있다는 말입니다"라고 응답했다.

그는 "아니 그러면 브라질 사람인 거 아니냐. 한국이 싫어 귀화한 것 아니냐. 브라질 사람이 어떻게 한인회장을 할 수가 있는 것이냐"고 트집을 잡았다.

나는 그의 엇박자에 조금 여유가 생겨 "돌이켜보면 브라질 시민권을 갖고 있었기 때문에 한인회 회장직을 잘 수행할 수 있었던 것이 아닌가 하는 생각도 됩니다"라며 덧붙여 말했다.

이어서 "한인교민회는 한국기관이 아니고 브라질 행정법에 의거해 세워진 브라질 기관이다. 브라질 정부와 브라질 사회를 상대할 때 투표권이 있고 영향력이 있어야 그 사람들이 나를 상대하지 않겠느냐. 이국(異國) 사람으로 사랑방 손님이 사랑방 리더 노릇을 한다고 해서 그 사람들이 사랑방 손님들의 인권이나 여러 문제에 관심을 갖겠느냐"고 말했다.

나는 내친 김에 말을 이어 "앞으로는 귀화한 해외 동포들을 민족반역자로 취급하지 말고 되레 체재국 시민권을 될 수 있는 한 빨리 취득하여 그 나라 주권자로 역할하며 살 수 있게 한국 정부가 공관 등을 통해 정책적으로 도와야 한다. 중정에서 현재 시행하고 있는 소양교육에서도 귀화를 독려해라. 그것이 국익을 도모하는 것이다"라고 역설했다.

후에 들으니 나의 충고를 채택해 소양교육이 귀화를 독려하는 것으로 바뀌었다 한다. 그는 말문이 막혔는지 "말은 잘하네." 하며 당황한 기색으로 버벅거리며 말을 잇느라 애썼다. 후에 그가 고백하기를 나의 첫 답변으로 "이 사람이 '모략'에 걸렸다는 것을 직감했다"고 하였다. 왜냐면 미국 시민권 가진 교포나 일본 교포(조총련계)였다면 자기들의 대사관과 나 같은 특별 관계가 아니라도 즉각 "나는 미국 사람이야!, 나는 일본사람이야!, 우리 대사관에 당장 연락해!"라고 했을 것이라는 설명이었다.

그는 "그러면 그렇게 말한 놈들은 결국 죽는 길로 가는데, 당신은 끝까지 한국인임을 고집하는 데서 당신에 대한 존경심까지 우러났었다"고 했다.

그는 "근데 당신의 죄상이 적힌 이건 뭐냐. 한국대사관에서 온 것인데 한두 가지도 아니고 무려 열여섯 가지야."라며 탁자 위에 문서를 하나 꺼내놓았다. "당신 빨갱이 아니야. 청년들 모아놓고 이제 브라질에 왔으니 국가보안법 구애 안 받는다, 평양도 마음대로 갈 수 있다, 여기서 조선인민공화국을 만들자고 얘기했어, 안 했어?"라고 첫 번째 죄상을 언급했다.

나는 어처구니가 없어 "공산당이 싫어서 북한에서 도망 나온 사람인데 나하고 공산당을 연결하는 건 말도 되지 않는 소리 아니냐"고 항변했다. 3·1절 때 박정희 대통령이 보낸 메시지 중 '여러분은 각 사람이 외교관이므로 그 사회에 단군의 한국을 건립해 달라'는 구절이 생각나 그 자리에서 "우리는 한 사람 한 사람이 외교관일 뿐아니라 우리 민족사회가 백년 천년 지난 뒤에는 하나하나가 단군이 된다. 우리가 단군 조선이 되기 위해서 열심히 하자"고 얘기한 적이 있었는데 '단군 조선'이 '조선인민공화국'으로 둔갑을 한 것이다.

두 번째 죄상은 장창국 대사를 소사(小使)도 못된다고 한인회가 발행하는 회보에 썼는데 이는 대통령의 전권대사를 비방했으므로 국가원수 모독죄가 된다는 것이다.

1969년 3.1절 기념식장에 특별 초대로 축사를 하고 있는 상파울루주대표 주 의회 부의장 둘쎄 브라가 여사

1969년 3.1절 기념식에 특별 초대한 VIP들에게 태극기의 뜻을 설명하고 있는 김홍기 한인교민회 회장

대한민국 국경일 경축식에 초대받은 VIP 아마랄 훌랑 연방상원의원(상파울루주 대표)과 미겔 레알리 상파울루 주립대학교 법대교수(후일 연방 법무부장관으로 부임)와 김홍기 한인회장.

이것의 진상은 이렇다. 그동안 3 · 1절이나 8 · 15 경축행사는 한인회에서 주최해 왔는데 내가 회장이 되고 난 뒤에는 새로 만든 문화교민회에서도 따로 행사를 가졌다. 한인회 주최 행사는 이태리회관에서 브라질 상파울루 경찰군악대를 동원하고 브라질 유력인사가 많이 참석해 강연 및 축사를 하는 등 외교적으로도 성대하게 치렀는데 장창국 대사가 부임하고 나서 또 하나의 3 · 1절 행사를 대한민국 이름으로 했다는 것이었다. 어디서 했는가 보니 일본회관에서 했다는 것이었는데 일본인으로 위장해 이민을 온 할아버지가 태극기 손수건을 가지고 와서 그걸 걸고 일본인들 보는 가운데 장 대사가 위스키를 마시고 술주정까지 했다는 얘기를 듣고 내가 '대사는커녕 소사도 못된다'고 썼던 것이다.

내가 이런 이야기를 주욱 풀었더니 그 취조관은 어이없어하더니 확인을 한 모양이었다. 결국 그 취조관은 나에 대한 죄상이 모두 모략이라는 것을 알았다. 당시 한국의 중앙정보부장은 김형욱이었다. 옛날 여수순천 반란사건 당시 군에 있던 김형욱이 빨갱이 혐의로 처형을 당할 위기에서 장창국 장군의 구명으로 목숨을 부지하게 되었는데 옛 은인인 장 대사가 '김홍기는 빨갱이니 한국에 간 김에 살아 돌아오지 말게 하라'는 부탁을 했으니 김 부장이 나를 옭아매어 죽이려 했던 것이다.

그런데 취조관은 진실을 알고 나서는 내 조서(調書)를 도저히 김형욱 부장이 원하는 대로 쓸 수가 없으니까 흐리멍텅하게 꾸며 제출한 것 같았다.

그런데 한 보름만에 그가 다시 들어와 조서를 탁자 위에다 탁 던지면서 김 부장에게 엄청나게 깨진 얘기를 하는 것이었다. 김 부장은 그에게 "당신 수사관 몇 년이나 했어. 이걸 조서라고 가지고 왔냐?"며 조서를 그의 얼굴에 집어던졌다는 것이다.

나는 그에게 "나를 살릴 가능성이 없다면 위에서 시키는 대로 하라. 그러나 당신이 나를 살려주고 그 이유로 여기서 퇴출을 당하거나 불이익을 받게 된다면 신세는 갚겠다. 내 처갓집이 진로 소주이고 거기 좌상이 처삼촌이니 그에게 부탁해 자리를 하나 마련해주겠다"고까지 진심을 담아 얘기했다.

그러자 그는 "김 회장, 다른 도리가 없다. 당신 잘못한 것이 한두 가지가 아니고 딱 빨갱이로 의심받게 돼 있다. 그렇지 않은 사람도 여기 들어오면 죽게 돼 있는 판이다."라며 "내가 취조해도 그게 그거고 결과가 뻔할 터이니 당신 북한에서 피난 내려와 지금까지 살아온 이야기를 자서전 쓰는 기분으로 여기에 쓰라"고 했다.

그걸 내 큰 목소리로 그와 얘기하며 쓰는 데 한 달이 넘게 걸렸고 워낙 내 목소리가 커 중앙정보부 5국 수사관 30여 명이 모두 듣고는 나를 동정하게 되었다고 한다.

그리하여 그들은 김 부장에게 "이 애국청년은 죽일 게 아니라 활용을 해야 한다"며 단체로 구명운동을 해주었으며 나는 그 덕에 남산에 갇힌 지 두달 여 만에 풀려났고 그들은 당시 최고였던 반도호텔에서 거창하게 환송식까지 베풀어주었다.

브라질행 탑승 직전 재검거, 중정이 요구한 것

그렇게 풀려나고 나서 나는 브라질로 출국을 서둘렀다. 내가 취조를 받고 있는 동안 애꿎게 세무조사를 당한 진로소주 처갓집 식구들의 강력한 권유가 있었기 때문이다.

김포비행장에는 진로소주 측에서 한 200명이 나와 나를 환송했는데 내가 수속을 끝내고 활주로에 있는 비행기에 오르려던 순간 지난번 나를 잡아 지프차에 태워 갔던 두 사람이 다시 왔다. 나는 인사를 하러 온 줄 알았는데 그게 아니었다.

그들은 "잠깐 좀 들렀다 갈 데가 있다"며 나를 완력으로 양쪽에서 잡는 것이었다. 나는 비행기를 타겠다고 버티고 일대 소동이 벌어졌는데 치안국에서 파견된 김포비행장 경비대장이 나타났다.

그는 과거 내가 친하게 지냈던 사람이어서 구세주를 만났다 싶었는데 그가 그들과 잠시 얘기를 나누더니 자기 권력으로는 그들을 다룰 수 없다며 내게 잠시 다녀오라는 것이었다.

나는 이때 "아, 이번에는 나를 죽이겠구나." 하는 생각이 들었다. 나는 결국 비행기 타는 것을 포기하고 그들에게 끌려갔다. 그들에게 이끌려 간 곳은 남산이 아닌 회기동 중앙정보부였다.

구석에 있는 어느 방에 들어갔는데 국장인 듯한 이가 앉아 있었다. 그는 씩씩대는 내게 정중한 태도로 "우리가 두 달 동안 너무 홀대를 해서 죄송하다. 또 떠나는 마당에 이렇게 다시 불러들여 죄송하지만 할 말이 있어서 그렇다"며 "우리 부장이 장창국 대사에게 아주 큰 신세를 진 적이 있는데 그 장 대사의 부탁을 들어주지 못하고 당신을 그냥 보내게 되면 부장이 마음을 놓지 못한다"고 하는 것이었다.

"아니 이게 무슨 소리냐"며 따지는 내게 그는 "당신 대단한 사람이라던데 브라질로 돌아가면 보복을 않고 가만히 있겠느냐? 내보내도 확실한 조치를 하고 내보내라는 게 김 부장의 지시여서 내가 다시 불렀다"고 하는 것이었다.

그 확실한 조치는 장창국 대사 앞으로 친필로 사과문을 쓰라는 것이었다. 나는 화가 났지만 풀려나는 게 우선이다 싶어 "장창국 대사 앞에 김 부장의 체면이 설 얘기를 당신이 써주면 내가 그걸 베껴 쓰겠다"고 하면서 조건을 하나 제시했다.

그것은 바로 브라질 교민사회가 현재 두 개로 갈라져 있는데 이것을 통합해달라는 것이었다. 나는 그렇게 되면 한인회장 사표를 내겠다고도 했다.

브라질 귀국 환영회, 밀정의 배신

그렇게 그가 써준 사과문을 다시 베껴 써주고 풀려난 나는 드디어 브라질 공항에 도착했다. 우리 가족과 한인회 몇몇 간부만 나와 나를 환영할 줄 알았는데 고맙게도 한 이삼백 명이 '김홍기 회장 귀국 환영' 플래카드까지 들고 나와 나를 맞이했다.

그런데 부회장이 안 보이는 것이었다. 불법체류자로 7인위원회 위원장을 맡았던 공군 중령 출신으로 가족과 함께 모두 영주권을 받은 뒤 한인회 일을 열심히 해 내가 부회장으로 임명했던 사람이므로 나는 당연히 나올 줄 알았다.

나중에 안 일이지만 장 대사의 밀정 노릇을 하며 중앙정보부에 나에 대한 허위정보를 제공해줬던 그는 "김 회장은 절대 못 돌아온다. 아마 죽었을 것이다."라고 소문을 퍼뜨리고 자기가 공석인 회장 노릇을 했다는 것인데 내가 돌아온다니까 가족들 다 데리고 한밤중에 미국으로 도망간 것이었다.

아무튼 대대적인 환영을 받고 돌아온 다음 며칠 지나지 않아 장 대사에게 전화해 뵈러 올라가겠다고 했는데 그도 기다리고 있었던지 보자고 했다.

나는 장 대사를 만나자마자 일단 정중히 머리를 숙여 그동안의 일에 대해 사과를 하면서 "이미 중앙정보부에서 보고를 받아 알겠지만 내가 한인회 회장직 사표를 내겠다. 대사께서 원하는 인물을 추천해주면 이번 8 · 15 경축기념식에서 그 사람이 새 회장으로 뽑힐 수 있도록 적극적으로 밀겠다"고 말했다.

나는 거기에 덧붙여 "또 한 가지 보고받았겠지만 교포사회가 한인회와 한인문화회로 분열돼 있는데, 우리 두 사람이 민족사회를 분열시킨 역사적 원흉이 되지 않기 위해서라도 이번에 통합의 새 장을 꼭 이뤄달라"고 간곡히 부탁했지만 장 대사는 아무 말이 없었고, 나는 빈손으로 상파울루로 돌아왔다. 나의 모든 선한 노력이 이미 허사(虛事)로 예정돼 있음을 깨닫지 못한 당연한 결과였다.

장 대사의 부임 목적이 김홍기를 없애는 것이었고 이를 위해 박 대통령이 장 대사가 취중에 실토한 것처럼 개인금고에서 15만 달러를 그 비용으로 준 엄연한 사실을 나는 간과했던 것이다.

1969년 4월 브라질 장창국 대사가 고착화시킨 2개의 한인회로 인한 교포사회의 분열과 이를 무대로 활동하는 아르헨티나 주재 북한대사관의 위험 상황을 박정희 대통령에게 직고하기 위해 한국에 갔다가 이를 막기 위한 장창국 대사의 공작과 김형욱 중앙정보부장 집행 지시에 의해 남산 5국에 2개월 간의 구금과 취조 끝에 극적으로 풀려나 브라질로 귀국, 상파울루 콩공야스국제공항에 착륙한 비행기에서 내리는 김홍기 한인회장.

김홍기 한인회 회장 귀국 환영식 장면

둘로 갈라진 1969년 8·15 경축행사

드디어 8 · 15 경축행사 날이 되어 교민 700여 명이 이태리회관에 모였다. 나는 장 대사와 약속한 것이 있고 해서 그쪽 사람들이 오기를 기다리는데 아무도 오지 않는 것이었다. 장 대사가 그쪽 사무실에 왔다는 얘기만 들리고. 원래 진행할 예정이었던 시나리오는 내가 단상에 올라가 "여러분, 지금 교민사회가 둘로 나눠져 있으나 오늘부로 통합을 선언한다. 나는 회장직에서 물러나 장 대사가 추천한 유능한 이 사람에게 바통을 넘긴다. 만장일치 박수로 새 회장 선임을 환영하자"고 선언하는 것이었는데 그쪽 사람들이 나타나지 않으니 한정 없이 시간을 때우며 기다릴 수밖에 없었다. 기다리다 지쳐 목사와 장로 몇 사람과 그쪽과 말이 통한다는 사람 몇 사람으로 사절단을 구성해 그쪽으로 보냈다.

그랬더니 첫 보고가 그들이 또 따로 8 · 15 경축행사를 한다는 것이었다. 그래서 자기들 체면 때문에 행사를 하는 모양이구나라고 생각해 그쪽 행사가 끝나면 모시고 오라고 했다.

또 한 시간이 흘렀는데 돌아온 사절단 얘기가 "그들은 절대 약속을 지킬 사람들이 아니다. 위스키 뜯어놓고 파티가 벌어졌는데 장 대사는 벌써 얼큰하게 취해 있다"는 것이었다.

나는 참으로 어이가 없었지만 마이크를 잡고 "원래 계획은 오늘 이 행사를 통합의 새 장을 여는 것으로 하고 싶었지만 그게 안 돼 죄송하다. 그러나 나는 한국에서 중앙정보부와 약속을 했으니 회장직 사표를 내겠다"고 선언했다.

그러자 "무슨 소리냐. 이렇게 중간에서 하차를 하면 우리 한인회는 어떻게 하느냐"는 고함들이 터져 나왔다. 나는 다음 후보도 없이 사퇴하는 게 능사가 아니라는 생각이 들었고 그렇게 8 · 15 경축행사는 끝났다.

리오 주한 대사관으로 향한 항의 버스 대소란 사건

8 · 15 경축행사가 그렇게 허망하게 끝나고 한참 뒤 나를 포함해 연합장로교회의 장로와 권사, 그리고 젊은 집사 40여 명이 버스를 대절해 장 대사에게 교민사회의 통합을 호소하러 리오 대사관으로 향한 일이 있었다. 장 대사가 기다리고 있다가 맞이해줬으면 좋으련만 장 대사는 다른 곳으로 피신을 하고 대신 '상파울루의 적색분자(赤色分子)를 리더로 한 폭동대가 지금 대사관을 공격하러 올라온다'며 이를 막아달라고 브라질 외무성에 공식 외교요청을 했다고 한다.

당시 브라질은 극우파의 군정 통치기였는데 공산분자가 대사관을 습격하러 온다니까 수류탄과 기관총으로 무장한 특공부대 30여 명을 파견하여 대사관을 빙 둘러싸고 우리를 막았다. 자칫하면 모두들 체포당할 수 있는 참으로 아슬아슬한 상황이었다.

나는 큰 소리로 "여기 있는 사람들은 테러리스트가 아닌 교회 장로 권사 집사들이다. 우리는 대한민국 대사관에 대한민국 대사를 만나러 왔다. 이곳은 치외법권(治外法權) 지역이고 우리는 대한민국과 관련한 주제로 토론을 하러 왔다"고 외치며 그들과 30여 분 옥신각신 승강이를 벌였는데 그때 한 무리의 기자들이 몰려왔다.

아마도 특공부대가 출동한다는 소문을 듣고 따라온 것 같았는데 그들은 로이터, AP, UPI 등 유명 통신사 기자들이었다. 그들은 와서 보니 테러리스트 같이 보이는 사람도 없고 자기네 대사관에 자기네 대사를 만나러 온 것인데 특공부대가 왜 관여하는지 의문을 품게 된 듯했다.

팩트를 알아차린 대위 계급장을 단 대장은 특공대원들에게 "우리가 속았다"며 대원들을 인솔해 그 현장을 떠났다.

어쨌든 이 와중에 우리는 얼굴이 하얗게 질린 채로 용케 다시 버스에 올라타 상파울루로 돌아왔다. 모두들 "만약 잡혀갔다면 쥐도 새도 모르게 죽을 뻔했는데 구사일생으로 살았다"며 안도의 한숨을 쉬었다. 그러나 이 일은 그렇게 끝날 일이 아니었다.

1969년 8월 김홍기 한인회장을 비롯한 브라질 한인 교민회 임원 및 초대교회(상파울루 연합장로교회)장로, 권사 등 브라질 한인 사회 대표자들 40여 명이 교포사회 분열의 원흉이 되는 장창국 대사를 만나기 위해 대사관을 방문하는 장면. 이는 두 개의 한인회를 다시 통합 단일화시키기 위해 김 회장이 사표를 내는 조건으로 약속을 하였으나 장 대사는 이를 이행하기로 한 약속을 깨고 그냥 집으로 귀가한 데 따른 것으로 대사관 앞에는 무장군인이 대열해 있었다.

언덕 위에 있는 대사관 건물 앞에서 "장대사는 현재 부재중"이라고 선언하고 있는 대사관의 신임 공사를 비롯한 대사관 직원들과 일부 군인들. 아래는 장창국 대사가 외무성을 통해 리오주 치안 책임 군부인 제1군단 사령관에게 고발, '상파울루로부터 친북 적색테러단이 대한민국 대사관 습격 파괴를 할 것’이라는 허위 고발을 받고 급파된 대테러특공대 군인들 일부가 대사관을 둘러싸고 있는 모습.

대사관 출입구를 막고 있는 브라질 제1군단특공대를 상대로 또한 브라질 국내외 기자들을 등 뒤로하여, "우리는 적색 테러단이 아니고 대한민국 국민들로서 한인사회 문제를 이슈로 의논하려고 대사를 만나러 온 사람들"이라고 큰소리(브라질어로) 호소하고 있는 김홍기 한인교민회장(오른쪽 큰 키의 머리만 보임)

크리스마스 전날 군정 당국에 체포되다

대사관 항의가 벌어지고 두 달여가 지난 크리스마스 전날 나는 브라질 군정 당국에 체포됐다. 내가 공산당 테러리스트라는 것이었다.

브라질 국가보안법 16조~18조 내란죄, 즉 이 나라 군사정권을 뒤엎으려는 사람으로 고발된 나는 3년에 걸쳐 혁명검찰의 기소로 군사재판 한 번, 연방법원 재판 한 번, 결국 민간인임에도 군법회의에 회부돼 군사재판을 받았으며 정식 감옥생활도 세 차례 했다.

나를 고발한 것은 장창국 대사였는데 그는 별 네 개와 훈장이 주렁주렁 달린 정장 군복을 차려입고 브라질의 CIA격인 SNI 최고사령관 골베리 장군을 찾아가 "당신네 나라가 지금 테러리스트의 공세 일보직전에 있는데 내가 그걸 알려주러 왔다. 김홍기라고 평양 출신의 빨갱이가 있는데 그는 청소년 시절 모택동으로부터 게릴라전 교육을 받고 현재는 김일성한테 녹을 받으면서 체게바라와 손잡고 볼리비아 산악지대에서 브라질리안 테러리스트 200명을 훈련시켜 한밤중에 국경을 넘어 들어왔다"고 했다는 것이다.

당시 브라질은 좌경 테러리스트들이 군자금 만드느라 대낮에 은행 강도짓을 벌이며 수류탄을 던지기도 하고 외국의 총영사나 대사를 납치하는 일이 횡행했다. 한번 납치했다가 풀어주면 몇 십만 달러가 나오니까 군자금을 만드는 좋은 거리였던 것이다.

안 그래도 내가 잡혀 들어가기 전 상파울루 주재 일본 총영사가 납치되었는데 거기에도 내가 멘토로 가담했다는 것이었다. 당시 군정 치하에서는 참으로 어려운 일이었지만 나는 용케 그동안의 친분으로 브라질 변호사를 구해 그의 변론으로 두 달 만에 불구속으로 풀려났다.

내가 사회질서를 문란케 할 위험한 인물이 아니며 도망갈 기미가 없다고 판단한 것이다. 아예 죽여줬어야 하는데 풀어주었으니 대사관에서는 미칠 지경이었던 모양이다. 그들은 헌병대에 고발해 다시 나를 잡아넣게 했고 거기서 풀려나면 군 첩보대를 통해서 잡아가게 하고, 어쨌든 나는 여러 군데에서 잡아가고 풀려나길 반복했다.

그 중에서 제일 무서웠던 곳은 G2 산하의 O.B.라는 한국의 보안사, 혹은 남산의 중정 5국 같은 곳이었는데 거기 정치범으로 들어가면 그냥 죽는 걸로 이름이 난 곳이다. 낙하산 없이 아마존 강에 던져지거나 악어밥 아니면 염산통에 넣어 녹여버린다고 했다.

그러나 그런 위기 때마다 나는 주님의 축복으로 귀인(貴人)이 도와줘 기적적으로 살아남았다.

대사관에서는 영사 한 사람을 상파울로에 파견해 교민문화회관 사무실을 마치 영사관처럼 쓰면서 나를 잡으려는 브라질 수사기관의 가이드 역할을 하게 했다. 나는 아는 사람 집에 숨어 있기도 하고 야산으로 도망다니거나 했다. 야산으로 도망다닐 때 헌병대에서는 셰퍼드 개를 풀어 나를 수색하기도 했다.

이렇게 도망 다니기도 하면서 혁검 기소로 군사재판과, 연방 재판을 받았다.

장창국 대사가 파견한 정보영 영사는 브라질 매스컴을 대표하는 유력 신문사 기자들을 동원해 아래와 같은 매스컴 모략전을 대대적으로 펼치기도 했다.

FOLHA DE S. PAULO

Consul denuncia atos de terrorista coreano

DEPREDAÇAO

브라질 일간신문 'Folha De Sao Paulo'(1970년 2월 27일)
정보영 영사가 소집한 기자회견에서 '김홍기는 중국에서 게릴라전의 훈련을 받고 브라질에 밀입국한 약70명의 테러리스트를 거느리고 자기네 부부를 납치감금했는가 하면 대사관을 습격, 기물파손에다 방화까지 하여 브라질 외무성을 통해 대테러리스트 센터에 공식의뢰, 체포조사할 것을 요구했다'라고 허위공표를 한 내용.

サンパ

罪状を一つ一つ

仮面はがれた"金会長"の顔

韓國領事館 沈黙破り真相発表

またも日系捕まる

自動車強

パウリスタ新聞

韓国人不穏グループに断

『金弘起はテロの先導者』

鄭領事、罪状明らかに

総領事パラナ訪問

일본계 일간 '상파울루 신문(왼쪽)과 '파울리스타 신문'. 두 신문은 정보영 영사의 발언을 그대로 인용해 김홍기 회장을 북한 출신으로 중국에서 게릴라 전술 훈련을 받고 브라질로 밀입국한 납치 · 파괴를 일삼는 테러리스트 리더라고 보도했다.

O CONSUL ACUSA O HOMEM QUE
É LIDER DOS COREANOS

신문 보도에 앉아있는 사람이 기자회견을 동원한 정보영 영사. 그 옆에 서있는 사람은 정 영사의 고용 통역(북한 인민군 중위 출신)

연방 재판에서 나는 '돈을 받고 영주권을 받아준 국제사기범'으로 몰렸는데 그것이 아니라고 증언해줄 교민이 대사관의 협박에 못이겨 모두 도망가고 없었다. 한때는 나를 자기들을 살려준 영웅이라며 금동상을 세워야 한다고 치켜세웠던 사람들이 말이다.

그러나 위기가 오면 여자들이 남자보다 더 세진다는 말처럼 여자 교민 두 사람이 형용 못할 불이익을 감수하면서까지 내게 유리한 증언을 해주었다.

혁검 군사재판에서는 내가 중대한 갈림길에 서게 되는 일이 있었다. 당시 브라질은 군정 통치기였지만 관선변호 제도가 오래전부터 시행되고 있었다. 당국이 내게 붙여준 관선 변호사는 내 사건을 다 검토하고 난 뒤 "나는 당신 사건을 도저히 맡을 자신이 없다. 당신만 못한 혐의가 걸린 사람들도 부지기수인데 나는 당신을 살릴 자신이 없다"며 "당신은 기왕 한국 대사관에서 억지로 꾸며 만든 관제 빨갱이가 되었으니 그냥 빨갱이가 되라. 내가 잘 통하는 헝가리와 체코 대사관에 얘기해줄 터이니 망명을 청하라. 이것 밖에 당신 사는 길이 없다"고 했다. 나는 아찔했다.

그래서 나는 재판을 받아 무죄로 풀려나는 게 일단 내 목표라고 했더니 그는 "당신 재판 순번 돌아오려면 2년이 걸린다. 정치범뿐 아니라 흉악범까지 득실한 그 구렁텅이 속에 2년 동안 있으면 병신이 되거나 정신병자가 되어 나온다. 그때 가서 무죄를 청구한들 무슨 소용이며 설령 무죄로 판결이 난다 한들 무슨 소용이냐"는 것이었다.

나는 "나는 북한 출신으로 그쪽 블랙리스트에 올라 있는 사람이다. 내가 만약 헝가리나 체코 대사관에 망명하면 그 바로 다음날 북한으로 이송될 것이다. 그러면 대남방송 실컷 하게 하면서 단물 다 뽑아먹고 죽이던지 탄광이나 수용소로 보낼 것이다"고 했다.

나는 지푸라기라도 잡는 심정으로 "하늘이 무너져도 솟아날 구멍이 있다는데 살 길이 진짜 없는 거냐"고 매달렸다. 그랬더니 그는 "억지로 만들려면 한 가지 있는데 옆 나라 아옌데 공산당 정권인 칠레에 내 인맥이 있으니 거기 가서 한 일 년 정도 숨어살다가 브라질 형편이 좋아지면 돌아올 수 있지 않겠느냐"고 했다.

칠레 망명 고뇌 중 들린 하나님의 계시

군사재판만 35년의 경험을 가진 관선 변호사가 내 살 길은 칠레로 망명하는 길밖에 없다고 하니 그렇게 하기로 작심하고 집으로 살짝 들어갔다. 사정기관 군인들, 헌병, FBI 경찰들이 들락거리면서 남긴 군화 발자국으로 집안은 엉망이었고 브라질에서 낳은 둘째아들은 홍역을 앓고 있고 이야기를 들은 집사람은 눈물만 뚝뚝 흘리고….

칫솔하고 치약 하나와 수건 하나를 가방에 싸고, 안사람에게 집에 돈이 얼마나 있느냐고 물으니 400달러밖에 없다고 하여 그것도 챙기는 등 칠레로 떠날 준비를 하였다. 안사람에게는 "당신은 한국의 친정으로 돌아가 있어라. 이다음에 우리가 운이 있으면 재회하는 것이고 그렇지 못하면 이게 마지막 안녕이다"라고 눈물의 고별사를 했다.

이제 나를 국경까지 데려다 줄 사람을 찾는 게 급선무였다. 내 덕으로 영주권을 받고 내 곁에서 나를 돕던 교민들은 사태가 터지자 다 도망가고 없고 참으로 난감한 상황에서 마침 칼 슈미트라는 독일계 청년학생이 자기가 태워다 주겠다고 나섰다. 자기 아버지 차로 나를 국경까지만 데려다 주겠다며 새벽 3시에 오겠다고 했다.

이제 마지막으로 집사람하고 손잡고 울면서 기도를 했다. 그런데 그 기도 중 비몽사몽간에 "호랑이를 잡으려면 호랑이 굴로 가라"는 소리가 들리는 것이 아닌가. 새벽 3시가 되어 그 청년이 왔지만 나는 그를 돌려보냈다. 그리고는 내 발로 혁검의 내 담당검사를 찾아갔다.

제 발로 호랑이 굴에 들어가다

혁명 검찰청에 갔더니 담당 검사가 아직 출근을 안 한 상태였다. 방 앞에서 30여 분 기다리자 그 검사가 나타났다. 그를 따라 방으로 빠르게 따라들어가며 “내가 당신들이 전국에 수배해 잡으려고 하는 김홍기다.”라고 신분을 밝혔다. 그러자 그가 화들짝 놀라 문을 안에서 걸어잠그며 “아니 여기가 어디라고 들어왔냐? 지금 옆방에 당신네 나라 영사(말레이시아에서 만났던 정보영 영사)가 죽치고 있으면서 당신 빨리 잡아넣으라고 재촉하고, 상파울루 치안을 맡고 있는 제2군단장인 4성 장군도 시간마다 전화 걸어 빨리 잡아넣으라고 독촉하는 판인데!”라고 소리쳤다.

나는 “사형수도 집행 전에 마지막으로 담배 한 대 피울 시간을 주지 않느냐”며 이야기 할 시간을 5분만 달라고 했다. 브라질 정서상 자기를 찾아온 사람을 차마 잡아넣을 수 없으니까 그는 내게 빨리 얘기하고 나가라고 했다.

그리하여 나는 얘기했다. “나는 여기서 재판받는 걸 피하려는 게 아니다. 다만 불구속 기소로 만들어 달라. 지금 다윗과 골리앗 싸움인데 내가 구속 상태에선 증거 수집도 못하고 증인도 못 찾아다닌다. 또한 내가 당하는 게 문제가 아니고 지금 지구 반대편에 있는 한국이라는 나라에서 만여 명에 가까운 사람들이 브라질에 와서 살고 있는데 그들의 리더인 내가 억울하게 유죄판정을 받게 되면 그들에게는 브라질이 법 정의가 없는 나라라고 여겨질 것이다”라면서 “나 김홍기는 지금 피고로 돼있지만 사실상 ‘피고는 브라질’ 당국이다. 지금 지구 끝에서 이민 온, 당신네들 보기에 하찮은 민족인 한국인 대표 즉 한인회장인 김홍기가 브라질 법정에 서게 됨은 이민사에 처음 있는 일이다. 그동안 바라던 ‘가나안 땅’에 왔다고 환호성을 질렀던 한국인들이 브라질 법 정의가 살아 있는지 다 지켜보지 않겠느냐. 결국 브라질 법 정의가 재판받는 것이다.”라고 설파(說破)했다.

그랬더니 그 검사 눈이 커지면서 “당신 말하는 것 보니까 철학을 좋아하는구먼. 당신 당연히 구속 기소될 것이나 내가 재판 순번을 2년에서 6개월로 단축시켜주고 특실을 하나 준비해 줄 테니 책이나 많이 가지고 가서 읽도록 하라”며 여기 더 있다간 자기가 더 큰 일을 당한다고 나가라고 재촉하는 것이었다.

나는 그의 말을 좇아 서둘러 그 방에서 도망치듯 빠져나왔다. 그 뒤로 두 달 쯤 뒤 내 사건은 젠틀맨이라고 소문난 공군 장교들로 구성된 제2군사재판소로 배정됐다. 참으로 천운(天運)이었다. 관선 변호사가 "진술 기회가 주어지면 그 황금의 기회를 놓치지 말라"는 충고를 했고 나는 법정 마지막 진술을 포르투갈어로 했다.

그런데 내 입이 어찌된 것인지 나도 모르게 술술 유창하게 풀렸다. "한국 사람들의 일을 치외법권 지역인 한국대사관에 항의 내지는 호소하러 간 것이 어떻게 죄가 되느냐. 이를 한국 대사가 테러단이 몰려와 대사관 때려부수고 불 지르려 한다고 고발한 것 아니냐. 브라질과는 하등 상관이 없는 이야기다. 우리들은 브라질에 살려고 이민왔다. 그들의 브라질 사회 동화에 헌신한 나를 심판할 것이 아니라 되레 상을 주는 게 마땅하지 않겠느냐"고 유창한 포르투갈말로 진술했다.

그랬더니 그 사람들이 내 진술에 상당한 감동을 받은 모양이었다. '구속 기소! 2년 뒤 재판관은 아무개'라고 판결을 바로 끝내려했던 것 같았는데 갑자기 휴정(休廷)을 하는 것이었다. 그리고는 30분 정도 지나 나와 '무죄 석방'을 선언했다. 법적으로는 사건 기각이었다.

나는 그 자리에서 펑펑 울면서 내가 고급 어휘를 써가며 내 뜻을 온전히 전달하게 한 주님의 은사에 감사를 드렸다.

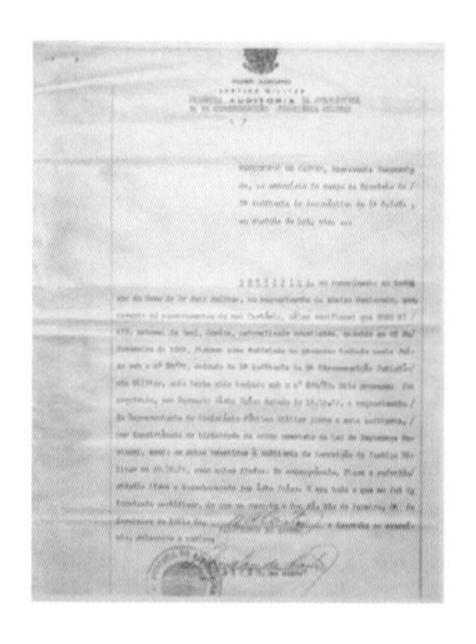

무죄판결서. 제1 공군 군사재판원 제2부 군사법원은 1971년 2월 5일 피고 김홍기에 대한 국가보안법 위반혐의에 대해 해당하지 않는다며 무혐의 판결을 하고 사건을 기각 및 구속 해제하였다.

대사의 집요한 만행, 악명 높은 검사의 돌변

그렇게 풀려나 숨을 돌리고 회장으로서 일상 업무를 보고 있는데 장 대사는 다시 나를 집단사기죄 및 공문서 위조죄로 연방검찰청에 고발했다.

영주권 발급 때 내가 허위로 번역을 하고 공증을 해주는 등 국제사기를 쳤다는 것이다. 사실과 조금 다르게 날짜 변경 등을 해준 것이 국제사기에 해당하는 것인지는 의문이었으나 어쨌든 나는 잡혀서 연방경찰청(미국으로 치면 FBI) 지하실에 있는 감방에 갇혔다.

그러나 영장 없이는 구속을 하지 못하도록 한 브라질의 신변보장제도(Habeas Corpus)를 이용해 나는 변호사도 쓰지 않고 곧 석방됐다. 그것은 불구속 기소를 의미하는 것이었다. 두어 달 뒤 불행하게도 가장 악질로 소문난 검사가 내 사건을 맡아 재판이 시작됐다.

그는 이제껏 맡은 사건에서 무죄판결이 난 것이 한 건도 없다는 그야말로 악명이 높은 검사였다. 그러나 그동안 내가 친분을 쌓아왔던 여걸(女傑) 상파울루 주의회 부의장 둘세 브라가 박사와 상파울루주 출신 아마랄 풀란 연방 상원의원이 내게 유리한 증언을 해주었고, 게다가 결정적으로는 몇 달 동안 내 주변을 맴돌던 낯선 한국 사람이 어느날 나를 찾아와 "5만 달러와 미국 이민을 한국 대사관으로부터 약속받고 당신을 청부살인하려 했다"고 실토했다. 그 실토 사실을 있는 그대로 법정에서 양심적으로 증언해주게 한 것이 법정에서 그 검사의 심경 변화를 일으키게 했다.

결국 그 검사는 재판장에게 무죄를 청구하는 이변을 연출했고 판사는 무죄를 판결했다.

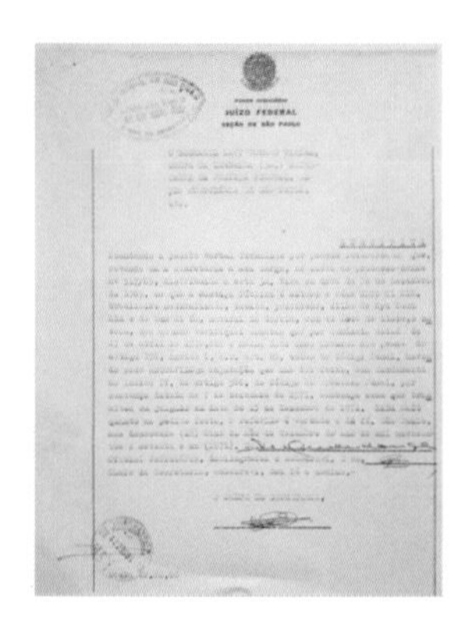
JUÍZO FEDERAL

연방법원 무죄판결 원문. 피고 김홍기에 대한 형법-296조 25항(공문서 위조) 무죄 판결.(1971년 12월 7일). 단한번도 무죄 패소를 당한적이 없는 악명 높았던 담당검사 자신이 무죄 청구에 의한 무죄판결이었다.

그로부터 5, 6년 뒤 내가 한인회장을 그만두고 상파울루 주립대에서 법학 석박사 과정을 밟던 때 그 악명 높은 검사는 대학원 동기가 됐고 내 변호사는 교수로 우리를 가르쳤다. 참으로 기이한 인연이었다. 10년쯤 뒤 그 검사는 연방 검찰청장이 되었고 교수로 있던 나의 변호사는 법무부장관이 되어 다시 셋이서 브라질리아에서 기쁨의 재회를 하였다.

제4장

한민족 디아스포라 새 역사를 쓰다

노석찬 대사 부임과 대통령에 대한 소송 파기

앞서 얘기한 체포 → 재판 → 석방의 3년 고행 끝에 나는 장창국 대사의 하수인인 정 영사를 무고죄로 민형사(民刑事) 양쪽에 고소했다.

정 영사는 장 대사의 사주를 받아 내가 브라질 수사당국에 체포되도록 앞장섰고 살인교사까지 한 그야말로 악질이었다. 고소 건은 바로 접수가 되어 정 영사에게 소환장이 날아갔다.

소환장이 날아가니 한국 정부는 도리 없이 그를 귀국시켰고 장창국 대사도 파면을 당해 한국으로 돌아갔다. 그리고는 기자 출신 노석찬을 브라질 대사로 임명했다.

내가 한참 쫓겨다닐 때 육사 8기 출신의 이병희라는 국회의원이 우루과이에서 열린 여성농구대회에 한국농구단 단장으로 왔었는데 그가 돌아가는 길에 상파울루에 잠깐 들렀다.

나는 그를 잘 아는 군인 출신 교민에게 다리를 놓아달라고 부탁해 그가 묵고 있는 호텔방에 몰래 15분간 숨어들어갔다. 나는 그에게 내가 절대 빨갱이가 아니라고 절절히 호소했다. 짧은 시간이었지만 내 호소가 먹혔는지 그 후 그가 박 대통령을 알현하는 자리에서 "김홍기는 절대 빨갱이가 아니며 아마도 잘못 보고를 받으신 것 같다"고 했다고 한다. 그리하여 박 대통령이 시행착오를 깨닫고 나를 회유하려 노석찬 대사를 보낸 것이다.

노 대사는 부임하고 나서 곧 나를 찾아와 "내가 여기 오기 이틀 전 박 대통령이 나를 찾더니 김홍기는 애국청년인 것 같은데 과거는 잊고 미래지향적으로 손잡고 같이 가자는 말을 꼭 전하라고 했다"고 얘기했다. 그 말 한마디에 나는 준비하고 있던 박 대통령을 상대로 한 손해배상 소송 서류를 찢어버렸다.

기술자 초청이민의 문을 열려는데

무죄 판결을 받고 아직 한인 회장직을 맡고 있을 때 추진해보고자 한 것은 기술자 이민사업이다. 한국의 영농 이민은 브라질 당국 입장에서 보면 실패를 한 것이어서 집단 영농 이민의 문은 꽁꽁 닫혀 있었다.

그러나 당시 브라질은 재건에 필요한 기술자들이 많이 부족하다는 사실을 이민국을 출입하면서 알게 되었고 그 문을 두드리면 길이 열릴 수 있겠다는 생각으로 이민국장을 만나게 되었다. 이민국장은 부인과 함께 35년을 하루도 빠지지 않고 굳은살이 박히도록 무릎 꿇고 기도한다는 독실한 크리스천이어서 나하고는 금방 친해졌다. 그를 통해 브라질 수민(受民)정책 수립에 이민 가능한 한국인 기술자 수를 매치하는 등 나름 영향력을 발휘했다.

그러던 중 우리가 브라질로 이민 올 당시 담당 보사부 차관이었던 한국진씨가 나를 찾아왔다. 한국진씨와는 얽힌 이야기가 있다. 내가 박정희 대통령을 알현하려 한국에 갔을 때 나는 기술고용 사전비자 제도의 테스트 케이스로 가족 중 한 사람이라도 기술자면 나머지 가족은 부양가족으로 같이 올 수 있게, 10가족을 그렇게 초청할 수 있는 케이스를 들고 갔다. 내가 움베르또 비아나 이민국장과 같이 만든 브라질 이민사상 처음 채택한 제도였다.

그때 보사부 차관을 그만두고 공화당의 한직으로 밀려나 있던 한국진씨를 만나 이를 추진해보자고 바람을 넣은 적이 있었다. 당시 해외개발공사 사장은 해군 중장 출신의 함 모라는 이가 맡고 있었는데 그쪽에서는 너무나도 좋고 쉬운 브라질 이민의 길을 공짜로 제공해주니 역설적으로 이 케이스를 사기로 의심하여 아주 부정적이었다. 이를 한국진씨가 무상 증정으로 거져 바치니 일반 상식으로는 믿기가 어렵겠으나 “김홍기는 절대 사기꾼이 아니다.”라고 설득해 접수하도록 했던 것이다.

그랬던 그가 한국에서 나를 찾아온 것이기에 나는 한국진씨와 함께 이전 영주권 발급 때 많은 도움을 주었던 법무부 차관 루이 박사를 찾아갔다. 루이 박사는 이런저런 얘기 중 나와 형제처럼 가까운 처지라는 그에게 여권을 꺼내라고 하더니 도장을 하나

찍어주었는데 그게 영주권이라는 것이다. 우리가 받은 것은 일반 영주권이고 운동선수라든가 예술가라든가 국위를 선양한 사람한테는 특별히 그 자리에서 영주권을 내주는 제도가 있었던 것이다. 영주권을 바라고 간 게 아니라 앞으로 브라질에 살 사람이니 잘 부탁드린다고 인사하러 간 것인데 1~2개월 걸리는 수속 절차도 없이 그 자리에서 영주권을 받으니 나도 놀라고 한국진씨는 더더욱 놀랐다. 한국진씨는 '영주권이 이리도 쉽게 나올 수 있구나'라고 생각하고 나하고는 한마디 상의도 없이 덜컹 2천여 명의 이민을 추진했다.

브라질 법무부 차관을 만나 도장 하나로 영주권을 받은 터라 한국진씨는 이들에게 영주권은 금방 나오니 걱정하지 말고 이민 수속을 밟으라 했고, 이들은 우리가 그랬듯이 재산이나 자녀 학업 등을 모두 정리하고 브라질 비자가 나오기만을 기다렸다.

그러나 이들이 '브라질 대서방(代書房)'에서 만들었던 이민 초청장 서류는 5달러만 주면 만들어주는 가짜였고 브라질 대사관은 이를 인정할 수 없던 것이다. 그러니 길거리에 나앉을 수밖에. 다급해진 한국진씨는 나에게 SOS를 보냈다. 루이 박사를 한국에 초청해 이 문제를 해결하겠다는 것이다.

나는 "브라질에서 외국인 비자문제는 외무부 소관이고, 법무부는 이미 입국한 국내의 외국인 문제를 다루기 때문에 법무부 차관인 루이 박사를 초청해봐야 아무 소용이 없을 것이다"라고 했지만 한국진씨는 막무가내였다.

루이 박사를 초청하지 않으면 자기가 여기서 매 맞아 죽는다는 것이었다. 결국 나는 이전 신세진 것도 갚을 겸 루이 박사 부부를 한국으로 초청하는 데 힘을 썼다. 루이 박사는 한국에서 이민 비행기 타기만 고대하던 그들로부터 융숭한 대접을 받았다. 그러나 문제가 해결된 것은 아무것도 없었다.

이 문제를 해결할 사람은 결국 나뿐이었다. 나는 이민국장을 찾아가 "한국에서 브라질로 이민 오겠다는 사람이 많다. 그런데 악질 브로커나 사기꾼들이 설친다. 내 일행도 이민 올 때 땅 사기를 당한 것 알지 않느냐. 지금 브라질로 이민 오겠다는 2천 명에 이르는 사람들이 사기를 당해 가짜 서류를 들고 울고 있다. 이 사람들을 구제하는 것은 당신 손에 달려 있다. 당신은 장로이니 기도하면서 주님의 응답을 기다려보면 어떻겠느냐"고 호소했다. 그 호소가 통했는지 두 달쯤 뒤 움베르또 비아나 이민국장이 새벽 비행기를 타고 상파울루에 와서 한인회장 사무실로 나를 찾아왔다. 기도하다 계시를 받았다며 내게 영농이민 올 당시 땅 사기를 당했던 일을 물었다. 나는 한국의 브라질 이민역사를 자세히 설명했고 그는 자기가 어떻게든 이 건을 해결해보겠다고 했다.

브라질은 노동청장이 초청장 등 이민 서류가 브라질 노동정책과 부합된다고 판단하고 결제해 넘기면 외무부가 자동적으로 현지 대사관에 비자 발부 훈령을 내주게 돼 있으므로 열쇠는 노동청장이 쥐고 있는데 이를 도와주겠다는 것이었다.

그런데 서류가 가짜인데 어떻게 하느냐는 내 얘기에 그는 브라질 말로 번역해 자기에게 달라는 것이다. 비아나 국장이 한국인 이민 동기가 뭐냐고 묻기에 나는 "20세기 한민족 대이동의 역사는 '먹기 위한 이민'이 아니라 '살기 위한 피난'이다. 대부분 북한 출신인 이들은 북한의 무력남침이 혹 다시 일어날까 두려워 이스라엘 민족이 이집트의 파라오 학정(虐政)을 피해 엑소더스한 것처럼 자녀들을 위해 피난길에 오르는 것이다."라고 얘기했다. 독실한 신자인 이민국장 비아나 장로는 이 말에 감동하여 눈물을 보였으며 나도 같이 울었다. 이때 내가 얻은 별명이 '모세'다. 비아나 국장은 내게 "당신은 한민족의 '모세'다."라고 했다.

그리고는 구체적인 '작전계획'을 제시했다. "당신 전에 노동청장 만나보지 않았느냐. 그는 철학을 좋아하고 토론 좋아하니 당신이 철학 이야기로 토론을 하면서 그의 얼을 빼놓는 사이 나는 문제없이 결재 받을 것 10건 아래 끼워둔 그 서류도 결재 받으면 된다"고 했다.

그리고 한국 대사관 관계자도 배석시키라고 했다. 나는 한국진 씨에게 급히 연락해 오라고 했다. 그는 비행기를 타고 후다닥 날아왔다. 그리하여 노동청장을 만나는 날, 내가 친하게 지내는 중앙정보부에서 파견 나온 대사관의 참사관과 한국진씨, 그리고 나 셋이서 청장실로 들어갔다.

나는 청장에게 "이 사람은 내 고향 선배로 보사부 차관을 지내면서 한국의 영농이민 1, 2, 3차를 모두 주관했고, 또 이 사람은 참사관으로 대한민국 대사를 대신해서 참석했다"고 소개하였다.

그러니 청장은 우리를 정중하게 대할 수밖에 없었다. 그는 그러면 모두 이북에서 나온 사람들이냐고 물었고 나는 한국전쟁 이야기며 북한 이야기, 남한 이야기 등을 현재 브라질과 연결시켜 철학적으로 장황하게 설명했다.

그때 이민국장이 결재서류를 들고 들어왔다. 나는 자꾸 화제거리를 던졌는데 청장은 이야기에 빠져 이민국장을 건성으로 대하면서 서류를 결재했다. 이민국장이 이건 뭐고 저건 뭐고 보고를 해도 귀담아듣지 않고 이야기에 완전 몰두한 것이다. 이민국장은 그 사이 모든 서류 결재를 받고 나에게 윙크하며 방을 나갔다. 그렇게 해서 2천명 이민 문제는 해결됐고 그들은 에어프랑스 비행기를 몇 차례 갈아타고 브라질에 안착했다.

그 뒤 한국진 씨는 해외개발공사 브라질지사장으로 부임했다. 그러나 그가 나를 배제하고 독자적으로 추진한 대량 이민은 실패로 끝났고, 브라질지사장 직도 단명(短命)으로 막을 내렸다.

브라질 이민국장 딸 중매 선 이야기

그렇게 개인적으로, 신앙적으로 친해졌던 움베르또 비아나 이민국장과는 또 다른 인연이 맺어졌다. 당시 내 수행비서 역할을 하던 27살의 미남 젊은이가 있었는데 그는 해양대학교를 나와 3등 항해사로 한 3년 원양어선을 타다 온 집안이 함께 이민 온 청년으로 내가 공짜로 그 가족 모두에게 영주권을 발급해줬다. 그 신세를 갚겠다며 그는 내가 가는 곳마다 가방 들고 따라다녔는데 대학 졸업을 앞두고 견습생으로 이민국에서 사무를 보고 있던 이민국장 딸과 눈이 맞아 서로 시시덕거리고 좋아하는 눈치여서 내가 나섰다. 이민국장에게 이 청년이 당신 딸과 사귀고 있는 것 같은데 사윗감으로 어떻겠느냐고 물었다. 그는 한국에서의 경력은 인정할 만하지만 브라질에서도 해양 대학을 나와야 안정적인 직장생활을 할 수 있으니 그 청년이 만약 이곳에서 대학 졸업장을 얻게 되면 한 번 고려해보겠다고 했다.

나는 청년과 함께 브라질 해양대학교를 찾아갔다. 교장은 해군 중령이었는데 그에게 "이 청년은 한국에서 국제적인 수준인 해양대학교를 졸업했다. 졸업 뒤 3등 항해사로 다년간 원양어선을 타는 등 경험도 풍부하다. 이곳 브라질 해양대학교에서 이를 인정

받을 수 없겠느냐"고 했다. 교장은 한국의 해양대학교에서 수강한 과목과 성적을 가지고 오라면서 교수회의를 소집했다. 교수회의에서는 두어 과목만 보충 공부하면 되겠다고 하면서 그 과목의 교수가 책을 몇 권 줄 터이니 공부하고 와서 시험을 치르라는 결론을 내렸다.

나는 난감했다. 그 청년은 포르투갈 말을 못하니 공부하고 시험 치는 것은 곤란한 일이었다. 나는 그 두 명의 교수를 찾아가 "이 청년이 전문지식 자격은 있지 않느냐. 포르투갈 말을 익히고 공부하려면 최소 몇 년은 걸릴 텐데 지금 이 청년은 이민국장 딸과 결혼하려 한다. 한국인과의 첫 역사적 국제결혼이 이뤄지는 것인데 그 조건이 졸업장이 있어야 한다는 것이다."라고 호소했다.

그들은 내 호소를 받아들여 시험 없이 졸업장 수여와 같은 한국 졸업장 이면에 '동격증인'을 찍고 증서를 발부해줬다. 나는 그걸 가지고 이민국장에게 뛰어갔고 이민국장은 결혼을 승낙했다. 그 국제결혼은 교포사회 1호로 기록됐다.

실패로 끝난 20만 명 집단 영농이민

선하고 온유하고 친화력이 뛰어난 노 대사 부임 이후, 고난의 3년여 동안 얼어붙어 있던 내 마음은 서서히 녹기 시작했고 새로운 사업을 구상하게 됐다. 그 첫 번째가 대규모 영농이민이었다. 앉아서 호미자루로 농사짓는 옛날 방식이 아니라 초대형 영농프로젝트를 계획한 것이다. 브라질은 양잠업이 세계 선두권이어서 거기에 주목한 프로젝트를 만들었다. 서울대 농대 출신으로 경기도 양잠과장을 지내고 지난 번 기술자 이민 때 브라질에 온 이가 이 양잠프로젝트를 주도했다. 상파울루주(州) 바로 위 미나스제라나스주 아라과리시(市)가 양잠업의 중심지였는데 그 주변에 뽕나무를 심을 광활한 땅을 구입키로 계획을 세웠다.

그 땅은 당시 일본의 미츠비시(三菱) 기업이 사서 콩을 재배할 요량으로 지주(地主)인 브라질 과부 할머니에게 계약금조로 적립금을 붓고 있었다. 따라서 우리가 사려면 그동안의 적립금 2배를 물어줘야 했는데 그 돈을 포함해 전체 땅값 250만 달러가 필요했다.

나는 애초 사업을 계획할 때 노 대사를 통해 한국 외무부만을 움직이게 해서는 안 되고 실세인 중앙정보부를 참여시켜야 한다는 생각으로 중앙정보부 소속으로 상파울로 총영사관에 파견 나와 있던 김재수 서기관을 접촉했고 그 서기관은 자기를 비호해주는 상관의 백 그라운드가 별 2개짜리 중앙정보부 이모 국장인데 그가 작심하면 안 되는 일이 없으니 한국정부 지원은 염려 말라고 큰소리를 쳤다.

그런데 이미 그 지방의 TV, 라디오, 신문에선 "대한민국에서 20만 명의 양잠기술자들이 이민 와서 우리 경제를 부흥시킬 것"이라고 도배하다시피 보도가 나갔고 그 지주 할머니는 오늘 내일 당장 돈이 오지 않으면 없던 일로 하겠다고 하는 판국인데 돈이 한국에서 한 푼도 오지 않는 것이었다.

"지금 한국에서 승인처리를 받는데 시간이 걸리니 조금 더 기다려 달라"고 매달리는 것도 한계에 이르렀다. 나는 시장을 찾아가 "이 땅을 포기하고 아무래도 다른 주(州)에서 사업을 할 수 밖에 없겠다"고 통첩했다.

그런데 정치인인 시장은 매력적인 이 사업을 포기할 수가 없었던지 시금고(市金庫)에서 땅값의 10%에 해당하는 25만 달러를 꺼내 지주 할머니에게 계약금조로 지불해 일단 우리를 위해 그 땅을 확보해줬다.

그러나 결국 한국으로부터 돈은 오지 않았고 이 사업은 무산되었다. 하필이면 이때 김대중 납치사건이 벌어진 것이 원인이었다. 김 서기관이 자기 배경이라며 큰 소리쳤던 중앙정보부 이 국장이 납치사건의 총지휘자였고 그 책임을 피할 수 없기에 브라질 땅 구입에 신경 쓸 여력이 없었던 것이다.

이렇게 되자 결과적으로 25만 달러 공금을 남용하게 된 시장은 거의 매일같이 나에게 와서 목숨 좀 살려달라며 25만 달러를 물어달라는 것이었다. 내가 25만 달러를 어디서 구하나. 나는 시장에게 김 서기관을 찾아가 해결해보라 했지만 김 서기관은 "김홍기는 원래 과거가 깨끗치 못하고 사상이 불순한 사람인데, 그걸 한국 정부가 알고 같이 일할 수 없이 사업을 중단한 것"이라며 내 뒷통수를 치고 귀국해버렸다. 나는 본의 아니게 다시 국제사기꾼이 되어버렸고 시장도 정치생명이 끝났다.

70년대 브라질 교포사회, 채명신 대사와의 인연

70년대 후반에 이르면 브라질 교포사회의 형성과 양상이 확연히 달라졌다. 초기 이민은 1~3차에 걸친 정책영농이민으로 배를 타고 온 경우였고, 그 뒤 파라과이나 볼리비아에서 월경을 하거나 밤에 몰래 국경을 넘어온 사람들, 또 비행기타고 온 1~3차 기술이민이 있었다. 3,200명이 넘는 이들이 영주권을 받기까지 내가 한 노력들은 앞에서 차례로 자세하게 쓴 바 있다.

그 후에는 3년의 계약을 마친 서독 광부들이 일부 브라질로 와서 정착했고, 또 오일달러를 벌러 나갔던 중동근로자들 중 일부가 브라질이 좋다는 얘기를 듣고 본국으로 돌아가지 않고 브라질로 왔으며 거기에다 인접국가인 파라과이, 볼리비아, 아르헨티나 등으로 이민 갔던 이들이 사회적응이 어려워지자 브라질로 월경한 경우가 있었다.

채명신 전 브라질 대사

이럭저럭해서 다시 불법체류자가 4,500명이 넘게 되었다. 그때 주월(駐越) 한국군사령관을 지낸 채명신 장군이 1978년 브라질 대사로 부임했다. 채 대사는 내 고향 선배로 나와 가까운 사이였다.

그는 부임하자마자 나를 찾아와선 "출국 직전 중앙정보부의 김재규 장군을 예방했더니 당신 이름이 중앙정보부에 빨갛게 기록돼 있다는 사실을 알았다"며 "김홍기는 절대 그런 사람이 아니고 내가 책임을 질 터이니 그 빨건 기록을 깨끗이 지워달라고 부탁을 했다"고 했다.

그러면서 빨리 한국에 나가 박 대통령을 한번 만나 뵈라고 했다. 그러나 박 대통령과 나는 만날 인연이 없었는지 내가 방문 준비를 하던 차에 갑자기 서거하는 바람에 영영 뵙지를 못했다. 박 대통령을 한 번도 직접 만나지 못한 것은 내게 천추(千秋)의 한으로 남아 있다.

'십자 새마을 농단(農團)' 사건

채명신 대사는 나를 대사관 고문변호사로 추대하면서 4500명에 이르는 불법체류자를 어떻게 해결할 수 있는지를 물어왔다. 나는 브라질이 아직 군정이 계속되고 있지만 행정절차와 국회 운영이 정상화된 터이니 국회법에 의해 정상적으로 해결을 해야 할 것이라고 자문했다.

그러나 소문이 들려오길 채 대사가 브라질리아 수도 근처에 농지를 구입해 불법체류자들이 농사를 짓게 해 일종의 농업이민 형태로 영주권을 받는 게 어떻겠냐는 생각을 한다는 것이었다.

그래서 나는 "브라질 같은 큰 나라에서 우리가 손바닥 만한 땅을 사서 농사를 짓는다 해서 그 사람들이 국토개발을 해준다고 여길 것도 아니요. 까딱하면 돈만 날리고 영주권도 만들어 줄 수 없다고" 완강하게 만류했다.

그것으로 이야기가 끝난 줄 알았는데 어느 날 갑자기 채 대사가 나를 보자는 것이었다. 내가 찾아가니 채 대사는 "브라질리아 외곽에 농지를 싸게 사게 되었으니 그것을 좀 맡아서 도와달라"고 했다.

나는 앞서 얘기한대로 "망망대해 같이 큰 이 나라에 조그미한 섬 하나 개발해준다고 눈 하나 깜짝할 것도 아니고 또 불법체류자 가운데 호미자루 한 번 만져본 사람도 없지 않느냐. 집단 영농이민도 1, 2, 3차 모두 실패를 해서 지금은 완전히 철폐된 상태"라고 했지만 채 대사는 미국의 CIA격인 SNI 책임자인 삼성 장군을 만나 얘기했더니 농사지으면 영주권을 주겠다고 언질을 받았다는 것이다.

나는 그것은 한국적 관료 사고방식이며 브라질 관리들은 호언장담을 쉽게 한다고 설명했지만 통하지 않았다. 나는 결국 이 건은 손을 못 대겠다고 선언하고 상파울루로 돌아왔다.

그러자 채 대사는 나 대신 일본인 2세 변호사를 동원해 이 건을 추진했다. 채 대사는 잠시 한국에 돌아가 이 건에 '십자 새마을 농단'이라는 이름을 붙여 장밋빛 청사진으로 박 대통령에게 보고했고 박 대통령은 이에 혹해 3백만 달러를 그 자리에서 주었다는 것이다. 이 돈으로 채 대사는 땅을 사고 농기구를 구입하는 데 세 번 구매한 기록에 돈의 출납은 여섯 번이었고 또 청와대의 딴 주머니에서 나온 돈이라 할지라도 국고금인데 대사관 명의의 외교 계좌를 열지 않고 개인 명의로 계좌를 열었다. 이게 나중에 문제가 되었다.

또 농사를 짓는 척이라도 해야 하니 불법체류자들 가운데 교회 장로 몇 사람이 거기에 들어가 집을 짓고 몇 달을 살았고 현지 브라질 농사꾼을 채용해 농사를 한 1년 지었다.

그러나 그 수확은 경제적으로 볼 때 계산이 안 맞는 미미한 것이었다. 거기에 영주권이 나오려면 합법적인 농업가구, 즉 농업협동조합을 통해서 생산을 하여 제 값을 받는 정상적인 루트를 밟아야 했는데 채 대사는 그것을 무시했다. 그러니 브라질 국가법에 저촉되었고 보다 근본적인 문제는 채 대사가 구입한 땅에서 벌어졌다.

당시 브라질은 외국 사람이 하도 많이 들어오니까 외국인이 브라질 땅을 사는 데 대한 통제법이 있었다. 일정 넓이 이상의 땅은 영주권을 가지고 있는 외국 사람일지라도 구입을 할 수 없고 반드시 귀화한 사람만이 구입할 수 있게 한 법이다.

채 대사는 땅을 구입할 때 어떤 목사의 이름을 빌려가지고 했다. 그런데 목사는 귀화를 했지만 목사의 부인은 귀화를 안 한 상태였다. 브라질 민법에는 땅을 남편의 이름만으로 사서 부인의 이름이 부동산 등기에 올라가 있지 않더라도 묵시적으로 절반은 부인의 소유로 인정하고 있다.

그런데 부인은 그걸 소유할 수 있는 자격이 안 됐던 것이다. 일본인 2세 변호사는 그것까지 체크를 안 했기에 불법 구입에 불법 소유가 돼버린 것이었다. 유럽권의 영향으로 형식주의가 지나치게 발달돼 있는 법치국가인 브라질 정부는 이런 모든 것이 부정과 불법이라고 판단했다. 거기에다 한국인들을 별로 좋아하지 않는 일본인 2세가 그때 마침 농림부 장관이었기에 급기야 그 땅이 몰수되기에 이르렀다.

결국 국민혈세 3백만 달러를 날릴 판국이었다. 그 어간에 박 대통령이 서거하고 전두환 정권이 들어섰는데 전 정권은 초기에 이 일의 자세한 내막을 접하고는 채 대사 소환령을 내렸고 채 대사는 미국 샌프란시스코로 피신을 했다가 2년 뒤 귀국했다.

4,500여 명 불법체류자 집단 영주권 해결

앞서 서술한 것처럼 땅은 몰수돼 농사도 못 짓게 되었고 영주권을 고대하던 4,500여 명의 불법체류자들은 그대로 나앉게 돼 아우성이었다. 소환령을 받기 직전의 채 대사가 나를 찾았다. "4,500명에 이르는 불법체류자들을 구제할 방법이 없겠냐"는 것이었다. 내 말 안 듣고 나라 혈세 가져다가 탕진한 채 대사가 정말 미웠지만 내 팔자소관이었는지 나는 또 그 문제 해결에 뛰어들고 말았다.

나는 "이제 이 나라 정권이 정상화돼 국회가 정상적으로 돌아가고 있으니 대사면령(大赦免令)을 국회에서 제정 공포하도록 해야 한다"면서 국회에서 이 법을 발의(發議)할 국회의원을 찾아나섰다. 마침 나하고 아주 막역한 친구 사이였던 상파울루주 출신의 고참 연방 상원의원 아마랄 플랑이 떠올랐다.

당시 브라질은 상하원 양원제(兩院制)였고 법안이 상원을 통과하면 하원은 자동으로 통과할 정도로 상원의 파워가 셌으며 고참 상원의원은 연방 차원에서도 큰 영향력을 발휘했다.

나는 그를 찾아가 "너희 나라 브로커들에게 속아가지고 불법체류자가 된 한국 사람들이 다시 4,500명에 이르는데 이를 해결할 수 있게 국회에서 법을 만들어 달라"고 부탁했다. 그는 상원의원 나갈 때 내 신세를 많이 진 터여서 "당신이 내용을 잘 아니까 법안 초안을 만들어 오면 그렇게 하겠다"고 흔쾌히 응했다.

나는 '이 사람들은 지금 불법체류자 신세이지만 한국 사회에서 상류층에 있던 수준 높은 사람들이며 브라질 국가 이익에 크게 이바지할 만한 인재들이다. 불법체류는 그들의 뜻이 아니라 중간에 브로커들이 그렇게 만들었으니 대사면을 해줄 만한 자격이 충분히 있다'는 요지로 초안을 마련했다. 이를 토대로 그는 대사면령 법안을 만들었고 공동 발의할 의원들을 모아 사인식을 가졌다.

브라질리아의 유일한 일본 식당인 도쿄 레스토랑 특실에서 상다리가 부러지게 만찬을 차려놓고 거행된 사인식은 대사관에서 대사 공사 참사 영사 부영사 모두 다 나와 발의 의원들에게 감사의 꽃다발도 증정하는 등 분위기를 한껏 띄웠다.

그렇게 해서 그 이튿날 법안은 상정되었고 3개월 쯤 지난 뒤 만장일치로 국회에서 통과가 되었다. 농사로 치자면 호밋자루 한번 쥐지 않고 4,500명이 영주권을 받게 된 셈이었다. 나는 채명신 대사의 체면 보존을 위해 오늘날까지 이 공로를 채 대사 앞으로 치부해왔다.

한국 정부 실수로 몰수된 땅, 끝내 못 찾은 사연

채 대사가 떠난 뒤 한국 정부는 이 사건을 해결하라고 1981년 삼성 장군 출신인 신현수 대사를 후임으로 보냈다. 공교롭게도 신 대사는 전임 채 대사가 주월 한국군사령관 시절 부관을 지낸 바 있다. 신 대사는 문무(文武)를 겸비한 대단한 엘리트였다.

신 대사와 나는 죽이 맞아 브라질 25개 주를 같이 누비고 다니면서 각 지방정부의 주지사와 시장들을 만나 어떻게 하면 브라질 경제에도 도움이 되고 우리 대한민국의 이민 정책에도 바람직한 '집단 영농이민 농산업 프로젝트'를 재개할 수 있을 것인지를 논의했다.

그러나 신 대사가 맡은 큰 숙제는 몰수된 땅을 어떻게 하면 되찾을 수 있는가 하는 것이었다. 또 추락한 우리 외교 위상을 다시 세우는 일이었다. 채 대사의 그 사건으로 대한민국 대사가 외무부 장관은 커녕 차관 국장도 못 만나고 기껏 사정해 봤자 과장밖에 못 만나는 그런 지위로 추락했던 것이다.

나는 땅 찾기를 도와달라는 신 대사에게 "내가 정식으로 행정소송을 걸어 그 땅의 소유권을 회복할 터이니 내게 사건 위임장을 써달라"고 했다. 그래서 신 대사가 위임장을 써주려는 차에 본국에서 훈령이 떨어졌다. 당시 이범석 외무부 장관이 직접 내린 훈령으로 '그까짓 땅은 그냥 날려도 좋으니 한국의 외교 위상을 되찾는 데 진력하라'는 것이었다. 해외경험이 풍부한 이 장관은 브라질 정권에 그 땅을 군말 없이 넘겨주면 한국을 예쁘게 잘 봐주지 않을까 하는 생각을 했던 것 같다.

그러나 브라질 같은 대국(大國)은 이런 것이 통하지 않음을 나는 잘 알고 있었다. 가난한 소국(小國)을 상대하는 외교와는 달리 대국 외교는 우리가 끝까지 늠름한 자세로 싸워 승리해야만 존경을 받을 수 있는 것이다. 나는 신 대사에게 이를 강조하면서 "우리가 행정소송에서 이겨야만 땅에 떨어진 외교 위상을 되찾을 수 있다"고 여러 번 얘기했다. 그렇지만 신 대사 입장에서는 장관의 훈령을 무시할 수 없는 터였기에 나보고 양해를 거듭거듭 부탁했다. 결국 나는 눈물을 머금고 사건을 포기했고 피 같은 국민혈세 3백만 달러가 들어간 땅은 날라갔다.

전경환 브라질 방문과 20만 명 집단 영농이민 재시도

내가 처음 시도한 한국인 20만 명 집단 영농이민이 실패로 돌아간 얘기를 앞에서 자세히 썼지만 나는 사실 그 집단 영농이민에 대한 미련을 버리지 못하고 있었다. 그러던 1984년 다시 그 계획을 실현할 수 있는 기회가 왔다.

1980년초 전경환 새마을운동본부장 일행이 브라질을 방문하여 김홍기 박사에게 직접 요청한 '20만 명 민족 대이동'의 일환으로 '농업이민사업계획'을 협의 차 상파울루주 삐라씨까바시(현재 현대자동차공장 소재) 시장과 같이 방문한 새마을운동본부 전경환 본부장실.

내가 살던 집 건너편에는 상파울루 총영사 관사가 있었는데 한국에서 VIP 손님이 오면 꼭 나를 불렀다. 어느 날인가도 나를 불러 가보니 건장한 중년신사가 너댓 명과 같이와 있었다. 중년신사와 인사를 나누는데 자기가 전두환 대통령의 동생으로 새마을운동을 하고 있는 전경환이라면서, 하는 얘기가 형인 전 대통령이 남미에 20만 명 이민을 시켜야겠다고 밤낮없이 노래를 부르듯하는 바람에 500만 달러를 주고 아르헨티나에 있는 땅을 구입하고 왔다는 것이다.

그런데 내가 보기에 그 땅은 개도 안 들어갈 쓸모없는 땅이어서 나는 "이 광활하고 비옥한 브라질 땅을 놔두고 왜 거기 땅을 샀느냐. 거기는 한발(旱魃)이 들게 되면 농사를 아예 못 짓는 땅이다"라고 직설적으로 얘기했다.

그러자 그는 "공노명 대사에게 물으니 브라질 농업이민은 끝났다고 하여 아르헨티나 땅을 구입하게 된 것"이라며 "브라질 이민이 가능하다면 당연히 브라질로 정했을 것"이라고 했다. 내가 "조건만 갖춰지면 20만 명 브라질 이민이 가능하다"고 하자 그는 내 손을 붙들고 "한번 해보자"고 매달렸다. 나는 전에 세웠던 양잠프로젝트를 염두에 두고 "결혼 안한 젊은 청년들 위주로 영농이민단을 꾸려야 하며 그들의 초기 생활자금을 한국에서 충분히 지원해줘야 한다"는 등 몇 가지 조건을 제시했다. 나는 5년 이후에는 그들이 단순히 농사만 짓는 것이 아니라 산업화된 농장의 주인이 돼야 한다는 얘기도 했다. 그러자 그는 "새마을 금고에 2억 달러가 있으니 돈은 염려하지 말고 한번 추진해달라"고 큰소리를 쳤다.

그리하여 나는 그때부터 20만 명 브라질 영농이민 프로젝트를 짜는 데 매달렸다. 당시 연방 상원의원 의장이 내 선배여서 친하게 지내고 있었는데 그에게 이 얘기를 했더니 상원의원 출신으로 우리나라로 치면 함경남도 쯤 되는 지방의 터줏대감인 대지주를 소개해줬다.

브라질은 지방의 대지주들이 정치를 하고 또 중앙정부에 영향력이 아주 컸기 때문에 이른바 주통령(州統領)인 그를 통하면 대통령도 움직일 수 있다고 했다. 그는 목화농업을 하고 있었는데 나는 그와 여러 차례 접촉하면서 "우선 테스트 케이스로 한국의 농고(農高) 출신 청년 5천명을 한국 새마을 본부에서 훈련시켜 보내겠다. 그 청년들은 적어도 당신의 소작인들 생산성의 3배 정도는 너끈히 이룰 수 있는 일꾼이다"고 강조하고 "수확은 50:50로 나누고 인프라는 당신이 책임져라. 나중에 가족을 부르게 되면 이민 수속 전부를 책임지며 그 사람들이 와서 살 주거지며 학교, 병원을 지어달라"고 요구했다. 새마을 본부 교육은 전에 전경환 씨를 만났을 때 그가 약속한 사항이었다.

그렇게 해서 이런 내용이 담긴 계약을 체결하고 공증을 받는 데 6개월이 걸렸고 나는 비용 5만 달러를 사비(私費)로 부담했다.

나는 공증을 받은 계약서를 들고 의기양양하게 서울로 날아갔다. 전경환 씨를 만나러 새마을 본부로 찾아갔는데 그는 배드민턴을 치고 있었다. 나는 배드민턴 경기장에서 한 시간도 넘게 기다렸는데 나를 본 그는 별 인사도 없이 "샤워하고 나올 테니 기다려라"고 하더니 나와서 하는 말이 "김 박사, 내가 미안하게 됐다. 그 프로젝트는 취소하게 됐다"고 하는 것이었다. 아니 내가 내 돈 쓰며 여섯 달을 뛰어다니면서 어렵게 마련한 프로젝트를 취소한다니 이 무슨 청천벽력이란 말인가. 그는 그간 자기가 저지른 사건 이야기를 털어놓았다.

호주에서 소 몇백 마리를 들여왔는데 그게 몽땅 병들어 죽어가는 소였기에 형인 전두환 대통령으로부터 욕을 직사게 먹고 청와대 출입 금지령이 내려졌다는 것이다. 그러니 브라질 영농프로젝트는 입도 벙끗 못한다는 것이다.

나는 "나와 프로젝트 계약을 한 브라질 대지주는 억대(億代) 이상의 피해를 볼 터이고 나 혼자 그걸 책임질 수는 없으니 수습하는 데 도와달라"고 했지만 그는 오리발을 내밀 뿐이었다. 그렇게 나는 다시 한국정부에 뒷통수를 크게 얻어맞게 되었다.

교민들 일본 동네 리베르다데서 옷 장사 성공

제1차 이민 선발대를 비롯해 제2차 영농이민단은 앞에서 기술한 것처럼 피치 못 할 사정에 의해 대부분이 상파울루의 좀 후진 일본 동네 '리베르다데'를 첫 거처지로 삼았다. 지금은 200만이 넘지만 당시 150만의 일본인 중 약 90%가 상파울루에 살았는데 그 대부분이 리베르다데에 살았기 때문에 리베르다데라고 하면 브라질 사람들에게는 '재팬타운'의 대명사로 여겨진다.

한국인들은 일본인과 쌀밥, 두부, 콩나물 등 먹는 음식이 같은 데다 인종적으로도 통하고 또 나같이 왜정 때 소학교를 다녔던 세대는 언어까지 통한다.

일본인들도 초기에는 동질감을 느껴 생활정보를 같이 나누는 등 길잡이로 우리들을 도왔다.

다만 자기들은 농노(農奴)나 소작인 생활 몇십 년이 지나서야 상파울루와 같은 대도시로 나올 수 있었는데 한국인들은 1, 2년도 지나지 않아 좋은 집과 좋은 차를 소유하는 것을 보고 질투 시기한 것도 기록해야 할 역사적 사실이다. 그들은 1895년 명치유신 때 굶주렸던 소작농민 출신의 문맹(文盲) 조상들이 1882년 브라질 흑인해방으로 인한 농노 부재사태를 메꾸기 위해 먹고 살려고 들어온 농노이민이었기에 겪어야만 했던 수난을 간과하고 서울특별시, 부산직할시의 세련된 문화인 출신인 한국 사람들과 맞비교했던 것이다. 어쨌든 이민 초기에는 한국인들 거의 모두가 일본인들 신세를 졌다.

그 일본 동네 리베르다데에서 한국인들의 의류 판매가 시작되었다. 이민단의 주축을 이뤘던 남대문시장 동대문시장 평화시장의 의류상 대부분은 이민선을 타기 전 의류제품 재고정리를 해야 했다. 철지난 제품도 있었으나 멀쩡한 것까지 소위 '넝마'로 취급돼 저울에 달아 무게값만 치게 되니 억울하기도 하고 버리기가 아까웠다.

그래서 운송비 무료인 이민선에 그대로 실어온 의류가 제법 많았다. 이 의류를 리베르다데에서 팔기 시작한 것이다. 당시 한국 의류제품은 옷감도 좋은 데다 바느질이 일품이었다.

동네 일본인들이 첫 고객이었는데 원래 한국시장에서 받았을 값보다 5배 이상으로 날개가 돋친듯 팔려나갔다. 버리려 했던 넝마가 새 인생의 밑천이 될 줄이야. 이를 전화위복이라고 하던가. 이렇게 줄을 서서 사가는 일본인들에게서 용기를 얻은 '또순이 아줌마'들은 연지곤지 바르고 가가호호 방문해 판매하는 소위 '방판단'으로 나섰다.

아직도 브라질 시골에는 남아있지만 당시 상파울루 같은 대도시에도 집을 방문할 때 초인종 대신 손뼉을 딱딱치는 풍습이 있었다. 호기심 많고, 사랑 많고, 온유하고 관용적인 브라질 사람들은 이쁘게 단장한(대개 까무잡잡한 일본 여인들과 전혀 다른) 매력있는 일본 귀족처럼 보이는 또순이들이 문 밖에서 손뼉을 치자 꺼리지 않고 거실로 반갑게 맞이했다. 또순이들은 "한국에서 이민 온 우리가 입으려고 샀던 이 옷들을 팔려고 가지고 왔다"며 바디 랭귀지를 써가며 동정심 유발의 능수능란한 판매기술을 발휘했다. 결과는 완전 히트였다.

브라질 사람들은 친지와 일가친척을 모두 다 불러들여 그 옷들을 사기에 바빴다. 이에 또순이가 아닌 일반 아주머니들도 가세해 한인들끼리 도산매 상행위가 이루어지는가 하면 재고가 바닥이 난 뒤에도 브라질 원단을 현지에서 재봉틀로 가공한 의류에 본국 친지들에게 연락하여 공수한 'Made in Korea' 라벨을 붙여 판매하기에 이르렀다.

이렇게 집집마다 재봉틀 한두 대씩 들여놓고 집에서 낱개 제품들을 만들어 팔던 것이 오늘날 남미 의류시장을 석권한 한국인 의류사업의 시조가 되었다.

가짜 메이드 인 코리아 제품을 브라질 사람들에게 3년 이상 속여 판 것은 사실 마음에 걸리는 우리 민족사의 한 페이지이다.

어찌되었건 이민 초기 탄생한 여성직업군이 '빠라 벤데(Para Vender)'라는 (한국인들의 신조어) 'Sales Woman' 행상 직업인데 이민 온 아주머니들은 누구나 거의 예외 없이 경험해보았던 것이다.

그러던 와중 1967년에 이르러 내가 6대 한인교민회장에 당선된 뒤 자기 명의로는 자영업에 엄두를 못 내던 한인사회 인구 절반에 가까운 1,300여 명의 불법체류자들이 위에 서술한 대사면령으로 영주권을 한꺼번에 받게 되고 그 90% 정도가 의류사업에 뛰어들게 되었다. 그러나 리베르다데는 이미 포화상태였다.

당시 브라질의 대중 의류사업은 상파울루시 중부 봉레찌로 지구가 중심이었고 유대인들이 장악하고 있었다. 유대인들끼리는 건물주(임대인)와 상점주(임차인)의 거래가 합리적이어서 'LUBA(Key Money, 권리금)'도 크지 않았고 5년, 10년 계약도 흔했다. 심지어 일부는 권리금이 아예 없었다.

그런데 이곳에 한국 사람들이 엄청난 권리금으로 건물주를 유혹해 좋은 자리를 차지하기 시작했다. 한국 시장 상인들의 악습을 유대인들에게도 가르친 검은 역사가 아닐 수 없다.

계산 빠른 유대인들은 매 3년마다 가만히 앉아서 30만, 50만 달러를 권리금으로 벌 수 있었으니 '우리가 땀 흘려 일할 필요가 있겠냐'하는 생각까지 갖게 되었다. 여기서 "한국 사람이 임차인 후보로 둘만 나서면 건물 권리금은 천정부지로 뛰고만다. 중국 사람은 그 반대다."라는 말까지 나왔으니 부끄러운 민족성이 아닐 수 없다.

때문은 한국형 상술(?)이었던가. "아무개가 들어간 상점이 잘된다."라고만 하면 어떤 수단으로라도 바로 옆가게를 얻어 들어가 초기에는 서로 멱살잡는 일들이 종종 있어 한국인들은 저돌적이라는 평도 돌았다.

한인타운 들어서고 의류사업 꽃 피우다

한국 사람들 특유의 억척 때문에 오늘날 봉헤찌로 지역의 메인 스트리트인 조제빠올리노가(街)로부터 주변 골목길, 언저리 동네까지 코리아 타운(Bairro Coreano)이 되었다.

그리하여 한국인 의류사업은 최고 성공을 이룬 ESQUIRE 및 SEIKE 등을 예로 들자면 각각 5천개 이상의 상품 하치장을 갖고 브라질 전국에 체인점처럼 단골 상점으로 점유하고 있다. 위에 예로 든 거상(巨商)들은 대중 의류를 넘어서 계절 콜렉션 패션으로 미항(美港) 리오의 코파가바나 비치에 들어선 브라질의 로데오거리 아트란타아베니다가(街)'에 입점한 지가 수십 년이 되었다.

한국인들은 의류기업 중상(中上) 레벨만 되면 매년 한 두 번씩 세계 의류 패션 중심지인 파리, 뉴욕, 밀라노 등지에 고용 디자이너들을 출장 여행시켜 계절 콜렉션 디자인에 활용하곤 했다.

디자이너도 처음에는 고가(高價)로 미국이나 프랑스에서 채용했으나 점차 딸자식들을 일류 디자인 스쿨에 보내고 이들을 고용해 쓰기 시작했다.

머지않은 장래에 한국이민 2세, 3세들 가운데 구찌나 샤넬 같은 세계적 디자이너가 등장할 날이 오리라 믿어 마지않는다.

기업 경영도 몸과 경험으로만 때웠던 1세대 부모들이 자식들을 명문대 경영학과에 보내서 졸업시킨 뒤 기업을 전산화하고 경영 합리화를 꾀했다. 이민 초기 구식 부모들은 대리만족을 위함인지 자식들을 무조건 이공계에 보내 의사나 엔지니어가 되기를 고대했다.

나는 그들에게 "주먹구구식 기업 운영은 여러분 대에서 끝내고 앞으로 기업을 계승해나갈 인재로 자식을 길러야 한다"고 기회가 있을 때마다 강조했다. 그런 권유가 주효한 것인지 70, 80년대 상파울루 주립대 및 제뚤리오 바르가스 같은 명문 경영대학을 졸업한 2세 경영 전문인들이 300여 명 나왔고, 그 덕에 초기 한국 대기업들의 브라질 진출과 시장 정착에 큰 기여를 하게 되었다.

내 자랑 같지만 나는 그 기수 노릇을 한 것으로 나름 자부한다.

교민들 미국 의류시장까지 진출

80년대부터는 자녀들을 일찍이 미국 대학으로 진학시킨 1세대 교민들이 본격적으로 미국으로 떠나기 시작했다. 당시 브라질은 외환 위기로 IMF 섭정을 받는 등 불경기가 닥쳤다. 이에 브라질에서 의류업에 종사하던 교민들은 미국에서 사업을 이어가고자 떠난 것이다.

행선지는 LA와 뉴욕이었다. LA에서는 소위 다운타운에 있는 자바 의류시장으로, 뉴욕에서는 브로드웨이 32~34번가 대로를 에워싼 의류시장으로 진출했다. 이 얼마나 대견한 일인가. 흥남부두에서 LST 미군 수송선을 타고 내려와 부산 국제시장을 거쳐 서울 동대문 · 남대문 · 평화시장을 경유하고 브라질 봉헤찌로 의류시장을 통과, LA 쟈바 시장과 뉴욕 브로드웨이 시장까지 대장정을 한 서사시(敍事詩)가 아닐 수 없다. 그래서 나는 그들을 가리켜 이렇게 말한다. "옷 장사에 한해서는 부산 국제시장에서 학사학위를 받고 서울 남대문 · 동대문 · 평화시장에서 석사학위를 받았으며 브라질에서 박사학위를 취득한 뒤 이제 미국 LA와 뉴욕에서 박사 후 과정(Post-Doctoral) 코스를 밟고 있다"고. 또 이제 여기서 어디로 뛰게 될런지는 한 번 기대해볼 만한 일이라고 영화 '국제시장'을 만든 윤제균 감독에게 얘기한 바도 있다.

그러나 이러한 기초를 제공한 브라질 한인사회는 이러저러한 연유로 많이 기울었다. 3년에 걸친 팬데믹 충격으로 한국 교민의 의류사업이 직격탄을 맞았을 뿐아니라 브라질 경제 자체가 큰 타격을 입어 노인 건강보험료와 자녀 교육비가 천정부지로 뛴 까닭에 많은 교민들이 미국으로 떠나거나 한국 역이민길에 올라 한때 10만을 헤아리던 교민들이 5만으로, 이제는 그 한참 이하로 쪼그라든 것이다.

내가 한때 "175개국에 750만이 퍼져 있는 한인 디아스포라 중에 불과 반세기를 조금 지난 브라질 교민사회가 가장 성공한 한민족 경제사회를 이룩했다"고 자랑했건만 이제는 그 말을 더 이상 못하게 되었다.

이민 초기 브라질 교민사회를 억척스럽게 일구는 데 기여했던 나로서는 브라질 한인사회가 기울어가는 모습에 억장이 무너지는 느낌을 가지지 않을 수 없다.

브라질 국회의원이 돼 다시 찾은 한국

1983년 서울에서 개최된 국제의원연맹(IPU)에 브라질사절단 15명을 안내한 김홍기 의원(상파울루주 보궐의원)이 브라질 상원의원과 회의장 앞에서.

앞서 잠깐 얘기했지만 나는 혁검에 의한 구속 중 서원 기도로 주님과 약속한 대로 법대를 졸업하고 변호사 자격시험을 쳐서 브라질 한인 이민자 가운데 첫 변호사가 되었다. 한국 교민을 상대로 변호사를 하는 게 나 혼자뿐이니 형법 민법 상법 가정법 등 모든 분야에 손을 댈 수밖에 없었다.

그 뒤 상파울루 주립대 대학원에서 박사학위를 딸 때 내 전공은 국가법이었고 부전공이 국가경제법과 법철학이었다. 대학에서 강의를 하면서 사회적 지위를 쌓게 되었고 자연스럽게 국회의원이나 정당 등 입법 준비기관에 많은 도움을 주게 되었다. 특히 내가 전공한 국가법과 관련한 법안 준비에는 기술자라 불릴 정도였다.

그렇게 되니까 여야를 막론하고 나를 자기들 당으로 끌어들이려는 분위기가 생겼다. 여당인 군정당(軍政黨)에서는 상파울루 주(州)의원 보궐선거에 출마하는 게 어떻겠느냐고 제의했다. 나는 정계에 적어도 한 명은 우리 한국교민 대변자가 있어야겠다는 생각으로 출마해 보궐대기의원(Suplente)으로 당선됐다.

선거운동 기간 중에는 희비쌍곡선이 수시로 교차했다. 어쨌든 당선 이후 1983년 한국에서 세계 IPU(국제의원연맹)총회가 열렸는데 마침 국회의장이 대학 선배이고 같이 대학에서 강의를 하던 차여서 나는 "내 조국에서 총회가 열리니 당신 특보로 꼭 한국에 가고 싶다"고 부탁했다.

그리하여 나는 브라질 대표단 단장특보로 국회의원 15명을 안내해 한국에 다시 가게 되었다. 브라질 이민 후 처음으로 한국에 갔다가 중앙정보부에서 고초를 당한 지 15년 만의 일이다.

1983년 서울에서 개최된 국제의원연맹(IPU)에 브라질사절단 15명을 안내한 김홍기 의원(상파울루주 보궐의원)이 당시 브라질 국철공사 회장 엘리에젤바티스타 옹의 특별주문(브라질 철광석을 현금으로 수입거래를 하는 장기 협력관계)으로 포항제철을 방문하게 되어 당시 공장총책 고 사장의 안내로 포항제철 공장을 견학하고 'POSCO 설립사' 책자를 기념품으로 받고 있는 김홍기 박사와 브라질 연방상원의원.

금의환향(錦衣還鄕)하는 기분으로 한국에 다시 가보니 서울 들어가는 길 논밭 양쪽에 인분냄새는 그대로 나고, 뒷골목은 20년전 내가 살 때와 똑같으니 이거 아주 변함이 없구나 하는 생각이 먼저 들면서 동행한 브라질 의원들을 보기에 창피스러웠다.

그런데 우리가 신라호텔에 묵으면서 서울 시내를 돌아보니 전에 내가 보지 못한 롯데호텔, 플라자호텔이 생겼고 강남은 내가 살 때 배추밭이 전부였는데 어랍쇼, 하늘에서 21세기 신도시가 뚝 떨어진 느낌이었다.

그걸 보면서 한국이 이렇게 발전을 하는 동안 나는 브라질에서 뭘 했나 하는 자괴감이 들기도 했다. 총회 기간 중 브라질 사절단 중 내가 독특하게 한국 사람이니 유수한 신문의 여기자가 나를 인터뷰했다. 안경을 낀 32세 정도의 기자였는데 대뜸 "김 선생님 같으면 한국에서도 정치를 해도 너끈히 할 수 있었을 텐데 무엇 때문에 브라질까지 갔냐?"라고 물었다.

나는 순간 불쾌한 감정이 들기도 하였지만 "내가 브라질로 떠날 때는 한국에서 5·16 혁명이 나서 총칼에 민주주의 싹이 잘린 때였다. 똑똑하고 의식 있는 30대 전후 젊은이들은 자의반 타의반으로 외국으로 나갔는데 그중의 한 사람이 나였다. 지금 와서 발전된 한국을 보니까 왜 외국에 나갔나 하는 생각이 든다. 여기 한국에서 벽돌 한 장이라도 같이 들어줄걸 하는 후회가 있다"고 대답했다. 그랬더니 그 여기자가 "그래도 김 선생님 같은 분이 외국 나가셔서 눈부신 활동을 해주시니 우리 한국이 지금 이렇게 위용이 서는 것 아니냐"고 지금도 잊혀지지 않는 멘트를 해주는 것이 아닌가.

그 여기자 말에 용기를 얻은 나는 브라질 귀국길에 미국 LA에 들렀을 때 LA의 한인 변호사들을 불러 점심 한턱을 내면서 세계한인변호사협회 조직의 초석(礎石)을 깔게 되었던 것이다.

브라질에 핀 무궁화꽃
(동아일보 기자와의 단독 귀국 인터뷰)

1983년 서울 주최 국제의원연맹(IPU) 총회에 브라질 국회 사절단의 일원으로 참가하여 약 700명에 달하는 세계 만방의 국회의원들과 500여 명에 달하는 동반가족으로 서울 장안이 떠들썩한 가운데 유일한 한국인이었던 나를 찾았던 기자는 동아일보 정치부 기자로 기억된다. 육가 성을 가진 여성으로 자기소개를 한 그 기자가 인터뷰를 청해온 것은 청일점인 나에 대한 당연한 호기심에서였을 것이다. 나를 보고 깍듯이 인사를 마친 후 이렇게 말문을 열었다.

1988년 한국 국회의장 초청으로 국회를 방문한 브라질 움베루또 루쎄나 국회의장과 김재순 국회의장이 대화를 하고 있다. 양국 입법부 수반 교환방문을 주선한 김홍기 박사가 중간에서 통역하는 모습.

"선생님 같으신 분이면 한국에서도 충분히 정치생활에 성공을 하실 수도 있었을 텐데 왜 브라질로 가셨지요?" 단순하고도 기분 착잡해지는 질문이었다. 나를 생각해주는 마음은 고마웠지만 또 한편 '브라질로 간 이민은 등신들만 갔던 것으로 여기는가'라는 느낌이 들었다. 그래서 나는 마음을 가다듬고 긴 답변을 해주었다.

"아마 기자님은 어려서 잘 모르시겠지만 혁명 두 차례를 불과 1년 사이에 겪은 60년대 초반 한국은 앞뒤로 캄캄하기만 했었습니다. 정치적으로는 암담했고 경제적으로는 가망이 천리였고 도덕적 · 문화적으로는 타락돼 있었고, 특히 북의 독재를 피부로 체험한 우리 이북사람들에게는 모택동 림표 강청 등이 김일성 머리 위에 앉아 있어 무력 남침 재연의 위기감까지 압박하며 절망과 좌절감이 우리들의 가슴을 짓누르고 있었습니다. 이에 당시 4 · 19와 5 · 16을 경험한 20대 후반이나 30대 초반의 제법 똑똑하다는 청년들은 모두가 한번씩은 한국 사회로부터의 탈출구를 찾게 되었습니다. 다만 기회 포착의 관문이 너무나도 좁았었기 때문에 그리 많이들 못 나갔지요. 그리고 또 생무지의 땅으로 문패를 바꾸어 달러 가는 데는 용기 위에 돈과 백도 어느 정도 있어야만 이민선을 탈 엄두를 낼 수가 있었습니다."

나는 내친김에 계속했다. "내가 단장으로 인솔하고 간 약 500명의 64년도 남미 제2차

이민단은 대부분이 밥술 깨나 먹는 이북 출신들로 피난 시절에 부산 국제시장을 졸업한 남대문 동대문 평화시장 출신들이 태반으로 구성돼 있었습니다. 그래서 오늘날 그들을 가리켜 브라질에서는 '남대출신', '동대출신'으로 호칭하기도 합니다."

그녀는 브라질 이민의 새로운 인식을 한 듯 다시 물었다.

"아, 그렇게 되었었군요. 선생님은 제2차 이민 단장으로 언제 이민을 가셨습니까?" 하고 묻기에, "내가 인솔한 '제2차정책 집단영농 이민단'은 1964년 8.15인 광복절날 부산항을 떠나 3대양을 거친 항해 끝에 정확히 두 달 만인 10월 15일날 세계 3대 미항의 하나인 리우데자네이루에 입항하게 되었습니다."

나는 이어 말했다. "그런데 우리를 목적지, 즉 우리가 구입한 농지까지 안내할 회사 사람이 나타나지 않아 우리는 브라질 땅을 밟자마자 졸지에 천하의 국제고아가 되는 국제 사기극의 희생양들이 되고 말았습니다."

나는 또 이어 "우리 케이스를 당시 'Cuausa Case'라 불렀는데 이는 브라질 말로 '농업식민회사'라는 호칭의 머리글자로 쓴 약자 명이었고 알아본 바에 의하면 그 회사는 당시 종 굴라르 대통령의 백으로 거저 얻다시피 한 입산불가의 밀림지를 농업가용지인 양 사이비 도면을 오색찬란하게 가공해 이민 희망 국민들을 상대로 사기치기 위해 만들어 놓은 회사였다는 소문이 있었습니다. 여기에 한국이 걸려들었던 것이지요. 왜냐하면 그 회사가 주축이 된 이민 케이스는 집단 지주농민만이 영주 비자를 얻을 수 있게 하여 이민 초기에는 정책영농 집단이민만이 브라질로 단체입국을 할 수 있게 수민(受民) 정책을 만들었었습니다. 그것도 모른 채 우리 카우사 케이스 이민 건은 한국정부를 상대로 한 수속이 4년에 걸친 끝에 이민 출국의 닻을 올리게 됐었고, 우리들은 오늘날까지 우리들의 혈전을 주고 산 농지를 못 찾은 채로 있는 것입니다."

"중앙정보부의 배경으로 육사 5기생 박 대령이라는 사람이 브라질에 직접 가서 끌어들인 회사였으며 비용과 땅값은 정부가 아닌 우리들의 돈으로 지불한 것이었으나 국가정책이민 격인 케이스로 정부가 처음부터 끝까지 주관, 간섭, 후견해준 국제 사기극의 희생자들로 이민 생활을 시작한 케이스였습니다."

"또 우리보다 한 6개월 앞섰던 제1차집단영농 케이스는 이름하여 'C8세대 빅토리아 케이스'라 했는데 이는 브라질 에스삐릿또산또주의 수도 빅토리아 항이란 땅의 케이스였습니다. 그 땅도 레바다비아라는 사람으로부터 고가를 쳐주고 구입해 입주를 하고 보니 그 당시 널리 보도된 바와 같이 뱀이 득실거릴 뿐 아니라 영농이 불가한 늪지대였다고 합니다. 다시 말하면 한마디로 몽땅 국제사기를 당한 것이 초기이민사의 암울한 이면이었던 것입니다."

나는 이어 말했다. "그래서 모두 상파울루라는 경제산업 중심지로 나오게 되어 오늘날 비교적 안정된 자녀들의 교육을 충실히 시키면서 행복한 생활을 영유하게 된 것입니다. 여기서 우리가 짚고 넘어가야 할 중요한 역사적 대목이 또 하나 있습니다."

귀담아 경청하는 그녀에게 나는 말을 계속했다. "우리들에게 초기 영농이민 실패의 불명예 탈을 씌우며, 그 원인을 '도시로의 집단 탈출'에 있다고 단정한 정부의 시각과 이에 따른 온 국민의 오판은 당시 브라질 대사였던 사람이 지어낸 단순하고도 무책임한 호도에 기인한 일이었습니다. 그의 경솔한 판단 때문에 무수한 동포들이 초기 이민과정의 경비와 인생 재출발에 이민을 위한 재산의 절반을 날려버리는 참혹한 결과를 자아낸 사실입니다."

"이민의 실패인가요?"라고 묻는 기자에게 당시의 이민과정을 나는 이렇게 설명했다.

"굳이 따지자면 그 원인은 사실상 이민 정책의 경험이 전혀 없는 정부의 기민(欺民) 정책에 있었다고 할 수 있습니다. 정부의 무지, 무능, 무준비 상태에서 전적으로 무책임한 자세에 있었던 결과입니다. 그러나 아이러닉한 것은 그 소위 집단영농정책 사업이 무정보의 무지 상태로 착수했기 때문에 공식적으로는 실패로 귀결 지을 수 있었을지 모르겠으나 현실적 프리즘으로 볼 때 브라질 땅에는 '한민족 해외 대웅비 100년 대계'의 성공 사례로 최상의 민족경제 사회 지반을 세우게 된 것입니다."

"이것도 사실은 정부가 현지 대사의 보고만 맹신하여 단순하고도 경솔하게 비판했던 '농지탈출'에다 '도시상업 이민 둔갑'의 덕분으로 개개인의 자활력으로 자력갱생을 도출한 것입니다. 왜냐하면 우리 민족의 현대사적 민족대이동이 농민들에 의한 것이 아니었고 현실적 요구에서 비롯된 상인들에 의했던 것이고, 더욱이 브라질 농업은 우리의 전통 농업인 소농이 아니고 L-19 경비행기로 종자씨를 뿌리는 대국의 대기업들에 의한 대농이기 때문이었습니다. 역설적 얘기가 되겠지만 원안대로 농업 쪽으로 강행군되었더라면 우리들의 남미 '디아스포라'는 끝없는 대물림의 빈농 집단 사회를 벗어나지 못했을 것입니다. 결국 전화위복이 된 것입니다.”

기자와 인터뷰를 마치며 나는 브라질에서 피어나고 있는 우리의 무궁화꽃들이 무럭무럭 크게 자라나기를 마음 속으로 간절히 기원했다.

1988년 대한민국 국회 김재순 의장의 초청으로 한국 국회를 방문한 브라질 국회의장 움베르토 루세나 의장단 일행(김홍기 박사가 주선, 중재한 한국-브라질 3부요인 교환방문의 일환)

1988년 김재순 국회의장 초청으로 한국을 방문한 브라질 국회의장단이 판문점 남북 대표회의실을 방문한 장면.

세계한인변호사협회 창립

1983년 서울에서 열린 IPU총회를 마치고 귀국길에 LA에 들러 세계한인변호사 협회 창립의 첫걸음을 내디뎠다. 그때 나는 회원 4명인 브라질 한인 변호사협회 회장을 맡고 있었다. LA에는 한인 변호사가 21명 있었고 뉴욕에 가보니 15명이 있었다.

LA 변호사들은 한 달에 두 번, 뉴욕에 있는 변호사들은 한 달에 한 번씩 친목을 도모하는 오찬 모임을 갖고 있었다. 나는 그들에게 브라질처럼 협회를 만들라고 권고했다.

각 나라의 협회를 네트워크로 연결해 장차 세계 한인변호사 협회를 만들어보겠다는 포석이었다. '몸은 비록 외국에 나와 있지만 전문직인 변호사로서 조국의 발전에 기여하고 또한 남북한 평화통일에 앞장서자'는 취지였다. 세계 규모의 협회를 만들려면 준비위원회를 구성해 세계 곳곳을 다녀야 하지만 나는 혼자서 세계 일주를 하다시피하면서 준비를 했다.

1974년 상파울루 Sao Francisco 대학교 법대 졸업식에서 졸업증서를 받는 장면

1974년 상파울루 주 사법고시 합격/변호사 면허 취득 후 기념파티에서 김홍기 박사와 그의 부인 고 김문자 여사가 춤추는 장면(브라질 이민 10년 만에 취득한 최초 한국인 변호사 면허로 단독 한인변호사 활동 15년 후 한인 1.5세 및 2세들의 변호사 탄생이 시작됐다)

우리 교민이 100명 이상 되는 곳은 거의 다 다녔는데 영국과 서독에는 한인 변호사가 한 명도 없었고 일본은 한국 국적의 변호사가 도쿄(東京)하고 오사카(大阪)에 대여섯 명이 있었다.

일본에는 일본 시민권을 얻은 한국 사람이 한 2백여 명인데 그 사람들이 만든 조직이 '성화회'라고 오사카에 있었다. 회장을 만나 내가 한인 변호사들을 찾는다고 하니 그는 "절대 찾지 말라"며 그들이 한국 사람임이 밝혀지면 그들의 직업활동에 큰 지장을 초래한다는 것이었다. 하와이에는 한국인 출신 변호사가 63명 있었는데 한국어를 할 줄 아는 변호사는 한 사람밖에 없었다.

미국 10개 대도시에는 한인 변호사들이 꽤 있었고 또 중남미에도 상당수가 있었다.

1989년 8월11일 '제1회 법의지배를 위한 변호사대회'를 테마로 세계한인변호사협회 서울연차총회가 개최됐다. 당시 열린 학술발표회에서 김홍기 세계한인변호사협회 부회장이 사회를 맡았다.

그렇게 3~4년에 걸쳐 세계 각국을 돌며 세계 한인변호사협회 준비작업을 하던 차에 스웨덴에 본부를 둔 법률학술회의 세계총회가 1987년 서울에서 열렸다. 남산 힐튼호텔에서 열린 이 총회에는 외국인 변호사들뿐만 아니라 해외 한인변호사, 그리고 한국의 변호사 등 전 세계의 변호사가 모였다. 해외에서 우리 동포 변호사들이 많이 왔기 때문에 세계 한인변호사협회 창립을 띄우는 데 좋은 기회였다.

그 전에 나는 일본을 다니면서 한일 변호사 친목회라는 것이 있다는 것을 알게 됐는데 회장이 문인구(文仁龜) 변호사였다. 그 분에게 세계 한인변호사 협회와 관련해 의논을 드린 적이 있었는데 그가 대한변호사협회 회장으로 취임하자 나한테 연락이 왔다.

"김 박사 혼자 하지 말고 '해외한인변호사협회' 계획을 우리 대한변호사협회 회원과 동포 변호사하고 합작을 해서 '세계한인변호사협회'로 같이 하자"는 것이었다. 그래서 내가 오케이를 하고 '국제한인변호사협회(International Association of Korean Lawyers)'가 생겼는데 그것이 우리말로 세계한인변호사협회가 된 것이다.

어쨌든 1987년 법률학술회의 서울 세계총회 때 세계한인변호사협회 창립 예비회의가 열렸다. 광화문에 있는 변호사회관에서 개최했는데 회장에는 문인구 변호사, 내가 수석 부회장 그리고 대한변호사협회 이사로 있던 분이 부회장을 맡았다.

그리하여 1988년 6월 25일 뉴욕 펜타호텔에서 세계 한인변호사 협회가 역사적 출범을 하게 되었다. 해외 한인 변호사 57명과 당시 서울변호사협회 '이세중' 회장이 인솔한 15명의 한국 중진 변호사 등이 참석한 가운데 열린 이날 총회엔 아쉽게도 회장으로 추대될 예정이었던 문인구 변호사가 오지 못했고 부회장인 내가 정관 초안을 작성했다.

나는 창립 정관에 모임의 목적을 1. 대내 친목 2. 법률 정보 문화교류 3. 업무 협력 4. 법조인의 인격 함양 5. 남북 평화통일에 적극 참여 등으로 규정했으나 그 후 몇 번의 정관 개정 때 여러 사정으로 '남북 평화통일에 적극 참여'는 삭제되었다.

1993년 세계한인변호사협회 샌프란시스코 연차총회(김홍기 박사 초대 해외회장으로 선출) 기념사진. 맨 아랫줄 오른쪽에서 4번째가 신임 공동회장 김홍기 박사, 그의 옆이 문인구 대한변호사협회장.

1993년 샌프란시스코 연차 총회에서 한국과 해외에 공동회장제도 채택과 동시에 해외회장으로 당선됐다. 1994년 LA에 해외본부를 설치했고, LA 한인회 고문 및 한인문화회 명예회장, 그리고 뉴욕(N.Y.)에 UN-NGO 운영이사회 고문으로 활동했다.

협회 창립 후 대한변호사협회를 통해 한국 변호사 수백 명이 가입을 했고 처음 72명으로 시작한 것이 오늘날에는 회원이 누계 만 명을 넘는 거대한 조직이 되었다. 90년대 이후인 탈냉전 시대에 구공산권의 영입 덕이기도 하고 '시작은 미미했지만 그 끝은 창대하리라'는 욥기의 말씀이 그대로 실현된 것이다. 세계한인변호사 총회를 2년에 한 번은 서울서, 그리고 한 번은 해외 도시에서 하기로 했는데 지금도 그 전통은 이어지고 있다.

1994년 세계한인변호사협회 서울 연차총회에서 사회를 보는 김홍기 해외 회장

1995년 세계한인변호사협회 시카고 연차총회
서울에서 총회를 할 때는 해외에서 한 사오백 명씩 모인다. 처음 협회 창립을 준비할 때 유럽엔 없던 한인 변호사가 독일에만 수천 명에 이르고 영국과 프랑스 이탈리아에도 상당수 생겼다. 세계 방방곡곡에 한인 변호사 없는 동네가 없다. 김홍기 박사는 자신이 산파역(産婆役)을 한 이 협회가 이렇게 커진 것을 마음 뿌듯해 한다.

서울에서 개최된 세계한인변호사협회 연차 총회를 계기로 회동한 강금실 전 법무부 장관(왼쪽), 송상현 전 국제형사재판소(ICC) 소장과 김홍기 박사.

또 하나 '국제 밝은사회운동본부'라고 UN NGO기구의 브라질 총재로 활동한 일도 보람있는 일이었다. 경희대학교 창립자 조영식(趙永植) 박사가 '정신적 도덕적으로 어지러운 이 세계를 밝게 만들어 인간 평화세계를 이루자'는 취지로 1975년 미국 보스턴에서 열린 세계대학 총장회(IAUP) 총회에서 제창하고 그 후 마카파칼 전 필리핀 대통령, 윤보선 전 대통령, 노벨상 수상자 허킨스 박사, 가야세이치 전 일본 동경대 총장 등 77명의 세계지도자와 석학들이 모여 창립한 기구이다.

나는 1983년 IPU 서울총회 때 조 박사를 만나 이 기구에 대한 이야기를 들은 적이 있는데 이 분이 그 뒤 해외 지부 설치를 위해 브라질에 왔을 때 내게 궐원이 된 브라질 전체 대표를 맡아달라고 권유를 했고 나는 '가치있는 행동'으로 여겨 수락했던 것이다.

1995년 6월 서울에서 열린 '세계평화의 날'(UN제정공포) 연차 기념대회에 참석한 외국 대학 총장, 학자들이 경희대학교 도서관을 방문해 기념 촬영하는 장면. 앞줄 중앙에 김홍기 박사.

여당 후보로 연방의원 출마해 예비의원 당선

내가 상파울루주 보궐의원으로 당선된 이야기는 앞에 기술한 바 있다. 브라질은 귀화해서 시민권을 얻으면 즉석에서 피선거권이 나오나 주의원까지는 괜찮지만 연방의원에는 출마를 못하게 하는 제한이 있었다. 그것이 1990년대 초 헌법 개정을 통해 귀화한 사람도 연방 하원의원까지 될 수 있는 길이 열렸다.

여당에서는 전처럼 내가 입법 등에 도움을 많이 준 까닭에 출마를 권유했고 나는 예비선거(primary election)에서 예비의원으로 당선됐다. 상파울루 주의원 선거운동 과정부터 지금 돌이켜봐도 참으로 지난했다. 당시 선거운동은 유세밖에는 방법이 없었는데 상파울루주 인구가 그때 4천만 명이고 주요도시가 600곳이 넘었다. 그곳을 돌며 한 표를 호소하는 일이 얼마나 어려운 일인지는 상상에 맡기겠다.

사람 많이 모이는 곳이 유세 우선순위 장소였고 그곳은 교회였다. 그러나 교회 강대상에 한 번 오르려면 3천 달러에서 5천 달러까지 목사에게 뿌려야 했고 절대 직접적인 정치 이야기는 하면 안 되었다.

나는 성경을 기반으로 고단수의 설교 겸 정치연설을 했고 내 설교 뒤에 담임목사가 '이 사람은 국회로 나갈 사람'이라고 소개해줬다. 브라질에서도 한국처럼 예배 끝나고 교인들 나갈 때 문 앞에 담임목사, 부목사, 장로들 쭉 서서 인사를 하는 게 통상이었다. 나는 설교를 했으니 담임목사 옆에 서서 인사를 했는데 어떤 이들은 설교 좋았다고 관심을 표하고 또 어떤 이들은 그냥 지나가기도 했다.

또 브라질은 여자하고 인사할 때 무조건 뽀뽀를 해줘야 하는 풍습이 있다. 결혼반지를 안 낀 처녀는 세 번, 유부녀는 두 번 해준다. 그런데 흑인 할머니들은 미안한 얘기지만 그들 특유의 냄새가 났다. 그걸 견디며 수만 명에게 뽀뽀를 해줬다.

1991년 평양 IPU 총회 참석

연방 하원의원 본선이 시작되기 전인 1991년 평양에서 국제의원연맹(IPU) 총회가 열리게 되었다. 나는 예비의원에 불과했지만 내 고향에서 총회가 열리기에 막역한 친구 사이인 움베르또 루쎄나 상원의장 겸 국회의장에게 특별히 청을 해 국회의원 자격을 얻었다. 브라질 대표단 단장인 그의 특보 겸 대변인으로 내 고향 평양에 금의환향하게 된 것이다.

브라질 대표단을 구성하는데 최소한 20명 이상의 국회의원은 가야겠다고 생각해 몇 사람으로부터 승낙을 받았는데 갈 날짜가 다가오니 다들 "한국 같으면 가지만 북한을 왜 가느냐"며 꽁무니를 뺐다. 나는 평양 총회에 참석한 뒤 한국을 다녀가는 조건으로 그들을 설득했고 또 거기에다 북한에서 홍콩, 동경을 거쳐 서울로 가는 것이 아니라 평양에서 차를 타고 개성으로 가서 판문점을 통과하는 '역사적 한반도 평화통일 선봉단' 방안을 약속했다. 그러자 "그러면 가겠다"고 21명이 신청했다.

1991년 평양 주최 국제의원연맹(IPU) 총회 본회의장에서 브라질의원단 석에 앉아있는 김홍기 브라질 의원단장 보좌관

나는 전부터 남북한 평화통일에 기여하리라는 꿈을 키워왔는데 이번에 그 기초를 쌓아야겠다는 생각으로 추진한 일이었다. 나는 움베르토 루쎄나 의장과 당시 브라질 대사 김기수 장로를 한자리에 모아 이같은 방안을 설명했다.

김 대사와 나는 같은 장로라 상당히 친하게 지냈는데 고향 방문 얘기를 하면 정색을 하고 "아니 북한에 뭘 볼게 있다고 가느냐"며 부정적이었다. 그런 김 대사에게 자초지종을 설명하고 이번에 브라질 대표단의 일원으로 평양에 들어간다는 말을 했을 때 역시 펄쩍 뛰면서 "안되면 어떻게 하려고 그런 약속을 하느냐"며 걱정을 했다.

나는 김 대사에게 "북한은 내가 책임질 테니 남한은 당신이 책임져라. 우리 일행이 판문점을 통과하는 순간을 TV, 라디오 할 것 없이 전 세계 매스컴을 동원해 보도하면 세기의 뉴스가 될 것이며 당신은 영광의 꽃다발을 받게 될 것이다"라고 강하게 밀어붙였다.

평양에 도착한 브라질 대표단은 IPU 총회에는 관심이 없고 하루 빨리 총회가 끝나 한국에 가려는 생각뿐이었다. 나는 도착 첫날부터 그쪽 관리에게 판문점 통과 이야기를 꺼냈다. 브라질 대표단이 판문점을 통해 한국에 가는 것은 남북 평화통일에 다리를 놓는 상징적 의미가 있으므로 꼭 추진해달라고 얘기했다. 당시 북한은 '남미의 미국'격인 브라질과 수교(修交)를 맺고 싶어 하는 입장이어서 일단 환영하는 눈치를 보이면서 당(黨)에 보고한 뒤 보자고 했다. 북한은 당에서 당론으로 결정이 되어야 모든 일이 추진되는 시스템이었고 외교부는 그저 하나의 창구에 불과했다.

그 때 도움을 준 이는 김용순 당시 조선노동당 대남담당 비서였는데 그는 내게 "김일성 수령에게 이야기해서 성사시켜줄 터이니 염려하지 말라"고 했다. 브라질 국회의원들은 매일같이 졸라대고 나는 또 김 비서에게 간청하면서 시간은 흘러갔다.

1991년 평양 개최 제85차 IPU(국제의원연맹) 총회에 참가한 김홍기 박사(브라질 22명의 의원단 대변인 겸 단장 보좌관)와 움베르또 루쎄나 단장과 브라질 외무성 아시아 국장이 평양 시내 한 건물에서 기념촬영.

평양 IPU 총회 풍경 이모저모

이 판문점 통과 이야기의 결말은 뒤에 쓰기로 하고 평양 IPU 총회에서 있었던 에피소드 몇 가지를 돌아본다.

한국 대표단으로는 단장 박정수 국회 외무위원장을 필두로 정재문, 박영숙 의원 등 15명이 참석했는데 박영숙 의원은 평민당 부총재로 내 평양 친구였다. 북한 당국은 같은 동포가 왔다며 특별대우를 한다는 핑계로 안내원 한 사람을 붙여줬다.

이름이 안내원이지 감시원이어서 혼자서는 아무데도 못 가게 했다. 브라질 국적의 나는 가고 싶은 곳 마음대로 다니는데. 또 사진기 하나도 못 가지고 다니게 해서 아마 내가 카메라를 안 가져갔으면 그 사람들 김일성 주석하고 사진도 못 찍었을 것이다.

한국 국회 본회의장의 다섯 배쯤 되는 대강당에서 회의를 진행했는데 바깥엔 의자 몇 개 갖다 놓은 커피바가 있었다. 회의 도중 지루하니까 몇몇 사람들이 나와 커피 한 잔을 마시는데 해방 후 좌익지도자였던 여운형씨 딸이 북한 국회 부의장 자격으로 참석해 그 자리에 함께하기도 했다.

또 북한 최고인민회의 대의원, 우리로 치면 국회의원들은 가는 데마다 따라붙는 사람들이 있었다. 김일성 배지를 단 감시원들로 한국 국회의원들과는 직접 말을 나누지 못하게 딱 붙어다녔다.

한 번은 남북한 국회의원 몇몇이 한 자리에서 우연히 만난 적이 있었다. 박정수 단장 옆에는 내가 앉았는데 아주 서먹서먹한 분위기였다. 그때 북한 의원 옆에 자리한 새까만 선글라스를 낀 감시원 한 사람이 그 분위기를 녹여보려는 의도인지 박정수 단장에게 "당신네들 임수경이와 문 신부는 언제 풀어줄 거요?"라고 물었다.

한국외국어대 학생으로 평양축전에 참가해 인민영웅이 되었다가 한국에 돌아가 구속됐던 그 임수경과 문규현 신부 얘기였다. 화젯거리를 만든다고 함경도 사투리로 툭 던진 말인데 박 단장은 이걸 시비로 받아들였다.

나는 함경도 말을 아니까 그것이 시비조가 아닌 것을 알았지만 경상도 출신인 박 단장은 그 감시원이 시비를 건다고 생각해 "당신네들, 저 아오지 탄광에 잡혀 있는 15만 명의 정치범은 언제 석방시킬 거요?"라고 응수했다.

자칫 싸움이 날 지경이어서 나는 "사상 처음으로 남북한 국회의원들이 만났는데 서로 껴안지는 못할망정 이렇게 시비를 걸어서야 되겠느냐"며 "함경도 말과 경상도 말의 주파수가 안 맞아 생긴 일이니 서로 이해하고 넘어가자"고 중재했다.

나중에 박 단장과 다시 대화할 기회가 있었을 때 나는 박 단장에게 "조크로 받아주고 점잖히 대했더라면 좋았을 것을 너무 심각하게 받아들인 것 아니냐"고 나무랐다. "우리는 민주주의 한답시고 사법부가 국회의원 말을 듣기나 하냐? 그 사람 석방시키는 건 사법부에서 하는 일이고 우리는 삼권분립이 돼서 간섭을 못 한다고 얘기하면 우리는 민주주의고 너희는 독재를 한다는 이야기를 고단수 조크로 점잖게 짚어낼 수 있지 않았겠냐"고 했다. 박 단장은 그 순간에는 열이 받쳐 미처 생각이 안 났다고 했다.

내가 브라질 대표단의 판문점 통과를 조른 것처럼 한국 국회의원들은 도착하자마자 금강산 관광을 요구했다. 북한 당국은 차일피일 미루다가 하필 한국의 박정수 단장이 대표 연설하는 날 금강산 관광을 허가했다. 그리하여 정재문 박영숙 의원을 제외하곤 모두들 금강산 구경을 떠나고 나는 박 단장 대표연설 때 혹 썰렁할까 우려해 브라질 볼리비아 아르헨티나 등 남미국(南美國)에 부탁해 박수부대를 만들어주었다.

1991년 평양 주최 국제의원연맹(IPU) 세계대회에 참가한 브라질 국회의원 단원 김홍기(예선)의원이 평양 만경대에서.

1991년 국제의원연맹(IPU) 세계대회 중 북한 조선노동당사 앞에서 브라질 여성의원과 함께.

불발로 끝난 판문점 통과 한국행

다시 브라질 대표단의 판문점 통과 한국행 이야기로 돌아간다. IPU 총회가 끝나기 하루 전 북한 외무부의 최 모라는 차관이 브라질 대표단을 만나러 찾아왔다. 나는 이제 희소식이 왔구나, 이 사람들 그동안 준비하느라 오래 걸렸구나 하는 헛꿈을 꾸면서 그들을 맞이했다.

내 앞에 차관하고 비서하고 국장하고 서너 명이 앉았는데 얼굴을 보니 이거 틀렸구나 하는 생각이 들었다. 아니나 다를까, 대뜸 판문점 통과는 안 되겠다고 하는 게 아닌가. "이유가 뭐냐"고 얼굴이 시퍼렇게 된 내가 따지고 들자 옆에 있던 브라질 국회의원들도 일이 틀어진 것을 대충 짐작하는 눈치였다. 최 차관은 안 되는 이유를 정리를 해서 나온 듯 말을 이었다.

첫째, 판문점은 국경이 아닌 휴전 분계선으로 UN 치하에 있어 우리가 마음대로 못하며 둘째, 브라질 의원들은 북한에 온 국빈(國賓)인데 판문점에 가게 되면 신변을 책임 못 진다는 것이었다. 그래서 당론(黨論)으로 허락을 못하니 양해를 해달라는 게 최 차관의 얘기였다. 브라질 의원들은 "어이 킴! 당신이 우리 판문점을 통과해 서울로 데려간다지 않았냐. 어떻게 된 거냐"고 항의를 해댔고, 나는 변호사 근성으로 최 차관에게 따졌다. "국경선이 아닌 것은 세상이 다 알지만 예외 전례(前例)가 있지 않느냐? 임수경 하고 문 신부도 세계의 이목이 집중된 가운데 판문점을 통해 도보로 남하하지 않았느냐. 왜 우리는 못 하냐. 또 UN과 당신들의 권한이 문제가 된다면 우리에게 맡겨라. 신변 보장과 관련해서도 당신들이 책임 안 져도 괜찮다는 각서를 쓰면 되지 않겠냐"고 조목조목 반박했다. 그러나 최 차관은 궁색하게 이해해달라, 미안하다는 말만 거듭하고 자리를 떴다.

이로써 브라질 의원들의 판문점 통과 이벤트는 결국 무산되었는데 돌이켜보면 나의 잘못도 있었다. 브라질 의원들에게 판문점 통과 이벤트는 비밀로 해달라고 신신당부를 했지만 워낙 말하기를 좋아하는 그들은 아르헨티나 볼리비아 등의 국회의원들에게 이 이야기를 풀어놓았고 그들 남미 의원들은 "왜 너희들만 가느냐. 우리도 가게 해 달라"고 소리 높여 주장했으며 급기야는 유럽과 이집트 국회의원들까지 줄을 섰다.

그러니 북한 당국이 감당 못할 정도로 일이 커진 것이다. 또 하나 내가 김기수 대사에게 부탁한 대로 한국에서는 대대적인 영접 준비를 하고 기다리고 있었는데 그 소식이 북한에도 알려진 것이다.

내가 김용순 비서에게 졸라댈 때 '통 큰 정치'를 보여달라고 강조했는데 남쪽에서 먼저 하고 있으니 그들로서는 이 이벤트를 실행한다 해도 뒷북을 치게 되는 셈이어서 받아들일 수 없었던 것이다.

그리하여 브라질 국회대표단은 홍콩, 동경을 거쳐 귀국했고 나만 홍콩에서 한국으로 들어왔다.

평양 IPU 총회 보고대회에 참석

국회에서 주최한 평양 IPU 총회 귀국보고대회가 롯데호텔에서 열렸다. 경제인 위주로 200여 명이 참석한 이날 보고대회에 나는 초빙연사로 초대를 받았다. 초빙연사는 단장으로 갔던 박정수 국회 외무위원장, 박영숙 의원 그리고 나 세 사람이었고 한 사람당 30분씩 강연시간을 줬다.

처음 연단에 선 박정수 의원은 북한의 경제수준이 6 · 25전쟁 이전의 우리 50년대 수준으로 아주 낮다면서 "고위 간부라고 하는 사람들이 입은 옷도 아주 남루했고 겉으로는 번지르르한 아파트도 안은 아주 볼품이 없었으며 냉장고를 열어봤더니 콜라 한 병이 없었다"고 했다.

또 김일성만 죽으면 당장 그 이튿날 통일이 되겠다고도 했다. 그 다음 박영숙 의원이 연단에 섰는데 그는 "우리 이야기 들어봐야 그게 그걸 터이니 브라질 의원인 김 박사 이야기를 들어보자"며 30분 강연시간을 나에게 양보했다.

1991년 평양 IPU 총회 참가 귀국보고대회 두 번째 연사인 박영숙 평화민주당 부총재가 자기 시간 30분을 김홍기 브라질 의원에게 양보 선언하는 장면.

내가 연단에 서서 보니까 맨 뒤에 앉은 중년신사들은 딱 봐도 안기부 사람들이었다. 해서 나는 박 단장의 강연도 귀에 걸린 터라 작심하고 강연을 시작했다. "대한민국 국회를 대표하고 정치 대선배인 박 의원께서 한 이야기에 내가 건방지게 무슨 토를 달겠느냐마는 한두 가지 부연하고 싶은 이야기가 있으니 양해해달라"고 운을 뗀 뒤 "경제수준이 6 · 25전쟁 이전의 우리 50년대 수준이고 옷은 남루하기 짝이 없다는 말씀을 하셨는데 나는 김일성 대학교 얘기를 해보겠다"고 이야기를 풀어나갔다. "평양 인민학습당에 가 보았는데 서울시 도서관의 5배는 되는 것 같더라. 3천만 권 이상 소장하고 있다 해서 공산권 책만 있나 봤더니 서방의 민주주의 철학책도 많이 있더라. 내가 그쪽 교수협회 회장이나 변호사협회 회장을 만나봤는데 바로 밭일을 하다 와서 그런지 손이 솥뚜껑 같았다. 우리는 겉모습만 보고 남을 평가하는데 이거 뜯어고쳐야 한다"고 했더니 모두들 눈이 휘둥그레졌다.

나는 말을 이어갔다. "일요일 날 대동강 강변에 나가보니 가족 단위로 도시락 싸가지고 피크닉을 많이 나왔는데 못사는 가운데서도 화기애애한 분위기더라. 구석에서는 젊은 남녀가 뽀뽀도 하더라구요."하니 모두들 웃음보가 터졌지만 "내가 이야기하고 싶은 요지는 우리는 상대적 빈곤이고 저쪽은 절대적 빈곤이어도 웃음이 있고 행복이 있다는 것이며 냉장고에 콜라 한 병 없는 것도 나도 없고 옆집도 없고 다 없으니까 신경을 안 쓴다"고 하니 다들 시퍼래졌다.

나는 김일성 관련 얘기도 했다. "김일성이 죽으면 당장 통일이 되겠다는 얘기를 박 단장께서 했지만 나는 오히려 김일성이 죽으면 남북한 통일이 더 어려울 것이라고 본다. 왜냐하면 김일성은 누릴 것 다 누린 사람으로 이제 남은 야심은 남북통일밖에 없다. 그것이 무력 남침 통일이면 우리한테는 참 골치 아픈 문제겠지만 통일병에 걸린 사람은 감성적일 수밖에 없다. 감성적인 사람이 이성적인 사람보다는 협상이 쉽다. 그런 뜻에서 김일성이 죽으면 통일이 어렵다는 얘기를 한 것이다."라고 강연을 매듭지었다.

도널드 그레그 미국대사와 만찬 환담

평양 IPU 총회에서 나는 주한 아일랜드 대사인 미스터 라이언을 만난 일이 있었다. 그는 런던대학교에서 영어를 가르치다 그곳에 유학온 한국 학생을 만나 결혼을 했고 그 후 아일랜드 초대 대사가 되어 평양 IPU총회에 아내와 같이 참석한 것이다.

나를 만나자 "당신 평양 사람이냐? 내 아내도 평양 출신이다."라며 반가워했다. 그는 "내가 평양에 온 것은 아일랜드만 대표해 온 것이 아니라 유럽 14개국의 EEC(유럽경제공동체)를 대표해서 온 것인데 한국에서 왔다고 괄시를 받는 것 같다. 그런데다 평양에 아는 사람이 하나도 없어 혼자 돌아다니고 있다"고 푸념했다. 그래서 내가 평양의 고위층을 다 소개해줬더니 한국에 오면 꼭 연락을 하라고 신신당부를 했다.

귀국보고대회를 마친 뒤 그에게 연락했더니 저녁식사를 같이 하자는 것이었다. 그날 아침 전화가 걸려와 "당신을 꼭 만나고 싶어하는 사람이 있는데 내가 초대해도 되느냐"면서 내게도 초대하고 싶은 사람이 있으면 같이 나오라고 했다.

나는 오랜 지인인 조선일보 편집국장 출신의 주돈식 논설위원과 같이 나갔다. 누가 나를 그렇게 만나고 싶어 하는지 궁금해하며 기다리는데 노부부가 터벅터벅 걸어오는 것이었다. 도널드 그레그 미국대사 부부였다. 그레그 대사는 CIA 극동아시아 총책임자로 있다가 주한(駐韓) 대사로 온 정보통으로 북한 정권에서도 좋은 평가를 받는 이였다.

서너 시간 동안 만찬을 하면서 여러 얘기들을 나눴는데 그가 처음에 한 얘기는 "북한은 미국을 어떻게 보고 있느냐"는 질문이었다. 나는 "'미친 도깨비'로 취급한다"고 김용순 당비서에게 들은 말을 그대로 전했다.

북한을 수차례 방문한 도널드 그레그 전 주한 미국대사

김용순 당비서는 평양에서 나를 만난 자리에서 "1차 걸프전쟁 때 보니 미군이 삽시간에 어디서 나타나는지 기동력이 빠른 데다 탄도미사일은 백발백중이다. 그런 미국이 남조선에 핵폭탄 탄도미사일을 천개 이상 배치해놓고 우리 같은 조그만 나라를 상대로 싸움을 거니 미친 도깨비가 아니냐"고 했던 것이다.

나는 남한에 천 개 이상의 핵무기 미사일이 배치됐다는 얘기는 그때 처음 들은 것이어서 그레그 대사에게 그게 정말이냐고 물었지만 그레그 대사는 NCND, 즉 시인도 부인도 하지 않았다. 그러면서 금년(91년) 안에 오키나와에서 뜨는 항공기에 실은 것을 제외하고 7함대와 육지에 배치되어 있는 것은 모두 철수한다고 했다. 그는 내게 "우리가 어째서 조선인민공화국을 상대로 싸움을 하겠느냐. 구(舊)소련이나 중공을 상대로 한 것인데 자기들을 상대하고 있는 거라 생각하면 과대망상증 환자다. 당신이 북한에 있는 친구들한테 망상을 없애라고 이야기해 달라"고도 했다. 나는 실제 그 이듬해 김용순 비서를 만나 그 이야기를 전했다.

나는 이 얘기도 했다. "남한은 반세기 동안 미국식 소비주의형 자본주의 영향을 받았다. 북한도 개방되면 물질 만능주의가 판을 칠 것이고 그러면 쉽게 이길 수 있다고 여기고 있지만 그게 아니다. 내가 평양에 갈 때 맥도널드 샌드위치 하나, 코카콜라 한 병, 샤넬5 향수 한 병 그거 세 가지만 가져다주면 저 놈들 육체가 흐물흐물해지고 정신무장이 해이해질 것이라 생각했지만 일주일도 못가서 그게 잘못이라는 것을 깨달았다. 당신이 삼국유사를 읽어봤다니까 하는 얘기인데 북쪽 사람들은 고구려의 기상이 DNA에 박혀 있다. 고구려는 역사상 침략을 당해본 적은 있어도 정복을 당해 본 적이 없다. 그래서 북쪽 사람들은 국가주권에 대한 긍지와 민족적 우월감이 대단히 크며 그것이 생리화돼 있다. 나도 고구려의 피가 흐르는 까닭에 이번에 북한에 가서 그런 점을 느꼈다. 그 사람들이 겉으로는 남루하게 보인다고 만만히 상대하다간 당신들이 당한다. 그걸 알아야 한다"고 했다.

이렇게 딱딱한 이야기만 오가니까 그레그 대사 부인이 "정치 이야기 그만하고 부드러운 얘기 좀 하자"며 거기 여자들은 어떻게 사느냐고 물었다. 나는 "가난하고 못사는 나라지만 그들 나름대로 행복이 있고, 특히 자존심이 강하다"고 말하고는 체험담 하나를 얘기해줬다.

북한은 해외에서 온 국회의원 손님들을 접대한다고 고려호텔 1층 냉면집에 급하게 바를 차려놓고 호스티스도 데려다 놓았다. 내가 거기에 가 앉으니까 미인 호스티스가 "멀리서 오느라 고생했다"며 어깨 주물러주고 다리 주물러주고 까딱하면 남한 룸살롱으로 착각할 정도로 대우를 해줬다. "이거 잡수띠요." "저거 잡수띠요." 하며 매상 올리려 하는 것도 남한 룸살롱과 똑같았는데 단 한 가지 다른 것은 남한 룸살롱 호스티스는 번 돈이 자기 핸드백에 들어가는 것이고 북한 호스티스는 오로지 인민과 당의 호주머니를 위해 일한다는 것이다.

나는 전에 미국교포가 돈을 마구 뿌리며 건방을 떨다가 뺨 맞았다는 얘기를 들은 적이 있어 테스트를 한 번 해보기로 하고 "내가 지구 반대쪽 먼 데서 왔는데 기념품을 몇 개 가지고 왔다. 너한테만 주려고 하는데 눈이 많으니 나하고 같이 방에 잠깐 올라갔다 내려오자"고 했다. 그랬더니 그 호스티스가 "그건 안 된다"며 정색을 하고 단칼에 거절하는 것이었다. 자기들은 김일성 수령님한테서 임명장을 받은 '인민 여급'인데 모두가 애 엄마로 보통 여급과 달리 대단한 대우를 받는다고 했다. 사전에 경고를 받은 것이 다행이어서 나는 그 후로는 그들을 정중히 대했다. 이 얘기를 들은 미세스 그레그는 "그 케케묵은 수를 썼구만요. 이젠 그런 수는 안 통한다"고 웃고 그렇게 만찬자리는 끝나갔다.

북한의 개혁·개방 다리를 놓으려고

1991년 평양 IPU 총회 때 내가 브라질 국회의원 자격으로 브라질 대표단을 안내해서 갔다는 얘기는 앞에서 자세하게 썼지만 그때 나는 북한 고위직에 있던 여러 사람을 만나 부탁을 많이 받았다. 김용순 조선노동당 대남비서는 내게 브라질과 국교정상화를 하는데 도와달라고 했고 또 김달현 경제부총리는 경제사절단을 이끌고 브라질 방문을 하고 싶은데 다리를 놓아달라고 했다.

내가 이런 부탁을 받게 된 것은 내가 영향력을 가진 브라질 국회의원 자격이었고 게다가 평양 출신이었기 때문이었을 것이다. 김영남 당시 외교부장은 브라질 외교부 장관에게 '앞으로 친교(親交)를 쌓고 나아가서는 수교를 하자'는 내용의 친서를 전달해달라고까지 했다.

나는 북한의 개혁개방을 이끌려면 서방 사회와의 교류가 필수일 것으로 생각하고 적극 도울 결심을 했다. 북한과의 소통망을 계속 유지하는데도, 또한 북한을 음지에서 양지로, 즉 국제사회의 일원으로 끌어들여야 한다는 생각에 내가 초석을 깔아주었던 것이다.

그런데 후에 양국의 외무상과 외교부장(김영남) 양자 모두가 각각 국가 수반이 되어, 나를 통해 미리 맺었던 인연으로 수교가 어렵지 않게 성사되었다.

한편 김달현 부총리는 경제사절단을 이끌고 브라질 방문을 할 때 비수교(非修交) 국가이기는 하나 총리급 대우를 받을 수 있는 초청을 요구했는데 나는 브라질로 돌아와 바로 그 작업에 착수했다. 브라질 현역 상원의원으로 대단한 사업가였던 이를 통해 경제시찰 초청장을 만들었고, 이듬해인 1992년에 북한 경제시찰단이 브라질을 방문하게 되었다.

그런데 명단을 받아보니 김달현 부총리가 빠져 있었다. 김달현 부총리는 같은 시기 북한 사상 처음으로 한국을 방문하는 경제사절단의 단장으로 가게 되었던 것이다. 김 부총리는 내게 "미안하지만 리성록 무역부 부부장을 내 대신 보내니 나하고 똑같은 대우를 해달라"고 연락을 해왔다.

1992년 북한 무역부 리성록 부부장을 단장으로 한 사상 최초의 북한경제 사절단이 김홍기 박사의 중재로 브라질을 방문해 국회 국회상원경제분과위원회에서 경제협력 연설을 하는 장면. 왼쪽이 리성록 부부장, 브라질 국회 경제분과위원장, 오른쪽이 김홍기 박사.

총리급이 온다고 브라질 정부에 떠들썩하게 얘기하고 돗자리를 깔아줬는데 갑자기 자기는 서울로 간다면서 무역부 부부장을 보낸다니 꿩 대신 닭이라는 생각이 들어 기분이 좋지 않았지만 어쩔 수 없는 일이었다.

그런데 리성록 부부장을 만나보니 아주 좋은 사람이었다. 나는 그가 국회 연설을 할 수 있도록 주선했고 외무부 장관, 재무부 장관도 만나게 해주는 등 초라하지 않은 접대을 해줬다.

하루는 관광으로 상파울루에서 가까운 해수욕장을 찾아 정열적인 삼바춤을 추고 사탕수수에서 나오는 50도 넘는 독주도 한잔씩 같이 마셨다.

나는 그들 일행에게 성경책 하나씩을 주고 전도를 하기도 했는데 그 뒤 그들이 어떻게 받아들였는지는 모르겠다.

“브라질 철광석과 콩을 도입하게 해달라”

북한 경제사절단의 방문 성과로 이후 북한은 브라질에 무역대표부를 개설하게 되었고 김달현 부총리는 고맙다며 이듬해 나를 평양으로 초청했다. 볼 일 없이 들어오라고 할 리가 없다는 걸 알면서도 내 개인 일도 볼 겸 겸사겸사 평양에 들어갔더니 그는 대뜸 “인도네시아의 컨테이너 수백만 개 제작 프로젝트를 수주했는데 1년에 한 100만 톤씩의 브라질 철광원석이 필요하다”며 그 도입을 도와달라는 것이었다.

1993년 브라질에서 매년 철광석 100만 톤씩을 북한에 외상으로 거래될 수 있도록 주선해 성사됐다. 김홍기 박사(왼쪽)와 북한 김달현 경제부총리

브라질은 철광석이 세계에서 제일 많이 나는 나라였고 순도도 제일 높았다. 당시 한국의 포항제철은 거의 100% 브라질에서 캔 철강원석을 가져다가 썼는데 똑같은 철강원석을 1년에 100만 톤씩, 그것도 외상으로 대달라는 것이다.

나는 “북한에서도 철강원석이 나지 않느냐”고 물었다. 그는 북한에서도 원석이 나지만 질이 떨어지니 브라질 것하고 반드시 섞어서 컨테이너를 만들어 달라고 요구하고 있다는 것이다. 인도네시아는 수천 개의 섬으로 이뤄진 나라로 그 섬에 사는 주민들에게 곡물이라든지 생필품을 운반하려면 수백만 개의 컨테이너가 필요한데 그것을 북한에서 만들어 납품할 계획이어서 이에 필요한 브라질 철강원석을 요구한 것이었다.

사실 브라질 입장에선 100만 톤의 철강원석은 아무 것도 아니지만 문제는 외상으로 대달라는 것이었다. 당시 공산권 경제상호원조회의(코메콘)에 20억 달러 이상의 빚을 못 갚고 있는 처지의 북한에 외상을 줄 나라는 지구상에 없었다.

나는 브라질로 돌아와 브라질 국철(국가철강산업) 총회장을 만나 이러한 북한의 계획을 얘기했다. 그의 첫 반응도 "뭘 믿고 북한에 외상을 주느냐"는 것이었다. 광산에서 광물을 캔다고 하면 일단 광구를 파고 들어가 다이너마이트를 터트린다거나 하여 캐야 하지만 브라질은 달랐다. 지하에서 캐는 것이 아니라 산더미에 다이너마이트를 터트리면 주저앉은 산더미가 모두 쇳덩어리인 것이다. 그렇게 많이 나는 철강석을 팔기 위해 브라질은 공산권인 헝가리나 체코슬로비아에까지 브라질 뚜바룽 시에 있는 것과 똑같은 시설을 만들어줬다.

이것은 25만 톤짜리 배가 항구에 들어서면 컨베이어 벨트가 바로 그 철광석을 운반해 공장으로 들어가는 시설이다. 나는 브라질이 안 팔리면 내다버릴 정도로 철광석이 많은 데다 북한도 언젠가는 외상을 갚지 않겠느냐는 논리로 그에게 떼를 썼다. 그는 나의 어거지에 "북한에서 생산하는 게 뭐가 있냐"고 물었고 나는 석탄이 많이 난다고 했다.

그랬더니 그는 철강원석과 석탄의 콕스를 맞교환하면 되겠다는 결론을 내렸다. 석탄에서 추출하는 콕스는 제철소에서 24시간 가동하는 용광로의 연료로 쓰인다. 그러나 사실 북한에서 나오는 석탄은 질이 나빠 콕스를 추출하지 못하는데 내가 그를 속인 셈이다. 어쨌든 바터(barter) 형식으로 브라질 철강원석 도입과 대금 결제 문제는 해결되었다.

이제 이 철강원석을 북한에 어떻게 들여가느냐는 문제가 남았다. 김달현 부총리는 그 전에 내가 최소한 5만 톤을 실은 배가 들어갈 수 있는 항구가 있느냐고 묻자 남포나 청진 혹은 나진항이 가능하다고 큰소리를 쳤다. 원래는 25만 톤 내지 30만 톤을 한 번에 실어야 경제적이지만 북한에 그런 항구가 없다는 것을 알기에 최소한 5만 톤을 얘기한 것이다. 경제부총리가 호언장담을 했기에 나는 그 말을 믿었다. 나는 속으로 한국의 포항제철에 25만 톤을 들여가서 그것을 나눠 싣고 남포로 들어가면 되겠다고 생각했다. 그러면 5만 톤이 아니라 한 3만 톤짜리 배만 들어가도 되는 것이었다.

그런데 북한에 가보니 그건 전혀 불가능한 이야기였다. 3만 톤은커녕 겨우 2만 톤짜리 배가 기항할 수 있는 항구를 그제서야 만들고 있는 것이었다. 그것도 구소련 기술자들을 동원해서 축항(築港)을 하고 있었다.

나는 김 부총리에게 "아니, 당신 나를 국제사기꾼으로 만들 작정이냐. 남의 나라 대통령까지 움직여서 그 어려운 부탁을 성사시켰는데 이게 어떻게 된 일이냐"고 강력히 항의했다. 그는 쩔쩔매면서 중공업부장인가를 불렀다. 중공업부장과 함께 배석한 보위부원 등은 한결같이 5만 톤짜리 항구는 어림도 없고 2만 톤짜리도 6개월 지나야 준공이 된다고 이구동성이었다. 나는 어이가 없었지만 한 가지 아이디어가 떠올라 그에게 제안했다.

당초 포항제철이 있는 광양만에 25만 톤을 들여가서 그것을 나눠서 선박으로 북한에 보내려 한 것인데 그것이 안 된다면 열차로 하면 어떻겠냐는 제안이었다. 다시 말하면 남쪽의 신세를 좀 지자는 것이다. "남북한을 잇는 열차 철로는 6 · 25전쟁 때 폭격으로 끊어졌지만 끊어진 20km 복원하는 데는 두 달도 안 걸린다. 그거 복원해서 조선인민공화국 국기와 대한민국 국기 나란히 걸고 남한에서 철광석을 실어 올라가면 될 거 아니냐"고 했다.

그는 잠시 침묵하더니 "그러면 남조선을 통과해야 된다는 얘기냐"고 물었다. 나는 "배로 올라오는 것도 남한 신세를 지는 것이다. 열차로 올라올 경우 통과비를 주면 이쪽의 체면도 서는 일 아니냐"고 했다.

그들은 고개를 갸우뚱하더니 "기왕 봐주는 김에 하나만 더 봐 달라"고 했다. 북한의 콩 절대수요가 20만 톤인데 10만 톤밖에 생산이 안 되니 최고의 콩 생산국인 브라질에서 나머지 10만 톤을 채워줄 수 없겠느냐는 것이다. 그것도 외상으로 말이다.

나는 "철광원석은 국가 간 거래라 외상이 가능하지만 곡물은 민간에서 1년도 전에 시카고 시장에서 예매를 하는 것이어서 외상이 불가하다"고 잘랐다. 그런데 명색이 경제부총리란 자가 이것도 모르고 있는 것이어서 나는 "당신 경제부총리가 맞냐"고 물었다. 그는 헝가리에서 화학을 공부했기에 경제엔 문외한이라 했다.

나는 그에게 "곡물 등 생필품을 다량으로 장기간 수입하는 것은 흔히 있을 수 있는 일이지만 그것을 단선(單線)에 의존하면 나라 망하는 길이다. 브라질에 있는 괜찮은 땅을 30년 내지 90년 할부로 사서 당신들이 자랑하는 농업기술자들을 시켜 콩 농사를 지으면 안 되겠느냐. 큰 돈 안들이고 브라질 땅을 사는 것은 내가 도와줄 수 있다"고 했다. 그는 "영농자금은 누가 대냐"고 물었고 나는 제3국에서 꾸면 되지 않겠느냐고 했다. 그러자 그는 얼토당토않게 미국은행에서 융자를 받아달라는 얘기를 했고 나는 멀리 갈 것 없이 남쪽에서 꾸자고 했다. 그건 안 된다고 고개를 절레절레 흔들던 그는 나의 거듭된 설득에 사흘만 말미를 달라고 했다. 그래서 사흘 동안 골프엔터테인을 받고 있는데 그가 찾아와 "김일성 수령이 오케이를 했다"고 전했다.

김일성 수령이 이거 누가 가지고 온 안(案)이냐고 물어 김홍기 박사라고 했더니 그렇다면 하라고 했다는 것이다. 내 자랑 같지만 그 정도의 신뢰를 쌓을 만큼 내가 일을 해준 결과였다. 김일성은 처음엔 나를 미국 CIA 요원, 한국 안기부 요원으로 오해를 했지만 나중엔 나를 '성질은 못돼 먹었지만 경향은 좋은 놈'이라고 했다고 한다. 여기서 경향이 좋다는 말은 성향, 즉 성품이 좋다는 뜻이다.

"나를 워싱턴 스파이로 만들려 하느냐"

평양에 머물며 북측 고위 인사들과 의미있는 대화를 이어가던 중 대로(大怒)한 적이 있다. 북측 보위부의, 여기로 말하면 안기부 넘버2 정도 되는 사람이 나를 초대소(영빈관)에서 대접한 자리가 계기가 됐다. 내가 털거이, 우리말로 하면 털게를 좋아한다니까 한 바구니를 삶아왔고 고관대작들만이 마신다는 금강산 옥수(玉水)로 만든 술도 가져왔다. 정말 술술 넘어가는 좋은 술이었다.

그런데 그 보위부 책임자 녀석이 뭐라고 하는가 하면 "우리는 미국에 있는 UN 대표부에 오래 나가있더라도 미국 내에서 25마일만 넘게 여행하려면 국무성의 허가를 얻어야 한다는 등 행동의 규제가 많아서 미국 정보를 얻을 수가 없다. 김 박사 선생은 워싱턴에 자주 간다니 우리 좀 도와주어야 하겠다"는 것이었다. 나는 등골이 오싹할 정도로 기분이 나빠 "아니 나더러 스파이를 하라는 거냐"고 정색을 하고 따졌다. "여기도 내 고향이고 아랫동네 남쪽도 내 고향이기 때문에 언젠가 평화통일을 위해서 보탬을 주려고 이렇게 왔다 갔다 하는 건데 기껏 나를 워싱턴 스파이 만들려 하는 거냐"고 쏴댔다.

그러니까 그 친구가 안절부절하고 있었다. 가만히 보니 그게 그 사람 뜻이 아닌 것 같아 "그 일을 수령님이 시키던?"하고 물으니 묵묵부답이었다. 나는 그에게 돌아가서 내 말 그대로 전하라며 "이 김홍기는 조선인민공화국 정부패도 아니고 그렇다고 대한민국 정부패도 아니며 7천만 민족패다. 내가 국제적으로 좋은 자리에 있으니 북한이 서방사회에 경제 진출하는데 조금이라도 도움을 줄까 해서 왔다 갔다 하는데 기껏 나를 스파이로 쓸 생각을 한다면 번지수를 잘못 짚어도 보통 잘못 짚은 게 아니다"고 했다.

그가 가서 아마 그대로 전한 것 같은데 이때 김일성이 "김홍기가 처음 왔다 갔다할 때 그놈의 새끼 미국 CIA나 남조선 안기부원로 알았지만 우리에게 도움을 주고 다니니까 경계할 수도, 잡아넣을 수도 없었는데 가만히 보니 이것도 저것도 아니냐. 김홍기 그놈이 성질이 못돼 먹어서 그렇지 경향은 좋은 놈이야."라고 했다는 것이다. 내 덕에 모기관의 위원장(장관급)으로 영전했던 리성록의 전언이었다.

이렇게 김일성이 오케이한 브라질 철강원석 도입과 콩 농사는 결론적으로 얘기해서 그 당시 경색된 남북관계 탓에 한국 정부에서 소극적 반응을 보여 성사되지 못했다. 특히 철강석의 포항–청진 간 육로수송 가능성은 요원했다. 나는 사실 북한의 민주화로의 체제변화를 위해 나름대로 묘안을 낸 것이었는데 아쉬웠다.

콩 농사를 위해 브라질에 보낼 미혼(未婚)의 농업기술 인력 5천명을 6개월에 한 번씩 바꾸자는 제안이 바로 그것이다. 겉으로는 브라질에서 6개월 넘게 지내면 이들이 자칫 남미의 자유분방함에 물들게 되니 6개월에 한 번씩 바꾸고 여기 보위부에서 감독관 5명을 보내 감시 감독하에 일을 시키면 된다고 그들을 안심시키는 한편, 주말에는 반드시 외출을 시켜야 한다고 토를 달았다. 그렇게 하지 않으면 브라질 인권법에 저촉되니까. 주말에 그들이 외출하면 어차피 동포들을 만날 것이고 그런 만남이 지속되면 그들은 사상적으로 흐물흐물해질 것이고, 또 브라질은 인종차별이 없을 뿐 아니라 동양 사람에 대해 호감을 갖고 있기 때문에 현지 미녀들과 이성교제 기회도 생겨 그 자유분

방한 정서에 완전히 심취될 가능성이 있다.

그렇게 되어 체질개선된 5천 명이 6개월에 한 번씩 북한으로 돌아가면 폐쇄된 사회에 자유주의 바람이 일지 않겠느냐는 것이 나의 복안이었던 것이다.

나는 바로 한국에 내려와 김영삼 대통령에게 이 제안을 상세히 설명하도록 시도했지만 청와대 측은 "그 참 좋은 사업, 어려운 일을 관철해서 가지고 온 것은 대단하지만 지금 남북관계가 경색돼 있으니 풀릴 때까지 조금 기다려 보자"는 것이었다. 그런데 얼마 지나지 않아 김일성 주석이 사망했고 이 계획은 안타깝게 그대로 묻혀버리고 말았다.

한국기업의 브라질 진출에 일조(一助)

내가 한국기업의 브라질 진출에 한몫을 했다는 얘기도 잠깐 곁들인다. 나는 한때 브라질 상공(商工)연맹 국제경제 담당 고문으로 있었는데 그때 한국의 전경련(全經聯)을 방문하고 이제는 한국경제가 양적(量的) 성장을 넘어 질적(質的)으로 업그레이드 할 때가 온 것 같다는 생각으로 한국 대기업의 브라질 진출 길잡이가 돼야겠다고 마음먹었다. 그리하여 삼성물산, 뒤를 이어 삼성전자의 브라질 현지 정착에 따른 법적 수속을 도왔다.

더 큰 것은 자동차였다. 당시는 현대자동차에서 처음 생산한 포니가 어쩌다 우루과이에 몇 대 정도 수출할 때였는데 나는 한국 자동차의 브라질 진출에 앞장서기로 했다. 브라질은 남미의 다른 나라들과 달리 자동차공업이 일찍부터 아주 대규모로 발달한 나라였다. 왜냐면 땅도 넓지만 이미 1956년도에 포드자동차 조립공장이 들어섰고 뒤를 이어 폭스바겐, 피아트, 심지어는 트럭이었지만 메르세데스 벤츠 조립공장도 들어왔다.

나는 현대와 기아자동차 회장을 직접 찾아가 만났다. 당시 현대자동차 회장은 정주영 씨 동생인 정세영 씨였고 기아자동차 회장은 중장 출신의 민경중 장군이었다. 브라질 진출에 머뭇거리는 그들에게 나는 "거기 시장이 엄청나기 때문 성장성에 있어 다른 나라와 비교가 안된다"고 바람을 잔뜩 넣었다. 나는 한편으로는 그동안 유대관계를 맺고 있던 오지리스 실바라는 공군 장성 출신의 연방 상공부 장관을 찾아가 한국의 폭발적인 경제력을 이야기하면서 한국의 자동차를 브라질에 진출시켜야 한다고 설득했다.

1985년 현대전자 전시장 방문을 계기로 정주영 회장과 만나 현대전자 탄생의 역사 얘기를 들었던 김홍기 박사

1983년 브라질 의원단과 함께 POSCO(포항제철)를 방문한 김홍기 박사

1985년 브라질 항공사 VARIG 회장단 일행이 한국을 방문해 김홍기 박사의 중재로 VARIG 브라질 항공사와 KAL 대한항공사의 브라질 상파울루시와 한국 서울시와의 상호 비행 노선이 설치 개통됐다.

그때는 일본의 도요타 지프차가 브라질에서 생산되고 있었는데 경쟁을 위해서도 한국 자동차를 진출시켜야 한다는 내 말이 결국 그의 결재를 이끌어냈다. 그렇게 해서 Made in Korea 자동차가 브라질에 들어오기 시작했다. 처음엔 기아의 봉고, 그 다음엔 6개월쯤 지난 뒤 이름은 기억이 안 나지만 현대의 4인승 세단이 들어왔다. 왜 6개월이란 시간이 걸렸나 하면 연료 문제 때문이었다. 브라질은 당시 석유파동에 대처하기 위해 알코올 연료를 개발했다.

브라질이 세계에서 제일 많이 생산하는 사탕수수에서는 설탕과 함께 알코올이 나온다. 알코올을 추출하는 공정을 보면 처음엔 먹는 알코올, 다음이 화장품용 알코올, 마지막으로 저급의 메틸알코올이 나오는데 이 메틸알코올을 자동차 연료로 쓰는 것이다.

Made in Brazil 자동차는 절반 이상이 알코올 엔진으로 이뤄졌고 브라질 주유소의 절반 이상도 알코올 펌프를 쓰고 있었다. 따라서 현대에서 그에 맞는 알코올 엔진을 연구하고 개발하는 데 6개월이 걸린 것이다. 그 후 브라질은 현대자동차의 3대 수출국가가 되었고 차츰 많은 대기업들이 브라질에 진출하기 시작했다.

대기업은 아니지만 진로 소주를 중심으로 진로그룹도 브라질에 진출했다. 내가 겨냥

한 것은 브라질의 알코올이었다. 사탕수수에서 추출하는 알코올의 3분의 1은 마시는 알코올이었고 그것에 물을 타서 희석시킨 것이 바로 우리가 마시는 소주인 것이다.

나는 진로에 브라질의 사탕수수 농지와 알코올 생산 공장을 구입해 현지 생산을 할 것을 제안했다. 마침 진로의 회장이 내 처사촌이었고 그도 솔깃해 이를 추진했는데 문제는 자금이었다.

당시 진로는 대기업 수준이 아니어서 외국의 차관을 받기도 힘들었기 때문에 외국 기업과 파트너십을 하는 방법밖에 없었다. 그런데 당시 진로와 파트너십으로 인삼주를 일본에 수출하고 있던 산토리 위스키회사가 있었다. 나는 이 회사에 브라질에서 진로와 동업을 하는게 어떻겠냐고 물었고 이 회사는 마침 브라질에 위스키 공장이 들어갔는데 거기랑 동업을 하자고 했다.

나는 상파울루시에서 한 두어 시간 남쪽에 있는 브라질 옥토 흑토(블랙소일)의 보고(寶庫), 삐라시까바시(市)에서 한 농업그룹 소유의 사탕수수밭을 찾아냈다. 2만5천 헥타르나 되는 엄청난 규모였고 사탕수수에서 알코올을 추출하는 공장도 2개나 있었다. 삐라시까바시 시장이 가와사키라는 일본 철강회사에 넘기려 흥정하는 것을 시장과의 친분을 이용해 내가 빼돌려 새마을본부 회장 전경환 씨를 소개시켜줬고 그래서 진로에 그걸 팔게끔 일을 벌였다.

그러나 사업 파트너인 산토리는 자금 압박을 받았는지 투자를 못하겠다고 하여 결국 그 일은 실패로 돌아갔다. 가와사키라는 큰 회사와 거래를 중단시키고 이쪽으로 돌리기까지 상당한 노력과 시간과 돈이 들었는데 아쉬운 일이 아닐 수 없었다. 그래도 좌우간 브라질에 진출은 해야겠기에 진로가 브라질 알코올을 도매해서 한국의 20개 기업에 파는 일을 내가 도왔다. 또한 한국 궁중 전통요리를 주 메뉴로 한 1급 레스토랑이 상파울루 최고 번화가에 자리 잡게 도운 일도 있었다.

브라질 변호사 활동 '추억의 사건들'

브라질에서 변호사 생활을 하면서 여러가지 재미있는 사건, 또 슬픈 사건도 많이 겪었다. 나는 한 15년 동안 브라질의 유일한 한국 출신 변호사였기에 한국 교포의 형사·민사·노동·이혼 등 모든 사건을 거의 도맡다시피 맡아서 변호했다.

그 중에 기억에 남아있는 한 사건이 있다. 브라질에는 한국의 본격 이민이 시작하기 훨씬 전 정착한 6·25 전쟁포로가 50명 정도 있었다. 이들은 반공(反共)포로 석방 때 처음 인도를 택해 갔다가 적응이 잘 안 돼 브라질로 온 케이스인데 그 중 한 사람이 살인사건에 연루돼 10년 여 옥살이를 하고 있었다. 그때 어떤 교회 목사가 그가 충분히 옥살이를 했으니 나더러 그의 신원보증을 서서 석방을 시켜줬으면 좋겠다고 부탁했다. 나는 그가 그동안 개과천선(改過遷善)했을 것으로 생각해 일단 가석방으로 나오는데 힘을 썼는데 그가 다시 살인을 저질렀다.

그는 일종의 정신착란증 환자였는데 그 발작이 10년여 만에 다시 나타나 생때같은 중국인 세 명의 생명을 뺏은 것이었다. 중국식당에서 밥을 먹다가 주인과 반찬투정 시비가 벌어졌고 그때 그가 확 돌아버려 집에 가서 권총을 가져와 남자 하나와 여자 둘을 그 자리에서 쏴 죽인 것이다. 나는 그의 정신병력을 파악하지도 못한 채 그를 풀어줬고 본의 아니게 세 명의 생명이 스러지는데 일조한 꼴이 돼 후회가 막급했던 사건이다.

또 하나 브라질에 신판례(新判例)를 남긴 사건도 있었다. 두뇌가 뛰어난 한국 학생들이 브라질 고등학교를 채 졸업하지도 않은 채 남미의 명문인 상파울로 주립대 공대와 의대 시험에 각각 합격했다.

그런데 고등학교 졸업증명서가 없다고 하여 입학 등록이 거부됐고 소송이 벌어졌다. 사실 고등학교를 졸업하지 않고 대학에 입학하는 것이 불가하다는 것은 세계적으로 극히 당연한 일이었다.

그러나 나는 두 학생이 너무 아까웠다. 두 학생은 브라질에 온 지 18개월밖에 안됐지만 그동안 브라질 말을 다 배워서 최고 명문대학 입학시험을 치렀고 치열한 경쟁을 뚫고 합격을 한 것이다.

나는 미국 독일 프랑스 등 전 세계 판례를 다 가져다가 열심히 변론했지만 1심에서는 지고 말았다. 1심 판사는 "말이 되는 소리를 해라. 고등학교 졸업장 없이 대학에 입학하는 그런 법이 있는 나라가 어디 있냐. 하다못해 검정고시라도 봤어야 하지 않겠느냐"는 취지로 판결을 한 것이다.

나는 2심에서도 다소 무리가 있지만 '형식주의 대 실리(실용)주의' 논리를 펼쳤다. "입학시험이란 것은 그 공부를 할 자격이 있느냐 없느냐를 가리기 위한 것 아니냐. 학생의 능력을 평가할 다른 방법이 없기에 시험이라는 수단을 사용하는 것이 입학제도라고 전제를 할 때 시험을 통과한 학생을 다른 조건 없이 받아들이는 것이 국가적 사회적 인류적 이익이 아닐 수 없다.

이 학생들은 물론 1년 있다가 대학에 들어가도 분명 들어갈 것이지만 한창 피어나는 꽃을 사회제도 때문에 쉬게 하면 다시 피어난다는 가능성이 줄어들 것 아니냐"고 주장했고 결국 내가 2:1로 승소하여 400년 전통을 뒤집었다. 나는 그런 판결이 나올 동안 입학 불가에 가처분 신청을 해서 그 학생들이 청강생 자격으로 대학에 다닐 수 있게 했다. 1년 뒤 3심에서 이 판결이 확정이 될 때까지 그들은 불안한 가운데 1년여를 청강생 자격으로 공부했다.

상파울로 주립대 공대에 합격한 학생은 최동호란 학생이었는데 나는 그 때 "상파울루주립대 공대 입학시험에 합격한 학생들은 앞으로 알버트 아인슈타인이 될 가능성이 있는 천재들인데 이렇게 싹을 자르면 어떻게 하느냐"고 변호하면서 상파울루주립대 법무팀 변호사 30명을 상대했다. 그 중에는 법무부장관 출신으로 내 무료변호를 해줬던 이도 있었다. 그들은 전 세계에 통용되는 원칙을 강조했고 나는 현실 실리주의로 맞섰는데 결과적으로 자이언트들이 모인 상파울루주립대 법무팀을 내가 이긴 것이다.

10년여 전 쯤 내가 미국에 있을 때 한 호텔에서 키가 훤출한 미남청년이 예쁜 아가씨를 데리고 내게 꿈뻑 인사를 하길래 누구인지 기억이 나지 않아 "누구시던가?" 물으니 자기가 그 최동호라는 것이었다. 반가운 마음에 지금 뭐 하고 있느냐고 물으니 미국 스탠포드대학에서 석 · 박사를 하고 IBM에서 엔지니어로 근무하고 있다고 했다. 나는 내가 마치 그이 대부라도 된 것처럼 흐뭇했다. 의대에 갔던 학생은 졸업 뒤 비로 개업해 지금은 소형 종합병원 원장으로 있다.

소유권 연한(年限)을 줄인 판례를 만든 일도 있었다. 지금은 고인이 됐지만 교포 한 사람이 상파울로 외곽 주인 없는 빈 땅에 집 한 칸 지어놓고 조그마한 양식 어장을 만들어 5년 넘게 생활했다. 그동안 땅 주인은 나타나지 않았고 이 교포는 욕심이 생긴 모양이었다. 당시 브라질엔 외부 방해 없이 토지세를 내면서 주인행세를 해온 사람에게는 점유권이 소유권화 되는 법이 있었다. 시내 땅은 10년, 시골 땅은 20년이 연한이었다. 그 교포는 이 10년 연한을 5년으로 줄일 수 없겠냐고 나에게 들고 왔고 나는 판사와 협의하여 5년 동안 도시 내에 점유권 행사를 부단히 한 사람은 그걸 소유할 수 있다는 판례를 만들었던 것이다.

2002년 월드컵 막후 비사

2002년 월드컵 진행 중 포루투갈 등의 경기를 관전하기 위하여 경기장 VIP 라운지에 모여 칵테일을 마시면서 시합전 상호 교제를 하고 있던 세계 축구 관계 인사들 가운데 나는 브라질축구연맹 회장 리까르도씨와 브라질 문예부 장관과 둘러서서 담소를 하고 있었다. 그런데 바로 그 자리에서 볼성사나운 한 장면을 보게 되었다.

2002년 월드컵경기 중 울산경기 VIP 라운지에서 만난 아벨란제 FIFA 총재와 김홍기 월드컵 조직위원회 국제고문 그리고 그 맞은편에 악수를 청하고 있는 정몽준 월드컵 조직위원회 공동회장

FIFA(국제축구연맹) 조앙 아벨란제 회장이 우리들이 있던 방향으로 오고 있었는데 그때 아벨란제 회장에게 인사를 하기 위해 정몽준 한국축구연맹 회장 겸 2002년 월드컵 조직위원회 공동회장(박세직씨와 공동 회장)이 다가오자 아벨란제 회장은 그와 눈도 맞추지 않고 피하며 그대로 스쳐지나가는 것이었다.

이 눈뜨고 볼 수 없는 현장을 목도한 나는 아벨란제 옹에게 말했다. "아니, 세월이 10년이나 흘러갔는데 아직도 용서하지 않으셨습니까?" 그는 "한국에는 돈으로 만사를 해결하려는 저런 사람밖에는 대통령을 할 사람이 없는가?" 하며 잘라 말했다. 그랬다. 이는 10년 전으로 뒤돌아가 생각해볼 사건으로 연결되는 에피소드로 시작된 극단적 반목 현상이었다.

월드컵 조직 공동 위원장 고 박세직씨와 오랜 친분을 가졌던 나는 당시 조직위원회 국제 고문이었는데 실은 10년 전부터 나는 한국 정부 요청에 의하여 브라질을 비롯한 남미 국가들의 지지표를 얻기 위한 로비 활동에 올인하고 있었다. 남미 국가들이 표는 브라질이 리드하고 있었고 일본의 캠패인과 로비는 당시 일본 총리를 필두로 치열했다. 나는 아벨란제 등과의 친분도 있었지만 상파울루주 축구협회의 고문이었으며 에드와르도 파라 협회장과 막역한 사이로 로비 활동에 비교적 좋은 조건을 갖추고 있었다.

나는 처음부터 월드컵을 따게 되면 남북 공동 개최로 이끌어 한반도 평화통일에 기여한다는 신념으로 캠페인을 펼쳤다. 여러 대학과 내가 자문위원으로 관계하던 브라질 상업연맹회 등을 상대로 "일본은 경제적 이익만을 추구하고 있지만 한국은 그보다도 더 절실한 한반도 평화통일을 위해 월드컵 주최를 하려고 한다"며 나는 사방으로 뛰어다녔다. FIFA 헌장에도 존재의 목적을 '세계평화'로 삼고 있었기 때문에 "한국개최를 지지하여야 한다"는 테마로 전개하며 많은 호응을 받았다.

이 호소를 듣고 알게 된 후 사실은 친일 정서가 강했던 아벨란제 회장과 화라회장도 깊은 고민에 빠지게 되었다. 여기서 짚고 넘어가야 할 한 대목은 브라질 사람들의 친일 정서는 매우 자연적인 것이었다. 1895년 명치시대(明治時代)에 시작한 일본 이민은 현재는 200만이 넘고 당시도 약 150만의 이민자들이 브라질 사회의 여러 방면에 안착하고 있었다.

게다가 축구라는 스포츠 관계는 아주 친밀하였었다. 지코(Zico)라는 전설적 브라질 축구선수가 이미 오래 전부터 일본 축구 감독으로 채용돼 일본 축구를 한국 수준까지 올려 놓은 상태였었다.

또한 일본 사람들은 일세기를 넘어 브라질에 살면서 '성실', '정직', '근면'의 도덕적 세 기둥을 브라질 사회에 깊이 심어놓아 브라질 사람들에게 존경받는 민족이었다. 이러한 상황을 감안하여 볼 때 한국 단독 개최는 참으로 쉽지 않은 일이었다.

2001년 다음 행사를 치를 월드컵 경기에 '시합편조회의'에 참석한 블레터 FIFA총재와 김홍기 2002년 월드컵조직위원회 국제고문, 그리고 장소를 제공한 안상영 부산시장.

2002년 월드컵 한일 공동개최 뒷얘기

한국과 일본 사이에 2002년 월드컵 유치 경쟁이 한창 벌어질 당시 한국 정부는 대사관을 통해 내게 협조를 부탁했다. 브라질은 월드컵에서 이미 세 번 우승을 한 축구의 메카일 뿐 아니라 브라질 사람인 아벨란제가 FIFA 회장을 25년 동안 장기집권하고 있었다. 따라서 남미 전체 표는 브라질이 가는 대로 따라가는 형편이었다.

나는 상파울루 총영사와 함께 유치운동에 나섰다. 나는 내가 국제경제 담당 고문으로 있던 상공연맹 회원과 교편을 잡았던 각 대학 교수 학생들을 모아두고 아벨란제 회장에게 했던 얘기를 다시 되풀이했다. "지금 1달러를 더 벌려고 각 나라가 노력하는 것은 마찬가지다. 일본이 1엔을 더 벌려고 하고 한국이 1원을 더 벌려고 하는 건 지당한 요구다. 일본은 한국보고 88년 올림픽을 해서 수지를 맞췄으니 월드컵은 자기네 차례라고 주장하지만 일본도 64년에 올림픽을 했으니 1:1로 상쇄됐다"고 이야기를 풀어가면서 "그러나 비영리단체로서 돈을 제일 많이 버는 FIFA 정관 1장을 보면 존재목적이 세계평화다. 월드컵은 며칠 만에 경기가 다 끝나면 열기가 금방 식지만 남북한 통일 기회로 월드컵을 선용한다면 그 개최 의의는 영원히 남을 것이다"고 강조했다.

사실 일본은 축구에 있어서 브라질의 유명선수인 지코를 코치로 스카웃하는 등 브라질과 밀접한 관계를 맺고 있었고 150만 명이 넘는 일본인들이 브라질에 살고 있어서 우리와 상대가 되지 않는 것이 사실이었다. 나는 아벨란제 회장을 붙들고 눈물의 설득을 했는데 그는 나중에 내게 "월드컵으로 평화를 만들 수 있겠고 또한 한국과 일본과의 피눈물의 역사 응어리를 풀어줘야겠다는 생각으로 공동개최가 적절한 해법이라는 결론을 내렸다"고 고백했다. 그 덕에 한국과 일본이 공동개최에 이르게 된 것이다.

이러한 사실이 왜곡돼 '정몽준 축구협회 회장이 한국 단일 개최국으로 거의 성공시킨 것을 친일파인 아벨란제 FIFA 회장의 방해로 좌절, 일본과 공동개최로 낙착된 것'으로 전국 매스컴을 통해 호도되는 역사적 오판이 있었으나 진실은 그 반대였다. 아벨란제 옹의 현명한 '중재'가 아니었다면 일본만으로 낙착됐을 것이다. 여하튼 FIFA 사상 최초의 공동 개최였다.

그 뒷얘기를 더 풀어놓자면 한국에서는 정주영씨 아들로 현대그룹의 황태자인 정몽준 FIFA 기술이사가 세계를 돌아다니며 유치운동을 벌였고 나는 당시 주돈식 문화체육부 장관을 통해 아벨란제 회장의 한국 방문을 추진했다.

그런데 아벨란제 회장이 한국엔 절대 안가겠다고 버티는 것이었다. 아벨란제 회장 말에 따르면 어느날 리오 사무실에 현대서 생산한 고급차를 몰고 정몽준이 나타났는데, "창밖으로 저 차를 보세요." 하기에 "저게 무슨 차냐"고 물으니 "현대에서 막 생산한 첫 번째 차인데 당신에게 선물로 주려고 가져왔다"고 했다는 것이다.

아벨란제 회장은 그 자리에서 "나를 잘못 봐도 분수가 있지. 나는 선물 받고 누구 편을 드는 그런 사람으로 보이느냐?! 나한테 와서 로비하는 건 시간 낭비, 돈 낭비다."라고 불쾌감을 드러냈다고 했다. 나는 "한국에서는 누구를 만나면 선물을 하는 관례가 있고, 정몽준 이사가 나이가 어려 잘못 헤아린 것 같으니 용서해달라"고 변호하고 넘어갔는데 그게 끝이 아니었다.

정몽준 이사가 세계를 돌아다니면서 아벨란제 회장이 브라질 축구연맹 회장으로 있는 사위에게 FIFA 회장직을 세습하려 한다고 떠들고 다닌다는 것이다. 정몽준 이사는 당시 스웨덴의 요한슨 회장을 FIFA 차기 회장으로 밀고 있었는데, 아벨란제 회장은 "자기 뜻에 맞는 사람을 지지하는 건 상관없지만 왜 내 욕을 하고 다니냐"며 앙앙불락하면서 정몽준이 있는 한 한국에는 절대 안 간다는 것이었다.

당시 FIFA 총재였던 아벨란제 사진화보 일생기는 16개 국어로 번역해서 세계로 나갔다. 한국어로는 김홍기 박사가 번역, 5천 부 발행하여 일본과 한국의 '단독 주최국 경쟁' 전선에서 '로비'용으로 활용. (서울신문사 발행)

그리하여 아벨란제의 한국 방문은 수포로 돌아갔고 나는 차선책을 택했다. 그때 아벨란제 회장은 일종의 화보(畫報) 자서전을 10여 개 국가에서 발간했는데 나는 한국에서도 출판 허가를 얻어 서울신문에서 5천부를 찍었고 그걸 아벨란제 회장에게도 갖다 줬다. 말하자면 아벨란제에게 고등뇌물을 준 셈이다.

월드컵 '남북한 단일팀' 무산된 이유

나는 앞서 얘기했지만 월드컵이 세계평화에 기여하고 그 첫걸음으로 남북한 통일에 기여하는 기회로 여겼기에 남북한 단일팀 구성을 제의했다.

우리나라 헌법 제3조는 '대한민국의 영토는 한반도와 그 부속도서로 한다'로 돼 있으므로 북한 주민은 당연히 대한민국 국민이기에 한국 선수로 선발하는 것은 문제가 없다는 논리를 내세웠다. 그것이 안 되면 한국 주최 절반을 북한에 주자고도 했다.

나의 이 제안은 FIFA를 설득하기에 충분했으나 한국 당국의 완강한 반대로 무산되고 말았다. 당시 문화체육부 책임자는 나한테 "이게 말이 되느냐. 우리가 월드컵을 유치하느라 얼마나 많은 국력을 썼는데 이걸 왜 북한하고 나눠 먹느냐"고 했다. 나는 아쉽기 그지없었다. 만약 성사됐다면 한국의 5대 대기업이 북한에 경기장을 지어줄 수도 있었을 것이고 그게 바로 통일로 가는 길이 아니었을까.

월드컵을 앞두고 한일 양국에 조직위원회가 꾸려졌는데 한국의 조직위원장은 박세직 씨가 맡았고 나는 국제고문 1호로 추대됐다. 나는 아벨란제에게 얘기해서 박세직 조직위원장에게 축전을 보내게 했다. 아벨란제가 내게 "도대체 박세직이란 사람이 누구냐"고 물었을 때 나는 "두 차례 장관 및 서울시장을 지냈으며 특히 88 서울올림픽 조직위원장을 맡아 88 올림픽을 성공적으로 치른 사람"이라고 자랑했고 아벨란제'는 "그런 사람이 월드컵을 맡아 다행"이라며 축전을 띄운 것이다.

그 후 월드컵 첫 16강을 향한 국민토론회에 특강 요청을 받아 잠실에 간 적이 있다. 나는 강연에서 "우리가 16강에 들려면 우선 코치를 브라질 코치나 아르헨티나 코치로 바꿔야 한다"고 강조했다. 거기에 곁들여 "브라질 사람들은 대화할 때도 양보를 좋아하는 기질을 가진 대륙인인데 단 한 가지 양보를 안 하는 것이 축구 얘기다. 브라질 사람들은 모두 축구박사여서 그렇다"고 브라질 사람들의 축구사랑 얘기를 한 기억도 난다.

브라질 민정 초기 부통령의 한국 방문 주선

나는 브라질에 있는 동안 한국과 브라질 삼부요인의 교환 국빈방문을 추진했는데 그 첫 열매가 브라질 부통령 율리세스 기마랑에스를 한국에 모셔 수행한 일이다. 율리세스는 세계적으로 유명한 비교헌법학 석학으로 민주투사였다.

그는 서슬이 시퍼런 군정(軍政)기간 동안 야당지도자로서 발길에 차이고 맞으면서도 가열찬 민주주의 투쟁을 한 노익장으로 문민정권의 초대 부통령이 되었다.

1980년 김홍기 박사 중재로 한국을 국빈방문한 브라질 부통령 율리세스 기마랑에스박사 (헌법학자)가 건국대학교에서 명예박사학위를 받는 장면.

그는 건국대에서 명예박사 학위를 받고 '브라질의 민주투쟁 역사'를 주제로 강연을 했는데 나는 통역을 맡았다. 그의 강연은 2천 명 이상의 학생이 모여 5분 이상 기립박수를 할 정도로 열기가 뜨거웠다.

그는 "우리는 민주주의란 꽃을 피우기 위해 영원토록 노력하고 투쟁해야 한다. 우리 인간, 다시 말해 시민은 국가 아래에 있는 것이 아니고 국가보다 먼저 있고 위에 있다.

인간을 위함이 아니면 정치고 민주주의고 필요 없다. 정치란 공동사회를 이루고 있는 구성원 한 사람 한 사람의 행복을 추구하기 위해 필요한 것이다. 정치하는 사람들은 머리를 구름 위에 두고 발은 땅에 디뎌야 한다. 이상만 가지고 정치하면 붕붕 떠다닐 수 있으니 현실에도 바탕을 두어야 한다"고 강조했다.

한국과 브라질 삼부요인의 교환 국빈방문을 추진해온 김홍기 브라질 한인변호사협회 회장은 1993년 이일규 대법원장의 브라질 방문을 성사시켰다. 그 뒤를 이어 브라질 대법원장 조재 다 씰베이라의 한국 답방이 이뤄졌다. 브라질에서 이일규 대법원장 일행과 김홍기 회장의 기념촬영.

제5장

미국 교포로 세계무대를 뛰다

세계한인변호사협회 회장에 당선, LA로 이주

1988년 6월 뉴욕에서 한국 변호사들과 해외 한인 변호사들이 모여 세계한인변호사협회가 역사적 출범을 했다는 얘기는 앞에서 쓴 바 있지만 당시는 냉전시대의 영향 탓으로 한국 변호사들과 해외 변호사들의 사고방식에 큰 괴리가 있었다. 남북한 통일문제뿐만 아니라 국제 교류 문제에 이르기까지 대화가 순조롭지 않았다. 게다가 수시로 만날 수 없는 거리인 데다 회장단을 서울에만 두고 일을 거기서만 처리를 하려니까 여간 불편한 것이 아니었다.

해외 변호사들 사이에서는 한국 변호사들과의 결별 얘기까지 거론됐다. 그래서 그 대안으로 나온 것이 한국 변호사 한 명, 해외 변호사 한 명의 공동회장 제도였다.

마침 1993년 샌프란시스코에서 열린 총회는 2년마다 돌아오는 회장 선거가 예정돼 있었다. 그래서 해외 변호사 몫 회장으로 나를 포함해 4명이 출마했는데 '브라질 촌닭'인 내가 덜컥 당선됐다. 그런데 브라질에서 협회 일을 보는 것이 여간 불편한 것이 아니어서 사무실을 LA로 옮겼다. LA가 서울에서 가는 시간과 브라질에서 가는 시간이 똑같은 한복판에 놓여 있는 까닭이었다. 결국 나는 LA로 재이민, 재이주를 하게 되었다.

사하공화국과의 인연, 고려인 양아들 '대통령 꿈'

러시아 사하(Sakha)공화국과의 인연은 나의 양아들이 된 '알렉산더 김(Alexander Kim)' 박사로부터 시작되었다.

알렉산더 김을 처음 만난 것은 1992년 '밝은사회 국제대회'(조영식 박사 총재)가 경희대학교 본교 강당에서 열렸을 때였다. 당시 러시아 대표로는 모스코바에서 온 쏘모노프라는 전 소비에트 대사가 단장으로 알렉산더 김과 함께 참석하였다.

1990년 소비에트 해체와 더불어 독립한 사하공화국은 92년 입헌민주공화국으로 주권선언을 하며 새 국가로 탄생했고, 알렉산더 김은 공화국의 변호사요 국립대학 교수로 재직 중이었다. 한국어는 못할망정, 고려인 3세의 동포청년을 만나게 되니 숨은 진주를 발견한듯 기쁘기 한량 없었다.

1995년 러시아의 신생민주공화국인 사하공화국의 초대 법무장관 고레프 여사의 자문관 추대를 수락한 김홍기 박사가 장관실에서 주요 인사들과 민주법치자문회 일환으로 삼권분립의 민주철학에 대해 얘기하는 모습. 정면 중앙 김홍기 박사, 왼쪽 여성은 고레프 법무장관, 오른쪽은 사하공화국 수도 야쿠츠크 시장, 건너편이 사하공화국 국회의장.

그와의 인연으로 사하공화국 국립대학교에 초청돼 1년에 한두 번씩 2주일에서 1개월 격으로 특강(민주주의 헌법개론 및 법철학개론등)을 하게 됐다. 그 연장선에서 공식 명예교수로 추대를 받게 되었고, 루드밀라 고래바 법무장관(현재 대법원장)의 청으로 신생 민주공화국의 사법기관 정립을 돕게 되었고, 나아가 미하일 니콜라에프 초대 대통령의 고문이 되었다. 그리고 알렉산더 김은 거의 동시에 대통령궁 비서실장이 되었다.

1993년 세계한인변호사협회 샌프란시스코 연차총회에서 초대 해외회장으로 당선돼 총부회장 및 지역 부회장을 임명할 때 사하공화국 대통령 관저에서 대통령 입회하에 알렉산더 김에게 전 러시아 연방 대표 부회장 임명장을 수여했다. 왜냐면, 주권선언 후 독립공화국으로 탄생했으나 얼마 안돼 보리스 옐친 대통령의 획책(?)에 의해 CIS(독립국가연합)에 가입 못한 채 Russian 연방으로 다시 끌려들어가게 되었다.

2007년 사하공화국 여성부통령을 방문한 김홍기 박사. 알렉산더 김 국회부의장(오른쪽), 사하공화국 체육부 장관과 외무차관보 쏘바노바 여사(왼쪽)

여하튼 알렉산더 김은 그 덕으로 '전 러시아연방 변호사총회'의 부회장으로 임명되었다. 나는 그때를 기하여 알렉산더 김을 사하공화국의 대통령으로 만들어야겠다는 결심을 하며 그에게 그 꿈을 향해 같이 나가보자고 결의를 다지게 되었다.

하여 알렉산더 김을 미국으로 초청해 LA 시의회에서 강연, LA 명예시민권 수여, 수도 워싱턴 국회 및 백악관 방문, 그리고 뉴욕 방문 중 다이아몬드 상가를 시찰하게 하며(세계의 다이아몬드 1/4이 사하공화국 생산이기 때문) 미국 최고 다이아몬드 거상 모리스 템펠스만(미국 존 F. 케네디 대통령의 부인 재클린 케네디 오나시스의 생애 마지막 10년을 동거했으며, 세계에서 제일 큰 다이아몬드 알을 선사한 것으로 유명) 회장과 후계자 아들까지 면담 시키는 등 다양한 커리어를 쌓게 했고, 이러한 미국 순례행보를 촬영해 사하공화국에서 귀국보고를 시킴으로써 국제적 인물로 부각시켰다.

1999년 사하공화국 국회부의장 알렉산더 김이 한국을 방문, 고려인으로 차기 대통령 후보로 출마할 것을 선언하는 기자회견을 양아버지 김홍기 박사와 함께하는 모습.

알렉산더 김은 민속체육회 회장, 노동조합위원장, 양궁 동메달리스트 등 여러모로 알려져 국회의원으로 직접 출마하겠다는 의지를 보였으나 이를 만류하고 수도 야쿠츠크 시의원으로 출마시켜, 시의회 의장으로 만든 다음, 국회의원으로 당선돼 국회부의장으로 등장하기까지 동행협력을 도모해주었다고 생각한다. 그후 자력으로 사하공화국 헙법재판원 원장(10년 임기)을 역임한 후 은퇴해 현재는 여러 사회단체 기관장으로 활동하며 차기 대통령 출마를 준비하고 있다.

5,100km 시베리아-평양-서울 천연가스 송유관 프로젝트

나는 1995년 사하공화국 국립 대학교 명예교수로 특강을 하며, 미하일 니콜라에프 사하공화국 대통령의 고문을 하고 있을 때였다.

나는 그 나라 대통령을 비롯해 내각 전원 및 금융계와 국영가스 공사 회장 등 경제 과학 기술계 대표들을 포함한 약 40명의 대 사절단 방한을 주선 · 안내하여 김영삼 대통령 정부와의 경제협력 체결을 도모했다.

사하공화국 니콜라에프 초대,2대 대통령과 김홍기 박사

그 연장선에서 사하–중국–평양–서울까지 5,100km의 가스 송유관 건설 계약 체결을 도모했던 일에 대하여 요약 기술한 바가 있다.

보다 더 구체적으로 설명하자면, 그 사업의 일환으로 8인 기획위원회(한국측은 대우 2명, 한국가스공사 2명과 사하공화국 · 가스공사 4명)를 구성해 예비타당성 조사(한국 측 미화 천만 달러 현금 투자와 사하 측 같은 금액의 설비투자)를 4개월 만에 완료했으나 대우 측의 얄팍한 '상업계산'에 의한 배신행위로 양국이 각각 일억 달러씩 투자하기로 한 프로젝트는 타당성조사 착수단계에서 진행이 중단돼 실패로 돌아갔다.

즉, 대우그룹 김우중 대표가 사하공화국 옆에 위치한 키르기스탄에도 천연가스가 나오는데 황해를 통해 서울까지 끌어가면 송유관 거리가 1,000km 이상이 짧아지므로 마대한 코스트 절감이 된다는 단순한 '장사꾼의 계산'으로 키르기스탄과 접촉하고 있는 사실을 알고 배신감에 크게 분노한 니콜라예프 사하 대통령은 나에게 이렇게 말했다. "한국의 최고 재벌 두 사람인 정주영 씨가 3년 동안, 김우중 씨가 1년 간 모스크바와 야쿠츠크(사하 수도) 간에 먼지를 풍기며 끊임없이 왕래를 하더니만 이제는 나와 한국 정부 수반과 체결한 계약도 무시한 채 키르기스탄까지 쑤셔대고 다니는 사기한들과는 다시는 거래치 않을 것이오."라며 잘라말했다. "김우중이를 만나면 전하라." 하며 "우리 양국에는 '선린협정(이웃 나라 간의 협정)'이 돼 있으므로 헛발질 실컷 해보라고 하라"며 니콜라에프 대통령이 절대 키르기스탄 가스 사업은 불가능할 것이라는 예고를 하였다.

나는 그의 노기를 달래며, "한국에는 '정경유착'이라는 대기업과 정부 간의 절대적 관계가 있어 그간 대통령이 바뀐 한국의 청와대와 유착된 대기업도 현대에서 대우로 자리가 바뀌었습니다. 내가 청와대를 방문해 김우중 씨의 잘못된 '상도행로'를 바로잡고 돌아올 터이니 그때까지 일단 참고 인내하여 주십시오."라고 말했다.

1995년 김홍기 박사가 주선한 사하공화국 초대 대통령 미하일 니콜라에프와 경제사절단의 한국 방문과 한국-사하공화국 경제협정 체결, 특히 그 일환으로 '사하-평양-서울'을 잇는 5,100km의 송유관 건설사업협정을 성공리에 마치고 사하 수도 야쿠츠크에 돌아와 축하연을 즐기고 있는 장면. 그 사업 전모와 배경 설명을 하고 있는 김홍기 박사.

그의 불평 불만도가 좀 잦아드는 것을 보고 나는 서울로 직행했다. 마침 청와대에는 나와 평소 교분 관계가 좋았던 한승수 씨가 김영삼 대통령의 비서로 발탁돼 있었다. 나는 그를 찾아 위의 황당한 사실을 알리며 "내가 이런 일로 김우중 씨를 찾아 만나기가 쉽지 않으니 그를 청와대로 불러주시요."라고 부탁했다.

본래 조용한 신사인 한 실장은 내게 말하기를 "그런 일은 비서실장인 나보다 경제수석이 다루는 것이 더 효과적일 것입니다." 하며 경제수석이라는 사람을 불러 나에게 소개해주었다. 나는 그에게 김우중 씨의 황당무계한 행각을 알리며 "김우중 씨는 단순한 장사꾼의 계산으로 그런 경거망동을 일삼은지 모르겠으나 그는 대우라는 한국 첨단 기업을 대표하기 때문에 국격을 대표하는 경제 부총리 버금가는 재벌로서 국가 수반들 간에 체결된 국제 계약을 헌신짝 취급해서야 되겠습니까. 그를 불러다 단단히 일러주세요."라고 호소했다. 그는 스스럼 없이 강한 경상도 말투로 응답하기를 "장사꾼이 지 돈 가지고 지가 할라카는데 내가 뭐라카겠습니까?"라고 하는 것이었다.

나는 이 어처구니 없는 말에 말문만 막힌 것이 아니라 마음의 문도 닫히고 말았다. 이 엄청난 동북아시아의 지각 변동에다 한반도 평화통일의 지름길이 되는 '황금프로젝트'는 여기서 일단락짓고 말았다.

2007년 서울에서 열린 사하공화국 투자설명회에서 스티로프 대통령과 함께한 김홍기 박사

그 뒤를 이은 김대중 대통령 정부는 노벨평화상 수상 노력 집중에 여념이 없어 그냥 지나갔고, 노무현 대통령 때에 마침 오랜 교분의 반기문 외교수석이 청와대에 입성했기에 당시 사하공하국 국회 부의장으로 있던 나의 양아들 알렉산더 김에게 그 가스 프로젝트 서류 일체를 가지고 서울로 나오도록 지시했다. 당시 사하 정부는 위의 가스 프로젝트를 갖고 중국과 밀착 교섭 중에 있던 터라 국가 기밀서류로 다루던 그 프로젝트 서류를 어렵사리 구해서 나왔다.

알렉산더 김을 대동하고 청와대를 방문해 반기문 수석에게 그 서류 일체를 주어 노 대통령에게 브리핑하게 하여 프로젝트의 재기를 도모했다. 때마침 노 대통령은 러시아 국빈 방문 계획으로 푸틴 대통령과 곧 만나게 돼 있어 기회가 좋다고 반기문 수석이 말해 희망을 크게 걸었다.

러시아 여행을 마치고 돌아온 얼마 후 난 청와대를 다시 방문했다. 반 수석은 다음과 같은 실망스러운 전언과 더블어 그 프로젝트의 종지부를 찍게 됐다.

반 수석은 "푸틴 대통령과 회담 중 노 대통령께서 사하공하국 가스를 서울까지 끌어가는 5,100km의 송유관 프로젝트의 얘기를 꺼내자 푸틴 대통령은 사하공화국 가스는 내가 정책적으로 유보하고 있는 부분이니만큼 천연가스 파이프 프로젝트를 말하려면 대신 사할린 가스를 얘기합시다 하며 사하 가스에 대한 말문을 서두에서 막아버려 더 이상 말도 못 붙이고 돌아섰다"고 했다.

다시 그 얘기는 이어 이명박 대통령 대로 넘어온다. 사실 그 프로젝트는 러시아 연방의 보리스 옐친 대통령과 사하공화국 미하일리 콜라에프 대통령 시대인 1994년도로 넘어간다. 그 당시 나는 사하공화국 국립대학교 명예교수로 추대돼 매년 한두 번씩 특강차 수도인 야쿠츠크 시에 한두 달씩 체류하곤 했을 때였다.

이명박 대통령은 통 큰 거시안의 비즈니스 귀재 정주영 회장을 수행하며 모스크바와 야쿠츠크를 왕래하여 그 가스 프로젝트를 정 회장과 함께 고안해낸 사하공화국의 오리지널 카운터파트너였고, 그 당시 니콜라에프 대통령의 고문 역으로 처음부터 동참하게 됐던 것이다.

따라서 이명박 대통령이 서울시장을 거쳐 대통령 취임 때까지 계속 교분을 유지해온 덕으로 대통령 취임식에 초대를 받아 미국 LA 사절단원으로 참가하게 됐다.

이명박 대통령은 취임 후 측근 비서를 보내 나를 찾게 했다. 그 비서는 "대통령님께서 산파역을 하셨던 사하공화국 '가스 파이프라인 프로젝트'를 원상대로 복원시킬 수는 없겠습니까" 하는 것이었다.

미련을 못버렸던 나는 "해봅시다." 하며 즉답을 전달했다. 희망에 가슴이 부픈 나는 곧바로 당시 한국 주재 러시아 대사를 찾았다. 마침 평소에 친했던 알렉스 슈르브린이란 러시아 대사관 상무 공사를 통해 KGB 출신의 나처럼 6개 국어에 능통한 스타니스라우 대사와 쉽게 교분을 쌓았고, 그에게 푸틴 대통령을 설득할 명분의 논리를 다음과 같이 제공해주었다. 즉, '평양을 통하는 5,100km의 송유관 프로젝트는 지구촌 지각변동 차원의 경제적 프로젝트의 경지를 초월해 한반도 평화통일과 직결된 프로젝트이며 한반도 평화는 동북아시아 평화에 불가결한 변수이고, 동북아시아의 평화는 러시아 연방의 평화와 불가분의 관계를 지니고 있다'는 것이었다.

2008년 러시아 국경일 때 한국주재 러시아 대사 스타니스라우 대사와 함께. 원래 KGB출신으로 6개 국어 능통해 김홍기 박사와 공통점이 많아 오랜 친분을 유지하고 있다.

러시아 대사는 본국으로 돌아가 자기의 옛날 보스였던 푸틴 대통령을 설득해보기로 약속했다. 나는 평양 당국과 사하를 맡고, 그는 모스크바를 맡아 세계 평화를 위해 한번 같이 뛰어보자고 굳은 약속까지 하였다. 그러나 금강산 관광객 박왕자의 북한 군사기지 보초병에 의한 사살 사건으로 남북관계가 급냉기에 빠지는 등으로 인해 후속 처리가 어렵게 되고 말았다. 좀 지쳐버린 나는 당시 사하공화국 헌법재판원 원장이 돼 있던 나의 양자 알렉산더 김이 사하 대통령이 될 때를 기다리기로 하고 그 프로젝트에 대한 미련을 일단 접기로 했다. 참으로 아쉬운 세기적 사업이었다.

'국제밝은사회운동본부' UN NGO 대표를 맡다

내가 브라질에 있을 때 '국제밝은사회운동본부'(GCS, Global Cooperation Society)라는 UN NGO의 브라질 지역 총재로 활동한 일은 앞서 얘기한 바 있지만 내가 미국으로 이주했다 하니 이 기구의 창립자인 조영식 박사가 나를 찾아와 이 NGO의 UN 대표를 맡아달라고 했다. 대표를 맡아 회의가 있을 때마다 '국제밝은사회운동본부'의 의견을 제시하고 또한 UN NGO 총회의 한국 유치에 힘써달라고 했다.

4천~5천개에 이르는 UN NGO는 1년에 한 번씩 총회를 여는데 그 총회를 한국에서 개최할 수있도록 로비를 해달라는 것이다. UN NGO에 가맹한 4천~5천 개의 기구를 운영 통솔하는 이사회가 UN빌딩 방 하나에 세를 들어 있지만 UN NGO는 전 세계를 대표하는 가장 중요한 기구다.

지구촌을 형성하는 우리 한 사람 한 사람이 주권자이며 그런 개인 자유인권주의 철학을 바탕으로 형성된 것이 바로 UN이다. UN 건물 벽 안벽 꼭대기에는 'We, The People Of The United Nations….'(국제 연합 민중인 우리는….) 이라고 새겨져 있을 정도다. 따라서 UN의 주인은 각국 정부를 대표하는 대사 195명이 아니라 우리 모두인 것이다. 나는 이를 깊이 인식하고 '국제밝은사회운동본부'의 UN대표를 맡아 민간외교 전개에 최선을 다했다.

UN에서는 미국, 영국, 프랑스, 중국, 러시아 5개국이 상임이사국으로 있는 안전보장이사회(International Security Council)가 가장 중요한 기구이고 그 다음 중요한 기구가 경제사회이사회(Economic Social Council)인데 이 기구엔 경제사회와 직결된 500여 개의 NGO가 가맹돼 있다. UN NGO가 4천~5천 개에 이른다는 것은 UN DPI(Department of Public Information· 공보국)에 등록된 것이고 경제사회이사회에 NGO로 가맹하는 것은 쉽지 않은 일로 까다로운 심사를 거쳐야 했다.

UN총회에서 선출된 경제사회이사회 이사국 중 19개 국가의 대사 혹은 공사급이 서류 심사를 하고 구두시험 같은 면접을 보는 것이다. 나는 '국제 밝은 사회 운동본부'의 위상 업그레이드를 위해 이 기구에 가맹을 신청했고 면접을 치렀다.

19명의 심사관이 집중적으로 질문한 '정부와의 관계', '정치적 영향 유무', '재정 출처' 등에 대해 나는 "'국제밝은사회운동본부'는 정부와 정치적인 관계가 없을 뿐아니라 정치적 영향도 안 받고 재정은 기부금 등으로 자체 충당한다"고 밝히고 '정신적 도덕적으로 어지러운 이 세계를 밝게 만들어 인간 평화세계를 만들어가자'는 국제밝은사회 운동본부의 철학을 강조했다.

이 심사에서 100점 만점을 받아 국제밝은사회운동본부는 경제사회이사회의 자문기구 지위를 획득했다.

'2002년 GCS(국제밝은사회운동본부, 조영식 총재)를 UN ECOSOC(경제사회이사회) 자문기관으로 승격시키기 위한 심사회 장면(1997년 5월 7일). 'ECOSOC 담당회원국'-19개 회원국 대표 대사 및 공사급이 심사관으로 김홍기 GCS UN-NGO 대표(강당 중앙)를 대상으로 심사질의 후 통과에 성공했다.

UN NGO 총회 한국 개최를 성사시키다

나는 본격적으로 UN NGO 총회의 한국 유치에 나섰다. 우선 부트로스 부트로스 갈리 UN 사무총장을 만났다. 그에게 UN NGO 총회를 한국에서 열게 되면 GCS 창립자 조영식 박사가 UN NGO 건물을 지어주겠다고 약속했다는 얘기를 전했고 그는 선뜻 추진해보자는 뜻을 밝혔다.

다음 실무를 담당하는 쏘렌슨 차장을 만났는데 그는 "단 한 가지 이슈를 가지고 세계대회를 준비하는데도 5년이 걸리는데 수천 개가 넘는 NGO 이슈를 한 곳에서 한꺼번에 논의하는 것이 가능하겠느냐"라며 나를 정신병자 취급을 하는 것이었다.

나는 물러서지 않았다. 내 논리는 간단명료했다. "공통 이슈는 총회에서 다루고, 개별 이슈는 워크숍에서 처리하면 되지 않겠느냐"고 항변했다. 결국 실제 일을 하는 NGO 운영이사회(UN-NGO Executive Committee)에서 이야기하고 거기서 오케이 하면 다시 논의하는 것으로 매듭지었다. NGO 운영이사회는 2년 임기로 선출된 21명으로 구성돼 있다.

나는 다시 NGO 운영이사회 총재인 엘레인 발도프 여사를 찾아갔다. 그는 "UN NGO 총회를 한국에서 여는 것에 원칙적으로 찬성하지만 내 마음대로 할 수 있는 것이 아니고 이사회에서 통과돼야 한다"고 했다.

나는 이사회 소집을 간청했고 드디어 이사회가 열렸다. 이사회에는 한국 사람도 한 명 있었는데 원불교 창시자의 따님으로 스탠포드대 출신이었다. 나는 이사회에서 "UN은 NGO가 사실상 대표인데 자체 건물 없이 셋방살이를 하는 게 말이 되느냐. UN NGO 총회를 한국에서 열게 되면 UN NGO 건물을 지어주겠다"고 다시 강조했지만 그들 역시 "어떻게 그 다양하고 많은 주제를 한 곳에서 한꺼번에 논의하는 것이 가능하겠느냐"며 의구심을 떨치지 않았다.

나는 "한국은 국제 일 하는데 챔피언이니 한번 가서 보자"고 제안했고 결국은 당국자와 NGO 운영이사회 간부 등 7명으로 대한민국 시찰단이 구성됐다. 내 부탁대로 서울 본부에서 김포공항에 깔아놓은 레드카펫을 밟고 서울에 도착한 그들에게 총회가 열릴 예정 장소로 경희대의 오페라하우스를 보여주었다. 건립 중이던 이 오페라하우스는 5,400석의 세계에서 제일가는 석조건물이었다.

UN 사상 처음으로 UN 밖에서 거행한 'UN-NGO 세계 종합대회' 를 유치하기 위해 대회를 주관한 '국제밝은사회운동본부' 조영식 총재와 김홍기 박사가 UN 당국자 및 UN-NGO 운영 이사회 간부들을 '현지 시찰단'으로 서울로 초청해 기념촬영한 모습.

1998년 다음 해로 계획된 UN-NGO 세계종합총회 서울 개최 가능성을 현지 답사하기 위해 방한한 UN조사단이 그 역사적 행사를 서울로 제안한 GCS(국제밝은사회운동본부) 총재 조영식 경희대학교 학원장실을 방문한 장면. 중앙에 조영식 박사, 그 왼쪽에 UN당국과 UN-NGO운영 이사회를 상대로 유치허가 섭외를 맡았던 김홍기 GCS UN 대표와 양쪽에 앉아 있는 UN조사단.

또 공통문제 공통사항은 총회에서 다루고 개별 관심사나 개별 이슈는 몇 천개의 워크숍을 만들어 논의할 수 있음을 보여주는 리셉션도 열었다.

그들은 모두 만족했고 드디어 내가 온 힘을 다해 펼친 단신 민간외교의 개가를 부를 참이었는데 그때 UN 사무총장이 바뀌었다. 앞서 UN NGO 총회의 한국 개최를 오케이 했던 부트로스 부트로스 갈리 UN 사무총장이 미국의 비토로 밀려나고 가나 출신의 코피 아난이 새 UN 사무총장이 되었다. 그를 설득시키고 또 바뀐 스태프들을 납득시키느라 UN NGO 총회의 한국 개최는 예정보다 1년 늦은 1999년에 이뤄졌다.

'UN-NGO세계연차대회(차기-1998년)'를 유엔 사상 최초로 UN본부 밖(대한민국)으로 이동 개최 교섭차 만난 부트로스 갈리 UN사무총장과 김홍기 박사. 부트로스 갈리 사무총장은 대한민국 개최를 OK했다.

서울 잠실 올림픽경기장에서 전 세계 대학 총장, 석학, 노벨상 수상자, 전 · 현직 대통령, NGO 대표 등 만여 명이 참석한 가운데 성대하게 열린 UN NGO 총회에 코피 아난 UN 사무총장은 마침 UN 정기총회와 일정이 겹쳐 아쉽게도 못 왔고 조셉 리드 차장이 대신 참석해 코피 아난 사무총장의 축하 메시지를 전했다. 김대중 대통령은 주최국의 수반으로서 슈퍼스타가 되었다.

1999년 서울 잠실운동장에서 개최한 UN-NGO세계대회. 이 대회를 UN 사상 최초로 UN 밖에서 개최하는 세계 UN-NGO종합총회를 서울 유치에 섭외총책으로 성공시킨 UN-NGO 대표 김홍기 박사.

한국 유엔 대표부 박수길 대사까지 모든 관계 당국자들이 이구동성으로 만류하며 "그 어려운 UN-NGO 총회를 대한민국 땅에서 개최한다니 어불성설이다." 하며 "망신당하기 전에 그만두세요." 하던 일이었다.

그런데 성사되고 나니까 한국 유엔협회를 비롯해 듣도 보도 못한 사회단체들까지 모두들 "우리가 주취, 주관" 또는 "후원하겠다"고 앞장선 것이었다.

조영식 박사는 "세상만사 일하는 놈 따로 있고, 과실 따먹는 놈 따로 있다더니만…." 하시며 나를 위로해주셨다.

1994년 UN-NGO인 GCS(국제밝은사회운동본부) 세계대회에 참가한 조영식 GCS 총재(왼쪽에서 두 번째), 그 옆이 차경섭 차병원 원장, 김홍기 GCS UN 대표와 그의 부인 김문자 여사. 장소는 조영식 총재의 저택.

여하튼 부산 피난시절에 만났던 교분이 더 두터워지는 계기가 되어 GCS(국제밝은사회운동본부) 연차총회를 한국에서만 개최하던 것을 나의 제언을 받아 지구촌 전역에 확장 내지는 확충을 위하여 해외에서도 교대로 개최하는 데에 UN 대표였던 내가 앞장서는 임무를 맡게 되었다. 그후 마닐라, 인도, 태국 등지에서 거대한 국제회의로 승화 개최하였으며, 각국 대통령 및 UN 대표로 사무차장 급이 참가하므로 UN과의 유대가 돈독하게 되었다.

미 육군중위로 한국동란(1950년)에 참전한 필리핀 대통령 피델 라모스 박사가 2000년 UN 세계평화상을 받는 모습. 당시 김홍기 박사는 축사를 맡았다. 사진 오른쪽부터 김홍기 박사, 조영식 UN-NGO GCS(국제밝은사회운동본부) 총재, 라모스 대통령, 글로리아 마카파갈 아로요 당시 필리핀 부통령.(아로요는 필리핀의 제9대 대통령인 디오스다도 마카파갈의 딸로 나중에 제14대 필리핀 대통령이 된다).

고 조영식 박사께서 민간에게 UN 사무총장이 직접 수여하는 최고의 'UN 평화상'을 받으신 영예가 세계를 누빈 이러한 모든 UN 평화활동과 무관하지 않았음을 밝힌다. 그 역사적인 순간에 동참하는 영광을 나도 가졌던 증인이었다.

DMZ에 UN-NGO 본부건물을 세우시겠다는 고귀한 뜻을 못 이루신 채 와병으로 8년간 '식물인생'을 사시다가 운명하고 마신 UN에서 공인된 참된 '세계평화사도'이셨다.

2000년 조영식 박사의 UN 공로상 수상 차 UN 방문, UN빌딩 앞에서. 왼쪽에서 두 번째부터 김홍기 박사, 조영식 박사, 조셉 버넌 리드 UN 사무차장, 공영일 경희대학교 총장

NGO 운영이사회 회장 고문으로 추대

이 일로 UN NGO 운영이사회 회장으로 있던 엘레인 발도프 여사와는 의남매(義男妹)를 맺을 정도로 친분을 쌓게 되었는데 그는 나를 자기 고문으로 추대했다. 나는 그의 재임 4년 동안 여러 가지 일로 그를 도왔다.

김홍기 박사와 UN NGO 국장(당국자), 옐레인 발도프 UN-NGO 운영이사회 회장

그 중에 특히 기억에 남는 것은 UN 재정에 관한 나의 제안이다. UN은 회원 국가가 내는 회비로 재정을 꾸려 가는데 탈냉전시대에 들어서면서부터 이 회비가 잘 들어오지 않아 재정난을 겪고 있었다. 가장 큰 돈을 내던 미국도 잘 안 내기 시작해 현재는 아마도 150억 달러의 미납금이 쌓여 있을 것이다.

나는 "UN의 주인은 195개의 국가도, 정부도 아니고 지구촌 70억 명에 이르는 '지구시민'들이고 제도기능학적으로 195개국 대표들 중심으로 메커니즘이 기능하고 있으나 민주복지를 위한 큰 일을 하는 건 NGO다."라는 논리 아래 '주권자는 권리를 찾기 전에 의무를 다해'야 하므로 70억 인구 한 사람 당 1달러씩만 거두면 UN 재정은 충분히 꾸려갈 수 있다고 주장했다. 물론 밥 굶어 죽는 사람이 있는 비아프라 등을 대신해서는 빌 게이츠나 워렌 버핏 등 세계 부자들이 자기 환경에 맞춰 더 낼 수도 있지 않겠느냐고 덧붙였다.

그러나 이 기막힌 UN AID FUND 제안은 여러 가지 벽, 특히 미국정부 벽을 뚫지 못하고 실행이 되지 못했다. 아쉬운 일이 아닐 수 없었다.

UN-NGO신문사 출범식에서 기조연설을 하고 있는 김홍기 UN-NGO 운영이사회 회장 고문.

1997년 IMF의 충격, '실체' 오판한 대한민국

1997년 12월 3일은 한국에 처음 'IMF(국제통화기금) 섭정시대'가 열린 날이다. 내가 섭정시대라는 말을 쓰는 것은 IMF가 한국의 모든 재정 금융 정치에 직접 개입해 관리, 심지어 통솔까지 하는 그런 권력을 행사하기 때문이다.

그때 마침 나는 한국에 나와 있었고 호텔방에서 IMF의 구제금융 양해각서 체결 모습을 TV로 보면서 '아! 을사조약을 맺을 때처럼 우리 주권이 넘어가는가.' 하는 느낌을 받았다.

김대중 대통령을 당선자 시절 만났을 때 김 대통령은 "외국 자본이 들어와서 여기다 공장 굴뚝을 세우고 한국기(旗)를 꽂으면 그건 대한민국 재산이다"라는 얘기를 한 적이 있다. 그래서 나는 "구(舊)시대의 시각으로 보면 우린 주권국가니까 들어오면 다 우리 것이라고 할 수 있지만 21세기에 들어오면서 '절대 주권'이라는 개념은 사라졌고 오염문제라든가 전염병 같은 문제는 공동의 문제요 공유의 사건이기 때문에 어떤 나라가 주권을 행사한다고 해서 해결을 할 수 없는 '상호 의존체제(interdependence)'로 들어

선지 오래다."라고 말씀드리면서 "다국적 기업은 한국에서 돈 벌어 자기네 나라로 가져갈 수 있기 때문에 그들 것이지 우리나라 게 아니다."라고 덧붙였다.

나는 김 대통령의 그런 고전적 시각에 따른 위험천만한 논리가 걱정된 까닭에 지인을 동원해 'KBS 골든타임'에 출연했다. 교수 등 전문가의 이야기를 듣는 프로였는데 방송 시작 전 제작진은 내게 "아무개 사장의 추천으로 브라질에서의 경험도 있다고 해서 불렀다. 원래 독설가라고 듣긴 했지만 KBS는 국영방송인 만큼 말조심을 해달라"고 했다.

방송에서 나는 빚진 나라가 오히려 떵떵거리고 큰소리 친 브라질의 사례를 우선 풀어놓았다. 80년대 브라질은 정부의 공식부채만도 무려 1400억 달러에 이르렀다. 채권자는 시티뱅크, 체이스 맨해튼 뱅크, 런던 로이드 뱅크, 도쿄 뱅크 등 선진국 은행들이었다.

개인이 빚을 못 갚을 때는 파산신청을 하고 소위 화의(和議)로 가서 내가 얼마큼 버니 얼마큼만 내겠다는 협상을 하는 것이지만 국가는 대외 채무에 대한 지불유예인 모라토리엄을 선언하기도 한다.

그런데 그걸 한 국가에서 선언할 때 채무가 클수록 큰소리를 칠 수 있다. 모라토리엄이 어느 정도 구속력이 있다지만 선불리 집행을 못하기 때문이다. 무력행사를 해서 나라를 점령할 수도 없고 나라를 담보로 해서 갚으라고 할 수도 없기 때문인 것이다. 모라토리엄을 선언한 국가가 10년 뒤에 갚을지 20년 뒤에 갚을지 누가 알겠는가.

그러니까 채권 국가, 즉 채권 은행은 손을 드는 것이다. 채무자가 갚을 능력이 없을 경우 은행들은 그걸 불량채권으로 결제를 해야 하는데 그렇게 되면 주주총회에서 난리가 나고 그게 '라이트-오프'가 되면 그 이튿날 그 은행의 주가는 폭락할 것이다.

캉드쉬 IMF 총재 등이 브라질에 와서 맘대로 좌지우지하려 할 때 브라질은 "무리한 압력 넣지 말라. 지금 온 국민이 모라토리움을 선언하라고 난리인데 만약 우리가 모라토리움을 선언하게 되면 세계 금융시장이 몰락을 하게 된다"고 큰소리로 맞섰던 것이다. 나도 그들에게 그런 주장을 한 사람들 중의 한 사람이었다.

나는 방송에서 이 같은 얘기를 하면서 "대한민국 최고라는 협상가들이 IMF와 12%~8% 고이자(高利子)에 합의한 것을 마치 무슨 쾌거인 양 난리들인데 그때 브라질은 유럽 채권단이 만든 '파리클럽'과의 협상에서 당초 정해졌던 이자도 4%로 깎았고

20년 상환 조건을 관철했다"고 덧붙였다.

나는 "북한 사람들은 배곯아서 죽고, 남한 사람들은 배가 터져 죽는다", "한국의 헌법은 아름다운 민주주의 헌법인데 민치(民治)를 안하니 그저 아름다운 시문(詩文)에 불과하다", "돈 찍는 권리, 돈 푸는 권리, 사람 잡아넣는 권리, 사람 풀어주는 권리를 청와대에서 다 관리하면 이게 무슨 삼권분립(三權分立)이냐"라는 얘기도 해서 사전에 내게 발언 자제를 요구했던 방송 관계자들의 박수를 받았으며 원래 6분 예정의 방송시간이 10분으로 늘어났다.

LA 소방국과 서울·상파울루 소방 본부와 자매결연

1993년 샌프란시스코 총회에서 세계한인변호사협회 해외 회장으로 선출된 후 LA로 재이민, 이주한 이래 한인회 고문, 한인문화센터 명예회장, LA노인연합회 고문 등으로 교포사회를 위한 대미정부 활동을 나름대로 펼쳐왔다고 생각한다.

그러던 중 늘 마음 한구석이 비어있다는 생각을 떨칠 수가 없었다. 그것은 LA시의회에 한국인 출신 의원이 한 명도 없었다는 사실이다.

미국이민 역사 일세기를 넘은지 오랬으나 단지 김창준 씨를 도와 국회의원으로 선출했었고 그는 3선의원 임기 도중 불행히 퇴출되고 말았다. 그가 연방 의원직에서 퇴출되지 않았더라도 LA 시의원 한명의 한국인 출신이라도 LA 교포들에게는 참으로 절실했던 것이다.

전미에서 200만. 250만을 헤아린다는 교포 중 100만 이상이 LA카운티에 살고 그 중심지인 LA시에 50만이 넘는 한인이 살고 있어 전 세계의 '한민족디아스포라' 가운데 한인 인구가 가장 많아 'Overseas Capital City Of Korea(해외 대한민국 수도)'라고 LA시를 주제로 하는 나의 정치성 연설 때마다 인용 설파하곤 했다.

더욱이나 단지 15명으로 형성된 LA 시의회는 입법권뿐 아니라 LA 시정에 시장과 더불어 행정권까지 행사하는 막강한 힘을 가지고 있기 때문에 LA 거주 한인뿐 아니라 LA카운티(88개 시)를 비롯 오렌지카운티 거주 한인이지만 기업이나 장사를 LA시에서

하고 있는 한인들과는 밀접한 관계를 갖고 있어 시의회의 중요성은 아무리 강조해도 지나치지 않다.

이에 자격과 당선 가능성이 있는 후보 등장을 고대해 오던 중 에밀 맥이라고 하는 고위 공무원인 LA 소방국 부국장이 LA 제13지구에 혜성처럼 나타났다.

그는 한국 전쟁고아로 3살 때 한 미군에 의하여 입양돼 미국으로 이주하게 되어 그 양부모의 덕으로 고히 자라서 명문대인 UCLA주립대학교를 졸업한 후 공무원 중 연봉이 가장 높은 소방대원으로 합격 입대하여 커리어맨으로는 최고의직인 부국장 지위까지 올라서 은퇴가 일 년여밖에 남지않은 35년의 소방관 경력자였다.

나는 그의 당선을 위하여 후원회를 조직해 LA시 내의 대형 한국인 교회들을 방문, 찬조강연에 이은 모금운동을 하는 등 그의 캠페인에 올인했었다. 그러나 불행히도 낙선하여 다음 기회를 볼 수밖에 없게 되었다. 그래서 나는 그의 자격과 후원의 기반 확충을 위하여 LA 소방국의 유명세를 활용해 그를 앞세운 세계 각 주요도시와의 소방대 자매결연 전선에 나서게 되었다.

2013년 10월 10일 서울특별시 소방재난본부에서 미국 LA 소방국과의 자매결연 MOU 체결식을 거행하는 장면. 앞줄 오른쪽 2번째가 권순경 서울특별시 본부장, 4번째가 Emil Mack LA 소방부국장, 그 중간에 자매결연 다리를 놓은 김홍기 박사.

처음 대상으로는 물론 나의 인생과 가장 가까운 대한민국과 브라질을 선택하여 서울특별시 소방재난본부와 브라질 상파울루주 소방청을 찾아 소방활동의 지식 정보와 훈련원 교환 교육 등을 중심 협력 사업으로 자매결연을 제안하여 긍정적 화답을 받게 되었다. 그리하여 드디어 2013년 10월 아내와 4살짜리 딸을 대동한 에밀 맥 부국장을 비롯 서장 이상의 고위급 5명과 테일러라는 서장의 부인과 총 8명의 사절단을 인솔해 인천공항에 도착하였다.

공항부터 대대적인 환영식을 마치고 남산 소재의 서울본부 예방 및 브리핑을 첫 순서로 대전 대한민국 소방청을 방문, 청장실 회동을 거쳐 소방대학과 학생들의 훈련장을 견학 하는 등 4박 5일의 타이트하면서도 잘 짜인 일정을 마치며 공식 자매결연-MOU 사인식'을 거행한 후 남산타워에서 융성한 기념회식으로 대접을 받기도 했다.

한국측 답방은 그 이듬해의 일이었다. 2014년 3월 서울본부 사절단은 권순경본부장을 비롯 행정관 및 서장급 중심으로 4명과 서울대학병원 응급실장 송경준 교수와 고려대학병원 응급실장 이의중 교수, 그리고 서울특별시 소방의용대장 박근주 회장과 사무총장 등 총 8명이 대거 출동한 사절단이었다.

에밀 맥 부국장에게 "서울시에서 받은 대접의 몇 배나 갚아야 한다"고 여러번 강조한 덕으로 LA 공항에서부터 VIP 대우로 공항 문전부터는 소방국 버스에 탑승할 때까지 LA 소방원들로 양선 대열로 경례식 환영인사로 시작하였다.

LA 소방국 관계 부처로부터 911(한국의 119) 스스템 시설과 기능까지 답사하는 등의 루틴(일상과정)행사를 마친 후 일세기를 자랑하는 LA 시청 청사내에서 여행 중에 있던 LA 시장은 불참했으나 시의회 의장을 비롯 LA 시정의 고위 행정관들의 입회하에 LA 소방국장과 서울소방재난본부장과의 합의서 사인으로 매듭지은 공식 자매결연 체결식을 화려하게 거행하였다.

TV와 신문기자들의 인터뷰를 마친 권 본부장 일행은 LA 소방국에서 준비한 대형 헬리콥터 2대에 탑승해 LA시 전경으로부터 명성 높은 말리부 및 산타모니카 비치 등을 공중 관광하는 대접을 받았다. LA시 생활을 근 30년 한 나도 덕분에 LA시 공중 관광을 처음 맛보았다.

그 후 그들은 또 한인 교포사회의 이모저모를 순방하는 중 한인회 회장이 배푸는 LA

갈비 리셉'을 비롯해 이번 대접의 하이라이트로 LA 총영사 관저에서 거행된 국빈대우격의 가든파티 리셉션으로 융성한 대접을 받았다. 이는 나와 각별한 교분을 나누던 신현수 LA 총영사의 특별배려였다.

때마침 2년에 걸쳐 국비 250만 불의 경비로 완결된 LA 총영사 관저 리모델링 공사가 막 끝났을 때였다. 하여 약 200명의 교포 유지들과 더불어 그들을 리모델링 공사 후 첫손님으로 맞이한 LA 총영사 관저 가든파티여서 모든 이의 기억에 남는다. 서울본부에서는 오늘날까지 여러명을 LA소방국에 파송, 6개월 간의 현지 특수 훈련을 계속 진행하고 있다고 한다.

그들은 수년이 지난 오늘날까지도 내가 한국에 올 때마다 한번씩은 회식을 하며 추억을 되새기곤 한다.

그후 브라질 상파울루주 소방청과의 자매결연-MOU체결을 위하여 에밀 맥 LA 소방국 부국장을 단장으로 한 사절단을 구성해 브라질을 방문하도록 주선해주었다.

이번에는 LA 한인경찰서나 다름없는 올림픽가 경찰서장-네토여사도 동행시켰다. 왜냐하면 브라질 소방대는 각 주의 경찰로 구성되는 주 단위의 소방청이기 때문이었다. 즉, 소방관은 경찰관들로 이루어지는 제도이다.

어쨌든 상파울루에서도 같은 루틴 일정을 마치고 한국 교포사회에서도 융숭한 대접을 받은 후, 세계 3대 미항의 하나인 리오데자네이로를 여행하여 코파가바나 비치로부터 꼬르꼬바도 예수동상까지도 관광하는 추억을 담아 귀로에 오르게 하였다.

그 후에 순서를 중국 그리고 북한(평화통일을 조준한)이었다. 이 프로젝트는 불행히도 작금의 국제정치 격변 상태로 인해 무기한 연기로 일단 접고 말았다.

제6장

남북한 평화통일의 염원으로

반기문 UN 사무총장에 대한 기대

2007년 반기문(潘基文) 전 외교통상부 장관이 코피 아난에 이어 UN 사무총장으로 취임했다. 나는 나의 오랜 꿈인 남북한 평화통일을 실현하는 데 '세계 대통령'이기도 하며 한국인 출신인 반 총장의 역할이 절대적으로 필요하다고 생각했기에 부임하자마자 그를 찾아갔다.

UN 빌딩 앞에 있는 프라자호텔 3층인가 5층에서 그가 총장 사무 인수인계를 한창 받고 있던 때였다. 나는 그때 그에게 "세상 사람들은 이 자리를 가리켜 흔히들 'First Diplomat'라고 하는데, 그것은 틀린 말이다. 실은 임마누엘 칸트가 말한 World Government의 'World President'다."라고 축하인사를 건네면서 "내가 기도를 드리는 중 비몽사몽 간에 주님께서 반기문을 그 자리에 내가 앉혔다. 그런데 그 자리에 공짜로 앉힌 것이 아니고 내가 맡긴 그의 미션은 바로 한반도 평화통일'이라고 계시했다"고 그에게 남북한 평화통일에 기여해달라고 운을 띄었다. 이에 부연하여 "5년은 따놓은 당상이요, 잘하면 10년인데, 초기 5년 안에 이루어야 한다. 한 1년의 업무적응이 끝난 후에는 사무총장 직할로 '한반도평화통일위원회', 아니 명칭에 반대할 나라들도 있을 터이니 '한반도평화추진위원회'를 만들면 어떻겠느냐"고 제안했다. 그러면서 "세계평화는 바로 UN의 존재 이유이자 목적인 바, 세계평화는 동북아시아의 평화 없이 불가능하며 동북아시아 평화는 한반도의 평화 없이는 불가능하고 한반도 평화는 평화통일 없이 지속 가능성이 없으니, 이것이 바로 UN의 주된 임무가 아니겠느냐"고 강조했다.

나는 그에게 과거 수십 년 동안 여러 나라 대학과 국제회의에서 강의 혹은 강연해왔던 주제인 '중립국체제의 평화통일론'이란 논문을 한 부 건넸다. 그가 "참 좋은 이론이지만 현실적으로 가능하겠느냐"고 묻기에 나는 "바로 그런 이론을 가능화하라고 주님께서 그 자리에 앉힌 것이 아니냐"라고 대답했다.

그 후 유감스럽게도 반 총장은 아프리카 대륙의 소말리아 수단 등에서 '평화사도'의 역할에 주력하였고 그분 나름의 사정으로 우리 한반도 평화통일 사업에는 아무 손도 못 대고 있었다.

이에 나는 다시는 한국 땅에 떨어지기 어려운 이 '황금의 자리'를 맡은 이가 한반도 운명을 그냥 보고만 지나갈지도 모른다는 애타는 심정으로 그와 통화할 때마다 "평양에 가자"고 집요하게 졸라대었다. 그는 그때마다 "남북간의 소통도 완전히 끊긴 이때 내가 가서 무엇을 하겠으며, 또 오라는 말도 없는데 어떻게 가느냐"며 손사래를 쳤다.

개성공단 첫 방문, 새 프로젝트 추진

그러던 와중에 내게 다시금 북한에 갈 일이 생겼다. 후에 한국 여성단체연합회 회장을 역임하는 최금숙 박사는 한국여성정책연구원장 시절 '개성공단 내 여성과학디자인대학 설립 프로젝트'를 추진했는데 이는 북한 여성들의 고등교육 기회를 늘리고 과학과 디자인 분야 전문성을 강화하는 방안이었다. 최 원장은 당시 자문위원으로 있던 내게 이 프로젝트의 북한 허락을 받아달라고 부탁했다. 나는 이 부탁을 받아들여 우선 개성공단을 가보기로 했다.

20013년 개성공단 제1차 폐쇄를 단행한 북한을 국제변호사 자격으로 방문해 개성공단 재개를 성공시키고, 반기문 UN 사무총장의 평양방문 초청장을 발송시키는 데 성공한 뒤 평양 초대소에서 맹경일 통일전선부 부부장의 대접을 받고 있는 장면.

여러 경로로 줄을 놓아 드디어 개성공단을 처음으로 방문하게 되었고 당시 자동차가스 펌프 공장을 경영하고 있는 공단장의 안내를 받았다. 그 공단장을 통해 한국 측 공단관리 대표로 와있던 통일부 차관을 만났고, 북한 측 대표부의 모 당서기도 만났다. 또 북한 여성의 프리젠테이션으로 공단 내 대학교 단지를 포함한 공단 전역에 대한 브리핑을 받았는데 그때 개성시에서 공단으로 출퇴근하는 수천 명 중 60~70%가 여성이란 사실도 알았다.

그래서 공단 안에 여성과학디자인대학을 설립해 전자기술도 배우면 앞으로 삼성, LG 등에 취업할 수 있지도 않겠느냐고 얘기했더니 그 말을 들은 북한 여성들은 기뻐 날뛰며 환호성을 질렀다. 나는 공단을 돌아보면서 공단에 진출한 123개의 한국 중소기업들이 언론 보도와 달리 성공적으로 운영되고 있음을 알게 되었고 여성과학디자인대학 설립을 위해 빈 건물 하나를 제공받기에 이르렀다.

나는 공단의 모든 업자와 간부들이 "우리들은 남북한 평화통일 실현에 앞장선 선봉장이라는 긍지를 갖고 열심히 일하고 있다."라고 말하는 데 깊은 감명을 받았고 그 후 이 말을 평양에서 당국 간부들에게 로비용으로 강조할 기회도 있었다.

서울로 돌아온 나는 곧바로 최금숙 원장을 만나 이 프로젝트의 총대를 멜 것을 약속하면서 "이 프로젝트가 북한 당국의 허가를 받으려면 국가기관인 한국여성정책연구원이나 국가에서 보조금을 받고 운영하는 한국여성단체연합회 명의로는 안 된다. 그런 만큼 교육기관의 명의로 하는 것이 가장 적절한데 멀리 생각할 것 없이 최 회장이 교수로 있는 이화여대가 어떻겠느냐"고 했다. 덧붙여 "이왕 일을 벌이려면 개성공단에 단과대학을 세우는 데 그치지 말고 평양에다 종합대학교을 세우자"고 제안했다. 결국 간판은 이화여대로 하고 그 사업을 맡아하는 총책은 여성단체연합회로 결론을 맺고 북한당국에 제출할 제안서를 그와 같이 작성하였다.

또 이때 남측에서 자기네 존엄을 모독했다며 북한이 개성공단을 폐쇄하는 일이 벌어졌는데 내가 평양에 갈 것이라는 소식을 어찌어찌 들은 개성공단장이 나를 급히 찾아와선 "우리들 모두 공단에서 쫓겨난 채 못 들어가고 있다. 평양에 간다니 국제변호사 자격으로라도 김정은 위원장을 만나 우리 사정을 호소해 달라"며 김 위원장 앞으로 쓴 호소문을 건네주는 것이었다. 이에 나는 "김 위원장을 만나게 될 지는 장담할 수 없으나 여하튼 전달되도록 노력해 보겠다"며 그 호소문도 받아가지고 평양으로 가게 되었다.

개성공단 재개와 평양여자대학 설립을 논하다

뉴욕에 있는 유엔 북한대표부를 통해 북경 북한대사관에서 비자를 받아 평양 순안비행장에 도착하니 해외동포영접부에서 나온 2명이 나를 맞이했고 고려호텔에 일단 짐을 풀었다. 개성공단에서 만났던 당서기를 통해 이미 대학 설립 문제에 대해서는 노동당 중앙위원회에 보고돼 있을 것으로 짐작하고 나는 안내담당 참사에게 당 간부들에게 연락을 부탁했다.

이튿날 그들 안내를 통해 만난 사람들은 다름이 아닌 통일전선부 간부들이 었다. 실은 중앙당 비서 최룡해 장군과의 면담을 요청했지만 마침 그는 김정은 위원장에게 방중(訪中) 결과 보고를 드리러 가는 중이라고 맹경일 통전부 부부장에게 나와의 면접을 맡겼다. 맹경일 부부장은 김천일 과장 등 몇몇 간부들을 대동하고 나왔다. 약 4일간의 회동에서 그들과 나눈 대화 내용은 다음과 같았다.

2013년 평양 방문 시 맹경일 통일전선부 부부장과의 만남. 북한 최초 여성종합대학교 설립을 위한 의기투합의 건배.

나는 김영남 최고인민회의 상임위원장 및 강석주 총리 등의 안부를 물은 후 첫 번째 이슈로 평양에 여성종합대학교를 설립하자고 제안했다. 우선 "한국에 있는 세계적으로 유명한 여자대학인 이화여대를 아느냐"고 묻고 "잘 안다"는 대답에 가지고 온 제안서를 들이밀며 "그와 같은 여자종합대학교를 평양에 설립하면 어떻겠느냐"고 했다. 그들은 "좋은 생각이지만 그게 그리 쉬운 일이겠느냐"고 했지만 나는 "자금만 된다면, 김일성대학 부근에 땅도 많으니 뭣이 어렵겠느냐"고 밀어붙였다. "학교운영이사회 이사장은 아무래도 남쪽에서 맡고 초대 총장 자리는 역사적 자리인 만큼 리설주 영부인을 모시는 것이 좋지 않겠냐"고 반론 제기를 못하게 대못을 박으며 말했다.

이에 그들은 당황하면서 "자금은 남쪽에서 대는 것이냐"고 물었다. 나는 빌 게이츠나 워렌 버핏 등이 운영하고 있는 세계자선단체를 찾아 협조를 구할 것이라고 얘기하면서 "앞으로 평양에 여자대학교가 설립되어 서울의 여자대학교와의 교수와 연구원 그리고 학생들까지 교류가 활발해지면 남북 평화통일의 지름길 역할을 할 수 있을 것이고, 한반도 평화는 동북아시아 평화와 동시에 세계평화에의 절대적 첩경이니만큼 방금 말한 부호들이 경영하는 자선단체들의 존재 목적과도 부합하는 일이기 때문에 가능할 것으로 생각한다"고 얘기했다. 그들은 "당 차원에서 긍정적으로 연구해보도록 하겠다"며 돌아갔다.

그 다음으로 제시한 이슈는 '폐쇄된 개성공단 재개'에 대한 건이었다. 나는 가지고 온 개성공단장의 호소문을 내밀면서 "내가 일전에 개성공단을 돌아보면서 그들을 만났었는데 그들은 10여 년 동안 개성에서 출퇴근하는 수천 명의 북한 근로자들과 한 몸이 되어 열심히 일하면서 돈벌이보다 남북 평화통일의 선봉장으로 자부했다"라고 운을 뗐다. 그러면서 "그런데 그 통일 문을 닫아놓으면 무슨 덕이 되겠느냐"고 물었다. 그랬더니 대뜸 "우리들 지존을 모독한 남쪽 사람들과의 교류는 필요 없다"고 잘라말하는 것이었다.

이에 나는 "이 모든 일이 남쪽의 금강산 관광객을 쏴 죽인 데서 촉발한 일이 아니냐"고 반문했다. 그러자 그들은 "아니, 그 사람이 원인제공을 했음에도 우리는 유감을 표현했는데, 거기에나 또 문서로 유감 표현을 하라고 억지를 부리며 지존의 존엄까지 모독하는 놈들과 무슨 말이 더 필요하냐"며 욕설을 퍼붓는 것이었다.

나는 진짜 평양사투리로 "그렇다구, '애꾸진 두꺼비 떡돌에 티운다'는 말이 있듯이 개성공단의 문을 닫고 나문 물질적 니익이 있소?, 외교적 니익이 있소? 더군다나 세계가 잔뜩 주목하고 있는 가운데, '통 큰 고구려 정치'를 한다문서, 명분이 섭네까"라고 역공을 취했다. 그리고는 "이 호소문 하구 내 국제변호사로서의 변론 내용을 김정은 위원장에게 상달해 달라"고 청탁하였다. 그 성과로 치부하고 싶진 않지만 북한은 그 뒤 개성공단을 다시 재개했다.

반기문 총장 평양 초청을 위한 밀사 역할

사실 평양에 간 가장 큰 이유는 나의 오랜 숙원사업을 위해서였다. 그것은 바로 반기문 유엔 사무총장을 평양으로 가도록 하는 것이었다.

왜냐하면 한반도 평화통일을 이루는 데는 '세계 대통령'이기도 하며 한국인 출신으로 그 사람 이상의 적임자가 없다고 생각했기 때문이다.

평양으로 가기 전 반기문 총장에게 알리면서 내심 평양행의 제1목표는 '반총장의 평양방문 Open Invitation(방문객 편의일자 선택)' 초청장을 받아내는 것이라고 말했다.

그가 "평양에서 누굴 만날 계획입니까?" 묻기에 당시의 강석주 부총리, 최룡해 중앙당비서, 그리고 김영남 최고인민회의 상임위원회 위원장 등을 만나볼 계획이라고 했다.

그는 "김영남 위원장을 만나면 내가 안부를 묻더라고 꼭 전해달라"고 당부를 하며 "공석에서 몇 번 만났었는데 매우 점잖은 분"이더라고 칭송하였다.

그런데 평양에 도착해 통전부 간부들과 대화를 하던 중 반 총장 평양 초청 얘기를 꺼내자 그들은 "그놈의 새끼를 데려다가 무엇에 쓸 거냐"며 욕을 퍼부었다. 내가 "아니, 그 사람을 아직 남조선 외무장관으로 보고 욕을 하느냐. 그 사람은 이제 세계인이요, 세계 대통령이다."라고 하자 "그거 참 말 한번 잘 했수다."라면서 "우리 동포라문서 우리를 돕지는 못할망정, '유엔 쌩쑌(Sanction, 제재)'인지 '쌍쑌'인지 할 때 앞장서서 기치를 들고 우리를 짓밟는 개새끼를 데려다 무엇을 하겠느냐"고 했다. 그래서 나는 침착하게 "여러분들이 만약 모 단체의 수장인데, 그 회원이 회칙을 번번히 어기는 행위를 저지른다면 손뼉을 쳐주겠느냐, 아니면 견책을 하겠느냐"고 물었다.

그들은 "우리가 무엇을 그리 잘못했느냐"고 반박했지만 나는 "아니, 핵실험 하지 말라고 했더니만 1차, 2차, 3차를 거듭하고 이제 4차까지 획책하고 있으니, 당신이 사무총장이라면 손뼉을 쳐주겠느냐. 만사 역지사지(易地思之)로 보라. 그 이도 할 수 없이 한두 마디 한 것을 가지고 욕하지 말라"며 변론을 했다. 이에 그들은 "우리는 그래서 이미 NPT를 탈퇴하지 않았느냐"고 했고 나는 즉답으로 "그러나 유엔에서는 탈퇴하지 않았기에 그 헌장을 지켜야 한다. 그것은 국제법상의 의무요 상식이다"라고 법률가로서의 주장을 했다.

2013년 평양 방문 일정을 마치고 떠나기 전 고려호텔 앞에서 통일전선부 임원들과 함께 기념촬영.

그러나 그들의 화기(火氣)가 그대로인 것을 보고는 "오늘 아침 호텔에서 CNN 뉴스를 보는데 반 총장이 아프리카 콩고에 김용 세계은행장을 대동하고 가서 10억 달러를 주고 온 것을 보았다. 그런데 그들이 만약 평양에 온다면 내 땅인데 30억이나 50억 달러는 못 주겠느냐"고 달랬더니 "반 총장을 초청하면, 김용이도 오느냐"고 물었다. 나는 "초행길에는 모르겠지만, 2차나 3차 방문 때는 대동하지 않겠느냐"고 하면서 이 사실을 김정은 위원장에게 보고하기를 청했다.

평양에서 1주일을 체류하는 동안 그들과의 열띤 설전(舌戰) 뒤를 이어서 그들의 주선으로 김일성종합대학교 당서기도 만나보았고 맹경일 부부장의 특별초대로 평양에 있는 초대소 3곳 중 2곳에서 후한 접대까지 받았다.

이런 사실까지 얘기하는 것은 자랑이 아니고 다만 위에 얘기한 이슈 전반에 걸쳐 그들과 그만큼의 의기투합에 이르렀다는 것을 밝히기 위함이다. 몇 개월 후 2014년 열린 유엔 정기총회에 북한대표로 참석한 이수영 외교부장은 반기문 총장의 평양 방문 초청장을 전달했다. 그러나 유감스럽게도 국내외의 여러 복잡한 사정으로 인해 반 총장의 평양 방문은 실기(失機)되고 말았다.

제7장

정치의 길,
아쉬움과 회한

박정희 대통령과 화해주 한잔 못한 '천추의 한(恨)'

1964년 브라질에 첫 발을 내디딜 때부터 악연이 된 박동진 대사의 모략에 속아 대한민국 정부가 일본 육사 출신 장창국 대장을 브라질 전권대사로 임명하면서 내 생애 최대의 고행이 시작됐다.

박 대사의 말만 믿은 한국 정부는 장 대사에게 대통령 비자금 15만불을 주어 '남미 친북공작대장 김홍기를 없애라'는 특령을 내려 브라질로 급파했다.

장 대사는 별 4개의 계급장과 훈장 등이 달린 군복차림으로 1969년 당시 브라질 SNI(CIA와 동질) 사령관 골드베리(Goldberi) 3성 장군을 찾아가 "청소년시절 모택동에게 게릴라전 훈련을 직접 사사받은 평양사람 김홍기가 김일성의 특령으로 볼리비아 산악지대에 파송돼 체 게바라와 협동해 브라질 테러리스트 200명을 훈련시켜 왔다. 이들이 볼리비아–브라질 국경을 최근 야밤 월경해 브라질 좌익지하행동대장 라마르카 대위와 접속해 당신들의 혁명군정 전복을 획책하고 있는 사실을 통보하려고 것이다"고 전했다.

이로 인해 3년간의 나의 '오디세이(고난행로)'가 시작된 이래 그 피크에 수배를 피해 도망하던 중 잠깐 만났던 이병희 의원(세계여자농구대회 개최국 우르과이로 한국여자농구단을 데리고 가는 도중)의 귀국보고 덕분으로 박정희 대통령의 나에 대한 오해가 풀렸다. 동시에 나의 3년간의 오디세이를 끝으로 연방재판 무죄, 군사재판 무죄로 풀려나니 장창국 대사를 해고 · 송환하고, 신문기자 출신 노석찬 대사를 후임으로 보내 나를 찾게 하였다.

박정희 대통령(오른쪽)과 김형욱 중앙정보부장(사진: 국가기록원)

노 대사는 부임하자마자 나를 찾아 "각하께서 나의 한국 출국 이틀 전 나를 불러 말하시기를 '가서 김홍기씨를 찾아 일방적 모함에 속아 시행착오를 행하였는 바, 이제 오해가 다 풀렸으며, 알고 보니 우리와 같은 길을 가고 있는 애국자인데 과거를 다 청산하고 같이 손잡고 미래를 향해 가자고 말해달라'라며 신신부탁을 하셨다"면서 "한번 나가 만나 보라"고 권면해왔다.

하지만 중앙정보부에 끌려가 생사를 넘나든 고생을 한 기억이 생생하게 남아 있어 선불리 답을 할 수가 없었다.

나는 1969년 4월 초 박 대통령을 알현하여 "박동진 대사가 한인교민회를 또 하나 만들어 한인교포사회를 두 쪽으로 갈라 혼란을 일으키고 돌아간 뒤 후임 장창국 대사는 2개의 한인교민회를 구체화시켰고, 그 때를 같이해 아르헨티나에 설립된 북한 대사관 일당들이 월경해 들어와 한인사회 집집마다 방문해 불은문서를 뿌리는 등 그들의 활동무대를 펼쳐준 결과"라는 것을 직고하려고 한국행에 올랐다.

그러나 청와대를 향해 올라가던 중 당시 남산 중정5국이라는 곳에 끌려가 2달 고생 끝에 구사일생으로 풀려난 치떨리는 경험을 하였다. 나중에야 왜 그런 일이 벌어졌는지, 배후 스토리를 알게 되었다. 즉, 1948년 '여수 • 순천 반란사건'에 연루돼 사형 직전에 있던 김형욱 중앙정보부장(당시 소령)을 구해준 당사자가 장창국 대사(당시 소장)였던 것이다. 다시말해 장창국 소장에 대한 보은 격으로 '김홍기의 대통령 접견을 막고, 죽여 없애달라는' 부탁으로 깔아놓았던 덫구덩 속으로 기어들어갔던 것이었다.

그런 기억 때문에 노석찬 신임대사가 박 대통령의 메시지를 갖고 왔을 때 대통령이 직접 쓰신 메시지를 요구했다. 그러자 노 대사는 "각하께서 그런 증거물을 남기겠느냐"며 "각하의 말씀을 내가 감히 지어서 할 수 있겠어요. 믿으시오. 한번 가서 만나시면 사실인 것을 알게 될 겁니다"고 했다.

그 말에 당시 준비하고 있던 박정희 대통령을 상대로 한 손해배상청구(미화 $1,500만불 상당) 소송준비 서류일체를 그 자리에서 찢어 파기하고, 노 대사와 손잡고 많은 일을 추진했다.

20만 명 목표의 양잠이민 시도도 그때 착수한 프로젝트였고, 25개주 중 주요주 10여개를 상대로 저개발지역인 동북지역(SUDENE지역) 주지사들을 함께 방문해 개발정책에 대한민국 기업 동참 등을 제기, 협력토론, 지역시찰 등 일련의 순회행차를 도모하였다. 나는 수도 브라질리아 소재 대한민국 대사관저에서 누차 숙식대접을 받아가며 대한민국을 위한 브라질 외교 동행길 행보를 오랫동안 같이 시도했다.

노 대사는 귀국 후 대사직을 사임하고, 미국 샌프란시스코로 이민하였다는 소식을 접했다.

돌이켜보건데 노 대사가 박 대통령 메시지를 갖고 찾아와 한국행을 권했을 때 두려운 기억 때문에 차일피일하다가 1979년 박 대통령이 갑자기 서거하면서 "다시 없는 화해의 기회를 놓쳤구나." 하는 회한이 아직도 마음 깊이 남아 있다.

박정희 대통령 딸 박근혜 대통령과의 인연

박정희 대통령과 화해할 기회를 놓친 '천추의 한'을 마음에 담은 채 조국(남북한)과 국제사회 일들로 바쁘게 지낸던 중 박 대통령의 딸인 박근혜 전 대통령을 한 행사장에서 만나게 되었다. 2011년 1월 한국에서 열린 '대한민국 법률대상' 시상식에서였다.

당시 3회 시상식에 나는 '세계한인변호사회'를 창립, 발전시킨 공로를 인정받아 김영삼 전 대통령, 이만섭 전 국회의장, 조규광 초대 헌법재판소장 등과 함께 수상하게 되었다.

그 행사에 2회 수상자인 박근혜 전 대통령이 시상자로 나서면서 처음 인사를 나누게 되었다. 당시엔 유력 인사들이 다수 참석하고 행사가 떠들썩하게 진행돼 박 전 대통령과 진지한 대화를 나눌 시간을 갖지 못했다.

2011년 1월 서울에서 열린 '대한민국 법률대상' 시상식에서 당시 한나라당 의원인 박근혜 전 대통령과 수상자인 김홍기 박사가 인사를 나누고 있다.

2011년 1월 서울에서 열린 '대한민국 법률대상' 시상식. 왼쪽부터 박근혜 전 대통령(당시 한나라당 의원), 이석연 변호사, 이만섭 전 국회의장, 김홍기 박사, 조규광 초대 헌법재판소장.

이듬해인 2012년 박근혜 전 대통령이 새누리당(국민의힘 전신)의 대통령 후보가 된 뒤 LA를 방문해 청운교회(한인타운 중심의 대형교회)에서 교포 공청회를 대대적으로 개최할 때 다시 만나게 됐다.

그후 모국 방문 때 박근혜 후보의 수행 비서격이었던 김선동 의원이 나를 찾아왔다. 박근혜 대선 후보가 나를 만나기를 원한다며 Intercontinental Hotel 밀실 같은 방으로 나를 안내하였다.

앞방에 면회 대기자들이 여러명 기다리는 중이라 원래 30분 면담시간을 정했으나 본인이 원하여 약 50분간 소담을 하게되었다. 대한민국 국적자면 해외동포도 대선에 투표할 수 있으므로 도와달라는 것이었다.

나는 생각했다. 그의 아버지인 박정희 대통령과는 불우의 악연으로 시작한 인연이었으나 종국에 박 대통령이 오해가 풀려 화해의 손길을 내밀었음에도 잡을 호기를 놓쳤던 터라 그 따님을 통해 다소나마 만회할 수 있겠구나 하고.

인사를 나눈 후 박근혜 후보는 "해외 동포 표밭이 약 250만이라지요?" 하며 다가왔다.

나는 "구 공산권까지 따지면 그렇게 되겠지만, 자유진영만 해도 100만 표 가까이 될 겁니다."라고 답했다. 이어 "그들이 고국 친지들에게 '전화운동'을 통해 얻을 수 있는 간접 투표율도 적지 않을 겁니다."라고 하니, 백(Bag)에서 노트와 펜을 꺼내어 나의 말을 적기 시작했다. 나는 이에 마음이 갔다. 오랜 교수생활에서 선생의 말을 경청하고 필기를 잘하는 학생들을 아끼던 마음이었다. '남의 말을 경청하는 습관이 있구나.'라는 생각에 호감이 확 갔다.

그래서 진심어린 어드바이스(Advice)를 시작했다. "머지않은 시기를 타서 미국의 최소 LA, San Francisco, New York, Washington, Chicago 등 5대 도시를 비롯해 중남미는 브라질 중심으로 하면 아르헨티나 등 주변국가 대표들을 한자리에 다 모을 수 있고, 돌아오는 길에 호주(뉴질랜드 대표들 호출) Sidney, Melbourne을 거쳐 일본의 도쿄와 오사카를 돌아와야 할 것입니다."라고 했다.

이에 응하기에 "한 가지 주의하셔야 할 일이 있습니다." 하며 조언을 했다. "'박사모'를 내세워 우후죽순격으로 해외대표를 자처하며 나타나는 자들을 경계해야 합니다. 대사관, 영사관 언저리에 맴도는 자들 보다 교포사회에 잘 나타나지 않는 바쁜 사업가들이나 교수 출신들을 찾아 만나야 합니다. 나는 이제부터 돌아가 그리 할 겁니다."라고 말하고 일단 LA로 돌아왔다.

그리고 LA를 비롯해 가까운 San Francisco, Seattle, New York, Washington을 돌아 나의 '세계한인변호사협회' 각지 대표들을 중심으로 교포사회 명사들을 찾아 접촉하며 조직활동을 해줄 것을 당부하며 돌았다.

박근혜 전 대통령과 김홍기 박사

그리고 나서 서울로 다시 돌아와 계획했던 '해외일주'를 의논하려고 박 후보를 다시 만났다.

그런데 이게 무슨 '청천벽뢰'인가? 여러 사람들의 추천에 의해 '자니 윤'이란 사람을 '미주선거운동총책'으로 임명하였다는 것이었다.

지금 고인이 된 그이에게는 미안한 말이지만, 당시 그의 본거지였던 LA에서는 평판이 별로였던 사람이었다. 한때 한국 인기 TV프로에서 활약하던 사람으로만 알던 박근혜 후보가 그 사실을 알리가 만무했던 것이었다.

미국으로 돌아와 이미 접촉했던 교포지도자들을 다시 만나보니 하나같이 "나는 그자하고는 어떤 일도 같이 도모하지 못하겠다"며 모두 손을 떼고 가버렸다.

나는 이에 넋을 잃은 채 서울로 다시 돌아와 박 후보에게 그를 바꿀 것을 호소하며, 심지어 그간 연락 보좌관으로 박 후보에게 소개받았던 서병수 의원까지 찾아 조력해보았으나 다 허사로 귀결되어, 나도 더이상 박 후보를 도울 수가 없게 되었다.

대단히 아쉽고 유감스러운 에피소드로 끝나게 됐던 나의 인생 중 또 하나의 실패작이었다.

한국 현대 정치사의 주역 '3김(金)'과의 인연

한국에서 13대 대통령선거가 있던 1987년, 6월 항쟁의 도도한 민심을 확인한 여권은 민주정의당 노태우 대표가 '6 · 29 선언'을 발표해 대통령선거 직선제를 수용하면서 일대 격랑이 일었다.

여당에서는 노태우 단일 후보가 단일 출마한 반면, 야권은 김대중 · 김영삼 · 김종필, 이른바 '3김(金)'이 독자 출마를 강행해 '1노(盧)3김(金)'의 대선 국면이 펼쳐졌다.

대다수 국민과 시민단체 등은 영남(PK)을 기반으로 한 김영삼 후보와 호남이 밀고 있는 김대중 후보가 각자 출마할 경우 표가 갈려 노태우 후보의 당선이 확실시돼 군사정권이 연장된다며 '단일화' 요구를 강력하게 요구했다.

나 역시 모처럼의 '민주화—문민정권' 회복의 기회를 빼앗길 수 있다는 생각을 떨칠 수 없어 고국을 찾아가 서교동(김영삼)과 동교동(김대중)을 번갈아 방문하였다.

처음에 찾아간 김영삼 후보는 내가 원래 속했던 김창인 목사의 충현교회 장로인 계통을 통하고, 동시에 세계한인변호사협회의 명의를 가지고 만나게 되었다.

목적은 간단했다. 차기를 위하여 어느 쪽이 양보를 하든 단일후보가 안 되면 해외한민족 시각으로는 '노태우 후보에 반드시 진다'는 우국 호소였다.

1988년 한국 국회의장 초청으로 국회를 방문한 브라질 움베루토 루세나 국회의장과 일행이 제1 야당인 통일민주당 김영삼 총재(중앙)를 만나 대화하는 모습. 양국 입법부 수반 교환 방문을 주선한 김홍기 박사가 루세나 의장의 대화를 통역했다.(왼쪽 맨앞 2명)

나는 거의 같은 형국인 브라질의 '군정으로부터의 민선이양'의 예를 들어 호소했다. 그 얘기는 이러했다. 장장 근 20년을 끌어온 브라질과 아르헨티나의 독재 군정에다 양국의 경제도 엉망이 되어 '못살겠다 갈아보자'의 민심이 격앙상태에 이르렀었던 바, 아르헨티나의 비델라 장군 정권은 민심을 돌리기 위한 단순 논리로 자기네 영토에 가깝게 위치했으나 영국령인 포클랜드 섬을 침공했다. 하지만 해전 왕국인 대영제국을 상대로 벌인 전쟁에서 완전 패망하였다.

그로 말미암아 막강한 아르헨티나 특유의 전국노동 총연맹의 궐기에 이은 혁명으로 인해 군정대통령 역임 장군들이 줄줄히 구속기소돼 무기징역으로부터 사형선고까지 받은 '출혈 민정이양'이란 결과를 가져왔다.

그러나 브라질은 대조적으로 '무혈평화협상'의 '민정이양'으로 성공한 인류 민주사의 획기적 정권협상이양의 찬란한 귀감이 되었다.

이 과정에서 빛을 발한 사실의 핵심은 문민정권 수임의 역사적 거두가 보인 행보였다. 민주투쟁사적으로나 정치도덕적으로나 역사적에서도 우위의 율리세스 기마랑에스 박사가 대통령자리를 양보하고, 차위의 탄크레도 네베스 전 총리에게 민정수임권 수장자리를 내줌으로써 평화적 이양이 거행되었다. 왜냐하면 '양권'을 하겠다는 군정의 조건이었다. 그도 그럴 것이 장기집권에 구린 뒤가 많었던 군부에서는 제1인자인 기마랑에스 박사(후에 부통령 겸 제헌국회의장 자격으로 나의 중재로 한국 방문)는 성품상 무서웠고, 제2인자였던 네베스 박사(대통령 취임식 직전에 수술대에서 급사)는 융통성이 많은 신사형이 었기에 이 후자에게만 정권이양을 하겠다는 조건이었다.

이 이야기를 요약해 두 김씨에게 각각 방문설파를 했었다는 사실을 말하는 것이다.

김영삼 후보는 '다 끝이 났다'며 샴페인을 마시는 형국이었고, 김대중 후보는 (그의 막내 처남인 이성호 씨의 오랜 친구 자격으로 만났기에) 이희호 여사와 함께 좌석한 자리에서 "멀리서 오셔서 좋은 말씀을 해 주셨으나 때가 만시라 그러기에는 늦었습니다." 라고 하여 씁쓸히 돌아서서 귀가한 적이 있었다.

그 후에도 위에서 기술했던 바와 같이 김영삼 대통령 때에 한승수 비서실장과 공로명 외무장관의 협조로 러시아 사하공화국 초대 대통령 일행을 한국방문을 시켜 정주영 현대그룹 회장이 주도한 프로젝트 즉, 5,100km의 천연가스 송유관(사하–러시아–중국–평양–서울) 프로젝트 계약 시 청와대에서 다시 만났다.

김대중 대통령 후보(중앙)와 전주에서 만난 김홍기 박사(왼쪽)

김대중 대통령은 그의 처남 이성호 씨가 1995년 '세계한인변호사 연차총회'를 시카고에서 개최 중에 나를 찾아와 자기 매부(새정치국민회의 총재)를 도와 '전국구 국회의원'으로 출마해달라는 간청에 서울로 나가 국회내의 총재실에서 재회하게 되었다.

김 총재는 "처남을 통해 곧 연락줄테니 호텔에서 기다려 달라"고 하여 한달만에 다시 만났던 바 "김영삼이가 비례대표 자리를 거이 절반으로 잘라버려 기득권자들에게도 배당이 어렵게 됐으니 지역구로 나가달라"기에, "나는 고향이 평양인데 남한에 비빌 땅이 어디있겠느냐?"며 고사했다.

그러자 "외지 사람들이 만든 부평에 갑인지 을인지 선거구가 있고, 선거비용은 염려말고 이종찬 의원을 만나면 된다"고 하여 이 의원을 만나니 "선생님에게 연락 받았다"고 하고는 한 달가량 연락이 없었다.

또 한달을 호텔에서 허송세월한 끝에 좀 치사하다는 자괴감에 그냥 미국으로 돌아가면서 김대중 대통령과의 인연은 멀어졌다.

김종필 총리와의 인연은 이러하다. 1998년 김대중 정부가 출범한 후 김종필씨가 총리를 할 때였다.

1997년 15대 대통령 선거를 앞두고 김대중 씨는 새정치국민회의 대선후보로, 김종필 씨는 자유민주연합 대선후보로 출마하였다.

그러나 두 거물 정치인은 대선 승리를 위해 '김대중 후보에게 양보 · 사퇴하면, 2년 후엔 내각책임제로 김종필 씨에게 양보한다'는 밀약을 하고 김종필씨가 조건부 사퇴를 하였다. 이른바 'DJP(김대중+김종필) 연합'이 탄생한 내막이다.

김대중 후보가 대통령에 당선된 뒤 김종필 씨는 총리가 됐지만, 끝내 '내각책임제' 약속은 지켜지지 않았다.

1998년 당 사무실에서 김종필 총리는 나에게 김대중 대통령과 합의한 서류를 보여주어 한 부를 복사해 내가 출판한 '내일을 위한 선택' 타이틀의 '대통령 중심제와 내각책임제' 비교론 책자(2017년 출간)에 부록으로 실은 사실이 있다. 당시 내가 김 총리에게 "그분(김대중 대통령)이 약속을 지키겠습니까? 브라질 정치인들은 그런 약속 계약서를 반드시 증인을 세워 '공증'을 해놓기도 합니다"고 어드바이스를 한 바 있다. 그러나 김 총리는 "안 지킬 약속이면 그런다고 지키겠느냐?" 하며 "여하간 다 끝난 일이라 속을 셈 치고 기다려 보는 수밖에 없지요." 하고 체념하는 듯 보였다.

왼쪽부터 김홍기 박사, 김종필 국무총리, 사하공화국 국회부의장인 김홍기 박사의 양아들 알렉산더 김

김 총리와는 나의 양아들인 사하공화국 국회 부의장이었던 알렉산더 김을 소개한 인연이 있다. 나는 그를 사하공화국 대통령을 만들겠다는 30년 프로젝트의 일환으로 김종필 총리실로 데리고 가서 소개를 했던 것이다.

2002년 16대 대통령선거를 앞두고 김 총리를 만났다. 당시 이회창 한나라당 대표가 2번째 대통령후보로 나섰고, 상대는 새천년민주당 노무현 후보였다.

나는 자유민주연합 본부 사무실로 김 총리를 찾아가 "노무현 후보는 좌익으로 소문이 자자하던데, 이젠 이회창 후보 쪽으로 방향 결정을 하시는 게 아니냐"고 했더니 정색을 하며 노기 띤 표정을 하고는 "그 놈은 나한테서 국회의원 5명이나 뽑아가고도 미안하단 말 한마디 없었고, 자기 애비 초상에 나도 문상갔는데 김영삼이와 전두환에게는 답방으로 예를 갖추고 나한테는 고작 전화 한통으로 인사를 마친 호로자식이라, 나는 이번 선거에는 당론으로 중립을 지키기로 정했소"하며 말을 잘랐다.

그 당사 5층에 자리잡고 있던 이인제 씨를 찾아가 "당신이라도 좀 얘기해 보시오. 개인 감정으로 당론 결정을 할 수 있소?" 했으나, "그분이 결심한 것을 내가 말한다고 듣겠소이까?" 하며 당수 자리를 물려받을 생각으로 조용히 기다리는 모습이었다.

이회창 대통령 후보와 2회에 걸친 인연

대통령선거에 두 번씩이나 출마했던 이회창 씨와는 그가 대법원 법관 때 당시 대법원장이던 이일규 원장을 통해 한국과 브라질 양국의 대법원장 부부 교환방문을 주선하였을 때 대법원에서 모든 대법관들과 더불어 만난 게 처음이었다.

노태우 대통령의 비토(까다로운 사람이라는 이유로)로 이루지는 못했으나 이일규 대법원장이 은퇴하며 이회장 대법관을 원장 계승후보로 추천하도록 아꼈다고 했다.

이회창 씨가 처음 대통령선거에서 낙선했을 때 이일규 원장은 나에게 "그 사람은 대법원장감이지, 대통령감은 안돼." 하며 안타까워하기도 했다.

어쨌든 여러 인연으로, 또한 이세중 전 대한변호사협회 회장의 부탁도 있고 하여 늘 그랬듯 내 자비를 내어 서울까지 나와 이회창 선거사무실을 찾았다.

1997년 첫 번째 대선 때는 권 모라는 비서실장을 만나 "이인제 후보를 잡지 않으면 약 30만 표차로 실패할 수 있으니, 내가 그러더라고 전해주세요." 하니 권 비서실장은 "부산에 선거유세 중이라"며 "우리도 다 조치하고 있습니다." 하는데 샴페인을 미리 터트리고 있는 승자의 자세로 보였다.

나는 그에게 이런 말을 해준 것으로 기억이 난다. "브라질이란 대국 정치인들에게서 배운 말인데, 세상에는 예단 못할 3가지 일이 있다. 하나는 어린아기들의 엉덩이요, 또 하나는 판사의 머리통이요, 나머지 하나는 투표함이라고 한다. 애 엉덩이에서는 무슨 똥이 나올지 모르고, 판사 머리에서는 어떤 판결이 나올지 모르며, 투표함은 열어보기 전에는 모른다는 얘기로, 심지어 인구 100만 미만의 소도시 시장선거에서 3표 차이로 낙선한 사람이 자살한 실례도 있었다"고, 미리 승리한 것처럼 자만함을 경계하는 조언을 해주었다.

97년 말 15대 대통령선거는 내가 예언이나 해준 것처럼 결과가 나왔다.

2002년 이회창 씨의 두 번째 대선 도전 때도 서울에 나가 앞에서 기술한 바와 같이 김종필 씨에게 들었던 말 그대로를 조언했다.

그때의 비서실장은 키가 큰 신모라는 의원이었는데 역시 말하기를 "우리가 김종필 씨와는 물밑 교섭을 매일같이 하고 있습니다"고 하며 다 이겼다는 듯한 태도를 보였다.

하여 "김종필 씨를 잡던가, 이인제 씨를 잡던가 해야 한다"며 첫 번째 대선 때 했던 말을 되풀이하며 "이인제 씨는 '트로이의 목마'가 될 겁니다."라고 조언을 강조하였다.

2002년 한나라당 대통령후보로 출마한 이회창 후보와 러시아 사하공화국 대통령 예비 후보로 출마한 김홍기 박사의 양아들 알렉산더 김과 함께(한나라당 당사에서)

불행히도 두 번째 대선 도전에서도 내가 예언한 것처럼 30여만표 차로 낙선하여 그 후 그분을 공석에서 볼 때마다 안타까운 마음을 금하기 어려웠다.

이회창씨의 2번째 대선 출마 때 사하공화국 알렉산더 김의 출마준비를 하고 있기에 두 사람 모두의 사기를 올려주기 위해 내 양아들을 불러내 이회장 선거사무소를 방문해 상호 격려를 시킨 바 있었다.

반기문 총장과의 오랜 인연

나는 반기문 총장과 어언 40년을 넘게 인연을 맺어왔다. 반 총장을 처음 만난 것은 그가 외무부 파견으로 청와대 비서관으로 근무하던 1980년대이다. KBS 사장을 지낸 서영훈 대한적십자사 총재가 나를 그에게 소개했다. 우리가 교분(交分)을 나누면서 가장 기억에 남는 일 중의 하나는 반 총장이 청와대에서 노무현 대통령 외교안보수석으로 근무할 때의 일이었다.

그 때 나는 사하공화국으로부터 러시아–평양–서울까지 5,100km에 이르는 천연가스 송유관 설치 프로젝트를 다시 추진하고 있었다.

반기문 UN 사무총장(오른쪽)과 김홍기 박사

이 프로젝트는 김영삼 대통령 시절 내가 사하공화국 대통령 고문 자격으로 미하일 니콜라예프 대통령을 모시고 와서 사실상 나의 중재로 한국–사하공화국 간의 MOU 체결을 하고 이어 4개월 후 예비타당성 현지 시추 및 조사도 마쳤던 사업이었다.

그러나 당시 청와대에서 주 사업체로 선택한 대우그룹의 김우중 회장의 경박한 실책, 즉 국가 대 국가 간의 계약을 배척한 채 사하공화국 옆에 있는 이르쿠츠크로 원천을 돌려 약 1,000km의 거리를 줄여보겠다는 장사꾼의 얕은 꾀가 사하공화국 대통령의 분노를 사게 되었고 결국 이 프로젝트는 중단된 상태로 있었다.

그러나 나는 김영삼, 김대중 대통령에 이어 노무현 대통령 때까지 줄기차게 이 사업의 재개를 위해 노력했고 이를 위해 그 당시 청와대 외교안보수석으로 있던 반기문 씨의 협조를 구하고자 했다.

이 프로젝트와 관련해 처음부터 한국과 사하공화국 사이에서 나의 보좌역으로 수고해온 사람이 있었는데 그가 바로 내가 지금까지 30년 가까이 후원해 온 나의 양아들인 고려인 알렉산더 김 박사로 현재는 사하공화국 헌법재판원 원장으로 있다. 내가 그를 처음 만났을 때 그는 변호사였다.

내가 세계 한인변호사협회 회장으로 선출된 뒤 사하공화국을 방문했을 때 그를 만나 회원으로 가입시키고 부회장으로 선임했다는 얘기는 앞서 밝힌 바 있다. 그는 사하공화국 대통령의 한국 방문 때 나의 추천으로 대통령 보좌관으로 수행했다.

그에게 위의 송유관 프로젝트 서류 일체(당시 중국과 일본을 대상으로 교섭하던 비밀문서)를 가지고 오도록 해 청와대에서 반기문 수석에게 인사를 시켰다. 그 내용과 역사를 노무현 대통령에게 보고해 재추진해보자는 계획이었는데 마침 노 대통령의 러시아 국빈방문 예정이 있던 터라 그 기회에 푸틴 대통령에게 제안토록 하기로 했다.

그 결과를 학수고대하고 있던 중, 돌아온 얘기는 노무현 대통령이 이 얘기를 꺼내자마자 푸틴 대통령은 "사하공화국의 천연가스는 아직 내가 보존하고 있어 손 못 댄다. 개발하려면 사할린 것은 지금 당장 할 수 있다"고 잘랐고, 노 대통령은 더 이상 말을 못하고 돌아섰다는 것이었다.

남북한을 뚫는 송유관 사업은 경제사업일 뿐만 아니라 동북아시아 평화의 절대 첩경인 우리공동 평화사업이라고 더 세게 주장했더라면 하는 아쉬움을 남기고 말았지만 반 수석의 당시 입지로서는 최선을 다했던 것으로 나는 평가한다.

반기문 UN사무총장 당선에 기여

두 번째로 기억에 진하게 남는 우리 둘 관계의 하이라이트는 바로 그가 UN사무총장으로 당선된 일이었다.

반 수석이 그후 외교통상부 장관으로 부임한 뒤에도 나는 모국 방문 때마다 장관실에서 만나곤 했는데 UN 사무총장 결선이 2개월 남짓 남았을 때 나는 '다 끝난 게임'으로 생각하고 미리 축하인사차 장관실에 들렀다.

그도 그럴 것이 중국이 초반부터 못박아온 아시아 후보로는 인도 · 태국 · 한국뿐이었는데, 인도는 세 번에 걸쳐 유엔 안보리에서 시행한 예비 모의경선에서 번번이 패하여 이미 후보사퇴를 했고, 태국은 쿠데타로 탁신 정권이 붕괴돼 후보인 외무장관이 탁신 총리와 함께 하와이로 망명을 가버렸기에 반 장관이 아시아 단독후보가 되었기 때문이었다.

그런데 의외로 그는 축 늘어진 얼굴로 "다 틀렸다"며 "안보리 상임이사국 모두가 찬성하고 있고 심지어 투표권이 없는 일본도 후원하고 있는데 믿었던 미국에서 비토를 하고 있다"고 낙담을 하는 것이었다. 내가 미국이 비토하는 이유를 물었더니 그는 "미국은 노무현 대통령을 좌익으로 보기 때문에 그의 보좌관이자 대외 대변인인 나를 사회주의자나 공산주의자로 치부한다"고 얘기했다. 그러면서 한 장으로 명료하게 줄여 영문으로 작성한 본인의 약력서를 내게 건네주면서 도움을 청했다.

코피 아난 UN 사무총장과 김홍기 박사

나는 그것을 여러 장 복사해 워싱턴, 뉴욕, 캘리포니아 등지의 공화당 킹메이커 격의 주요 인사들과 심지어 코피 아난 UN 사무총장까지 만나 로비를 펼쳤다. 미국 연방 상하원 외교분과위원장 등을 만났을 때 "그를 좌파로 보는 것은 말이 안 된다. 그의 약력을 보라. 서울대학교를 나오고 하버드 대학원을 마친 사람 가운데서 '빨갱이(Red-Commie)'가 있다면 한번 데려와 보라.", "사람을 사회주의자나 공산주의자로 만드는 것이 하루아침에 이루어지느냐. 그의 35년간의 외교관 약력 가운데에서 최좌단으로 갔던 곳이 친서방 중립국 오스트리아의 비엔나밖에 더 있느냐."라고 주장하면서 그의 당선을 위해 동분서주했다.

미국 연방하원 에드 로이스 외교분과위원장과 대화하는 김홍기 박사

그리고 또 "당신네들(You-guys), 부트로스 갈리를 콧대 높은 '이집트의 건방진 놈(Egiptian Snob)'이라며 비토 놓은 뒤, 미국에서 공부해서 말을 잘 들으리라고 여긴 코피 아난이란 가나 사람을 외유내강의 인물인 것을 모르고 갖다 앉히고 나서 뒤늦은 후

회를 하지 않았느냐. 그에 반해 충청도 양반인 반기문이란 사람은 상대 말에 대하여 절대 반박을 안 하는 양반(Aristocrat)이기 때문에 결코 후회할 일이 없을 것이다. 워싱턴의 서비스맨(Serviceman)을 손쉽게 얻을 터인데 뭣을 더 바라느냐"고 역설했다.

내 자랑 같지만 그 후로 워싱턴의 무드(Mood)가 변하여 반 총장은 무난히 당선되었다. 나는 그를 당선시키는데 '3등 공신' 정도의 역할은 한 것이다.

북한 박길연 대사와 반기문 총장의 교제 주선

또 하나 특기할 만한 것은 북한 유엔대표부 수석대사 박길연과의 에피소드이다. 2007년 반기문 총장이 부임한 지 수개월이 지난 때 일이다. 나는 반 총장에게 취임 초부터 "북한대표부 대사와 친하게 지내는 것이 한반도 문제를 다루는 데 큰 도움이 될 것"이라고 조언했다.

나와 반 총장은 직통 전화를 늘 해오던 중이었는데 어느 날 그 경과를 묻는 통화 중에 그는 푸념조로 "그동안 193개의 회원국 모두 취임 축하 사절단을 보내왔는데 아직 인사를 안 온 유일한 나라가 바로 DPRK(북한)이다. 내가 그 사람을 먼저 찾아갈 수는 없지 않느냐"고 했다.

나는 그 즉시 밤 비행기로 LA에서 5시간을 날아 뉴욕에 도착해 박길연 대사를 불러내 유엔본부 건너편에 있는 유엔 플라자 호텔 앰배서더 식당(Ambassador Restaurant)에서 오찬회동을 가졌다. 그는 참사관이라는 직원 한사람을 대동했는데, 이 사람은 장장 2시간의 회동 중 한마디 발언도 없이 식사만 하며 침묵을 지켰다. 아니, 침묵하는 척하며 필연 녹음을 하고 있었을 것이다.

'2007년 UN빌딩 앞 Ambassador 식당에서 당시 북한 UN 대표부 박길연 대사와 함께한 김홍기 박사.

나는 목소리를 높여 "아니, 내가 들으니 유엔 193개 회원국 가운데 아직까지도 사무총장 취임인사를 안 간 나라가 조선인민공화국 뿐이라는데 이게 말이 되느냐"라고 말문을 열었다. 이에 그는 "우리 김영남 최고인민회의 상임위원장이 축하전문을 보내지 않았느냐"며 반박했지만 나는 곧바로 "박 대사, 그건 형식상의 전문일 뿐이다. 우리 동방예의지국의 사람으로 생각해보자. 당신이 몸담고 일하는 집의 집주인 격의 인사가 새로 와 앉았다면, 직접 찾아가 인사를 드려야하는 것이 인지상정이요 상식이 아니냐"고 꾸짖듯이 말했다.

그는 할 말이 없는 듯 잠깐 묵묵부답이었다. 나는 녹음 잘되라고 "아하, 박 대사 임의대로 움직일 수 없겠지. 그럼 이렇게 위에 보고해라. '여기서는 그렇지 않아도 불한당 체제 운운하는데, 그대의 조국을 정말 인지상정의 경우도 없는 불한당 국가로 판 박을 셈이냐고 김홍기가 말하더라'고 말이다."라고 목청을 높였다.

LA 집으로 돌아온 지 얼마 안 되어 반 총장과의 통화 중에 박길연 대사가 직원 몇을 대동하고 방문해 취임인사를 하고 갔다고 하기에 그길로 뉴욕으로 다시 가서는 박 대사를 불러냈다. 같은 식당에서 이번엔 만찬 회동을 가졌다. 내가 먼저 "수고가 많았다. 만나보니 인상이 어땠느냐."라고 물었다. "참 좋은 분 같았다"고 하기에 "그 분은 인간성부터가 좋은 분이다. 그분도 말하기를 박 대사가 매우 똑똑한 분 같더라고 말하더이다."라고 전해주면서 "앞으로 사석에서 만날 때는 영어로 소통하지 말고 우리말로 하라. 사적(私的)으로 상의할 일이 있으면 관저를 찾아가도 좋도록 말해 놓았다"고 격려했다. 박길연 대사는 그 공로 때문인지는 몰라도 그 후 곧 진급하여 본국으로 귀환했다.

반기문 총장과 김종인 박사의 대권 레이스에 동참

이렇듯 40년 넘게 인연을 맺어 온 반기문 총장이 UN 사무총장 임기를 마치면서 대통령에 출마할 결심을 알려왔다. 나는 그길로 한국에 갔다. 그리고 곧 친분이 있던 4, 5명의 대학교수들을 중심으로 각 분야의 대표격 인사들을 모아 약 30명을 핵심 멤버로 한 '반지회'(반기문 지지회)를 결성했다.

그 중 지역과 연관이 있는 인사들을 풀어 주요지방의 지회 조직을 꾸리는 한편, 동원 가능한 주간신문 잡지 등에 기고 및 인터뷰를 통해 '세계정치와 국제외교의 달인(達人) 반기문 후보가 현 정국에 왜 대통령으로 적임자인가'를 홍보하며 나름대로 그를 위한 캠페인에 올인했다.

나는 반기문 후보를 크게 도울 수 있는 사람을 찾던 중 대권 출마를 고려 중에 있다는 '킹 메이커' 김종인 박사를 알게 되었다. 나는 한 지인을 통해 그와 만나게 되었고 "이번에는 반기문 씨에게 양보를 하고 그를 도와서 총리를 하는 것이 어떻겠느냐. 아직 내각책임제 개헌은 안 됐지만 반 총장에게는 국방과 외교만 맡으라고 하고 나라 살림은 경륜 높은 김 박사가 맡아서 각료 임면권을 실제로 행하는 분권 체제로 하면 어떻겠느냐"고 제안했다.

그는 반기문 후보가 그 조건에 동의한다는 말을 듣자 쾌히 승락했다.

그러나 반기문 후보는 출마 선언 뒤 3주를 못 넘긴 채 끈질긴 네거티브 공세에 그만 사퇴를 하고 말았다. '닭 쫓던 개 하늘 쳐다보게 된' 반지회 회원들에게 미안하다는 인사를 남긴 채 미국으로 돌아갈 준비를 하던 중에 이번엔 김종인 박사가 출마를 결심했으니 도와달라는 연락을 받았다.

김종인 대선 후보와 함께한 김홍기 박사

나는 그에게 진 큰 빚을 갚을 의무를 느꼈고 다시 그를 위한 캠페인에 또 올인을 하였다. 반지회 사람들을 다시 불러모아 '조인(Join)회'를 조직하고 '조인나믹스(Joinomics)'라는 신조어를 지어내는 등 나름대로는 성과 열을 다해 캠페인에 뛰어들었다.

그 와중에 협력을 청하며 만난 사람들 중에는 손학규, 박지원, 그리고 전 국회의장 정의화 씨와 정진석 의원도 있었다. 정의화 전 국회의장은 김종인 후보와의 동배(同輩)의 친분을 내세우며 절대 후원을 다짐했었고, 정진석 의원은 김 후보가 존경의 대상이라며 "그가 소속당으로부터 탈당만 하면, 내가 많은 현역의원들을 데리고 나와 돕겠다"고 나와 굳은 약속까지 했다.

나는 그 약속들을 액면 그대로 믿고 김 후보에게 즉각 탈당을 권면, 아니 촉구까지 했고 그는 결국 탈당하기에 이르렀다. 나는 기쁨과 흥분 속에서 성급히 그들에게 전화를 걸었는데 그들은 하나같이 '좀 두고 봐야 한다'는 소극적 태도로 변하는 것이었다. 말로만 들었던 정치인들의 '신축성 다변의 언약'을 톡톡히 맛본 나는 나의 순진함을 자책하면서 다시는 그런 짓을 안 할 것이라고 다짐하며 미국으로 돌아갔다.

반기문 총장에게 평양행을 다시 청하다

'보다 나은 미래를 위한 반기문 재단' 사무실에서 반기문 전 UN 사무총장(왼쪽)과 김홍기 박사.

2021년 7월 말경 나는 반기문 총장과 전화 통화로 약속했다. 그리고 도쿄올림픽 초청 관람을 마치고 한국에 온다던 첫날, 그를 찾아 만났다. 그는 광화문 내자빌딩 5층 전체에 '보다 나은 미래를 위한 반기문 재단'을 세워 '제로 탄소'를 위한 지구촌 대업을 펼치고 있었다.

나는 오랜만에 만난 그에게 "지미 카터가 전 대통령 자격으로 세계를 무대로 현역 때보다 더 큰 사업을 한 것처럼 반 박사가 전 UN 사무총장 자격으로 세계평화를 위하여 사업을 펼치고 있는 것을 보니 너무 반갑다"고 운을 뗀 뒤 "우리에게 '미완성 교향곡'이 하나 있는데 죽기 전에 끝을 봐야 하지 않겠느냐"고 했다. "그게 무어냐"는 그의 질문에 나는 "평화사도(平和使徒)로 평양에 가는 일"이라고 힘주어 말했다. "지금의 냉각된 남북관계나 북미관계를 감안할 때 그들 정상의 만남을 중재하여 평화협정을 이끌어 내는 평화미션을 감행할 귀인은 지구촌에 아직도 반 총장밖에 없으니 나와 같이 평양을 다녀오자"고 제안한 것이다.

그는 현역 때와는 달리 의욕이 동하는지 "나는 이제 일개 한국 국민인데 한국 정부나 청와대에서 어떻게 생각할는지 좀 염려된다"며 당국의 동의를 얻었으면 하는 눈치였다. 나는 선뜻 "그건 내게 맡기시요. 그렇지 않아도 박지원 국정원장을 만날 계획이었다"고 하면서 그를 안심시켰다.

그는 내게 그가 최근 영문으로 발간한 그의 회고록 'RESOLVED – United Nations in a Divided World'를 사인하여 건네주었다.

나는 바로 박지원 원장에게 전화를 걸어 만나기를 청했으나 그때가 마침 북한이 오랜 단절을 깨고 판문점 핫라인을 재개통한 터라 그 때문인지 면담이 불발되었고 이에 나는 전부터 친분이 있던 김부겸 총리를 찾았다.

총리실에서 김부겸 국무총리(왼쪽)와 김홍기 박사

코로나 방역 사령탑으로 분망한 가운데서도 김 총리는 고맙게도 총리실 방문을 허락했다. 그의 취임 뒤 첫 방문이었기에 늦은 취임 인사를 하고 "내가 남북정상과 북미정상 간의 만남을 주선하기 위하여 반기문 전 유엔사무총장과 함께 평양에 가려는데 우리 정부나 청와대 VIP는 어찌 생각할지 몰라 물으러 왔다"고 용건을 꺼냈다.

그리고 내가 1991년 평양 IPU총회 때 브라질 국회의원 자격으로 금의환향하여 김일성 주석을 만났던 일을 비롯해 반기문 박사가 UN사무총장으로 있을 때 '평양방문 초청장'을 받게 주선했던 일 등을 얘기했다. 김 총리는 자기도 국회의원 시절부터 반기문 총장을 매개로 하는 정상회담을 주장했다고 하면서 긍정적인 반응을 보였다.

그리고 그는 곧바로 비서실을 통해 청와대에 전화, NSC(국가안전보장회의) 위원장과 통화하였다. 청와대의 회답이 오는 대로 연락받기로 하고 나는 호텔로 돌아와 반기문 총장에게 전화로 "아마 지금쯤은 VIP도 보고받았으리라 믿는다"고 알렸다. 곧이어 반기문 박사가 한국인임을 감안할 때 사전 허가를 구해야 함에 통일부 이인영장관 면담도 시도해 봤으나 유럽 출장 중이라며 귀국해도 정권 말기의 분망으로 면접이 어렵다 하여 그 일은 다음 정권으로 미루자고 반 총장에게 전했다.

그리고 만일 가능하다면 내가 먼저 평양을 방문해 반기문 전 사무총장의 초청장을 받아가지고 오리라고 생각하며 다시 미국행 비행기에 몸을 실었다.

제8장

마음으로 전하는 소중한 이야기들

평화를 사랑하는 브라질인들의 트레이트

내가 브라질에 30여 년을 사는 동안 브라질 사람들이 술먹고 길거리에서 주정하거나 싸움박질하는 것을 한 번도 본 적이 없다.

어쩌다 폭력이 주먹질까지 극대화될 정도의 사건이 벌어지게 되면, 미국처럼 무기 구입의 규제가 일반적으로 자유화되어 있어 누구나 총기 하나씩은 소유하여 집안에 보관하고 있으므로 정당방위 의식이 강해 폭행 상대방을 사살하는 행위로 번지는 풍토가 있다.

그만큼 자신의 몸을 소중히 여기는 문화에 기인한다. 반면 그들은 '대화로 만사해결' 이라는 흔히 쓰는 속어 'Conversando, Resolve Tudo'가 증명하듯 '협상과 대화', '절충' 관습이 사회 저변에 깊이 깔려 있다.

소르본느 대학의 레이몽 아론이 그랬던가, 민주주의가 성공하는 데 그 사회가 필요로하는 절대적 기본요소 3가지가 있는데 첫째는 '준법성'이고 둘째가 '책임성'이며 그 셋째가 '타협 절충성'이라 했는데 브라질은 유럽문화의 연장권이라 첫째도 충실하고 셋째는 절대적인 반면에 둘째 요소인 '책임성'이 가장 빈약한 국민성임을 가지고 있는 반면 내 조국 한국을 가끔 생각해보면 유감스럽게도 '준법성', '책임성' 그리고 '타협성' 3요소 모두가 허약한 국민성이 아닌가싶다. 때문에 민주주의 토착이 힘든 것이 자연현상이라는 생각까지 든다.

브라질인들의 국민성을 들여다보면 온유하고 관용적이며 사랑이 풍부할 뿐아니라 본래 온정과 배려심이 많아 상대방의 마음을 안 다치게 하려고 대화할 때 부드러운 어휘를 찾다가 버벅대기까지 하는 사람들인 것을 볼 수 있다.

심지어 '아니(NO)'라는 부정사를 말해주기를 심히 꺼려하는 사람들이라 공무원들을 상대로 민원서류를 청탁할 때 안될 일도 애매하게 될 듯하게 대답하는가 하면, 심지어 호언장담까지 쉽게 말하기도 하지만 거의 모두가 "NO"라는 답은 회피하는 관습이라 나중 결과에는 황당할 때가 많았다.

이런 공무원들의 태도가 미국과 선진 서방국과는 너무 다른 무책임성에 기인한 것으로 알았는데 한 5년쯤 지나서 보니 NO라는 단어 표명으로 상대방의 마음에 상처를 줄까 염려하는 정 많은 브라질인들의 풍습에서 나온다는 것을 알게 되었다.

나는 나름대로 그 트레이트(trait)를 대륙성과 풍부한 자원과 카톨리시즘 3요소에서 찾아보았다. 아마도 나는 이런 브라질 국민성에 반해서 미국 카나다 호주 등 살기 좋은 영어권 국가로 보다 더 좋은 조건으로 재이민할 수도 있었음에도 불구하고 30여 년을 브라질에서 살게 된 것이 아닌가 한다.

그런데 이 대목에서 브라질인 주류의 포르투갈 사람과 스페인 사람들의 국민성의 큰 차이점을 짚고 넘어가고 싶다. 같은 이베리아반도 사람들인데 스페인사람 주류인 아르헨티나 사람들은 '호전적'인 데 반해 포루투갈 후예 중심 종족인 브라질인들은 '평화주의자'들이라 할 수 있다.

이 현상이 극명하게 드러나는 곳이 투우장에서인데 스페인의 투우는 처음에는 투우사가 기교로 연출하다가 클라이막스에 가서는 사이버칼로 찔러 죽이며 하이라이트로 피를 보이는 끝에 반해 포르투갈의 투우는 처음부터 끝까지 기교로만 연출하며 절대로 피를 보이지 않는다.

나의 인생에 빛을 준 고마운 목사들

목사님 하면 먼저 우리 민족의 성인 한경직 목사님(1902~2000)이 떠오른다.

이 분은 내가 1964년 한국을 떠나기 전 나의 필동집에 가까운 충현교회 교인일 때부터 우리 평양 사람 또는 평안도 사람 중심으로 세워진 영락교회에 친지들과 함께 예배드리기 위해 그 교회에 가끔 가게 되어 한경직 목사님을 청년시절부터 자주 뵙게 되었다.

그리고 내가 단장으로 인솔해갔던 '제2차 브라질 정책영농이민단'에도 영낙교회 장로, 권사, 집사님들이 꽤나 많이 포함돼 있었다.

그래서 브라질에 정착하자마자 우리가 처음 세운 예배당이 '연합장로교회'였는데 담임 목사는 공석으로 당시 반공포로로 UN 보호하에 인도를 통해 브라질로 10년 전에 안착한 50여 명 중 2명이 브라질 신학교를 나와 현지 목사로 우리교회에 교대로 설교를 맡아오곤 하였다. 그런데 두 분 모두 지독한 함경도 억양으로 설교를 해주는 건 감사했으나 듣는 귀맛이 별로였던 것임을 고백한다.

그러던 중 남미순방으로 아르헨티나 방문 직전에 브라질을 방문하게 되었던 한경직 목사님을 궁전이란 한국식당에 모시게 되었다.

오래간만에 만난 나를 알아보시는 그분이 얼마나 반갑고 고마운지는 이 글을 보는 모두 짐작하시겠지만, 나는 성급히 그분께 위에 말한 사정을 말씀드리며 "한국으로부터 목사님 휘하의 좋은 목사님 한 분을 정식 선교사로 파송해 주십시오."라고 간곡히 부탁드렸다.

그분은 귀국하자 곧바로 당시 약 3,000명의 교세로 잘 나가던 무학교회 담임목사였던 김계용 목사님을 "자네, 브라질로 가."라고 하셨다고 한다.

브라질 한인교포 1호 교회당 헌당식(1971년 10월)을 마치고 기념촬영. 안경 쓰고 중앙에 앉아있는 사람이 한경직 목사가 나의 간청을 들어 브라질로 파송한 제1호 선교사 김계용 목사. 오른쪽 3번째 검은머리 할머니가 김홍기 박사 모친인 오선희 권사. 중앙 뒷줄에 고개 들고 서있는 사람이 김홍기 집사, 그 앞이 김 박사 처인 김문자 집사.

내가 김 목사님을 브라질에서 처음 뵈었을 때 그분은 49살로 좀 굵은 테 안경의 중년 신사였고, 나는 30세 초반의 청년 집사였다.

김 목사님은 원래 신의주 사범학교를 졸업하고 교편을 잡았다가 김일성 주석에 대한 말실수(?)로 붙잡혔다가 결혼한 지 3일 만에 도주, 남하하여 대구신학교를 마치고 목사가 된 조용한 스타일의 명설교가였다. 한경직 목사님의 스타일로 아이, 어른, 할아버지, 할머니 모두가 좋아하는 형의 설교식이었다.

브라질 선교생활 3년을 마치고 LA의 영락교회를 맡아 가기까지 김 목사님의 업적은 너무나도 많아 일일이 열거하기가 어렵다. 그 중 가장 큰 업적은 어려운 환경의 외국교회 예배 후 곁방살이 형편에도 불구하고 역시 곁방살이 처지에 불안정한 성도들의 거주지를 대상으로 '목사 심방' 제도를 정착 활동하여 300여 명의 교인들과 개인적으로 친밀함을 도모했을 뿐 아니라 LA로 떠날 때는 500명 넘는 교세를 이뤄놓은 것이다. 그리고 브라질 대륙의 첫 번째 한인 예배당을 건축하여 준공 헌당식을 마치고 떠난 분이다.

그분과 나와의 관계는 너무나도 '진하고 두터웠다'라고 표현하고 싶다.

그분의 3년 선교사역 시기가 바로 나의 인생 3년간의 '오디세이(고역행로)' 때와 같이 돼 그분의 사역을 고통스럽게 만들었던 죄인이 바로 나였던 것을 고백한다.

앞서 이미 거론한 바와 같이 박정희 대통령의 오해로 인한 한국정부의 밀고로 브라질 군정-혁검의 구속기소, 군법회의 회부, 연방법원 회부, 무죄석방에 이르기까지 3년간 환난의 나를 비롯한 주요인물, 즉 구파(친 대사관파)와 신파(반 대사파) 모두가 연합장로교회 교인이었기 때문이다.

양쪽에서 욕을 먹으면서도 김 목사님은 꾹 삼키며 화해 무드를 조성하느라 부단히 노력했던 분이다.

내가 브라질 정치중범으로 옥살이를 할 때, 장창국 전권대사가 영사들을 풀어 한인교포사회를 누비며 "당신네들 동독학생들 사건 보았지, 김홍기 곁에 있는놈들 KAL기를 대절해서 다 납치해 갈 거야." 하며 협박하는 와중에 단 한 사람이 면회를 왔는데, 바로 김계용 목사님이었다.

그때 나에게 성경 한 권을 선물하면서 "김 집사, 이것이 다 주님께서 김 집사를 높이 쓰실려고 수련을 은사하시는 것이니 고민하지 말고 이 안에서 성경책을 열심히 읽으세요. 내가 열심히 기도합니다." 하고 말씀하셔서 얼마나 큰 힘이 됐는지 이루 말할 수 없었다. 지금 내 생애를 되돌아보니 그분이 예언한 인생의 길로 펼쳐지기도 한 것 같았다.

1977년 2월 20일 초대 한인교회인 상파울루 연합장로교회 역사적 헌당식을 마치고. 앞줄 오른쪽에서 두 번째가 김계용 목사. 뒷줄 젊은 사람이 김홍기 박사.

1977년 브라질 초대 한인교회인 상파울루 연합장로교회 헌당식을 마친 후 김계용 담임목사(앞줄 중앙)와 함께. 왼쪽 옆에 오선희 권사(김박사의 모친)와 뒷줄 오른쪽에 서있는 김홍기 집사

김계용 목사님이 미국 LA Fairfax라는 거리에 유태인 교회(Synagogue)를 사서 세운 영락교회를 맡았을 때 약 300명의 교세는 불과 1년내에 3,000명의 교세로 확장돼 현재의 LA Chinatown에 대형교회를 이룩하셨다.

한가지 특기할 사실은 북한으로부터 남하한 목회자 90%가 한국에서 재처(再妻)를 한 것은 모두가 주지하는 사실인 바, 끝까지 독신으로 지조를 지켜온 몇 분 가운데 한 분이 바로 김계용 목사님이다. 내가 직접 목도하기도 했지만 브라질에서나 미국에서 많은 집사, 권사, 여전도사등이 사택을 찾아가는 등 수많은 유혹이 있었지만 다 물리치신 분이기도 하다.

72세 때 은퇴를 하시고 북한에 두고 온 조강지처를 찾아 방북한 사실은 모두가 잘 아는 사건이다. 왜 사건인가 하면 그분이 불행하게도 평양에서 운명하셨기 때문이다.

많은 분들이 아직도 '김계용 목사는 북한 가서 독살 당했다'로 오인하고 있는데, 실은 그것이 사실이 아닌 것을 내가 여기에 증언한다. 그 뒤 평양을 직접 방문한 기회에 알아본 바에 의하면 사실은 이러하다.

결혼생활 3일 만에 도주, 남하한 김 목사님의 조강지처가 옥동자를 낳아 북한공직 차관급까지 올려놓았는데, 반동분자의 가족은 모두가 다 죽지 않았으면 아오지 탄광행 등이었던 상황에서 여성단체장 직분을 거쳐 그 아들을 고위직에 올릴 때까지 얼마나 당원 생활을 철저히 했겠으며, 그 아들 또한 열렬한 공산주의자가 되었겠는지 짐작이 가는 일이다.

이런 가족들을 반세기 만에 만나 기쁨과 미안함과 고마움이 교차하는 심장 위에 그 아들이 말하기를 "아버님, 반공설교로 유명하시지요. 반공설교도 좋지만, 그 반공설교 하실 때마다 오마니레 얼마나 고생하신줄 압네까?" 하니, 이 한마디에 충격으로 쓰러져 운명하신 것이다.

한편, 북한 당국의 회유가 많이 있었다는 것은 사실이었다. 월북한 최덕신 예를 들면서 "가족도 다 여기에서 잘살고 있는데, 이제 여생은 가족들과 함께 고향 땅에서 보내야지요. 잘 모시겠습니다."라고 한 것도 사실이었다.

김 목사님은 한사코 고사하면서, "나의 인생여건이 전부 남쪽에 아직 남아 있고, 또 미국에 나의 재산도 좀 있고 해서 가야 한다."며 "이제 자주 여행 오면 안 되겠습니까."

로 사양했다는 사실도 알게 됐다.

김 목사님이 급서하신 후 LA 영락교회에서 방북하여 운구를 모셔다 교회묘지에 안장했다.

나와 인연이 깊었던 또 한 분의 목사님은 바로 한국 장로교 전통의 총신대학교 초대 총장을 역임한 김의환 목사(1933~2010)이다. 이분은 기독교 지도자로서 한국에서도 성공하시고, 미국에서도 성공하셨다.

한국에서는 원래 총신대학에서 교수를 역임하다가 도미해 미국 LA에 '연합장로교회'라는 대형교회를 세웠으며, 소위 LA 3대 목사로 일컬어지는 김계용 · 임선동 · 김의환 목사 중 한 분이기도 했다.

그분의 가장 큰 업적으로 감히 내가 뽑는다면 '세계선교사업'을 성공시킨 것이다. 미국 LA에 신학대학교를 세워 물심양면으로 어려운 한국 선교사를 외지에 파송하는 식 대신에 외지로부터 잘 추천된 신학도를 데려다 full-scholarship(전 장학금=학비+숙식비)으로 3년 가르쳐서 본국으로 돌려보내 목회사업을 도모하는 것이 유리하다는 철학을 실천한 결과이다.

그분은 나에게 그 성공의 예로 말레이시아의 오늘날 기독교연합회 회장을 자랑한 적도 있었다. 그것이 벌서 약 20년 전 이야기다.

한국총신대학 총장 김의환 목사와 브라질 맥켄지대학 총장 아도니아스 실베리아 박사가 김홍기 박사 역할로 1996년 7월 맥켄지대학교에서 대학교 자매 결연식을 거행하는 장면. 왼쪽부터 김홍기 박사, 실베리아 총장, 김의환 목사, 경기신학대학 총장인 부인, 상파울르 한국 총영사

또 한가지 그분을 기억할 때마다 생각나는 재미있고도 훌륭한 얘기가 있다. 중국에 숨어 사는 탈북자들을 잡아 보내는 사람들이 있는가 하면, 숨겨주고, 재워주고 먹이면서 보호막을 펼쳐주는 선한 사람들도 있다. 그런 후자들 가운데 많은 목사들이 있고, 그들 중 특별한 분이 김의환 목사였다.

그분은 여러차례 나를 동행하자고 청하면서 이런 말을 내 마음에 각인시켜 주었다. "탈북자 중에 고위간부 출신들이 더러 있는데, 사상이 철저할수록 기독교인으로 교화하기가 쉬운 것을 발견했소." 하는 것이다.

"그게 무슨 말인가요?" 하고 되물으니 "요령은 그들 머릿속에 앉아 있는 김일성 수령 자리에 예수님만 바꿔 안치면 됩데다." 하는 것이었다. 참으로 기막힌 말이었다.

그분은 그 이론을 실천에 옮겼을 뿐 아니라, 계속 복제하였다. 즉, 첫 고위간부 출신들을 교화시켜 전도사를 만들어 그들로 하여금 뒤에 오는 사람들을 또 교화시켜 전도사로 만들어나가는 훌륭하고도 경이로운 '대선교사' 역할을 하시다 천국으로 불리어 가신 분이다.

브라질 명문 맥켄지 종합대학교와 한국총신대학교의 자매결연, 경희대 설립자 조영식 박사 명예박사 학위 취득 등 공헌을 한 김홍기 박사는 맥켄지대학 법대에서 10년간 국가법을 강의했다. 사진은 조영식 박사 학위 취득식에서 축사를 하는 김홍기 박사.

나는 그분 덕분에 총장직과 겸직으로 수업을 하던 총신대학교 대학원에서 그의 강의 시간을 나에게 양보해 서울대, 연세대 신학과 출신의 엘리트 대학원생들에게 '중립국 체제의 남북한 평화통일과 대북선교'라는 제목으로 특강을 한 적도 있다.

또한 내가 법대에서 가르치기도 했던 브라질 명문대학교인 상파울루 맥켄지 대학교(미국 북장로교단에서 세운 약 150년의 역사를 지녔고, 장로교단에서 운영)와 대한민국 장로교단의 총신대학교와의 자매결연을 주선했는데, 김의환 목사 부부(부인은 한국여성신학교 교장)의 방문으로 맥켄지 강당에서 거행하기도 하였다.

내 인생의 깊은 인연이 되어준 목사들

나의 인생과 인연을 맺었던 목사님들을 말함에 있어 가장 짙은 인연을 맺고 가신 '고 월광 박영창 목사님'을 빼놓을 수가 없다.

내가 그를 30여 년 전에 LA에서 처음 만났을 때에는 그의 오랜 목회생활을 은퇴하고 '미주 원로목사회' 회장직과 '미주 이북5도민회'(그의 주도로 창립) 회장 직분으로 사회활동을 활발히 전개하고 계실 때였다. 알고 보니, 그는 평안북도 영변 출신으로 평양 출신의 나와는 같은 장로교의 교리 및 종교사상뿐 아니라 우리 같은 성격의 사람들이 흔히 고구려의 기질로 내세우는 솔직담백한 극-외향적 성격의 소유자로서 공통점이 많아 금방 노소동락(老少同樂)의 절친의 우정을 나누게 되었다. 바로 말하면, 내가 모든 면의 대선배인 그에게 엄청난 기독교적 사랑을 받게 되었다.

우리가 서로 가까운 이웃이었던 것도 나에게는 우연치 않은 행운이었기에 2, 3일간에 어김없이 만나곤 하며 한국 갈 때는 물론, 북한에 난도행차를 할 때마다도 그의 영력 강렬한 축복 안수기도를 받곤 했었다. 그의 남북통일관 역시 그의 애족관으로 비롯되었기에 나의 통일관과 일맥상통하였다.

그는 만 100세에 소천하시기 전까지, 나에게 때때로 말씀하시기를, "김 박사, 남북통일은 우리 둘이 같이 이룩해야 해!" 하시며, 당신의 춘추를 초월한 그 결의를 다지곤 하셨던 분이었다.

1998년 고 박영창 목사와 함께 백두산에 올라 천지 앞에서 조국통일을 기원하던 모습

생전의 박영창 목사와 부인. 뒤로 부친 염광 박관준 장로의 초상이 보인다.

나는 그의 백절불굴의 애족관의 뿌리를 그의 두 과거 행로에서 찾아보았다. 하나는 '면학동지회'라는 학생운동 조직과 다른 하나는 그의 선친의 순국순교의 정신이다. 해방 후 그는 중국 망명생활을 마치고 나서 서울에 안착한 후, 곧 한국 최초의 서울지역 대학생 연합단체인 면학동지회를 조직하여 발족했는데, 김구 주석을 고문으로 모시고 그 대표회원으로는 강영훈 총리, 이동원 의원(박정희 정권 초대 외무장관), 이희호 여사(당시 서울대학교 사범대학 대표) 등 각 대학의 쟁쟁한 멤버들과 같이 조직한 면학동지회의 초대회장을 역임했다. 한국동란으로 면학동지회는 부산으로 피난 갔는데 그때 김대중 청년이 그 모임에서 이희호 양을 만나 그들은 후에 결혼했다. 면학동지회가 없었다면 한국의 현대사가 달라졌을지도 모른다. 1948년에 시작된 면학동지회는 한국대학생 운동의 효시로서 1960대의 4 · 19민주화운동을 주도한 학생운동과는 달리 대한민국 초창기의 인물양성과 미래를 준비하려는 순수한 대학생 운동으로 특기할 만하다.

또 하나는 우리 한국교회사와 한국현대 독립운동사에 빛나는 그의 선친 '염광 박관준 장로'에서 그 뿌리를 찾을 수가 있었다. 박관준 장로는 한국 기독교계에서는 너무나 도 잘 알려진 '3대 순교자'의 한 분으로 '왜정폭정'의 서슬이 시퍼렇던 1939년 당시 조선 땅에서는 10여년전부터 이미 강행 실시해오고 있던 신사참배령을 합법화시키는 술책으로 일본제국 국회에서 입법시도를 한다는 정보를 접하고 일본 국회에 들어가서 이를 막으려 도항증도 없이 현해탄을 건너가셨던 분이다.(현재 총신대학교 교정에는 그를 기리는 비석이 있다.)

한국의 총신대학교 교정에 있는 순교자 염광 박관준 장로 기념비

박관준 장로가 부산에서 일본으로 건너가기 위해서는 도항증이 필요했는데 요시찰 인물이던 그는 도항증을 발급받을 수 없었다. 그는 부산에서 일본으로 떠나는 배를 타야만 했다.

여기서 박영창 목사님의 자서전에 쓰여지기 이전부터 그에게 누차 들었던 사실인 '주님의 기사' 두건을 특기 아니할 수가 없다. 하나는 경계가 매우 삼엄했던 현해탄 페리호 선상에서 트렌치코트의 일본형사 두명이 일체조사를 하면서 박관준 장로가 그들의 눈에 띄지 않아 그들의 앞을 그대로 지나쳐버린 기적이 있었다는 사실이다. 박관준 장로는 도항증 없이 무사히 배를 타게 된 것이다.

또 하나는 일본에 도착한 박관준 장로와 아들 박영창 목사는 거사 그 전날 밤까지 두 부자가 붓으로 직접 썼던 두툼한 '대일본제국에의 경고문'을 몸에 감춘 채, 그 악법을 통과시키는 당일 일본 국회 앞에 늘어섰던 방청객의 장사진 속에서 두 부자를 몸수색할 때 아랫다리 둘레 속에 숨겨 발목을 묶고 있었던 것도 무사통과 되었던 기적적인 사실을 말하는 것이다. 만일 한장이라도 발각되었더라면, 당장 '경시청'행으로 그 의거사건이 무산되었을 것이었다.

이 대목에서 박영창 목사님에게 직접 들은 감격의 한마디를 꼭 짚고 넘어가야 하겠다.
염광 박관준 장로가 현해탄을 건너 일본 동경에 도착했을 당시, 그의 2대 독자였던 박영창 목사는 동경신학대학 재학생이었다. 박관준 장로는 그 아들에게 "이번 거사는 죽으러 가는 길인데 각오가 되어 있느냐"는 질문을 던졌는데, 아버님의 말씀을 들은 그는 자식된 도리로 가만히 있을 수가 없어, 무릎을 꿇고 앉은 자세로, "아버지, 저도 동행하겠습니다."라고 하며 속으로는 솔직히 "죽으러 가는 일은 나 하나로 족해. 너는 2대 독자로 남아 우리 가문을 지켜라." 하실 줄 알았다고 나에게 실토하였다. 그런데, 그 민족투쟁 용사의 질문은 단순한 "너 죽을 각오가 되어 있느냐?"의 물음 한마디였다. 그러니 그 아들이 이에 무엇이라 답할 수가 있었겠는가. "네, 되어 있습니다."라고 할 수 밖에…. 그렇게 그 역사적 의거사건에 동참하게 되었던 박영창 목사였다.

방청석 제일 앞자리에 앉은 아버지와 바로 뒷자리에 앉았던 아들이 본래 약속했던 계획대로 고야마 국회의장이 "이제부터 개회를 선언한다." 하며 의사봉을 때릴 때, 아들 박영창 목사가 목례를 하며 신호를 주자, 박관준 장로께서는 그 경고문 뭉치를 대일본제국 내각 전원과 5백여 명의 국회의원들이 앉아 있던 가운데 단상으로 있는 힘을 다하여 "대일본제국은 들어라." 하고 외치며 투척하였다. 순간 일본 제국의회장 안은 일대 수라장이 되며 단상에 있던 고관대작 모두가 폭탄 투척인 줄 알고 책상 밑으로 숨느라고 야단법석을 하는 가관이었다고 했다.

그 부자 애국지사 두 분은 즉석 체포되어 동경 경시청의 조사와 재판 끝에 염광 박관준 장로는 조선 평양 감옥으로 이송 투옥되었고, 아들 박영창 신학도는 조선 고향집으로 이송 연금되어 관할 경찰소의 감시망을 벗어날 수 없게 되었다고 했다.

LA시 한국타운 내 중앙공원(국제서울공원)으로 LA시 의회가 명명하도록 성사시킨 후 '태극기 게양대' 건립을 서울시에서 맡아 줄 것을 요청 차 방문한 김홍기 박사(왼쪽, LA한인회 고문), 엄목사(LA여성 목회자대표), 이명박 서울시장, 박영창 목사(오른쪽, 미주목사회 회장)

긴 얘기 짧게 매듭을 지으면, 박관준 장로는 광복을 불과 6개월 앞두고 평양감옥에서 순국 순교를 하셨고, 아들 박영창 목사는 고향의 약혼녀와 결혼식을 서둘러 올려 식후 3일째 신혼이라는 분위기를 이용, 경찰감시가 좀 느슨함을 틈타 뒷문으로 신부를 데리고 중국 상해로 망명하였다.

중국에서도 신학을 마쳤으나 광복과 더불어 귀국한 후 연희대학교 신학과에 편입하였다가 정통신학을 위하여 총신대학으로 전학 졸업한 후 명지대학교 초대 교목실장을 역임했고, 미국 로마린다 대학의 초청으로 LA에 오셨다가, 60년대 당시 영주권이 쉽게 나와 미국에서 목회사역을 시작하게 되었다고 한다.

나는 박영창 목사님과의 인연을 통하여 여러 교우들을 만나본 가운데, 종파는 좀 다르나 구교 가톨릭 교회의 독실했던 신자 고 강영훈 총리와의 인연에 얽힌 아름다운 에피소드의 한마디를 상기 아니 할 수가 없다.

이야기는 20여 년 전 일본 천황 소화 히로히토가 서거하였을 때로 돌아간다.

본래 일본 도쿄 한국 YMCA 총무를 역임하면서 '원수인 일본인들을 교화시켜야 한다' 하시며 반일 대신 극일 사상을 주장하시던 박영창 목사였기에 히로히토 천황이 서거하여 일본에서는 당연히 국장을 한다고 전세계가 떠들썩할 때였다. 그는 말하기를, "역사와 우리 민족 앞에 용서를 구하지도 못한 채 죽은 일본왕의 장례식을 국장으로 한다는 것은 어불성설이다"라며, 이를 말리려 일본으로 간다는 것이었다. 아무도 못말리는 독불장군이었던 그는 드디어 홀로 일본으로 갔다. 그가 돌아와서 나에게 한 말이다.

"'도쿄 니쥬바시'(이중교– 천황궁을 가리켜 쓰는 속어)를 비롯해 장례식 중앙광장 등 기자단이 모인 장소를 누비며 '역사 앞에 죄를 빌어라' 하는 홀–피켓을 흔들며 독–데모를 하고 다녔는데, 장례식 '한국조례 방문단' 단장으로 온 나의 절친 강영훈 총리를 거기서 만났어…." 하는 것이었다.

2005년 '우리민족교류협회 미주본부창립' 행사장에서 박영창 목사(왼쪽에서 두 번째)와 강영훈 전 국무총리, 김홍기 박사(오른쪽)

나는 소스라치게 놀라, "그래, 그분이 무어라고 하십데까?" 하고 물었다. 그도 그럴 것이, 한 분은 국장반대 데모를 하고 또 한분은 장례조례를 표하러 대한민국을 대표하여 온 친구 입장으로 마주쳤으니 얼마나 무안하고 송구스럽겠는가 하는 생각으로 물었으며, 나는 당연히 "이 사람아, 이게 무슨 추태인가." 하며 탓하는 최소한의 원망이 있었으리라 하는 짐작으로 물었다.

박 목사는, "아니, 원망은 커녕 내 손을 꽉 잡더니만 '박형, 나는 직분상 이 모양 이 꼴인데, 박형이 있어 우리민족의 체면이 서는구려.' 하지 않겠는가, 내가 오히려 송구스러워 몸 둘 곳을 몰랐다네." 하는 것이었다.

본래 USC(남가주 대학교) 에서 정치학 석 · 박사 학위를 받고 주머니가 비었던 강 총리는 나의 친구 고 양회직 회장(전 LA한인회 회장)이 경영하던 'MAXIM 청소회사' 에 방 하나를 얻어 '극동정치문제연구소'를 차려 운영하던 때부터 내가 좋아하며 존경했던 분이었다.

그 말을 들은 후에 모국방문시 강 총리를 재회하자 "나는 일찍부터 선배님 같은 평안도 분을 좋아했던 사람으로 박영창 목사님과 히로히토 장례식에서 만났던 얘기를 들은 뒤에는 더더욱 존경하게 되었습니다."라고 말을 했고, 그 당시의 에피소드의 이야기로 웃어가며 우정에 꽃피는 정담으로 저녁식사 내내 이어 가기도 했었다.

참사람 냄새 풍기는 그의 고귀한 인간성 얘기는 무성하며 많은 사람들이 주지하는 사실들이어서 여기 한가지만 더 들기로 한다. 나의 절친이였던 양회직 회장과의 얘기이다. 이제는 두 분 다 고인이 되었으니 마음 놓고 얘기하련다.

강영훈 박사가 영국대사를 마친 뒤 대한민국 국무총리가 되었을 때, 양회직 회장도 그 축하연에 참가했었다. 나는 다른 우선사항에 매여 그 영광을 놓쳤었다. 한국에서 돌아와 양 회장이 내게 말하기를, "수십명의 하객이 모인 자리에서 손을 내밀며 나를 지목하여 말하기를, 이 자리에 내가 서있게 된 것이 저, 미국에서 온 양회직 동지가 없었으면 불가능했었을 것이었습니다." 하며 자기를 내세워 주었다고 눈시울을 적시며 말했다. 그게 무슨 뜻을 의미하였는가를 물으니, 양 회장이 말하기를, "사실 그의 대학원 시절에 등록비를 한두 번 대준 것 밖에 없는데, 그것을 잊지 못할 신세처럼 그리 무겁게 여겨 말해주어, 내가 오히려 미안해 그 자리를 피해주었다."라고 했다.

Mahatma Gandhi 평화재단과의 인연

'마하트마 간디 평화재단'과의 인연은 그의 창립자요 초대총재였던 모하파트라(SS. Mohapatra) 박사와의 인연으로부터 시작됐다.

고 모하파트라 박사는 '간디 철학' 박사로서 그 간디 철학을 'Georgetown University' 와 'London School of Economics' 등 명문대를 포함한 세계 여러 대학에서 강의 하시던 중 나와는 같은 때(1997년)에 한국의 경희대학교 대학원-광릉 평화대학원-에서 한 학기를 강의한 것이 우리가 '의형제'를 맺는 인연이 되었던 것이다.

2003년 남북 분단의 상징 임진각에서 열린 세계평화운동 행사에 김홍기 박사와 양아들 죠티 박사가 아버지 모하파트라 전 인도 여당 총재와 참석하고 있다.

나는 당시 경희대학교 창립자 조영식 박사가 설립한 '밝은사회운동 국제본부'(Global Cooperation Society)를 대표해 UN-NGO 대표로 나가 UN을 무대로 '세계평화운동'을하며 UN 본부에서 매년 거행하는 'UN-NGO 세계총회'를 사상 최초로 유엔 밖인 대한민국 서울로 유치 · 개최하기 위한 국제교섭 활동에도 매진하고 있을 때였다.

그의 철학이기도 한 간디의 사상과 이념, 그리고 국경과 종교를 초월한 '비폭력 세계

평화' 이념을 신봉하고 있던 나와는 세계관의 공감대 위에 전폭적인 '인생 철학'의 동지가 돼 서로 사랑하게 되었다.

'한반도 평화통일'에 대해서도 공감 · 공명을 했다. 그도 그럴 것이 나는 91년도 '평양 개최 국제의원총회(IPU)'에 동참한 이래 '한반도 평화통일'에 올인하며 나의 제2의 고향격인 브라질과 북한과의 국교정상화에 교량 역할을 하고 있었으며, 모하파트라 박사는 과거 1982년 인도와 북한과의 국교정상화를 최일선에서 체결한 장본인이었다.

인디라 간디 수상 집권 당시 인도의회당 사무총장을 지낸 모하파트라(SS. Mohapatra) 박사의 아들인 죠티 모하파트라 박사가 아버지에 이어 인도 · 중국친선협의회 회장 활약으로 시진핑 중국 국가주석으로부터 공훈 매달을 받는 장면.(장소 : 뉴델리 중국대사관)

반세기 이상을 인도 국회의원을 역임했던 그가 과거 장기집권 해온 인도의회당(Congress Party)의 사무총장 재임시 인디라 간디(Indira Gandhi) 수상을 대신해 평양에 가서 당시 북한을 대표하는 최고인민의회 상임위원장이었던 황장엽 위원장을 상대로 국교체결서에 사인식을 거행하고 온 양국 간의 역사적 인물이기도 했다. 그 후에도 북한을 인도 대표로 여러번 방문해 김일성 주석과도 특별한 친분을 쌓았으며 북한 사정에도 밝은 인사가 되었다. 그리고 무엇보다 '한반도 평화통일사업'을 세계평화의 첩경으로 나와 공감하는 동지로서 그 역사적 과업에 공동기여 하기로 약속을 다졌던 의형제였다.

또한 여러해를 거쳐 인도와 한국 양국에서 개최하는 국제회의 혹은 이벤트에 연사로 상호초청을 통한 왕래로도 긴밀한 관계와 우정을 다져왔다.

그러던 와중에 2005년 POSCO가 인도에 상륙하게 되었는데, 바로 모하파트라 박사의 고향이요 정치영역인 오디샤(Odisha)주 수도 부바네스와르시에 인도 현지 본사를 설립하게 되었다. 불교의 메카요 전통농경지역인 오디샤주가 인도의 철광자원의 최대 매장지이기 때문이다.

3개의 제철플랜트와 연간생산 3천만 톤(포항 · 광양 플랜트 총생산에 버금)의 마스터 플랜을 가진 POSCO-INDO 사업기반구축에 내가 적지 않게 도울 수 있었던 힘이 바로 모하파트라 박사의 후견 덕이었다.

뉴욕대학교를 나온 경제학 박사인 그의 아들 죠티 모하파트라(Jyoti Mohapatra) 박사도 POSCO 현지법인 사장의 고문으로 초기 3년간 근무하며 기초사업구축에 크게 기여한 바 있다.

그러나 모하파트라 박사는 POSCO가 인도에 상륙한 그 이듬해인 2006년 안타깝게도 심장마비로 우리 곁을 떠나고 말았다.

그 갑작스럽고도 슬픈 소식을 전화로 내게 알리면서 Jyoti 군은 울먹이며 말하기를 "이제 이 세상에 남은 나의 아버지는 Dr. Kim 한 분뿐입니다. 이제부터 박사님을 아버지로 모시겠습니다."라고 했다. 그때부터 죠티 군은 나의 '양아들'이 된 것이다.

그리고 모하파트라 박사의 유언에 따라 죠티 군은 그후 화장한 아버지의 유해 일부를 한국으로 가지고 나와 서울 성수대교 밑의 한강과 광릉 경희대 평화대학원의 교수기숙사 앞뜰에 나누어 뿌렸다.

그로부터 죠티 군은 거의 매해 한 번씩 혹은 2,3년에 한 번씩은 한국을 방문해 나와 같이 아버지의 유해가 뿌려진 광릉 경희대 평화대학원 교수기숙사 앞마당에 가서 추도를 빌곤 한다.

그들 Mohapatra 부자가 얼마나 한국을 사랑했는가를 방증하는 대목이 아니던가!

2005년 UN 평화의날 기념대회로 포스코가 진출한 오디샤주 수도 부바네스와르시에서 개최된 한국-인도 친선 행사에 기조 연설을 하는 김홍기 박사, 사회를 맡은 양아들 죠티 박사와 함께 주 의회의장 및 장관들, 주 대표 연방상원 의원 등이 참석했다.

그후 'Mahatma Gandhi 평화재단'의 사무총장이기도 한 죠티 모하파트라 박사는 천국에 계신 아버지의 유지라며 생전에 늘 말씀하시기를 "김 박사는 세계적인 평화사도다. 모든 조건이 융합하는 시기에 그에게 간디평화상을 수여해야겠다"고 하시다 타계하셨다며 내가 인도에 와서 수상할 것을 여러해 동안 종용해왔다.

나는 "넬슨 만델라(Nelson Mandela) 대통령이나 지미 카터(Jimmy Carter) 대통령 등의 수상자들 반열에 내가 감히 오를 수 있느냐"라며 수차례 사양했다.

그러던 중 죠티 박사가 말하기를 "인도 상원의원인 재단 총재나 인도 수상 출신의 고문 등이 아버지를 명예총재로 모셔서 '재단확장 및 활성화 사업'을 같이할 기대를 가지고 있기 때문에 간디상 수상을 먼저 하셔야 한다"고 간청하는 말에 설득돼 수락하게 되었다.

2019년 9월 인도에서 거행된 '간디평화상' 수상식에서 김홍기 박사가 수상하는 장면. 오른쪽은 간디 평화재단 사무총장 죠티 모하파트라 박사.

그래서 2019년 9월에 인도에서 거행한 수상식에서 그 크나큰 영광을 안게 되었다. 이어서 다음 해인 2020년에 간디 평화재단의 명예총재로 추대되어 세계 주요지방 및 도시에 지회 · 지부를 설치, 확장하여 간디의 비폭력 평화사상 전파 등 사업활성화에 동참하게 됐다.

미주·남미 대륙에 뿌리내린 '전주 김씨' 가문 후세들

지난 4월 나는 증조부가 되었다. 미국 LA의 White&Case 로펌에 근무하는 막내아들의 장손 Leo Kim 변호사가 예쁜 딸을 우리 가문에 안겨주었다.

1964년 10월 15일 남미 브라질 땅을 밟을 때 3살과 1살 반의 두 딸뿐으로 시작한 후손군에 2023년 현재의 막내 증손녀가 출생한 것이다.

물론 한국도 아니고 브라질(그의 아빠가 출생한)도 아닌 미국 LA 땅에 내린 또 하나의 뿌리인 것이다.

브라질 생활 1년 후인 1965년에 나의 가문에 첫아들 Roberto Kim이 출생, 또 68년에 둘째 Ricardo Kim이 출생하여 4남매가 되니 나의 어머니 고 오선희 권사께서 "3대 독자인 김홍기 가문에 아들 둘을 주님이 주신 이 땅 브라질이 진정 뿌리를 내릴 우리 땅이로다." 하셨다.

김홍기 박사의 막내 아들 가족. 왼쪽부터 둘째 손자 Nicolas, 막내 아들 Ricardo(LA, 변호사)와 부인 · 증손녀, 첫째 손자 Leonardo(변호사) 부부.

두딸 옥경이와 수영이가 유치원을 마친 초등학교 시절은 중앙정보부 5국 남산 벙커로부터 시작한 나의 69~71년 3년간의 수난기와 겹쳐 가정혼란 속에서 아버지의 별 보살핌 없이, 또 어머니의 밀착 보듬도 못 느낀 채 절로 마치다시피했다.

그러나 중 · 고등학교부터는 브라질의 최고 명문 중 · 고등학교를 거쳐 최고 명문 대학을 보낼 수 있었다.

대통령을 3명, 상원의원을 8명이나 배출했다는 상파울루시의 명문고 S· O LUIZ 중 · 고등학교는 학생들의 입학 결정을 부모들의 인터뷰를 통해 가정의 지적, 도덕적 수준을 심사, 검토하는 엄격한 Jesuits(예수파)파 가톨릭 교육재단의 학교이다.

나의 인터뷰를 통해 합격한 우리 2남2녀 네 학생은 그 학교 사상 처음으로 한국 학생들을 입학시켜준 덕으로 20대1 정도로 어렵다는 USP(상파울루주립대학교)에 입학시켰다.

그 중 USP를 졸업한 큰딸은 치과병원을 경영하고 있고, 둘째는 병원 경영과 동시에 USP에서 치의학 박사 학위를 받고 치의학 교수로 겸무 중이며, 큰아들은 공대를 마친 후 만학으로 법대를 마쳐 변호사 자격을 얻었다. 차남인 막내는 1972년 유일하게 LA로 이주해 글랜데일 법대를 마치고 현재 LA에서 변호사로 성업 중이다. 한 살 때 미국에 온 그의 아들 Leonardo도 변호사로 이번에 나에게 증손녀를 안겨주었다.

미국 태생인 Leo의 동생, 즉 나의 LA의 둘재 손자 NICOLAS는 금년 3월에 명문 공대를 졸업하자마자 굴지의 회사에서 고액 초봉 계약으로 근무하게 돼 분에 넘치는 '후손성가(後孫成家)'의 축복을 내려주신 주님께 감사할 따름이다.

브라질에 사는 두 딸과 장남도 나에게 축복과 감사의 후손들을 안겼으니, 우선 그들의 결혼과 나의 다국적 집안 및 국제 사돈집 인연 얘기부터 해야 할 것 같다.

김홍기 박사 둘째 딸 수영 가족.

먼저 두 딸의 혼사를 위해 한국에 데리고 나가 이모들을 통해 맞선을 보였으나 문화와 가치관의 차이가 마치 ET(외계인)끼리 만난 것 같다고 머리를 휘저으며 돌아서 한국에서 사윗감을 찾는 것은 아예 종지부를 찍게 되었다.

그후 어느날 차녀가 Sao Luiz 중 · 고등학교 동창생이라며 이탈리아 배우처럼 생긴 미남 청년을 데리고 와서 "아버지, 나하고 결혼할 사람이에요." 하는 것이었다. 상파울루 명문공대 Instituto Maua De Tecnologia를 졸업하고 세계적 명문 경제대학교인 Fundacao Getulio Vargas 대학원에서 MBA를 마치고 다국적 기업에 고급 간부로 근무 중이라는 사윗감이었다. 그 중 · 고등학교 출신이라면 그의 가정이나 부모에 대해 알아볼 것도 없는 상류층이었는 바 그의 부친도 같은 고등학교와 대학교 출신이었다.

후에 알게 된 사실이지만 그의 외조부는 상파울루주 고등법원장을 역임한 유명한 법학자이며 그의 삼촌은 훗날 브라질 연방 문화부장관을 역임하게 된 당시의 상파울루주립대학교 정치학 교수였다. 한마디로 한국식 결혼문화로 말하면 우리집과는 가문비교가 전혀 안되는 가문이었다. 그래서 아비인 내게 축복을 준 첫 번째 국제결혼이었다. 거기서 아들, 딸 한쌍의 유럽-아시아인 손자를 얻게 된 것이다.

김홍기 박사의 큰딸 옥경 가족. 손녀가 한국 연세대학교에 유학 중이다.

장녀 옥경이의 국제결혼 역시 불가항력으로 이뤄진 것이다. 차녀 수영이가 결혼한 2년 뒤인 1992년의 일이었다. 평소에 한국여행을 자주하면서도 사윗감을 찾는데 무성이하다고 닦달하던 애들 엄마가 수영이가 결혼한 후부터는 30이 넘은 과년한 큰딸 혼사에 대한 독촉이 신경질적 수준으로 강렬해졌다.

한국인 사돈을 찾아 브라질 교포사회를 돌아보았으나 대부분 시장상인으로 형성되어 대학원 출신 치과 의사인 딸들 수준에 맞는 전문직 사윗감을 찾기가 매우 어려웠다.

그런 와중에 어느날 키가 190cm의 훤칠한 브라질 청년이 한 손에는 책 한 권을, 또 한 손에는 장미꽃 한 송이를 들고 우리 아파트 문앞에 서서 Karina(장녀의 브라질 이름)를 찾는 것이었다.

알고보니 폴란드인인 변호사 출신의 아버지 밑에서 본인도 나와 동문이 되는 상파울루주립대(USP) 법대와 동시에 세계적 명문 경제대학교 Fundacao Getulio Vargas에서 경영학과 '더블매이줘'를 졸업한 후 국가고시로 행정부 법무관으로 근무하다가 은퇴하신 아버지가 경영하던 가업인 수만 마리의 소 목장과 10여 개의 주유소를 맡아 운영하고 있는 청년이었다.

옥경이와는 독서서클에서 만나 깊은 교제 끝에 결혼을 약속한 사이였다. 방문해 올 때마다 책 한권이나 꽃 한송이를 들고 오는 총명하면서도 온유한 청년으로 우리 옥경이가 하자는 대로 하는 청년이었다.

그의 누이도 행정부 법무실 법관 출신으로 당시 제1야당 대표 비서역으로 복무하고 있는 등 엘리트 가문이었다.

양가의 상견례에서 만나본 양친 및 가족들이 다 선량한 인상을 풍겼을 뿐 아니라 우리 옥경이는 이미 그들의 사랑을 듬뿍 받고 있었다. 이에 결혼 승낙을 아니할 수 없었다. 장녀의 부부 역시 한 쌍의 손자, 손녀를 낳아주었다.

김홍기 박사의 장남 Roberto(수찬), 장녀 옥경 부부, 차녀 수영과 Roberto 부인, 수영 남편.

브라질 태생 장남 Roberto는 대학서클에서 만난 일본인 3세의 배필이지만 그의 부모가 일본인 2세였기 때문에 일본말을 못하는 것은 물론, 일본 문화의 영향을 전혀 받지 못한 완벽한 브라질 처녀였다. 그의 부친은 변호사로 천주교 신앙의 평범한 가정이었다.

그들은 우리 전주 김씨 가문에 아들만 셋을 보태주었다. 그 중에 둘째가 의사가 되어 우리 문중에 치과의사가 둘, 내과의사 하나가 생겼다.

지금 LA에서 변호사를 하고 있는 막내 Ricardo만은 사실 꼭 한국인 사돈을 만들 결심까지 했으나 그 또한 마음대로 되지 않아 평범한 포르투갈 후예인 브라질 며느리를 맞게 됐다. 이 막내 아들 양주가 또 아들 Leonardo와 Nicolas를 안겨주었다. 첫째는 세계적 로펌인 White&Case에 스카웃돼 근무 중이며, 둘째는 최근 명문대인 California State Politechnic University, Pomona 종합공과대학교를 나와 LA 굴지 회사에 엔지니어로 근무하고 있다.

김홍기 박사와 브라질 손주들

이렇게 현재 브라질에 손주가 7명, 미국에 2명인데 지난 4월에 미국의 첫손 Leonardo가 예쁜 딸을 낳아 나에게 첫 증손녀를 안겨주었다.

이렇듯 나는 한국인 사돈을 얻을 복은 못 타고났으나 우리 가문은 틀림없는 LIVING UN(생생한 국제연합)이다.

제9장

영원하라,
나의 무궁화꽃이여!

배달 민족의 디아스포라 750만의 무궁화꽃

한민족의 해외 대웅비사 500년을 뒤돌아보면 먼저 비공식, 또는 비정상적 코스를 통한 대이동사를 들지 않을 수 없다.

우리 민족사에 가장 비통했던 임진왜란 때(1592~1598년)에 왜적에게 끌려간 5천 명이 넘는 한학자, 예술인, 도기공 이외에도 부녀자를 포함한 포로들, 규슈를 비롯한 일본 각지에 10여 대(代)의 뿌리를 오늘날까지 내리 살고 있음은 모두 주지하고 있는 사실이다.

그러나 그중 일부가 노예로 팔려 이배, 저배를 옮겨 타며 선원으로 강제 노동의 멍에를 짊어지다가 심지어는 해적선에 나포된 배에서 잡혀 유럽과 북 · 남미로부터 캐리비안 제도까지 팔려간 우리 조선인들도 다수였다는 사실을 잊고 있는 것이다.

그래서 멕시코, 쿠바에서 우리 모습은 거의 지워진 채 '훼르난도 김', 혹은 '구스타보 박'으로 불리는 우리 후손을 가끔 만나는가 하면, 얼마 전 이태리에서 '안토니오 김'이란 벽안의 금발 청년을 만나서 깜짝 놀랐던 우리 관광객들의 기행담도 있었다.

우리 민족 비운의 제1급 희생양이었으니 1592년부터 1599년 사이에 일어난 타의에 의한 우리 민족 대이동의 효시라 할 수 있다.

하와이로 이민간 한인1세 들이 열악한 환경의 사탕수수 농장에서 일하고 있는 모습(사진: 한국이민사 박물관)

이에 반해 자의에 의한 소위 '자발적 이민'(Spontaneous Immigration), 혹은 '계획 이민'(Planned Immigration)이 1902년 고종 황제의 칙령에 의한 102명의 청년들로 조직된 하와이 이민이 있었다.

오늘날 250만(미국 이민국 통계는 200만을 밑돌지만) 교민 사회와 130년의 역사를 자랑하는 미국 이민의 효시가 된 그들은 1865년 흑인 해방에 의한 농노(Serfdom)들의 빈자리를 메꾸기 위해 한 기독교 단체에 의해 조직된 계획조직 이민을 고종 황제가 윤허한 것이다.

이들 이민자들은 하와이의 '사탕수수 농장 노동자'(Sugar Cane Cutter)로 노임은 시간당 68전의 수당으로 계약됐다. 그러나 그들은 사실상 농노에 가까운 대우를 받았다.

그 와중에서도 그들의 2세들을 호놀룰루 등 도시로 이주시켜 도시생활의 터전을 마련케 하여 3세 때는 고등교육을 받는 것을 비롯해 의사 · 판사 · 검사 등을 배출해내는 등 출세가도를 이어가게 했던 것이다.

그 가운데서 법조계 최고직인 '하와이주 대법원장'이 탄생하기에 이르렀다. 그가 바로 한인 최초의 하와이 사탕수수 농장 이민 1세인 고 문정헌 씨의 손자 문대양(文大洋, Ronald Moon) 대법원장이다.

하와이 한인 이민 1세인 고 문정헌 씨의 손자 문대양(Ronald Moon) 전 하와이주 대법원장.

그는 임기가 10년인 대법원장직을 2회에 걸쳐 연임해 20년의 장기 역임을 한 우리 민족의 자랑이 되는 인물로서 그의 부친은 일찍이 양복 제품의 기술을 배워 호놀룰루 시에 양복점을 차려 아들을 하와이주 법조계의 수장으로 출세를 시키기에 이르렀던 것이다.

나는 그를 세계한인변호사협회 명예회원으로 초치영입을 하고, 그가 한민족 디아스포라의 최고직에 도달한 우리민족의 자랑과 영예임을 모국과 동포들에게 널리 알리기 위하여 KBS TV출연을 도모하며 인하대학교 명예박사학위 수상을 후원하는 등 그와는 평양의 피를 받은 동향인으로 깊은 우정을 나누기에 이르기도 하였다.

이로써 구조선 시대의 우리 민족 대이동의 대단원이 내려졌다면, 그후 60년 뒤 현대사 대한민국 1962년에 '한민족 해외 대웅비 100년사'의 막을 남미 브라질에 올리게 됐던 것이다.

1824년에 포르투갈로부터 독립한 브라질도 1787년 탄생한 미합중국의 영향을 받아 1889년에 공화국으로 거듭난 후 1865년 미국의 흑인해방을 뒤따라 1882년 노예해방을 감행한 후 1895년 일본으로부터 대대적인 계획이민을 '수민(受民)'하고, 뒤이어 20세기 초반까지 대규모 '이태리 농민' 수민을 거행하며 없어진 '노예노동 공간'을 메꾸기 시작해 대민족 사회를 구현하기 시작했다.

오늘날 경제대국인 현대 일본은 Jamig(일본국가경영이민국)의 정책이민으로 브라질에 200만 명이 정착하면서 일본제도 밖으로는 최대의 일본 민족사회를 대성공으로 이룬 이민사를 자랑하고 있다. 그러나 그들도 초기 이민은 '계획자율 이민'(Planned Spontaneous Immigration)이었고, 현실적으로는 농노(Serfdom) 이민으로 노예에 버금가는 모진 고행 끝에 2세, 3세들을 상파울루 도시 등으로 출세시키는 우리 조상들의 하와이 초기 이민들보다 어쩌면 더 심한 흑인 노예들과 같은 대우를 받았다고 한다.

반면 이태리 이민은 초기부터 대개 반타작의 계약 농업이민으로 가서 오늘날 그 후손들은 대농주로부터 대기업군을 이뤄 브라질 상류사회를 향유하고 있다.

20세기에 들어선 브라질에서도 광활한 땅을 개발할 농업이민을 집단으로 수민해야 한다는 18~19세기의 발상(브레인 수입이 아닌 '육체노동력' 수입)인 아프리카 노예 '농노 수민 정책'에 집착한 계획을 벗어나지 못했다.

어쨌든 그 덕분에 개인 GNP 68달러에 불과한 우리 한국인 송민국(送民國)의 현실적 요청에 의해 결과적으로 '국가정책 농업이민'이 '자율상업이민'으로 둔갑한 것이 오늘날 750만 한민족 디아스포라 가운데 가장 성공한 민족 경제사회(90%가 자영업 사장)를 이룩했다고 자부한다.

볼리비아와 파라과이는 같은 1960년 초반에 브라질을 따라 한국이민을 수민할 것을 제안해옴으로써 60년대는 브라질, 볼리비아, 파라과이 3국의 이민을 한국이 도모하게 되었고, 앞서 서술한 바와 같이 퇴역 중견장교들(5.16 혁명 주체세력인 육사 5기생과 8기생 중심)의 후생사업의 일환으로 또한 중앙정보부 주도의 배려(?)로 실행됐던 것이다.

그 대상은 (현실적 요청에 의해) 남한에 뿌리도 깊지 않고 자비 부담할 능력이 있는 동대문 · 남대문 · 평화시장의 '38 따라지 · 또순이'들이었다. 그래서 내가 이를 가리켜 '군상(軍商)유착'의 프로젝트라고 명명했던 것이다.

이렇듯 현실성 없는 농업이민으로 시작한 1 · 2 · 3차에 걸친 이민 사업이 수민국(受民國) 브라질 정부의 시각으로도 모두 실패작으로 귀결돼 집단정책 이민의 문이 닫혀

버렸던 것이다.

그후 나는 이 광활한 브라질 대륙에 태극기를 꽂고 무궁화꽃을 피울 거대한 민족사회 구축을 위한 집단이민의 문을 다시 여는 데 매진하였다. 이를 위해 나와 종교관이 같던 브라질 노동청 이민 국장 HUMBERTO VINNA 장로의 딸과 나의 비서를 결혼시키는 특별한 인연을 계기로 우리들의 실질적 '상업이민'이 결국 '산업이민'으로 성공할 수 있게 했다.

나는 20세기 이민국의 수민정책은 단순 노동력인 '살과 뼈'(Flesh&Bones)의 힘(Power) 수입이 아니라 '브레인의 힘'(Brain Power)을 수입해야 한다는 논리로 그를 설득해 한국의 하이 테크(High Tecch) 기술자를 대상으로 하는 기술 이민 정책과 무엇보다 '사전허가장'(영주비자 수반) 제도를 구현한 브라질 혁신 이민 정책을 채택시켜 새로운 '기술이민'의 관문을 활짝 열어 한국의 해외개발공사와의 유대를 맺어주며 브라질 이민을 존속시켰다.

브라질 이민사에 특기할만한 비정상적 코스의 집단이민 몇 가지가 또 있다.

우선 매우 이례적 케이스를 들면 1953년 휴전 직후에 거제도 포로수용소에서 풀려난 이름하여 '반공포로' 53명의 기이한 운명을 기술해야겠다.

한국땅에 남은 반공포로들을 제외한 53명은 북한도 싫고 남한도 싫으니 제3국으로 보내달라고 했다. 이에 UN은 당시 공식으로 중립국(親共)으로 알려진 인도로 그들을 보냈고, 인도 당국은 그들을 받아들였다. 약 2년여의 정착생활은 열악한 인도 경제 · 사회 환경과 그들의 동화력 부족으로 실패와 좌절로 귀결돼 2명을 제외한 51명이 UN에 다른 제3국으로의 이민을 호소한 끝에 브라질(당시 친서방 중립국)로 재이송되었다.

거제도 포로수용소의 반공포로들(사진: 국가기록원)

그런데 내가 늘 주장했다시피 '외국에서 만난 동포는 일가친척이다'라는 식으로 우리보다 10년 앞서 브라질에 도착한 덕에 언어 및 관습의 선도자가 되는 그들 중 많은 독신 청년들을 사위로 맞아들이는 이민 가정들이 상당수가 돼 그들 모두가 우리 이민사회로 영입 동화되어 피차 덕을 본 사실도 있다.

그들을 사위로 삼은 가정들이 의류제품 사업으로 브라질에서 성공했을 뿐 아니라 미국 LA나 뉴욕으로 재이민한 그룹 안에도 그들 반공포로 출신들이 다수 포함돼 있었다.

위의 반공포로들과 거의 같은 패턴으로 비공식 코스를 통해 브라질로 여행와 '영주안착'을 한 또 하나의 비정상적 이민 케이스를 들지 않을 수 없다. 다름아닌 '파독 광부', 아니 그때는 '서독 광부'로 불리는 선발 그룹이었다.

1964년 우리 출국 때와 같은 때에 서독으로 갔던 광부들이 3년간의 계약기간을 마치고 귀국길에 오르는 대신 '돈벌이가 쉽다'고 소문난 브라질로 1967년 7월경 약 100명에 달하는 청년 그룹이 여행비자로 들어왔다. 관광으로 3개월이 금방 지나 백주에 불법체류자가 돼버렸다.

하지만 그들의 행운으로 그때가 바로 볼리비아와 파라과이 이민으로 출발했던 브라질의 약 1,300여 명의 불법체류자 교민들의 법적 지위(영주권 취득) 문제 해결을 위해 한인교민회 회장이었던 내가 민간외교로 일거에 대사면령을 군부 수뇌부로부터 막 받았을 때였다.

나는 세대주 50달러와 세대원 30달러의 실비 거출을 '불법체류자 자치위원회'에 호소하여 파독광부들에게는 전원 면제로 영주권을 손에 쥐게 하여 우리 이민사회가 환영했을 뿐 아니라 한국으로부터 약혼자를 초청해온 청년들을 제외하고, 거의 모두가 우리 이민사회의 사위들이 됐던 사실을 또 하나의 아름다운 민족사로 특기한다.

캐나다의 집단이민은 우리 브라질 제2차 정책영농이민단원의 일부를 포함한 브라질 이민 중 100세대가 1966년 캐나다로 재이민함으로 정상 코스의 캐나다 가족 집단이민의 효시를 기록한 것이다.

이는 앞서 기술한 바 2년이 지나도 브라질 사회에 동화를 못하고 있던 나의 이민단원들의 호소가 있어 나는 1966년 겨울 방학기인 7월 캐나다를 방문해 CBC(캐나다 국영방송국) 및 CJVD(몬트리올 문화방송)에 출연한 끝에 연방 이민성 부상으로부터 100세대의 '사전이민 허가장'(영주권 부착)을 수교받아 제2차 브라질 이민단장의 비서격이었던 홍무장(캐나다에서 목사가 됨)에게 일체 인계하여 그와 그의 가족을 비롯해 그가 인솔한 100세대가 집단 재이민한 것이 캐나다 집단이민의 효시가 된 것이다.

순서는 다소 바뀌었으나 브라질의 비정상적 이민의 또 하나의 그룹을 기록한다. 다름 아닌 중동 노무자들 그룹이다.

1970년대 1 · 2차 오일쇼크 이후 Petro-Dollar(중동석유달러) 벌이를 위해 모래밭 건설현장 근로계약을 마친 건설 노무자 한 그룹이 서독 광부들의 뒤를 이어 귀국길에 브라질로 향하여 들어왔다.

당시 유행했던 말대로 '달러와 외유의 맛을 본 사람들은 한국에는 못 돌아간다'는 말을 뒷받침한 현상들이었다. 나는 그들도 파독 광부들과 같이 영주권의 혜택을 모두 받게 하였다. 그후 그들은 가족들을 초청해와 브라질의 교민사회를 불리웠고, 거의 모두가 브라질 교포들의 주산업인 의류제품업으로 성공하였다.

호주와 뉴질랜드의 이민은 정상적 집단 가족 이민이었던 바, 호주는 1960년도 후반기에 시작됐고, 뉴질랜드는 약 10년 후에 시작했는데 가장 조직적이고 수준 높았던 기술이민이 바로 뉴질랜드에 이뤄졌다.

가장 늦게 한국 이민을 받기 시작한 뉴질랜드는 캐나다와 같이 연방정부로부터 높은 수준으로 조직된 '이민성'이라는 부서를 설치하여 각 대사관에 영사 신분의 '이민관'을 배치해 각국의 교육제도 및 기술자 등의 수준 파악부터 철저히 하여 기술이민 선발을 세밀히 거행하였다. 한국의 경우 우수 대학교, 단과 대학 특성을 고려하며 5대 기업을 비롯한 우수기업 출신의 엘리트 기술자들을 면접 선발하여 이민자들을 받아들였다.

남미 아르헨티나 이민은 1970년말부터 1980년에 후발했는데 정상적인 정책집단이민으로는 좀 이색적이라 아니할 수 없다.

외환 위기에 극심한 타격을 받던 때인지라 제1차 한국 이민은 가족당 3만달러를 송금하면 무조건 받아들이는 파격적 수민정책으로 시작했고, 그후 2차부터는 배로 올려 6만달러를 최저한으로 정책 수립해 많은 한국인들이 아주 쉽게 아르헨티나 이민을 하였다. 그러나 인종차별이 없는 브라질과는 딴판인 아르헨티나에서는 세탁소 같은 하급 생업 이외는 자영업으로 도모할 사업이 없어 많은 사람들이 브라질이나 미국으로 재이민을 시도하였다.

페론과 이사벨 대통령의 호화판 시대에 심취돼 있는 아르헨티나 국민들은 흔히 자기들의 문화 수준을 영국 수준으로 자평하고, 브라질을 역사 없는 미국으로 대비하며 동양 사람들을 상대로 극심한 인종차별을 한다.

한편 이렇듯 열악한 사회환경을 극복한 오늘날의 2 · 3세대의 한인들은 1대 부모들의 희생 덕분으로 다수가 고등교육을 받은 엘리트로 주류사회로 진출해 안정된 생활을 향유하고 있다.

이처럼 우리 디아스포라의 무궁화꽃은 설중매(雪中梅)와 같이 억척으로 피어있는 영원한 꽃들이다.

1964년 8월 15일 부산 제3부두에서 이민선을 타고 출국할 때 군악대를 대동한 환송식 송별사에 부산시장이 나에게 '한민족 해외 대웅비 백년대계의 선발 대장'이란 별명을 달아준 것을 회상해보면 오늘날 찬란한 750만 디아스포라의 현대초사(現代初史)를 이루는 선구자의 역할을 하였구나 하는 생각에 뿌듯한 자부심을 내심 느끼며 미소를 짓게 된다.

나의 조국 통일관, 민족관

오늘날 우리 국민들에게 "조국이 어디냐?"고 묻는다면 모두가 주저 없이 "대한민국이요." 하며 의식, 무의식으로 '남한'을 마음에 그릴 것이다.

왜냐면 오늘날 80세가 된 한국인까지는 한반도 전역을 조국으로 살아본 적이 없기 때문이다. 다시말해 탈북민을 제외하곤 그들 모두의 조국은 어김없이 38선 이남의 '한반도 절반'일 것이다.

그러나 나에게 같은 질문을 해온다면 나는 스스럼없이 '한반도 전체', 아니 한반도 전역에 걸친 '조국'을 말할 것이다. 이것은 대한민국 헌법에 명시된 대로 한반도 전체가 우리나라이기 때문이다.

북한을 방문한 소수를 제외하고 모두가 사실상 조국 땅의 절반에서 낳고, 자라고, 보고, 품에 안고 또 안기고 살았다.

그러기에 우리 80대, 90대가 떠나면 '조국통일'은 민족 숙원과업은커녕 영원히 남의 일이 되고 말 것이다. 아니 항구적 '2국 시대'로 1,000년을 갈지도 모를 일이다. 생각만 해도 끔찍하다.

사실 우리 조국통일은 오늘 해도 그만, 내일 해도 그만, 안 하여도 그만인 일이 아니다. 한시라도 빨리 이뤄져야 한다. 아니 이뤄야 한다.

나는 늘 그 '민족과업'이 오늘을 살고 있는 우리들의 몫이요, 절체절명의 사명으로 알며 살아왔다. 그 이유는 과거 반세기가 좀 넘는 세월은 '반토막의 조국'으로도 살아왔으나 이제 앞으로는 '한덩어리의 조국'으로 복원이 안되면 약육강식의 국제환경에서 한민족의 유지조차 불가능하리라 생각되기 때문이다.

2004년 10만의 교세를 자랑하는 평강제일교회에서 김홍기 박사가 '주님 안에서 한반도 평화통일'의 주제로 초청강연을 하고 있는 모습.

평강제일교회에서 강연하는 김홍기 박사(왼쪽). 평강제일교회 설립자 박윤식 목사와 함께.

1945년 조국이 일제강제점령으로부터 해방되었을 때 우리나라는 자주독립의 헌정민주국가를 수립할 수 있는 준비가 전혀 안돼 있는 상태였다.

일제 36년이란 기나긴 역경 속에서 19세기 말부터 인류문명에 폭발한 민주주의 혁명이나 산업혁명의 문명 혜택을 전혀 받지 못하고 소외된 역사 외곽에서 민족문화는 물론, 언어와 민족혼까지 처참히 짓밟힌 채 20세기 자본시장 경제문화로 떠밀려 껑충 넘겨져 들어오게 되었다.

그 당시 세계를 지배하게 된 냉전시대의 산물인 미국-소련의 양원시대 속에서 아시아-태평양지역 중심에 요충지역을 점유하고 있던 한반도는 새로운 종주국(suzerain)의 양자택일을 해야 할 운명의 기로에 놓였다. 정치물리학적 계산법(The Quantum Law of Political Physics)으로 보면 그 시대에 걸맞은 양분계산법의 결산으로 방정식(equation)이 나왔던 것이다. 만일 그 당시 한반도 남북의 권력의 합의하에 미소 간의 양자택일 하나의 종주국을 선택했더라면 한반도 점유권을 빼앗긴 상대 국가 측에 의해 전쟁이 발발하여서 한반도는 이미 초토화가 되었을 것이다.

같은 맥락에서 글로벌 시대인 오늘날 우리가 살고있는 지구촌 전역이 사회주의 국가들을 포함해 공화민주와 시장경제의 이원화가 된 세계통합 일원화 경제문화 체제에서는 두 동강이 난 한반도도 속히 한 덩어리의 일원화된 통합으로 복원되지 않으면 더 이상 살아남기 어렵다는, 즉 정치물리학적인 원리에 어긋난다는 계산풀이가 되는 것이다.

그러기에 우리 통일론은 경우에 따른 편의주의(Expediencism)가 아니고 당위론적(Deontological)인 원리주의(Principlism)에 속한다는 것이다.

어쨌든 냉전시대가 공식적으로 종식된 지 이미 30년이 넘었다. 그럼에도 우리 조국의 분단체제는 2차대전의 기념물인양 냉전시대의 유일한 유품으로 그대로 남아 북한과 남한은 2개의 분단국가로 엄연히 존속하며 통일의 전망은 갈수록 멀어져가는 것 같다. 반만년의 단일민족 국가의 역사를 자랑하나 우리민족 비운의 끈질긴 악순환의 역사적 상속인가 싶다.

한편, 내가 만나본 세계학자들과 정치인들은 하나같이 우리가 독일 국민 못지 않은 강인한 민족성을 가지고 있으며, 베트남보다 높은 문화수준을 가진 8천만 민족의 재통합이 아직도 이뤄지지 않은 것을 21세기의 불가사의로 보기도 한다.

나는 평소 통일 과정상의 분류로 '협상에 의한 평화통일'과 '힘(무력 혹은 경제력)에 의한 흡수통일'이 있다면, 통일의 모델 분류로는 내연방제(Confederalism), 연방제, 유엔 감독하에 총선을 통한 단일정부체제, 그리고 중립국체제 통일론으로 대별하는 가운데, 중립국체제를 선호하면서 대한민국이라도 먼저 할 수 있는 중립국화 선행을 90년대인 탈냉전시대부터 생각해왔다.

왜냐하면 그때부터 소위 주변 강대국들의 이해가 엇갈려 한반도 침략에 대한 감시를 서로 해가며 상호 견제해가는 상황이라 한반도 중립국화 체제와 더불어 평화통일을 위한 절호의 기회가 왔다고 보았던 것이다.

이 역사적 황금기를 놓치지 말고 잘 활용해 영세중립화로 '능동적 중립국가'를 세워 우리민족의 통일국가로 하여금 우리 주변에 위치하거나 관계 있는 초강대국들 사이의 이해상충을 조절하는 중재국으로 등장해 이 극격동 시대를 지나는 역사적 사이클 속에서 최소한 200년 혹은 300년 주기의 동북아시아의 스위스를 만들어야만 할 것이다. 아니, 그리 만들 수 있다고 본다.

그 이유는 유엔과 구속력(binding force)이 있는 국제법이 있기 때문이다. 지난날 벨기에, 룩셈부르크, 라오스 등이 실패한 것은 과거의 중립국가는 정치적 중립(Political Neutrality)으로만 만들어졌기 때문이다. 그러나 오늘날은 UN의 195 회원국 전체가 총회 인준을 하는 '법적 중립화 국가'(Legal Neutrality)로 탄생하기 때문에 유엔의 절대보호 하에 유엔 '중립국 감시국단'(미 · 중 · 러 · 일 4개국, 그리고 유럽연합 등의 유관국가)에 의한 법적 중립성과 함께 그 지속성을 보장받을 수 있게 되는 것이다.

2018년 UN-NGO 평화재단 주최로 인천 한 호텔에서 '평화민국대회'가 개최돼 나는 세계한인변호사협회 명예회장 자격으로 참석하여 전직 대통령 및 수상, 그리고 대법관 및 대법원장을 포함한 정치 지도자 약 40명을 대상으로한 워크숍에서 '한반도 평화통일'을 테마로 강연을 하게 되었는데 큰 호응이 있었다.

때마침 평양에서 같은 맥락을 이은 듯한 '제2 남북정상회담 선언문'이 발표돼 일대 고조의 분위기를 이루기도 했는데 그때의 강연내용을 요약하면 평화통일의 해법으로 내가 만들어낸 '3M Formula(3M 통일 공식법)를 필두로 국내외에서 거론되는 다른 방안과 비교 검토했다. 먼저 우리민족의 '주관적' 통일관과 국제사회의 일반적 '객관적' 통일관의 차이를 들어 북한과 남한의 차이를 지적했다.

남한 국민은 대개 '민족통일관'을 마음에 품고 있다면, 북한은 절대적 '정치통일' 즉,

정부 대 정부의 통일을 전제로 하고 있으며, 실은 남한 정권도 무의식적으로 '정권통일' 즉, 정치적 통일(Political· Government Unification)을 의식해왔다. 때문에 한반도 통일은 1차원적으로는 우리 자신 때문에 어려웠던 것이다. 다시말해 '통일'을 논할 때 누가 통치자 즉, '왕'이 되겠는가를 두고 보면 남북 간에 해결이 불가능한 일이 된다. 서로 내가, 자기가, 혹은 자기측 주도하에 통치통일을 원하기 때문에 안되는 것이다. 즉, '정치적 통일'은 100년 하청이요, 결론적으로 남북통일의 제1 방해 요소는 '정부' 때문인 것이다.

'통독 흡수통일'은 3천억 마르크로 서독이 동독을 사버린 셈도 있지만, 그보다 먼저 동독 국민의 압도적 숙원이 민족궐기로 옮겨졌기 때문에 즉, 동독 호네커 정권이 서독 헬무트 콜 정권에게 손을 들었기 때문에 그 문제가 저절로 해결됐고, 베트남 통일은 월맹의 승리로 자동 해결이 되어버렸던 것이다.

남북통일의 제2차원적 방해요소는 한반도 주변 관련 4개국이라 해도 과언이 아닐 것이다. 우선 일본과 중국은 내심 절대 반대이다. 일반적으로 국제세력균형상의 문제이기도 하지만 그들에게는 우리와 이웃 국가 간의 지루한 역사적 관계도 이유로 작용한다. 이에 중국과 같이 한반도와 국경을 접하는 러시아는 상대방에게 한반도에 대한 정치 · 경제적 영향권을 절대 뺏길 수가 없는 것이다. 이것이 우리 민족의 지정학적 운명이다.

특히 21세기 태평양시대에 들어와서는 더 말할 나위가 없다. 예를 들어 미국영향하에 통일이 되어 중국과의 국경에 미국군을 일연대쯤 배치한다면, 시진핑 정권은 총성 한방 없이 국내 구데타에 의해 즉각 붕괴될 것이고, 같은 맥락에서 반대로 중국이 한반도 전체에 단독 영향력을 가진다면 그 아래 일본, 필리핀, 괌, 하와이 등에 이어 미 대륙까지 도미노식 위협을 받아 태평양 전략권이 열세에 처하게 될 위험을 감당해야 할 것이다.

그래서 정치적 '평화' 통일을 굳이 구한다면 미 · 일, 중 · 러 양측이 윈윈 케이스가 되는 UN 기치 하의 '중립국체제 통일국가'밖에는 한반도 '정치적' 통일이 불가능하다고 생각한다.

여기에다 이해상극이 되는 여러 관련 국가들의 합의도출과 긴 역사적 시간이 소요되는 과정으로 세계평화를 위협하는 '한반도 분단'의 기나긴 고통이 될 것이다.

내가 총신대학교 대학원 특강때 강의했던 '한반도 평화통일론'에서도 밝혔듯이 나의 통일관의 핵심은 '정치통일'(더 구체적으로 정부통일)이 아니고 '민족통일'이다.

평화통일에 가장 큰 방해요소는 다름아닌 '정권'이기 때문이기도 하다. 통일된 다음의 문제인 누가, 어느 쪽이 새로운 통일정권의 '수장'이 되느냐가 끊임없이 불거질 수 있다.

하여, 나의 논리는 '정권통일'은 '불가능'할 뿐아니라, '불필요'하다는 것이다.

그래서 생각해낸 나의 통일 방식은 '3M Formula=3M공식'이다. 즉, Men(사람), Materials(물자), Money(돈–자본)이 요체로, 사람과 물자, 자본 3가지(3M)만 남북 간에 자유왕래를 하면 한반도 통일은 거의 된 것이고, 최종적으로 정부(정권) 통일은 전국민이 때가 되면(풍요롭게 되면) 민의(민력)에 의해 '자연결과현상'이 되고 만다. 나는 이를 가리켜 '민주흡수통일'라 이름한다.

이것이 학리적으로 '사회적 통일'이요, '경제적 통일'이 되며, 실제적으로 '민족사회 · 경제통합'으로 완성된 민족통일인 것이다.

비약론으로 한마디 부연하면, 개방 · 개혁에 이어 시장경제화에서 자본주의화를 거쳐 민주화로 가는 수순을 어떠한 독재사회이던 조만간에 따를 수밖에 없는 운명에 처하게 된다.

부르주아 사회는 독재를 허용치 않고, 부자는 전쟁을 원치 않는 법이라 했다. 그 때까지의 과도기에는 양체제로 병존할 것인 바, 이를 가리켜 학문적으로 '대연방제(Confederative Regimes)'라고 하는 것으로 안다. 즉, 1나라(Nation), 2국가(States), 2정부(Governments), 2제도(Systems)로 북한과 남한은 같은 민족의 한나라로 별개의 법으로 각각 건국된 2개의 다른 정부와 제도를 갖은 주권국가로서 상호존중, 상호신뢰, 상호협력, 그리고 상호내정불간섭으로 병존하게 될 것이다.

가장 가까운 예가 대영제국(Great Britains) 하의 영국, 캐나다, 아프리카 제국들 및 오세아니아 제국들의 대연방 체제이다. 이 모델이 내가 위의 대회에서 강연한 과도기적 모델이며 또한 나의 신조어이기도 한 '3M 방식 한반도 통일론'(3M Formula

Unification of Korean Peninsula)이다.

위와 같은 철학과 사상이기 때문에 나의 인생은 철이 들면서 반세기 이상을 '외국인' 생활을 했음에도, 나의 '한민족관'은 아직도 '김치찌개', '된장찌개', '두부찌개'이다.

때문에 나만큼 '복수국적'법을 고대한 사람이 있을까 한다. 내가 산파역을 한 세계한인변호사협회 총회를 통해서도 부르짖었고, 대한변호사협회 자문위원으로도 부르짖었다. 또 한국법제처에 드디어 싹이 텄을 때로부터 국회법으로 통과하여 법을 실행한 2011년까지 오래 참고 기다렸다.

그리하여 법이 시행되는 첫날인 2011년 1월 3일에 서울 목동에 있는 법무부 복수국적 신청소에 '제1호'로 달려가 신청하였다. 약 5개월의 수속절차 후에 '대한민국 국적'을 받게 되어서 제1호 국적취득자인지는 확실하지 않으나 '제1신청자'임에는 틀림없을 것이다.

끝으로 우리가 진정 도덕적, 문화적으로 선진국가가 될 운명이라면 좀 잘 살게 됐다는 현실에 안주할 것이 아니라, 하루속히 '통일된 한민족'으로서 우리 배달민족사를 새롭게 창조해나가는 21세기 초과학 혁신 · 우주시대의 주인공이 돼야 할 줄로 안다.

오늘날의 냉혹한 국제 현실을 바라보며

1990년대에 들어서자 나는 세계 빈곤인구의 3분의 1 이상을 퇴치한 세계 경제부흥의 시대를 우리의 온전한 조국인 한반도 전역의 평화통일에 미 · 일 · 중 · 러 · 유럽연합이 서로를 묶어 견제하는 황금의 기회로 알고, UN을 무대로 삼아 브라질부터 미국, 한국, 일본, 중국, 러시아, 인도, 그리고 북한 등지를 부지런하게 오가며 오로지 '한반도 평화통일'만을 가슴에 품고 뛰어다녔다. 때로는 '한반도 평화통일의 오작교는 내가 세운다'는 과분한 야망에 벅찼을 때도 있었다. 그러기에 반기문 외교부장의 유엔 사무총장 당선을 위해 미국에서 동분서주하면서부터 그의 대통령 후보 캠프에서 뛸 때까지도 오직

'한반도 통일'을 가슴에 안은 채 그를 감히 나의 아바타로 삼았을지도 모를 일이다.

그도 그럴 것이 나는 평소 주님으로부터 받은 은사가 너무나도 많다고 생각해 왔다. 동양사람으로는 흔치 않은 거구 장신에 특수한 건강체질에다 6개국어를 구사하게 하는 등 수많은 분에 넘친 탤런트를 허락하시고 브라질이라는 남미대륙에 '한민족 디아스포라'의 개척자로 보내신 그 크신 경륜에는 반드시 섭리의 깊은 뜻이 계실 것이라고 생각하며 기도할 때마다 '그 높으신 주님의 뜻'을 알려주시기를 간구해왔다.

그러던 와중에 뜻하지 않은 1991년도 평양개최 국제의원연맹(IPU) 대회에 서방 중립국격인 브라질의 대표로 참가하게 되어 김일성 주석 등을 만나게 된 것을 계기로 '한반도 통일' 과업이 바로 '주님의 뜻'이었구나 하며 받아들이는 묵시적 계시로 귀결짓게 됐던 것이다. 그래서 나는 91년도 평양에서 개최한 국제의원연맹 총회부터 반기문 박사의 유엔 사무총장 취임을 비롯해 그의 대통령 선거 캠페인 시기였던 2016년까지 내 인생의 열정을 바쳤다. 때마침 공교롭게도 그 4분의 1세기가 바로 미 · 소 두 제국의 냉전시대가 개벽하여 미국에 의한 단일제국의 탈냉전시대 탄생과 더불어 이름하여 'Global 시대'로 연출된 새 세상이 열렸던 것이다.

그러다 트럼프 대통령의 돌출 등장으로 세계는 '트럼피즘'이라는 공포의 새시대와 신냉전 시대가 열리는 또 한번의 격랑 사이클 시대로 접어들었다. 그도 그럴 것이 미국중심으로 25년간의 탈냉전시대가 만들어낸 세계화(Globalization) 시대의 결과는 무엇이었던가? 세계빈곤 3분의 1을 퇴치했다는 일시적 세계 풍요 경제시대에 안주한 세상은 빈익빈, 부익부의 현상을 가중시켜 오히려 계층별, 지역별, 국가별 할 것 없이 전방위적으로 그 갭을 극대화하여, 세계화는 사실상 서구화(Westernization)이며 나아가 미국화(Americanization)라는 비판을 면치 못하게 되고 말았다.

그와 같이 America First를 외친 자국우선주의, 즉 극단적 국가이기주의를 모토로 하는 트럼피즘과 더불어 비자유주의(Illiberalism)적이고 반세계주의(Anti-globalism)적인 독재정권을 유럽의 이태리, 헝가리, 폴란드 등으로 확대하며 이미 독재정권이었던 중국, 러시아, 그리고 북한을 가일층한 폭권체제(Tyranny)로 상승해가고 있는 것이 아닌가 싶다.

이런 와중에 세계 3차대전을 위협하는 러시아의 우크라이나 침략전까지 일어나 1년이 지난 오늘날에도 정전의 앞날이 전혀 보이지 않는 현실에 와 있다. 그 부산물로 식량 및 원자재와 에너지 대란에다 세계 경제와 금융은 미증유의 고물가와 고금리의 2중고를 앓고 있지 않는가! 이에 러시아와 중국도 제재가 어렵게 된 현황 속에서 때 만난 것처럼 북한은 세계평화와 한반도평화를 위한 대화조차 끊고 핵확장에만 혈안이 돼 있으며, 남한도 북핵 남침 공포에 휩싸인 듯 한반도운명에 대해서는 아직도 미국 주도 정국을 벗어나지 못한 채 미국에 의한 핵전략자산 확충과 급격한 친일노선을 전개하고 있다. 반어법의 천재작가 프란츠 카프카(Franz Kafka)가 오죽했으면 "때려죽이고 싶은 내 조국이여!"라며 한탄했을까? 오늘의 나의 심정이다. AI 시대인 오늘날의 조국관과 세계관은 최소 한 차원은 올려야 하지 않겠는가!

특히 2차대전 후에 세계통치를 맡은 시대적 운명을 짊어진 미국이 탈냉전시대부터 세계감찰국(Global Police)이나 세계 맏형국가(Big-Brother Nation)의 영도국가의 자리가 퇴색하기 시작해 오늘날은 그 모습이 거의 소멸돼가는 형국이지만 그 관성이 남아 있는 것이다.

따라서 북핵을 상대하고 있는 한국은 국제외교 무대에서는 성숙되고 의젓한 자세로 가해국 책임을 추궁하는 형식을 취함과 동시에, 근년에 미국 오바마 대통령이 독일 메르켈 총리에 대한 도감청에 사죄를 한번 했던 것은 극히 예외적인 일이었지만, 우리 정부는 이해를 해주면서도 따질 것은 따지고 질책할 것은 질책하고 대신 받아낼 것은 받아내는 고차원의 복합외교 수법의 성숙된 외교선진국의 자세로 대응해야 한다는 말이다.

나는 평소 거시안적인 대미외교는 미국을 2개 국가로 보는 시각으로부터 시작해야 한다고 생각했다. 그 하나는 우리가 보통 알고있다시피 정의, 자유, 인권이 그 저변에 깔려있는 일반사회적 공동체(Civil Society) 즉 미 합중국이고, 또 하나는 자국 대통령까지도 암살할 수 있는 호전주의자(Warmongers)들의 워싱턴 공화국(Washington Republic)이다. 때문에 대미외교는 특별히 복합적 2중잣대를 슬기롭게 또한 배포 있게 써야 한다고 생각해왔다.

내가 과거에 모시던 어떤 노 정치가의 말이 생각난다. 그는 "현대정치는 속임수의 세련된 요술이요, 외교는 국제협잡의 첨단예술이다"라며 개탄했다. 하지만 그것이 현실에 맞는 말이었다. 그런 세파 속에서도 "협상(Negotiation)은 민주주의 기본이며, 타협(Compromise)은 민주주의 꽃으로, 양보(Concession)가 전제돼야 하는 것이다"가 그분의 좌우명이었다. 뒤집어 말하면 타협을 못하는 사람은 정치할 자격이 없다는 상식적 원리인데, 우리나라 사람들에게 가장 결핍된 약점이 아니었던가!

나와 같은 분야인 비교헌법학을 오래 가르친 그는 브라질의 탁월한 석학인 동시에 참된 정치가였다. 그는 늘 주장해왔다. "국가와 정치의 존재 이유와 목적은 '인간'(Homem–브라질어)이다." 그는 자신의 좌우명을 실천하며 사시다가 브라질의 국운을 결정하는 역사적 단계에서 인류의 민주정치 청사에 기리 빛날 금자탑을 세우고 가신 분이었다. 우리나라의 민주주의 발달사의 궤도와 엇비슷한 과정을 걸어온 남미에도 60년 대 초반부터 80년대 중반까지 약 4분의1 세기에 걸친 군벌정권에 군사정부가 휩쓸었다.

정치사회 물리학적인 공식처럼 장기 독재정권에 지치고 미숙한 군벌 경제정치의 장기실패에 반발하는 민중의 주의를 돌리기 위해 아르헨티나의 군정은 엉뚱하게 영국을 상대로 포클랜드(Falkland) 해전을 벌려 참패한 끝에 막강한 전국노동조 합연합회가 주도하는 민중궐기에 의해 군벌 철권정권이 붕괴되어 과거 20여년 간 전권통치를 했던 대통령, 장군 등이 줄줄이 끌려들어가 재산몰수와 장기수감의 패주 신세들이 되었다.

이 처참한 광경을 본 브라질 군부에서는 군정에서 민정으로 정권이양을 평화적으로 하기로 일단 결론을 내렸었다. 그런데 그 정권을 인수할 민정 수뇌부의 제1인자가 군부에게는 전혀 마음에 들지 않았다. 너무 강직한 어른이어서 군벌들은 물질적, 정신적으로 지은 죄가 너무나 많았기 때문에 후환이 몹시 두려웠던 것이었다. 그분이 바로 당시 야당 당수요, 내가 한때 모시는 영광을 가졌었는데, 바로 미국 건국의 주역인 제3대 대통령 토머스 제퍼슨과 같은 백절불굴의 민주투사였던 울리시스 기마랑이스(Ulysses Guimaraes) 옹이다.

한국을 국빈 방문한 브라질 부통령 울리세스 기마랑이스 박사가 건국대학교에서 명예박사 학위 수여 받고 강연 후 김홍기 박사(왼쪽 두번째)와 권영찬 총장(왼쪽) 등과 기념촬영.

당시 군부의 마음에는 뒤탈에 대한 안도감을 주어 내심 바라고 있던 인수권 후보자로 군정 전에 총리를 역임했던 얌전하고 융통성 있는 야권 부대표격인 탕크레두 네베스(Tancredo Neves)라는 노련한 정치인이 있었다. 이 정보를 접한 울리세스 기마랑이스 옹은 일초의 주저함도 없이 탕크레두 네베스 박사에게 "군벌들이 준다고 할 때 자네가 빨리 인수하게나." 하며 대승적으로 한발 물러섰다. 이렇듯 아르헨티나의 민정으로의 정권교체가 출혈 정권교체였던 것에 비해 브라질의 정권교체는 기마랑이스 옹의 대타협(Great Compromise)을 통한 악수 정권교체(Handshake Power Transfer)로 이뤄졌다.

나는 비교적 단순, 단견, 단파적인 대부분의 한국 정치인들이 본받아야 할 대륙 정치가들의 좋은 귀감이라고 생각하며 부러워했다. 사실 대륙적인 브라질 사람들은 일반적으로 대범하다. 큰 데는 어렵지만 작은 것에는 양보성이 대단히 높다. 우선 근본적으로 '협상'에 명수들이며 '타협'에 능하다.

브라질 사람들이 흔히 쓰는 일반 속어 중에 "대화를 하면 만사가 해결되지요."(Conversando, tudo resolve.)라는 말이 있다. 그러기에 얼싸안고 볼에다 뽀뽀하는 광경은 흔히 보지만, 멱살 잡고 싸움하는 광경은 거의 못 본다. 채권자와 채무자의 일반인들의 사회생활 관계에서도 마찬가지다. 한국교포들이 이민초기에 현지 채무자를 상대하다가 브라질 경찰에 잡혀 여러번 망신당했던 일처럼, 만일 채권자가 채무자를 상대로 고성으로 윽박지르며 채무이행을 강요하면, "아, 진정하세요, 돈 때문에 우리 심정건강까지 해치지 맙시다. 대화나 순리로 해결이 안되니 각자 변호사에게 맡기도록 합시다."하며 악수하고 헤어지는 것이 브라질인들의 보통 행태이다. 그들은 그토록 인권을 서로 중요시하는 풍조를 향유하기에 일반대화 중에도 상대방의 심정을 다칠 세라 부드러운 단어를 마음속에서 찾아 말하느라고 버벅거리기까지 하는 관습을 가진 다민족들이다. 다행히 오늘날의 브라질 교포들, 특히 2 · 3세의 교포들은 그 본토민들을 많이 닮아가는 것 같다.

브라질 이민 3년 만에 그들의 온유하고, 관용적이며 사랑 많은 민족성을 감미하게 된 나는 그 역사와 지리적 근원을 본래 평화적인 포르투갈인들의 본질에다 브라질의 대륙성, 가톨릭교, 그리고 자원의 풍요성으로부터 비롯됐다고 보았다. 평화를 사랑하는 브라질인들의 특성은 정치인들 사이에서도 두드러진다. 국회 내에서 격렬한 논쟁 후 일단 밖에 나오면 언제 그랬냐는 듯이 얼싸안고 뽀뽀하며 커피나 삥가(브라질의 테킬라) 한잔 마시러 어깨동무 하며 정답게 가는 사람들이다. 그들이라고 차기정권욕이나 차기선거욕에 의한 적대감정 등이 서로 없겠는가? 그들의 인간성과 도량, 참으로 부러웠다. 몇 년 전 인도 오디샤주의 저택을 찾아 만났던 고 벤타카라만(Ventakaraman) 대통령이 생각난다. 그는 인도 정치인들의 행각을 탓하며 나에게 서양 정치인들의 속언을 상기하여 말하기를 "정치가(Statesman)는 다음세대(Next Generation)를 생각하며, 정치인(Politician)은 다음 선거(Next Election)를 생각한다"며 한탄하였다. 여의도가 눈앞에 선히 떠오르는 말이 아닌가!

어쨌든 위에 말한 모든 일은 그렇다 하고, 나는 아직도 '나의 조국땅 한반도'의 운명이 걱정된다. 북한과 한미 양쪽이 모두 자국방위의 기치 아래 핵무력 레이스와 전쟁놀이를 끝도 한도 없이 계속하고 있으니 이 핵 상승궤도를 올라탄 교호작용의 끝은 무엇이 겠는가? 아차 하는 순간 적 쪽의 판단 실수나 사고가 일어나면 그야말로 지구 종말의 아마겟돈(Armageddon)으로 귀착되지 않겠는가!

생각만해도 아찔하다. 세계평화는 고사하고 몽땅 폐허가 된 지구촌의 남은 인생들은 어디로 갈 것이며, 우리 배달민족의 운명은 어떻게 될 것인가. 앞이 캄캄하다. 전 미국 국무장관 키신저는 "일방적 안전은 상대방의 절대적 불안전"이라고 말한 바 있다. 통일하는데 가장 중요한 점은 한쪽이 승자나 패자가 되는 것이 아니라 통일이 양자의 공동 승리로 이뤄져야 하는 것이다. 즉, 윈윈 케이스가 돼야 한다는 말이다.

다시 말해 통일은 남북이 서로를 압도하는 관점에서 벗어나 양측에 공동이익이 될 수 있는 타협적 통일방안을 모색해야만 가능하다는 말이다. 즉, 폭력적 통일이나 흡수 통일의 야심 말고, 또 어느 한쪽이 협상 · 타협 · 절충을 무시하고 그저 참고 조용히 기다리면서 준비만 하고 있으면 조만간 상대방이 붕괴돼서 가만히 앉아서 일방적 승리(흡수 통일)를 성취할 수 있다고 믿거나 오산하고 있다면 평화통일은 백년하청이 될 것이다.

결국 이상적이면서도 오늘날 현실적인 통일안은 내가 위에서 여러번 거듭 강조한 '중립화 평화통일안'뿐이라고 생각한다. 그런데 여기서 먼저 요구되는 기본조건은 역시 양측 실권자들의 국민과 인민만을 생각하는 고매한 인격과 고차원의 애국 · 애족의 진정한 민족관이다. 불행히도 우리에게는 가장 아쉬운 대목이다. 물론 통일관에 대한 국민의식도 전환돼야 할 것이다.

탈냉전시대에 들어온 주변 4강의 세력구도와 그들의 한반도관을 살펴볼 때 '한반도 중립화' 가능성은 어느 때보다 높아졌다고 본다. 나는 이를 가리켜 '5수부동 구조' 혹은 '5수부동 시대'가 왔다고 말한다. 이런 구도 속에서는 한반도 중립화가 자기들의 이해득실의 계산상 최선이 되므로 반대할 이유가 없다고 생각한다. 왜냐하면 한반도 중립화만이 통일후에도 이 지역의 세력균형을 파괴하지 않고 꾸준히 평화안전을 유지할 수 있는 질서체계가 보장되기 때문이다. 그리고 또 중립화 통일이 된 우리나라는 국제법상 의무적으로 주변 어느 강대국에게도 치우칠 수가 없기 때문이기도 하다.

그래서 이 중립체제를 조선말기에 명성황후도 심각하게 고려해 보았던 것이다(1887년 유길준의 '시국론' 참조) 현실적 계산법으로는 그 이상적 방법으로 완벽한 통일이 될 때까지 남북이 각각 중립화 선행을 전제로 한 중립연방제 또는 중립연합제 같은 체제하에서 점진적 통일을 기할 구상을 할 수도 있다.

현 체제 아래서는 아무래도 남한이 먼저 중립화를 해야 할 것으로 보인다. 여하간 통일여정은 여러 중간 정거장을 필요로 할 것 같으며 로드맵에도 없는 이정표를 만들어 가며 걸어가야 할지도 모르겠다. 이에 가장 안전한 여행이 바로 각각 '중립화'로 구비되는 안전장치하에서 시작해야 할 것으로 본다.

오늘의 냉혹한 국제 정세하에서 전국민적 지혜의 결집이 필요하다. 여하간 현재 나의 안목으로는 한반도의 지정학적인 운명이 요구하고 있는 미 · 중 등거리외교(Equidistant Diplomacy)도 멀어져가며 한반도 평화통일은 더 요원해만 가고 있다. 안타까운 가슴을 쓸어 내리며 38선 넘어의 광명을 그린다.

마치는 글

역사의 뒤안길로 조용히 사라질 뿐

김홍기 박사 최근 모습

이글은 단연코 내 이름을 남기기 위한 오만이나 허영의 산물이 아니다. 하지 못한 보복 대신 내뱉어보자는 푸념놀이도 아닌 것이다. 내가 이 글을 쓴 목적은 오로지 해방 이후 끈질기게 이어온 격동기 속 혼란과 부조리의 어두웠던 이면들을 조명함으로써 후세들이 그와 같은 불행한 역사의 재연을 피하는데 기여할 수 있을 만한 교훈으로 남겨 보고자 하는 데 있다.

지금 와서 되돌아보면 다 부질없는 일장춘몽으로 귀결된 것이 아니던가? 무엇을 찾아 이 세상을 헤매고 다녔던가? 무엇을 위해 이 나이가 되도록 뛰었던가? 잠시 되새겨 보았다.

사춘기에 임박한 나이에 조국해방을 북한땅에서 만나 소비에트 군정 통치의 맛을 톡톡히 본 뒤 '자유'와 '행복'을 찾아 남쪽으 로 피난해 갔고, 거기서 민주 공화국형 자유당 장기정권과 쿠데타에 의한 군벌장기정권을 살아보았고, 이어 청운에 찬 가슴을 마음껏 펼칠 수 있다는 광활한 땅 남미 브라질을 찾아 또다시 자유와 행복을 좇으며 '능력'

과 '노력' 그리고 '진실'이 통한다는 대륙의 땅으로 한민족 500여 명의 3대 가족으로 형성된 집단을 인솔하여 '영농집단정책 이민'의 이름으로 현대사의 초기 한민족 대이동의 역사를 기했다.

그 이국 땅에서 나는 바로 이 미래의 대륙에다 20만 명에서 100만 명의 한민족 해외 대웅비적 디아스포라를 건설할 야심찬 계획을 세워 여러 번 실천에 옮겼다. 그러나 대부분 실패와 좌절로 끝났다. 두번째 20만 명 집단 영농이민 프로젝트는 중앙정보부를 통해 한국 정부의 지원을 기대하던 차에 김대중 대통령 후보의 납치사건이 발생해 도중하차하게 됐다. 완벽한 설계 완성이었던 성공 프로젝트는 시행단계에서 끝내 좌절되고 말았다. 누구의 탓으로 모든 실패와 좌절의 원인을 돌리기 전에 순간마다 조금만 더 생각하고 선회하여 노력했더라면 성공할 수도 있지 않았을까 하는 생각을 떨칠 수 없다.

이해충돌의 양측이나 양면은 늘 나름대로의 이유가 충분히 있었기 때문이 아닌가! 혼란과 부조리 시대를 살았던 당시 정권의 대표자들과 머나먼 이국 땅에서 자유와 인권 그리고 행복을 찾았다고 생각하고 있던 나와의 가치관의 갈등 역시 그같은 패턴 속의 상충이 아니었던가! 벤자민 프랭클린의 말처럼 누구나 그 당시에는 최선으로 여겨 결정하고 행동으로 옮긴다. 시행착오의 깨달음은 항상 훗날의 얘기다. 늘 뒤늦게 후회하며 사는 것이 인생 본연의 모습이라고 자위하고 있지 않는가? 그것이 곧 지금의 내 모습이다.

어린 나이에 고향 북한을 떠나 남한으로, 그리고 브라질과 미국으로부터 중국, 러시아, 북한 등지를 누비면서 온 지구촌을 무대로 일생을 유랑하며 살아온 나날들을 이제 만 90세가 되어 뒤돌아볼 때, 그래도 우리 한민족이 지구촌 세계의 각 곳에서 디아스포라로 활발한 활동을 하며 두각을 나타내고 있음은 말할 수 없이 자랑스럽다. 모국의 동포들과 750만 해외의 한인동포들이 함께 손을 잡고 우리 한민족이 조국을 세계 속에 빛나는 도덕과 문화의 선진국으로 우뚝 세우기를 간절히 바라며 두 손 모아 기도한다.

그러면서 나는 이제 과거 누군가가 엇비슷한 말을 한 것처럼 "서산에 지는 노장(老將)으로 독야청청한 채, 결코 죽지 않고 역사의 뒷전으로 조용히 사라져가는 것이다."